～『アンの夢の家』の世界～

プリンス・エドワード島フォー・ウィンズ

灯台から見る崖とセント・ローレンス湾

ケイプ・トライオン灯台
ジム船長の灯台のモデル

フ
内海と砂州（写真上）
灯台は左側の岸

モンゴメリ生家、両親の新婚時代の家
ニュー・ロンドン

内海の奥、ニュー・ロンドンの港

フレンチ・リヴァー
フランス系の漁師小屋

プリンス・エドワード島とオンタリオ州

モンゴメリの婚礼衣裳
生家展示

グリーン・ゲイブルズと林檎園、アンの結婚式

モンゴメリが椅子に座り
本作を書いた牧師館客間
オンタリオ州リースクデイル

執筆時に牧師夫人を務めた
長老派教会、リースクデイル

生まれた日に他界した
モンゴメリ次男の墓
1914年8月13日
オンタリオ州

船長の人形、島の商店

撮影・松本侑子

文春文庫

アンの夢の家

L・M・モンゴメリ
松本侑子訳

文藝春秋

Anne's House of Dreams

アンの夢の家

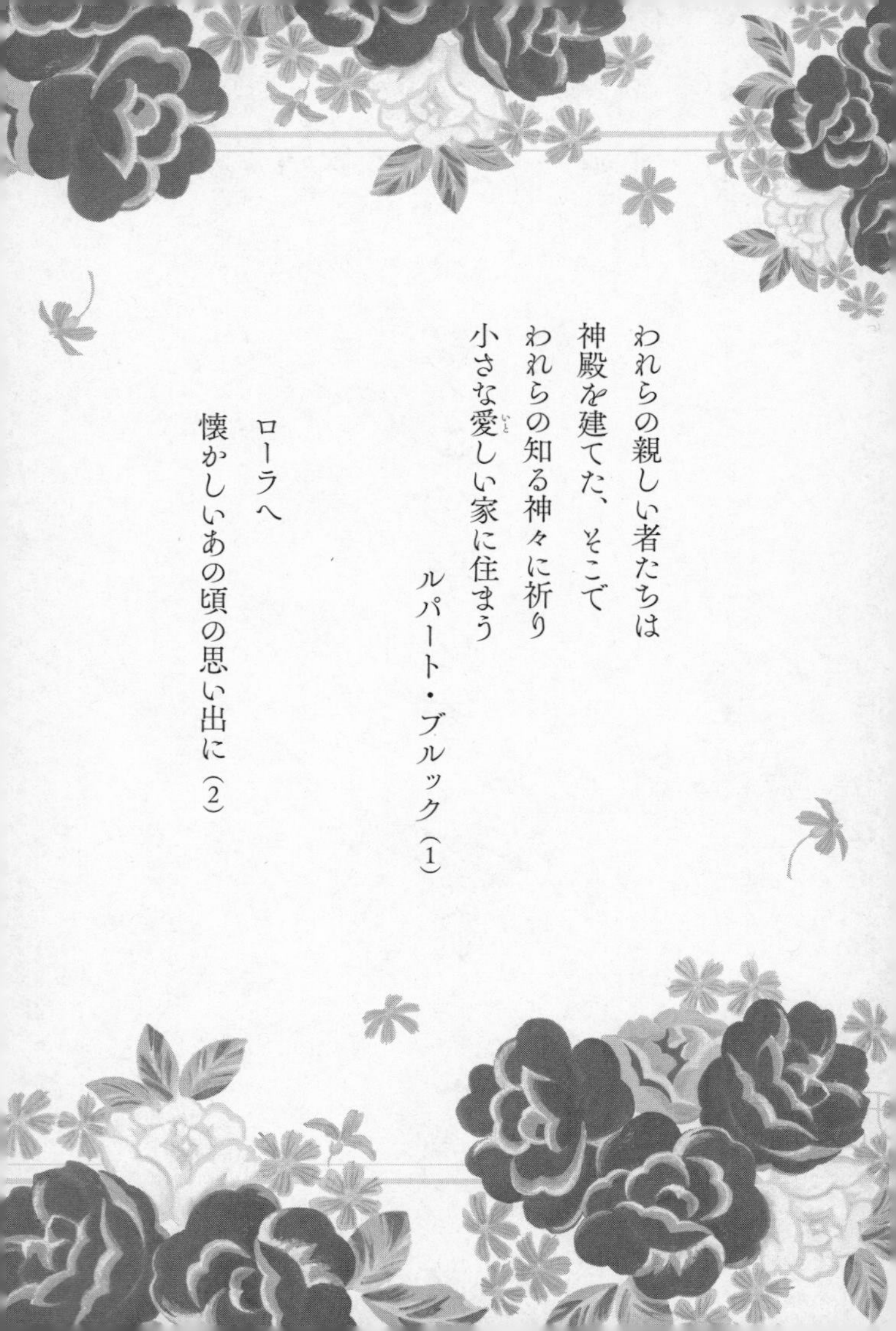

われらの親しい者たちは
神殿を建てた、そこで
われらの知る神々に祈り
小さな愛しい家に住まう

ルパート・ブルック(1)

ローラへ
懐かしいあの頃の思い出に(2)

目次

地図

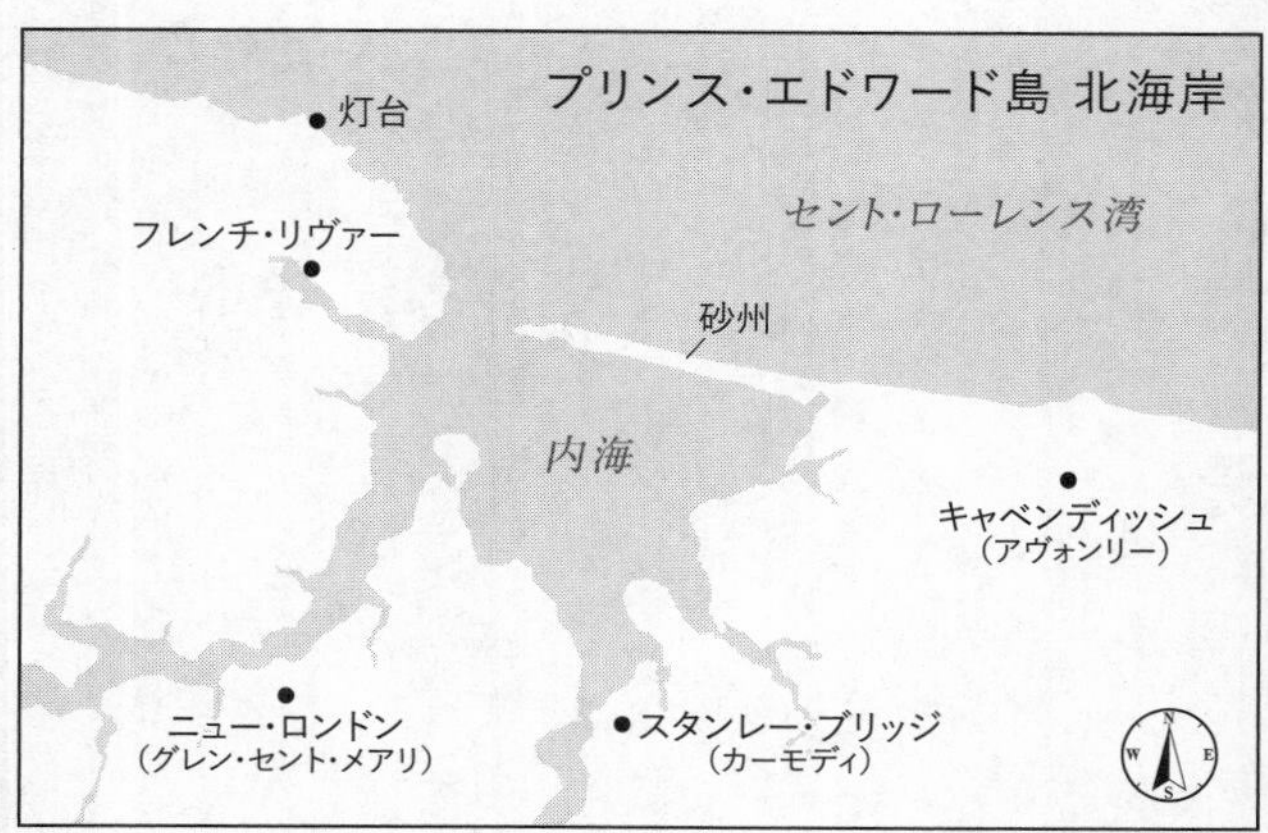
プリンス・エドワード島 北海岸
灯台
セント・ローレンス湾
フレンチ・リヴァー
砂州
内海
キャベンディッシュ
（アヴォンリー）
ニュー・ロンドン
（グレン・セント・メアリ）
スタンレー・ブリッジ
（カーモディ）
N
W
E
S

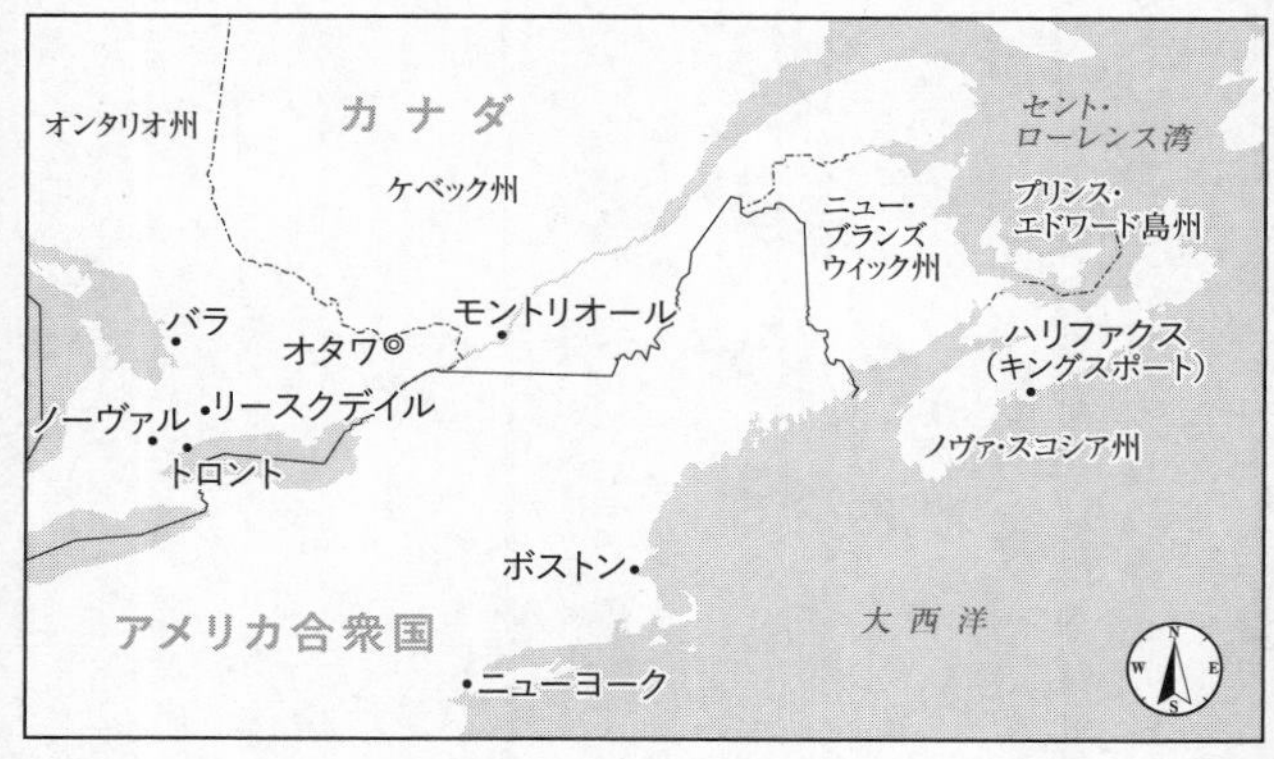
オンタリオ州
カ ナ ダ
セント・
ローレンス湾
ケベック州
ニュー・
ブランズ
ウィック州
プリンス・
エドワード島州
バラ
オタワ
モントリオール
ハリファクス
（キングスポート）
ノーヴァル
リースクデイル
トロント
ノヴァ・スコシア州
ボストン
アメリカ合衆国
大 西 洋
ニューヨーク
N
W
E
S

第1章　グリーン・ゲイブルズの屋根裏で

「ありがたいことに、幾何はもうおしまいよ、習うのも教えるのも」アンはかすかに復讐心をこめて言うと、かなり使い古した幾何の教科書を、本を入れる大きな木箱（1）に放りこみ、音をたてて蓋をしめた。そして蓋に腰かけ、夜明けの空のような灰色の瞳を、グリーン・ゲイブルズの屋根裏にいるダイアナ・ライト（2）にむけた。

この屋根裏部屋は、あらゆる屋根裏部屋がそうであるように、様々な物影があり、想像力を誘う心楽しい所だった。アンが座っているかたわらの窓は開かれ、甘く、芳しく、陽ざしに温もった八月の昼下がりの空気が流れこみ、外ではポプラの大枝が風にうなずき、さやさやと葉ずれの音を奏でている。そのむこうには森が広がり、《恋人の小径》の魔法がかかったような細道が曲がりくねっている。古い林檎園では今なお薔薇色の林檎がたわわに実り、その上の青々とした南の空には、雪のごとき雲の峰々が連なっていた。また別の窓からは、白浪たつ青い海が遠くにちらりと見えている――美しいセント・ローレンス湾（3）である。この湾に宝石のように浮かんでいるのがアベグウェイト（4）だった。先住民がつけた柔らかく愛らしい響きのこの名前が、プリンス・エドワード島という散文的な名称に代わってすでに久しかった(5)。

ダイアナ・ライトは、私たちが最後に彼女を見てより三年の歳月が流れ(6)、その間(かん)に幾分(いくぶん)、主婦の落ち着きがそなわっていた。しかし遠い日に、オーチャード・スロープの庭でアン・シャーリーと永遠の友情を誓ったころと同じように瞳は黒く輝き、頬は薔薇色に染まり、えくぼが魅力的だった。ダイアナの腕には、黒い巻き毛の幼(おさ)な子が眠っていた。その子は「小さなアン・コーデリア」としてアヴォンリーの世間に知られてより幸せな二年の年月(としつき)がすぎていた。アヴォンリーの人々は、ダイアナが娘をなぜアンと名づけたのか、もちろん知っていたが、コーデリアには困惑した。ライト家にも、バリー家にも、コーデリアという名の身内はいなかったのである。ハーモン・アンドリューズ夫人は、たぶんダイアナがどっかの三文小説で見つけたんですよ、まあフレッドも分別のないこと、よくもあんな名前を許すとは、と語ったが、ダイアナとアンは互いに微笑をかわした。小さなアン・コーデリアがどのようにその名を授かったか(7)、二人は承知していた。

「アンはもとから幾何が嫌いだったものね」ダイアナは懐かしむような微笑みを浮かべた。「教えるのが済(す)んで、さぞほっとしてるでしょ」

「あら、教えることは好きよ、幾何を別にするとね。サマーサイドの三年間はすこぶる楽しかったわ。この家に戻ってきたら、ハーモン・アンドリューズ夫人がおっしゃったの。教師生活に比べると、結婚生活はあんたが思うほどいいもんじゃない（8）ってわかりますよって。どうやらハーモンの奥さんは、ハムレットの考え方を信じていなさるようね。つまり、我々の知らない困難に飛びこむよりは、今ある苦難に耐える方がまし（9）ということよ」

かつてと変わらぬアンのほがらかで愛くるしい笑い声に、優しさと円熟味が加わって屋根裏部屋に響いた。下の台所で、マリラは青いプラムの砂糖煮（プリザーヴ）（10）をこしらえていたが、アンの笑い声が聞こえると、口もとをゆるめた。それから、ため息をついた。これからの年月（ねんげつ）、あの可愛らしい笑い声がグリーン・ゲイブルズに響くことは、もう滅多になかろうと思ったのだ。アンがギルバート・ブライス（11）と結婚すると知ったときほど、マリラの生涯に幸せなことはなかった。だが、どんな喜びもかすかな悲しみの翳（かげ）りをもたらすものである。サマーサイドでの三年間、アンは休暇と週末に足しげく帰省したが、これからは年に二度の里帰りがせいぜいだろう。

「ハーモンのおばさんの言うことなんか、気にしないの」ダイアナは主婦四年の平然（へいぜん）たる貫禄（かんろく）で言った。「もちろん結婚生活には、いい事もあれば、悪い事もあるわ。すべてがいつもうまくいくなんて期待しちゃだめよ。だけどね、アン、結婚生活が幸せだって事はほんとよ、ぴったりの人と一緒になれば」

アンは微笑を飲みこんだ。ダイアナが経験者ぶるのがいつも少々おかしかったのだ。

「私も結婚して四年もすれば、あんなふうになるのかしら」アンは胸に思った。「でも私にはユーモアのセンスがあるもの、そうはならないわ」

「どこに住むか、もう決まって？」ダイアナはたずねると、母の仕草で小さなアン・コーデリアを抱きしめた。それを見ると決まってアンは胸を打たれ、言うに言われぬ甘やかな夢と希望と、また純粋な喜びにして奇妙に淡い苦痛が、心を満たすのだった。

「ええ。それを話したくて、今日来てちょうだいとダイアナに電話したの。それにしても、今のアヴォンリーに電話があるなんて、本当とは思えないわ。この懐かしいのんびりした昔ながらの土地には、不自然なほど当世風(とうせいふう)で、現代的(モダン)だもの」

「アヴォンリー村改善協会のおかげよ」ダイアナが言った。「協会がこの問題をとりあげて行動しなかったら、電話線は引けなかったわ。どんな会でもやる気がくじけるくらい、冷や水をさんざん浴びせられても、改善協会は頑張ったの。アンはあの会を作って、アヴォンリーにすばらしいことをしたのよ。私たち、みんなして集まって、とっても楽しかったわね！　あの青い公会堂や、ジャドソン・パーカーが塀(へい)に薬の広告をペンキで塗って出そうとしたこと(12)を、忘れられて？」

「電話を引いてもらっても、アヴォンリー改善協会に心から感謝できるかどうか、わからないわ」アンが言った。「もちろんこの上なく便利よ……前に私たちがろうそくの灯りをちかちかさせて合図したやり方(13)よりは、ずっといいもの！　それにリンドのおばさんがおっしゃるように、『アヴォンリーも行列に遅れてはなりませんよ、まったくね』ですもの。でもどういうわけか、ハリソンさんが気の利いたことを言いたい時の決まり文句の『近代の不便』(14)で、アヴォンリーらしさを台なしにされたくないの。いつまでも古き良き時代のままでいてもらいたいのよ。そんなことは馬鹿げているし……感傷的で……不可能よ。だから私もさっさと物わかりよく、現実的になって、受け入れるようにするわ。電話はハリソンさんが渋々認めなすったように、『ずば抜けて良いもの』よ……たとえ詮索好きな人たち六人が電話を盗み聞きしている(15)とわかっていても」

「それが一番困るのよ」ダイアナが吐息をついた。「誰かに電話をかけるたんびに受話器をはずす音が聞こえて、うんざりするの。ハーモン・アンドリューズのおばさんったら、うちの電話は台所に引いてもらいたいって言いなすったそうよ。電話が鳴ったら、食事に目を配りながら話を聞けるようにするためよ。今日、アンが電話をくれた時は、パイ家の時計が時報を打つ、あの変わった音がちゃんと聞こえたわ。ということはきっと、ジョージーか、ガーティが聞いてたのよ」

「まあ、だからダイアナは言ったのね。『グリーン・ゲイブルズは新しい時計を買ったのね？』って。何のことだかわからなかったけど、あんたがそう言ったとたん、がちゃんと荒々しい音がしたの。あれはパイ家が、罰当たりな力をこめて受話器をおろした音だったのね。でもパイ家のことは気にしないわ。リンドのおばさんが言いなさるように、『彼らは、過去に常にパイ家であり、未来に常にパイ家であり、世に果てしなくかくあり、アーメン』(16)だもの。さあ、楽しいことを話しましょう。私の新しい家の場所が決まったのよ」

「まあ、アン、どこ？　ここから近いといいけど」

「近くないの、それが困ったところね。ギルバートは、フォー・ウィンズの内海(17)に落ち着くことにしたの……ここから六十マイル（一マイルは一・六キロメートル）よ」

「六十マイル！　それじゃあ、六百マイルも同じよ」ダイアナはため息をついた。「今の私は、シャーロットタウンより遠くへは、家を空けられないもの」

「ぜひフォー・ウィンズに来てちょうだい。島でいちばんきれいな内海よ。内海の奥にグレン・セント・メアリ(18)という小さな村があって、そこでデイヴィッド・ブライス先生が、五十年間、診療所をなさっていたの。ギルバートの大おじさまよ。お医者さまを引退されるので、ギルバートが引き継ぐことになったの。でもブライス先生はそのままご自宅に住まれるので、私たちは家を探さなくてはならないの。それがどんな家で、どこにあるのか、まだわからないけど、想像のなかでは、小さな夢の家はすっかり家具がそろっているわ……小さくて、惚れ惚れするような、夢のお城のような家(19)よ」

「新婚旅行はどこへ行くの？」ダイアナがきいた。

「どこにも行かないわ。そんなに驚かないで、大好きなダイアナ。そんな顔をされると、ハーモン・アンドリューズのおばさんを思い出すじゃないの。おばさんならきっと、小馬鹿にしたようにおっしゃるわよ。新婚『りょこう（タワー）』(20)に行く余裕のない者は、無理に行かないほうが分別がありますよって。でもうちのジェーンはヨーロッパへ行きましたけどね、って付け足すのよ。でも私は、蜜月（ハネムーン）をフォー・ウィンズの愛しい夢の家ですごしたいの」

「アンは、花嫁の付き添いもつけないんですって？」

「なってもらう人がいないのよ。ダイアナも、フィルも、プリシラも、ジェーンも、みんな私より先に結婚したし、ステラはヴァンクーヴァー(21)で教えているもの。ほかに『魂の同類』(22)はいないの。そうでない人に、花嫁の付き添いはしてもらえないわ」

「でも、ヴェールはかぶるんでしょうね？」ダイアナは心配そうに言った。

「ええ、もちろんよ。ヴェールがなくては花嫁さんになった気がしないわ。私、今でも憶えているわ。マシューが私をグリーン・ゲイブルズに連れてきてくれたあの夕方、私はお嫁さんにはなれないと思う、こんなに不器量だから誰も結婚したがらないでしょう……海外伝道の宣教師さんでもないかぎりって、マシューに話したの。海外宣教師さんは、人喰い族のいる所へ命がけで行ってくれる娘さんを探すのだから、見た目なんか気にする余裕はないって、あのころは思っていたの。プリシラが結婚した海外宣教師(23)さんを、ダイアナに見せたかったわ。私たちが昔、結婚相手に夢見たような美男子で、しかも謎めいているのよ、ダイアナ。あんなにおしゃれな男の人は見たことがないくらい。しかもその人は、プリシラの『この世のものとも思えぬ金髪の美しさ』に夢中なの。もちろん日本に人喰い族はいないけれど」

「ともかく、アンのウェディング・ドレスは夢みたいにきれいね」ダイアナはうっとりして吐息をもらした。「アンがあれを着たら、ほんとの女王さまみたいでしょうね……すらりとして、ほっそりして。どうしたらそんなにほっそりしていられるの、アン。私は前より肥(ふと)って……じきにウェストがなくなるわ」

「肥るのも痩せるのも、予定説(24)で決まっているみたいね」アンは言った。「いずれにしても、サマーサイドから帰ってきた私にハーモンのおばさんがおっしゃったことは、ダイアナには言えないわ。『まあ、アンったら、相変わらず骨と皮ばっかりですこと』ですもの。『ほっそり』と言えばロマンチックだけど、『骨と皮』では全然違った感じよ」

「ハーモンのおばさんは、アンの嫁入り衣裳の噂話をしてるのよ。ジェーンのと同じくらい見事だって認めた上で、でも、うちのジェーンは百万長者と結婚しましたけど、ア

ンは一セント も財産のない若い貧乏医者と一緒になるんですからね、なんて言いなさるの」

アンは笑った。

「私のドレスは、本当にすてきよ。私はきれいなものが大好きなの。初めて着たきれいなドレスは、今でも忘れられないわ……茶色のグロリア地で、マシューが学校の演芸会(コンサート)のために贈ってくれたの。それまで持っていたのは、どれも不格好だったから、あの夜は、新しい世界へ足を踏み入れた気がしたわ」

「あれは、ギルバートが『ライン河畔のビンゲン』を諳誦(あんしょう)した晩だったわね(25)。ギルバートったら、『もう一人あり、それは妹にあらず』(26)って言いながら、アンを見つめたのよ。それにギルバートが、あんたのピンクのちり紙の薔薇を自分の胸ポケットにさしたんで、アンはかんかんに怒ったわね(27)！　いつかギルバートと結婚するなんて、あのころのアンは想像しなかったでしょう？」

「そうね、これも予定説の一例よ」アンは笑って、二人は屋根裏の階段をおりていった。

第2章　夢の家

グリーン・ゲイブルズは、その歴史が始まって以来の興奮にわき立っていた。マリラでさえ、あまりの興奮が顔に表れていた……これは驚くべきことと言ってよかった。

「この家で婚礼は一度もありませんでしたから」マリラは言い訳でもするようにレイチェル・リンド夫人に言った。「私が子どもの時分に、年寄りの牧師さんがおっしゃってましたよ。家(ハウス)というものは、誕生と婚礼と死で清められて、初めて本当の家(ホーム)になるとね。このうちで死はありましたよ……私の父親と母親がここで亡くなりましたから。マシューもそうですよ。それに誕生もありました。昔、ここに来てすぐのころ、夫婦者の雇い人がしばらくおりましてね、その奥さんが赤ん坊を産んだんです。だけど婚礼はいっぺんもなかったんでね。アンが結婚するなんて、不思議な気がしますよ。私にとっちゃ、あの子は、ある面では、十四年前にマシューが連れてきた小さな女の子のままみたいに思えてね。大きくなったという実感がわかないんです。マシューが女の子を連れて入って来た時の気持ちは、いつまでたっても忘れられませんよ。もしも手違いがなくて、男の子をもらっていたら、その子はどうなったでしょうね。男の子の運命はどうなったろうって思うんですよ」

「ほんとに運のいい手違いでしたよ」レイチェル・リンド夫人が言った。「もっとも、そうとは思えない時もあったけどね、ほら……私が初めてアンを見に来た夕方、あの子ときたら、大した騒ぎを見せてくれて。あれからアンはずいぶん変わりましたよ、まったく」

リンド夫人は息をついたが、また威勢よく言った。婚礼が決ったからには、死せる過去に、その死者を葬らせる（1）心づもりだった。

「アンには、木綿糸で編んだベッドカバー（2）を贈りますよ」夫人はふたたび話し始めた。「煙草縞（たばこじま）のと林檎の葉模様のと。アンが言うには、あれがまたたいそう流行ってるそうな（3）。まあ、流行だろうがなかろうが、きれいな林檎の葉模様のベッドカバーをかけた客用寝室ほど立派なものはありませんからね、まったくのところ。あれをさらして、白くしとかなくちゃね。トーマスが死んでから、木綿の袋に入れて口を縫っといた（4）もんだから、きっとひどい色になってるよ。だけどまだひと月もあるから、夜露にあてると見違えるほどきれいになるよ（5）」

あとたったひと月！　マリラはため息をもらしたが、それから得意そうに言った。

「私は、屋根裏の三編みの敷物（6）を六枚、持たせますよ。あれを欲しがるとは思いもよりませんでした……そうとう昔風のものだからね。きょうびは誰もが引き抜きの敷物（フックド・マット）

（7）がいいというのに、あの子は欲しがったんです……自分の家には何よりもあれを敷きたいと言って。そりゃあ、すこぶるきれいですから。一番いい古布でこしらえたんです、縞(しま)模様の三編みにして。ここ何年も冬は重宝(ちょうほう)しましたよ。それから青いプラムの砂糖煮(プリザーヴ)をジャムの戸棚に一年分、たっぷりこしらえてやります。不思議なことに、青いプラムの木はどれも三年ほど、一つも花が咲かなくて、切り倒そうと思っていたのに、この春は、真っ白になるほど花をつけて、グリーン・ゲイブルズでも記憶にないほど、たんとプラムがなったんですよ」

「なんだかんだ言っても、アンがギルバートと結婚するようになったことが、ありがたいですよ。ずっとお祈りしてましたから」リンド夫人は自分の祈りには効き目があると気持ちよく信じている者の口ぶりで言った。「アンがキングスポートの人と一緒にならないと知って、どんなにほっとしたか。たしかにその人は金持ちで、ギルバートは貧乏だよ……少なくとも最初はね。でもギルバートは島の者だからね」

「あの子はギルバート・ブライスですから」マリラは満足そうに言った。ギルバートを子どものころから見かけるたびに胸の奥に湧きあがった思いを言葉にするくらいなら、いっそ死んだほうがましだった――遠い遠い昔、自分に意固地なプライドさえなければ、ギルバートはわが子だったかもしれない。その古い過(あやま)ちが、奇妙なことだが、ギルバートがアンと結婚することで正されるような気がした。昔のほろ苦い不運から幸せが生まれたのだ。

そしてアン自身は、あまりに幸せで怖くなるほどだった。古い迷信によると、神々はあまりに幸福な人間を見ることを好まぬという。少なくとも、ある種類の人々が好まないことは確かである。そうした類いの(8)二人が、すみれ色の夕暮れどきに訪れ、胸に考えていたこと、つまりアンの満ち足りた虹色の夢の泡をちくりと突き刺すことにとりかかった。アンが、若きブライス医師と一緒になって特別な褒美(ほうび)でも手にするつもりなら、あるいは、ギルバートが若葉のころ(9)と変わらず今もアンにのぼせていると思いあがっているなら、別の見方を示してやるのが自分たちの義務であるというのである。だがこの二人の有徳の婦人は、アンの敵ではなかった。むしろアンを心から好いており、他の者がアンを攻撃しようものなら、わが娘(こ)のごとく護(まも)ったであろう。人間の性分(しょうぶん)というものは、かように辻褄(つじつま)があわない定めなのである。

イングリス夫人――「日刊エンタープライズ」によれば、旧称ジェーン・アンドリューズ――は、実家の母親とジャスパー・ベル夫人の三人でやって来た。だがジェーンの人の心を和ます優しさは、夫婦喧嘩もある歳月によって損なわれることなく(10)、夫婦の関係はいい具合におさまっていた。つまりジェーンは百万長者に嫁いだにもかかわらず――レイチェル・リンド夫人ならそう言うであろう――結婚生活は幸せだった。富が彼女を駄目にすることもなかった。彼女は今なお、懐かしい四人娘(11)のころと変わらず、穏やかで、気だてがよく、桃色の頬をしたジェーンであり、幼な友だちの幸福をともに喜び、アンの花嫁衣裳が、シルクに宝石を飾った自らの豪華な婚礼衣裳に匹敵するかのごとく、その美しいこまごますべてに心からの興味を示した。ジェーンは才気煥発ではなかった。また生まれてこのかた、傾聴に値することを、おそらくは一度も言わなかった。だが人の気持ちを傷つける言葉も決して口にしなかった——それは目立たない才能かもしれぬが、稀にして、羨むべき才能なのである。

「ということは、結局、ギルバートはアンを諦めなかったんですね」ハーモン・アンドリューズ夫人は意外だという驚きを口ぶりに匂わせた。「でもブライス家は、一度口にしたことは、何が起きようと、たいていは守りますからね。ええと……アンは二十五歳だったかしら？ 私の娘時分は、二十五といえば最初の曲がり角でしたよ。でもアンはかなり若く見えますね。赤毛は決まってそうです」

「今は赤毛がたいそう流行っているんですよ」アンは微笑もうとしたが、口ぶりはやや堅苦しかった。人生は、アンにユーモアのセンスを養い、そのおかげで多くの困難を乗り越えることができたが、髪について言われても動じないという点では、まるで役に立たなかった。

「そうでしょう……そうでしょうとも」ハーモン夫人は締めくくった。「流行なんていうおかしなものは、何を流行らすやら見当もつきませんから。ところでアン、あなたの衣裳はとてもきれいだし、身分相応ですよ、そうよね、ジェーンや？　私はアンの幸せを願っているのですよ。幸多かれとね、ええ。長らく婚約していると往々にしてうまくいきませんから。でもあなたがたの場合は仕方がなかった(12)んですからね」

「ギルバートは、医者にしちゃ、若く見えすぎるんで、あんまし信用されないんじゃないか、心配ですよ」ジャスパー・ベル夫人は顔を曇らせて語ると、これで言うべきことは言ったのだから、後は良心にやましい点はない、とばかりに固く口を閉ざした。彼女は、いつも帽子に紐のようにしぼんだ黒い羽根をつけ、首にほつれ毛が垂れている類いの婦人であった。

美しい花嫁衣裳によせるアンの喜びは、表面的にはいっとき翳ったものの、胸の奥深くにある幸福は、こんなことでは乱されなかった。のちほどギルバートが訪れると、アンは、ベル家とアンドリューズ家の両夫人の小さな棘は忘れ、二人で小川のほとりの白樺の林へそぞろ歩いた。この白樺も、アンがグリーン・ゲイブルズに来たころは若木だったが、今では、黄昏と星々の住まう妖精の宮殿にそびえ立つ象牙色の円柱を思わせた。その木陰で、アンとギルバートは、恋する者同士の口ぶりで新しい家や二人の新生活について語りあった。

「アン、ぼくらの愛の巣を見つけたよ」

「まあ、どこなの？　村の真ん中でなければいいけれど。そうなら好きになれないかもしれないわ」

「いいや、村には借りられる家がなくてね。内海のほとりの小さな白い家だよ。グレン・セント・メアリとフォー・ウィンズ岬の間だ。少し人里離れているけれど、電話を引けば、さほど不便はないだろう。きれいなところだよ。夕陽が見えるし、家の前には青い内海が広がっている。砂丘もそれほど遠くない……海風が吹くと、波しぶきが砂丘を濡らすんだよ」

「でも家そのものはどうなの？　ギルバート……私たちの最初の家は、どんな家？」

「あまり広くはないが、ぼくらには充分な広さだよ。一階は、暖炉のある素晴らしい居間と、内海を見晴らす食堂があって、ぼくの診療所にぴったりの小さな部屋もある。築六十年くらいで……フォー・ウィンズでいちばん古い家だ。でもきれいに手入れがしてあって、十五年前にすっかり修繕したんだ……屋根板を葺いて、壁を塗り直して、床を張りかえて。もともといい造りでね。この建物にはロマンチックな逸話があるそうだが、家を貸してくれた男の人は知らなかった。その人が言うには、昔の話が今もできるのは、ジム船長（13）だけらしい」

「ジム船長って、どなた？」

「フォー・ウィンズ岬の灯台守だよ。きみはフォー・ウィンズ灯台（14）が大好きになるだろうよ、アン。回転式で、夕闇のなかを大きな星のように光るんだ。居間の窓からも、玄関からも見えるよ」

「私たちの家の持ち主は、誰なの？」

「今はグレン・セント・メアリの長老派教会が所有していて、ぼくはその管財委員会から借りたんだ。でも最近まで、ミス・エリザベス・ラッセルという年輩の女性のものだった。ところがその女(ひと)がこの春に亡くなって、身内がいないので、財産をグレン・セント・メアリ教会に遺(のこ)したんだ。ミス・ラッセルの家具はまだ家に残っていて、ほとんど買い取ったよ……捨て値と言えるような値段だった。古めかしい家具ばかりだから、管財委員会は売れる見込みがないと思ったんだろうね。どうやらグレン・セント・メアリの人たちは、派手な紋織り(ブロケード)の椅子とか、鏡や飾りのついた食器棚(サイドボード)がお好みらしい。でもミス・ラッセルの家具はとても上質なものだから、きみはきっと気に入るよ、アン」

「ここまでは、すばらしいわ」アンはうなずき、用心しながらも賛成の意を示した。「でもね、ギルバート、人は家具だけでは暮らせないのよ。まだ大切なことを話していないわ。家のまわりに、木はあるの？」

「山ほどあるよ、ああ、木の精(ドライアド)(15)よ！　家の裏はもみの大きな森でね。小径(こみち)(16)の両側にはロンバルディ・ポプラ(17)が並んでいる。きれいな庭があって、そのまわりに、白樺が輪になっているんだ。玄関の扉を開けると、すぐにその庭だよ。庭の先には、もう一つ門があって……二本のもみの木の間に、小さな木戸がある。戸の蝶番(ちょうつがい)は片方の幹に、戸の掛け金はもう片方の幹についていて、その上で、もみの枝がアーチになっているんだ」

「まあ、とても嬉しいわ！　私は木のないところには暮らせないもの……私のなかの生命力が涸れてしまうでしょう。これだけ聞いたからには、近くに小川があるか聞いても無駄ね。それでは、高望みしすぎですもの」

「ところが、小川もあるんだ……庭の隅をちゃんと横切っているよ」

「ということは」アンは申し分なく満足してふかぶかと息をもらした。「あなたが見つけたその家こそ、まさしく私の夢の家よ」

第3章　分かち合う夢の国

「アン、結婚式に誰を呼ぶか、もう決めたかい」レイチェル・リンド夫人がテーブル・ナプキンのへりにせっせとヘムステッチ（1）をしながらたずねた。「ごく内輪でするにしても、そろそろ招待状を送る時分だよ」

「大勢はお呼びしないのよ」アンが言った。「私のお式をいちばんに見てもらいたい人だけよ（2）。ギルバートの家の人たちと、アラン牧師夫妻、それからハリソンさんと奥さん」

「ハリソンさんを親友には入れそうもないころもあったがね」マリラがそっけなく言った。

「そうね、初めて会った時は、大いに惹かれた、ということは、あまりなかったわね」アンも認めて、思い出し笑いをした。「でもハリソンさんは、お付き合いするうちにいい人になって、奥さんもとてもいいかただもの。もちろんミス・ラヴェンダーとポールもお招きするわ」

「あの人たちは、この夏、島に来ることにしたのかい？　ヨーロッパへ行くと思ってたがね」

「結婚することを手紙で伝えたら、予定を変えたんですって。今日、ポールから返事が来て、たとえヨーロッパで何が起きようと、先生の結婚式には必ず、行きますとあったわ」

「あの子はいつもおまえさんを崇拝してたね」リンド夫人が言った。

「その『子ども』も、今では十九歳の青年よ、リンドのおばさん」

「時のたつのはなんと速いことか！」というのがリンド夫人の才気あふれる独創的な返事だった(3)。

「シャーロッタ四世も一緒に来るかもしれないわ。旦那さんが行かせてくれるなら行きますとポールに伝言をよこしたの。あの子は今でも、とてつもなく大きな青いリボンを結んでいるのかしら。シャーロッタと呼ぶのかしら、それともレオノーラかしら。シャーロッタにはぜひお式に出てもらいたいわ。私たちは、遠い昔、結婚式に出たよしみ(4)ですもの。あの人たちは来週はこだま荘にいらっしゃると思うわ。それにフィルとジョー牧師も来るのよ……」

「牧師さんをそんなふうに呼ぶなんて、聞き苦しいですよ(5)、アン」リンド夫人が厳しく言った。

「奥さんのフィルがそう呼んでいるんですもの」

「そんなら奥さんは、夫の聖職をもっと敬うべきだね」リンド夫人は言い返した。

「おばさんだって、牧師さんたちをそうとう手厳しく批判なすっていたようだけど」アンはからかった。

「そうだよ、でも私はうやうやしく言いますからね」リンド夫人は異議をとなえた。

「私が牧師さんをニックネームで呼んだのを、いっぺんも聞いたことはないはずだよ」

アンは微笑をのみこんだ。

「それから、ダイアナとフレッド、フレッド坊やと小さなアン・コーデリア……ジェーン・アンドリューズも呼ぶわ。ステイシー先生とジェイムジーナおばさん、プリシラとステラにも来てもらいたかったけど、ステラはヴァンクーヴァー(6)に、プリスは日本(7)にいるもの。ステイシー先生はカリフォルニアでご結婚なさっているし、ジェイムジーナおばさんは蛇が嫌いなのに、娘さんの海外布教の地を探検しようとインドへ行かれたの。本当に恐ろしいことね……人間がこんなふうに地球上に散り散りになって」

「神様は決してそんなおつもりではなかったのですよ、まったく」リンド夫人が権威ぶって語った。「私の若いころは、生まれたところか、その近くで大きくなって、所帯をもって、住み着いたもんです。アンが島に居てくれて、ありがたいですよ。ギルバートは大学を終えたら地の果てへすっ飛んでいくと言って、おまえさんを連れてくんじゃないか案じてたからね」

「みんなが生まれたところにいたら、すぐに満杯になってしまうわ、リンドのおばさん」

「やれやれ、アンと議論をするつもりはないよ。私は文学士さまじゃないんでね。ところで、お式は何時だね」

「お昼よ……社交欄の記者風に言うと(8)、正午(ハイ・ヌーン)。その時間なら、グレン・セント・メアリ行きの夕方の汽車に間にあうの」

「それで、客間で結婚式をするのかい(9)」

「いいえ、雨がふらなければ……果樹園でするつもりよ……頭の上に青い空が広がって、陽ざしに包まれて。でも、もしできることなら、私がいつ、どこでお式をしたいか、ご存じ? 夜明けよ……六月の夜明け、神々しい朝日が昇って、庭に薔薇が咲いているの。そして私は静かに外へ出ていって、ギルバートとぶなの森の奥へ歩いて行くの……まるで壮麗な大聖堂のような若葉のアーチのしたで結婚するのよ」

マリラは小馬鹿にしたようにふんと鼻を鳴らし、リンド夫人は仰天顔をした。

「そんなのは、とてつもなく奇妙きてれつだよ、アン。それに法にかなっているとも思えないね(10)。ハーモン・アンドリューズのおかみさんが、なんと言うだろうね」

「それが問題なのよ(11)。ハーモン・アンドリューズのおばさんに何を言われるか怖くて、できないことが、人生には山ほどあるんですもの。『それは本当であり残念、残念であり本当』(12)よ。ハーモン・アンドリューズのおばさんがいなかったら、どんなに楽しいことができるか！」

「私は、アンのことをちゃんとわかってるか、ときどき心許(こころもと)なくなるね」リンド夫人がぼやいた。

「アンはもとからロマンチックだからね」マリラが済(す)まなそうに言った。

「だとしても、結婚生活を送るうちに、そんなとこは、あらかた治るだろうよ」

アンは笑い、《恋人の小径》へそっと出かけた。そこでギルバートと落ちあった。結婚生活を送るうちにロマンチックなところが治る心配、あるいは期待を、二人とも胸に抱(いだ)いている様子はなかった。

こだま荘の人々は次の週に訪れ、グリーン・ゲイブルズは喜びにわいた。ミス・ラヴェンダーはほとんど変わりなく、三年前に島を訪れたのが、ついこの前のようだった。しかしポールには、アンは驚き、息をのんだ。この六フィート（一フィートは約三十センチメートル）もある立派な青年が、アヴォンリー校に通ったあの小さなポールであろうか。

「ポールを見ると、私もつくづく年をとったという気がするわ」アンが言った。「まあ、見上げるほどになって！」

「先生は決して年をとられないのですね」ポールが言った。「若さの泉を見つけて、その水を飲んだ幸せな人のお一人なのですから……先生とラヴェンダーお母さんがそうです。いいですか！　先生が結婚されても、ぼくはブライス夫人とは呼びません。ぼくにとっては、いつまでも『先生』なんです……今まで教わったなかで、最高の授業をなさった先生です。お見せしたいものがあるんです」

「お見せしたいもの」とは、詩がびっしり書かれた手帳だった。ポールは美しい空想の数々を詩に綴り、雑誌の編集者たちは時として鑑識眼がないと思われるが(13)、彼の詩の美点をすでに認めていた。アンはポールの詩を心から喜びつつ読んだ。その詩は人の心を惹きつける力と将来の可能性にあふれていた。

「あなたはいつか有名になるわ、ポール。教え子の一人が有名になればと、ずっと夢見てきて、大学の学長がいいと思っていたけれど……偉大な詩人のほうが、はるかにいいわ。そのうち私は、あの有名なポール・アーヴィングをむちで打ったのですよと自慢するでしょう。でも、あなたをむちで叩いたことはなかったわね、ポール。貴重な機会を逃したわ！　もっとも、休み時間に残したことはあったわね」

「先生こそ有名になられるでしょう。この三年間、先生の作品をかなり拝見しました」

「いいえ、自分の才能はわかっているの。私は、子どもたちが気に入って、編集者も快く小切手を送るような、きれいで夢のあるちょっとした短編は書けるわ。でも大作は書けないの。この世に不朽の名声を残すチャンスが私にあるとしたら、あなたの回想録の片隅に載ることだけよ」

シャーロッタ四世は、もはや青いリボンは結んでいなかったが、そばかすは、さほど減ってはいなかった。

「よもやこのあたしがヤンキー(14)と結婚するとは、思いもよりませんでしたよ、シャーリーお嬢様。だけども人間、先のことはわかりませんからね。それにヤンキーなのは、うちの人のせいじゃないんです。そんなふうに生まれただけなんです」

「ヤンキーと結婚したからには、あなたもヤンキーよ、シャーロッタ」

「シャーリーお嬢様、あたしは違いますよ！　たとえ一ダースのヤンキーと一緒になっても、ヤンキーにはなりません！　トムは優しい人です。それにあたし、あんましやかましいことは言わないほうがいいと思ったんです。もうチャンスはないかもしれないと思ったんで。トムはお酒を飲みませんし、がみがみ言うこともありません。何しろ食べてるとき以外は働かなくちゃなりませんでね。でもつまるところ、あたしは満足してるんですよ、シャーリーお嬢様」

「ご主人はレオノーラと呼ぶの？」アンがたずねた。

「まさか、シャーリーお嬢様。そんな名前で呼ばれたら、誰のことやらわかりません。もちろんお式では、うちの人も『われ、汝を娶る、レオノーラ』って言わなきゃなりませんでしたよ。だけども、いいですか、シャーリーお嬢様、それからというもの、うちの人がお式で話しかけたのは、あたしじゃなかったんじゃないか、あたしはちゃんと結婚してないんじゃないかって、心底、おっかない気持ちなんです。というわけで、シャーリーお嬢様も、いよいよご結婚なさるんですね。あたしはお医者様と一緒になりたかったんです。子どもが、はしかや喉頭炎になったとき、そりゃあ重宝ですから。トムはただの煉瓦積み職人ですよ。だけども、ほんとに気だてがいいんです。あたしがうちの人に、『トム、ミス・シャーリーのお式に行ってもいいですか？　どのみち行くつもりだけども、あんたに承諾してもらいたいんで』って言いましたら、うちの人が言うことには、『おまえの気に入るようにおし、シャーロッタ、そうすりゃ、おれも気に入るからな』と、こうですよ。こうした亭主こそ、持って気持ちのいいものですね、シャーリーお嬢様」

　結婚式の前日、フィリッパと、彼女の呼ぶところのジョー牧師がグリーン・ゲイブルズに到着した。アンとフィルは歓喜の再会をした。その興奮も落ち着くと、来し方と、これからのことについて、くつろいだ打ち明け話をした。

「クィーン・アン(15)は変わらず女王さまのようね。私は赤ちゃんを産んで、すっかりやせて、前の半分も美人じゃないわ。でもジョーはそれが気に入ってるみたい。私たち夫婦にあんまり違いがなくなるからよ、そうでしょ。ともかく、ああ、アンがギルバートと結婚するなんて最高にすばらしいわ。ロイ・ガードナーじゃ駄目だったでしょうね、そうよ。今はわかるわ。もっとも、あの時は心底がっくり来たけどね。だってアン、あんたはロイをひどい目に遭わせたのよ」

「あの人も立ち直ったんじゃないかしら」アンは微笑んでみせた。

「ええ、そうね。ロイは結婚したわ、奥さんは可愛らしいきゃしゃな人で、二人はすばらしく幸せよ。すべてのことが、善となるように共に働く(16)。ジョーと聖書がそう言ってるもの。どちらもその道の権威だものね」

「アレックとアロンゾはもう結婚したの？」

「アレックはしたわ。アロンゾはまだよ。アンと話してると、パティの家の懐かしい日々が戻ってくるみたい！　楽しかったわね！」

「最近、パティの家へ行って？」

「ええ、しょっちゅう行ってるの。ミス・パティとミス・マリアは、今も暖炉のそばにすわって、編み物をしてるわ。それで思い出した……お二人から結婚のお祝いを言付かってきたの。アン、あててみて」

「てんでわからないわ。それに私が結婚するって、どうやってお知りになったの？」

「あら、私が話したのよ。先週もおじゃましたの。お二人とも興味津々でいらしたわ。それで二日前、ミス・パティからうちに来てほしいと手紙がきて、アンへの贈り物を持って行ってほしいと頼まれたの。アン、パティの家のお品をもらうとしたら、何がいちばんほしい?」

「まさか、あの瀬戸物の犬(17)を、ミス・パティはくださったの?」

「その通り。今、私のトランクに入ってるわ。手紙も預かってるの。ちょっと待ってて、とってくるから」

「ミス・シャーリー様へ」ミス・パティは書いていた。「近々、あなたがご結婚なさるとうかがい、マリアとわたくしはたいそう嬉しく存じました。お慶びを申し上げます。マリアもわたくしも結婚したことはございませんが、ほかの方々がなさることに異論はございません。あなたに瀬戸物の犬をお贈りしたいと存じます。あれは遺言であなたにさしあげるつもりでおりました。あの犬たちに心からの愛着を寄せておられるようでしたから。ところが、マリアもわたくしもまだ長生きするようですので(天意にかなえばですが)、あなたがお若いうちに、さしあげることに決めたのです。お忘れではないと存じますが、ゴグは右向き、マゴグは左向きでございます」

「あの懐かしいきれいな二匹の犬が、夢の家の暖炉のそばに座っているなんて」アンは恍惚の顔つきになった。「こんなに嬉しいことがあるとは思ってもいなかったわ」

その夕べ、グリーン・ゲイブルズは明くる日の仕度でわきたっていた。しかし日の沈むころ、アンはそっと出ていった。娘時代最後の日になすべきささやかな巡礼があり、それは一人で行かねばならなかった。アンは、ポプラの若木が影を落とすアヴォンリー墓地のマシューの墓を訪れ、古い思い出と不滅の愛情に、沈黙のうちに静かな再会をしたのである。

「もしマシューが生きていたら、明日はどんなに喜んでくれたかしら」アンは小声でつぶやいた。「でもマシューはきっとわかっていて、今も喜んでいるにちがいないわ……どこかで。何かで読んだもの。『死者は、我々が忘れるまで決して死なない』(18)と。マシューは、私にとってはいつまでも死なないわ、マシューを忘れるなんて、決してできないもの」

アンは持参した花をマシューの墓にそなえると、丘の長い坂道をゆっくり下っていった。快い光と影に満ちた神の恵みあふれる夕暮れだった。西の空には、さば雲(19)が広がっていた――真紅と琥珀(アンバー)に染まる雲の間に、青林檎色の空がのぞき、縞模様(しまもよう)をなしていた。その彼方には、海が夕陽にちらちら瞬き(またた)、黄褐色(おうかっしょく)の浜からは、波の様々な音色が絶え間なく響いていた。アンの周り(まわ)には、彼女が長きにわたって親しみ愛(いつくし)んできた丘と草原と森が、広々として美しい田園の静寂(しじま)のなかに横たわっていた。

「歴史はくり返す(20)、だね」アンがブライス家の木戸を通り過ぎると、ギルバートがあらわれた。「ぼくたちが、初めて二人で、この丘を歩いておりた時のことを、憶えているかい、アン……どこへだろうと、二人で歩いたのは、あれが初めてだった」

「私は夕暮れのなか、マシューのお墓参りから家に帰るところだったわ……するとあなたが木戸から出てきたのよ。それで私は、長年のプライドをかなぐり捨てて、話しかけたの」

「そのおかげで、あらゆる天がぼくの前に開かれたんだ(21)」ギルバートが補った。「あの瞬間から、ぼくは、明日という日を待ち望んできた。あの夜、グリーン・ゲイブルズの木戸できみと別れて家路をたどった時、ぼくは世界でいちばん幸せな若者だった。とうとうアンが、ぼくを許してくれたって」

「あなたこそ私を許してくださらなければならなかったのよ。私ったら、恩知らずで、どうしようもない女の子だった……あの日、池で命を助けてもらった後も、そうだった。私ったら、あなたに借りができて、初めはそれが重荷に思えて、どんなに嫌だったか！私に幸せになる資格はないわね」

ギルバートは笑い、彼が贈った指輪をはめた娘らしい手を、いっそう強く握った。アンの婚約指輪は真珠をちりばめたものだった。アンは、ダイアモンドの指輪を断ったのだ。

「ダイアモンドがきれいな紫色じゃないってわかってからは、好きじゃなかったの。ダイアモンドの指輪を見ると決まって、子どものころにがっかりしたことを思い出すもの」

「でも古い言い伝えによると、真珠は涙を表すそうだよ」とギルバートは反対した。

「そんなことは怖くないわ。涙には、悲しい涙もあるけれど喜びの涙もあるもの。私の目に涙が浮かんだ時は、いちばん幸せな時だった……グリーン・ゲイブルズに居ていいとマリラが言ってくれた時……私にとって初めてのきれいなドレスをマシューが贈ってくれた時……あなたが熱病から回復にむかったと聞いた時。だから、私たちの結婚の約束には、真珠の指輪をくださいな、ギルバート。そうすれば、私は、人生の喜びと共に、人生の悲しみも、すすんで引き受けるわ」

しかし今宵（こよい）、われらの恋人たちは、喜びのみを思い、悲しみはついぞ考えなかった。なぜなら明くる日は二人の結婚式であった。そして夢の家は、紫色のもやに包まれたフォー・ウィンズの内海の岸辺で、彼らを待ち受けていた。

第4章　グリーン・ゲイブルズ初の花嫁

結婚式の朝、アンが目ざめると、玄関上の切妻屋根の小部屋は、窓に陽ざしがきらきら瞬き、九月のそよ風はカーテンとほがらかに戯(たわむ)れていた。

「嬉しいわ、一日、お日さまが私に輝いてくれるのね」アンは幸せな気持ちになった。

アンは、玄関上のこの小部屋で初めて目をさました朝を思い返した。あのとき、陽ざしは桜の古木〈雪の女王様(スノー・クイーン)〉の雪の吹寄せのような白い花からさして、アンを照らした。だがそれは幸福な目ざめではなかった。前夜の苦い失望がよみがえったのだ。しかしそれ以来、この小さな部屋は、幸せな子ども時代の夢と乙女の夢想の歳月に愛(いと)しまれ、清められてきた。またアンはこの部屋を離れても、必ず喜びいっぱいで帰ってきた。ギルバートが死にかけていると思ったあの悲しみと苦悩の晩は、この窓辺にひざまずいて一夜を明かした。婚約した夜は、言葉にできないほどの幸福に包まれて窓辺にすわった。喜びのために、また悲しみのために眠れぬあまたの夜を、ここで過ごしたのだ。そして今日、アンはこの部屋を永遠に去っていくのだ。これからは彼女の部屋ではなくなり、アンが出ていくと、十五歳のドーラが受け継(つ)ぐことになっていた。それをアンは望んでいた。この小さな部屋は、アンの青春と少女時代に捧げられたのだ——そして今日、妻という章が開かれる前に閉じていく過去に、捧げられたのである。

午前中のグリーン・ゲイブルズは忙しく、喜びに満ちあふれていた。ダイアナは、フレッド坊や（ジュニア）と小さなアン・コーデリアを連れて、早くから手伝いに来た。するとグリーン・ゲイブルズの双子のデイヴィとドーラは、ダイアナの幼な子二人をすみやかに庭へ連れて出た。

「小さなアン・コーデリアが、服を汚さないようにしてね」ダイアナは心配そうに注意した。

「ドーラにまかせておけば心配いらないよ」マリラが言った。「あの子は、たいていの母親より分別はあるし、注意深いからね。ことによっちゃ驚くほどですよ。私が育てたもう一人のはねっ返りとは似ていなくてね」

マリラはチキン・サラダをこしらえながら、アンに笑みかけた。結局マリラは、そのはねっ返りが一番好きなようだった。

「あの双子は、ほんとにいい子だね」リンド夫人が、二人の耳に入らないことを確かめて言った。「ドーラは女らしくて役に立つし、デイヴィは利口な若者に育ってますよ。昔みたいな罰当たりな悪戯っ子じゃなくなったね」

「デイヴィがうちへ来て最初の半年ほど気を揉（も）んだことは、ありませんでしたよ」マリラも認めた。「でもその後は、こっちが慣れたんだね。デイヴィは、近ごろ、農業に乗り気でね、来年は試しに農場をまかせてほしいと言うんだよ。させてみようと思ってね。というのも、バリーさんはこの先もずっと畑を借りる気はないんで（1）、何か新しいやり方を考えなくてはならないから」

「まあ、今日は、アンの結婚式にぴったりの日和（ひより）だこと」ダイアナが絹の晴れ着の上に、たっぷりしたエプロンをかけながら言った。「イートン百貨店（2）に注文しても、こんなにいいお天気にならなかったわ」

「まったく、そのイートン百貨店へむけて、この島からどっさりお金が出てくんだから」リンド夫人は、四方八方（しほうはっぽう）に支店を広げる百貨店に厳しい意見をもち、それを世間に訴える機会は決して逃（のが）さないのだった。「おまけにそのカタログときたら、今じゃアヴォンリーの娘たちのバイブルになってますよ、まったく。日曜は聖書のかわりにカタログを首っぴきで読んでんだから」

「そうですよ、あれは子どもたちを喜ばせるのにいいんです」ダイアナが言った。「フレッドと小さなアン・コーデリアは、何時間でもカタログの絵を見てますわ」

「私は、イートンのカタログなんぞの世話にならなくとも、十人の子どもを喜ばせましたよ」リンド夫人は容赦なく言った。

「さあ、二人とも、イートンのカタログで喧嘩をしないで」アンが明るく言った。「今日は私の記念すべき一日よ。私はとても幸せだから、みんなにも幸せになってもらいたいの」

「私も、あんたの末永い幸せを願ってるよ、アンや」リンド夫人は言った。実際に夫人は、アンに幸あれかしと願い、そうなると信じていたが、幸福をあからさまにひけらかすと、神への挑戦にあたるのではないかと案じていた。アン自身のために、少々、控えるべきであると。

しかしその九月の正午、手織りの古い絨毯を敷いた階段をおりてきたのは、幸福な麗しい花嫁だった――グリーン・ゲイブルズ初の花嫁は、ほっそりして、瞳を輝かせ、霞のような処女のヴェールをかぶり、両腕いっぱいに薔薇をかかえていた。下の玄関ホールで待ち受けるギルバートは、崇めるようなまなざしでアンを見上げた。ついにアンが、自分のものになったのだ。捉えどころもないままアンを長らく求め、何年も辛抱強く待ち続け、ようやく勝ち得たのだ。彼には、アンが、花嫁になるという甘美な降服をして、やって来るように思えた。だが自分は、そんな彼女に値するだろうか。自分が願っている通りにアンを幸せにできるだろうか。もしも彼女を失望させたら――つまりアンの考える男の基準に、ぼくが達しなかったら――だがそのとき、アンが手をさしのべ、二人の目があった。すると疑いはきれいに取り払われ、喜ばしい確信に変わった。二人は互いのものだ。たとえどんな人生が二人に訪れようと、それを変えることは決してできない。二人の幸せは、アンがギルバートを、ギルバートがアンを自分のものとするところにある。二人は何も恐れなかった。

陽のあたる古い果樹園で、アンとギルバートは、昔なじみの友の愛のこもった優しい顔にかこまれて結婚した。アラン牧師が式をとりおこなった。ジョー牧師は、のちにリンド夫人が力説した言葉によると、今まで聴いたなかで「もっとも美しい婚礼の祈り」を捧げた。九月に鳥はあまり鳴かぬものだが、ギルバートとアンが永遠の誓いをくりかえす間、一羽の小鳥がどこかの見えない枝から美しく歌った。アンはそれを聞いて、胸がときめいた。ギルバートはそれを聞いて、なぜ世界中の鳥たちがいっせいに歓喜の歌を歌わないのだろうと思った。ポールはそれを聞いて、あとで抒情詩(じょじょうし)を書き、彼の初めての詩集でもっとも賞賛される詩の一つとなった。シャーロッタ四世はそれを聞いて、これは崇拝(すうはい)するミス・シャーリーの幸運を意味するにちがいないとめでたく感じた。鳥は式が終わるまでさえずり、最後にいくらか情熱的に、いくらか歓喜に震える一声(ひとこえ)でしめくくった。果樹園にかこまれた古い灰緑色の家が、これほど心の浮き立つ、愉しい昼下がりを迎えたことはかつてなかった。エデンの園(3)の昔から結婚式で役目を果してきたに違いないあらゆる古い冗談や名言が語られたが、まるで一度も口にされたことがないかのごとく新鮮で華々しく聞こえ、どっと笑いを巻きおこした。心ゆくまで笑い、喜びにひたった。やがてアンとギルバートが、カーモディで汽車に乗るため、ポールを御者として馬車で発つとき、双子は米と古靴を用意した。それを投げるにあたっては、シャーロッタ四世とハリソン氏が英雄的な活躍をした(4)。そしてマリラは柵の木戸に立ち、アンを乗せた馬車が、あきのきりんそうが土手のように咲き続く長い小径を去ってゆき、見えなくなるまで見送った。小径が終わるところで、アンはふり返り、最後に別れの手をふった。アンが、行ってしまった——グリーン・ゲイブルズは、もう、あの子の家ではないのだ。その家にむき返ったマリラの顔は灰色にくすみ、年老いていた。この家を、アンは十四年間にわたって満たしてくれた。あの子はたとえ不在であっても、光と生命力で家を満たしてくれたのだ。

だがダイアナとその子どもたち、こだま荘の人々、アラン牧師夫妻は家に残り、二人の老婦人が初めて迎える寂しい夕べを救ってくれた。一同は、静かな気持ちのいい夕食をどうにかとると、食卓に長らく集い、その一日のこまごましたことをすべて語りあった。そうして彼らが座っているころ、アンとギルバートは、グレン・セント・メアリで汽車から降り立った。

第5章　わが家へ

デイヴィッド・ブライス医師は、二人を迎えるために、自分の馬と二輪馬車を駅によこしていた。馬車を運んできた少年は、アンとギルバートの気持ちを察してにやりと笑うと、静かに立ち去り、二人だけでまばゆい夕焼けのなかを馬車を走らせ、新居へむかう喜びを残してくれた。

馬車がグレンの村を後にして丘をこえたとき、二人に展けた景色の美しさを、アンはいつまでも忘れなかった。新居はまだ見えなかったが、アンの前に、フォー・ウィンズの内海が薔薇色と銀色に輝く大きな鏡のように横たわっていたのだ。遠くには内海の入口の海峡が見え、その片側は砂州（1）と砂丘が続き、もう片側は赤い砂石が高く切り立つ嶮しい崖だった。砂州のむこうには、穏やかで重々しい海が夕映えのなかで夢を見ていた。砂州が内海の岸辺に突き当たるところに抱かれた入り江に、小さな漁村があり、夕靄にかすみ、大きなオパールのように見えた（2）。二人の頭上に広がる空は宝石を散りばめた盃を思わせ、その盃から今しも夕闇が注がれ落ちていた。空気は強い磯の香に清々しく、見晴らす風景のすべてに海の夕暮れの名状しがたいものが溶けこんでいた。

刻々と暮れていくもみの茂る内海の岸にそって、ぼんやりした帆船(ほぶね)の影が、二、三、漂っていた。内海のむこう岸の小さな白い教会の塔では鐘が鳴っていた。その鐘(チャイム)の音色(3)は海のうなりと混ざりあい、柔らかに夢のように甘く水面(みなも)をわたってきた。海峡の崖にたつ大きな回転式の灯台では暖かみのある金色の光が、澄みわたる北の空にぴかっと閃(ひらめ)き、まるで良き希望の星が震え、揺れているようだった(4)。はるか彼方(かなた)の水平線では、沖をゆく汽船の煙が波打つ灰色のリボンのようにたなびいていた。

「まあ、きれいね、きれいだこと」アンはつぶやいた。「私、きっとフォー・ウィンズが大好きになるわ、ギルバート。私たちの家はどこにあるの？」

「まだ見えないよ……あの小さな入り江から帯のように伸びている樺(かば)の木立に隠れているんだ。グレン・セント・メアリから家まで、二マイルくらいあるんだよ。家からむこうの灯台までは一マイルだ。ご近所にあまり人はいないよ、アン。近くに一軒だけあるけれど、誰が住んでいるのか、知らないんだ。ぼくが留守をすると、寂しいかい？」

「あの灯台の光と、この美しい景色を友だちにすれば、寂しくないわ。では、あちらの家は、誰が住んでいるの？　ギルバート」

「わからないが、見たところでは……きっと……あの家の住人は、心の同類ではないようだね、アン、そうだろう？」

それは大きく頑丈な建物で、あまりに派手な緑色に塗られているため、まわりの景色が色あせて見えるほどだった。裏手には果樹園があり、家の前の芝生もよく手入れされていたが、どことなく寒々としていた。おそらく整然としすぎているからだろう。住まい全体が、つまり家と納屋、果樹園と庭、芝生と小径が、殺風景なまでに片付いていた。

「あのペンキの色が好きな人なら、気が大いに合う、ということは、なさそうね」アンも認めた。「私たちの青い公会堂のように……手違いであんな色になったんじゃない限り。少なくとも、あの家に子どもはいないでしょう。だって、トーリー街道のコップのおばあさんたち(5)の家よりも片付いているもの。コップ家よりもきちんとした家があるとは思わなかったわ」

　内海に沿って曲がる、湿(しめ)り気を帯びた赤土の街道をゆく間、誰にも会わなかった。だが、新居を隠している樺の並木にさしかかる手前で、アンは一人の娘を見かけた。雪白の鵞鳥(がちょう)の群れを追って、右手の天鵞絨(ヴェルヴェット)のような緑の丘の頂きからおりてきたのだ。丘の周りにもみの大木が点々とあり、その幹の間からは収穫を迎えた黄色い畑や、かすかに光る金色の砂丘や、青い海がちらりと見えていた。その娘は背が高く、水色のプリント模様の服を着ていた。娘は弾むような足どりで背すじを伸ばして歩き、鵞鳥をつれて丘のふもとの木戸から出てきたところへ、ちょうどアンとギルバートが通りかかったのだ。娘は立ちどまり、片手で木戸の掛け金をしめながら、あまり関心はないものの、興味津々(しんしん)とまでは行かない程度の表情を浮かべて、二人を見つめた。通り過ぎる一瞬、アンは、娘の顔に怒りにも似た気配が隠されているのを感じた。だがアンがしばし息をのんだのは、その娘の美貌であった――あまりに際だち、どこにいても人目を惹きつける美しさだった。帽子はかぶっていなかった。実った麦穂色の輝くばかりの金髪を太い三編みにして、宝冠のように頭に巻きつけていた。瞳は青く、星のように光っていた。質素な服を着ていたが、姿は華やかだった。唇は赤く、娘の飾り帯にさした血のように赤い罌粟の花にも負けないほど赤々としていた。

「ギルバート、今すれちがった娘さんは、どなたかしら？」アンは小声できいた。

「娘さんなんて、誰も気づかなかったよ」ギルバートは自分の花嫁しか目に入らないのだった。

「さっきの木戸のそばに立っていたわ……だめよ、ふりかえらないで。まだこちらを見ているもの。あんなにきれいな顔の人は見たことがないわ」

「このあたりで、そんなに器量のいい娘さんに会った憶えはないな。グレンには可愛い娘さんもいるけれど、美人とまでは言えないと思う」

「あの娘さんはそうよ。あなたはまだ会っていないのね、会えば憶えているはずだもの。誰だって忘れられないわ。あんなにきれいな顔は絵でしか見たことがないくらい。それにあの髪！　ブラウニングの『金色の紐』と『豪華な蛇』(6)を思わせるわ」

「たぶんフォー・ウィンズに来た観光客だろう……内海むこうにある立派な避暑ホテル

から来たのかもしれない」

「白いエプロンをかけて、鷺鳥を追っていたわ」

「遊びでしていたのかもしれないよ。ほら、ごらん、アン……ぼくたちの家だよ」

アンはそちらに目をむけ、怒りを含んだ目をした美貌の娘をしばし忘れた。二人の新しい住まいを見て、目も心も喜びをおぼえたのだ——それは内海のほとりにたつクリーム色の大きな貝殻を思わせた。家へ続く小径の両側には高さのあるロンバルディ・ポプラが並び、空に堂々たる紫色のシルエットを描いている。家の後ろは薄暗いもみの森で、強い海風から庭を護っていた。その森では、風たちが風変わりで忘れがたい様々な音色を奏でるのだろう。あらゆる森がそうであるように、この森も奥深くに秘密を抱えていた——その秘密の魅力は、なかへ分け入り、忍耐強く探し求めることでしか手に入らないのだ。森は深緑色の腕で、外の詮索好きで無神経なまなざしから自らを守っているのだった。

砂州のむこうに夜風が荒々しく踊り始め、内海をわたった対岸に漁村の灯が宝石のように瞬くころ、アンとギルバートはポプラの小径に馬車を乗り入れた。小さな家の扉は開かれ、暖炉の暖かな火が夕闇のなかにちらちら輝き出でていた。ギルバートはアンを抱きかかえて馬車からおろした。そして梢の赤く染まった二本のもみの間の小さな木戸を通って、彼女を庭へみちびき、草を刈った赤土の細い道をたどり、砂石の上がり段

（7）へ行った。
「ようこそ、わが家へ」ギルバートがそっと囁いた。それから二人は手をつないで夢の家の敷居をまたいだ。

第6章　ジム船長

小さな家には、「デイヴ老先生」と「デイヴ先生の奥さん」(1)が、新郎新婦の歓迎に訪れていた。デイヴ医師は体格がよく、快活で、白い頰ひげを生やした年輩紳士だった。医師夫人は身だしなみがよく、薔薇色の頰に白髪の小柄な婦人(レディ)で、言葉でも態度でもすぐさまアンを受け入れた。

「お目にかかれてたいそう嬉しいですよ、可愛いお方。さぞお疲れでしょう。少しばかりですが、お夕食を用意しましたの。ジム船長が、あなたに鱒(ます)を持ってきてくだすってね。ジム船長は……あら、どちらかしら？　馬の世話をしに、出ていったんですね。さあさ、お二階へあがって、外套やら帽子やらお脱ぎなさい」

アンは、感激に目を輝かせてあたりを見まわしながら、デイヴ医師夫人について二階へあがった。新しいわが家の佇(たたず)まいがすこぶる気に入ったのだ。この家にはまるでグリーン・ゲイブルズの雰囲気とその古風な伝統の香りが漂っているようだった。

「もしミス・エリザベス・ラッセルにお会いできたら、『心の同類』になれたでしょうね」アンは部屋で一人になると、つぶやいた。部屋には窓が二つあり、屋根窓(2)からは、内海がセント・ローレンス湾に出るところと砂州が、そしてフォー・ウィンズ灯台の光が見えた。

「寂しき妖精の国にて、危険な海の
　その泡の上に、魔法の窓が開いていく」(3)

アンは静かに詩を口ずさんだ。もう一つの切妻窓から見ると、収穫に色づいた小さな谷間に小川が流れていた。その小川を半マイルほど遡(さかのぼ)ったところに、ぽつんと一軒家があった──四方に広がった灰色の古い屋敷で、家をとり囲む大きな柳の木々の間から、おずおずと何かを捜(さが)し求める目のような窓が、夕闇をのぞきこんでいた。誰が住んでいるのだろう。最も近い隣人なのだから、いい人たちであってほしいとアンは思った。不意にアンは、白い鵞鳥をつれた美しい娘を思い浮かべていることに気づいた。

「ギルバートは、この辺りの人ではないと言ったけど」アンは思い巡らした。「きっと地元の人よ。あの人には、この海や空や内海の一部のような何かがあるもの。あの人の血にはフォー・ウィンズが流れているんだわ」

アンがおりると、ギルバートは暖炉の前に立って見知らぬ人と話していた。アンが入り、二人はふりむいた。

「アン、こちらはボイド(4)船長、ボイド船長、ぼくの妻です」

ギルバートが、アン以外の人に「ぼくの妻」と言ったのは初めてで、彼は誇らしさにはち切れそうだった。老船長はたくましい手をアンに差しだした。二人は笑顔をかわし、その瞬間に友となった。心の同類は、ぱっとひらめくように互いが心の同類とわかるのである。

「お目にかかれて、まこと嬉しいですわい、ブライスの奥さん(5)。この家に来られた最初の花嫁さんと同じようにお幸せになられますように。これに勝る祝辞はありませんからな。ところで、ご主人がわしを紹介なすった呼び方は、あんまし正しく(6)ありませんでな。『ジム船長』ていうのが、わしの平素の呼び名ですわい。おまえさんがたもしまいにゃ、きっと……そう呼びなさるで、最初からそう呼ぶほうがいいですわい。奥さんは、まこと可愛らしい、いい嫁ごさんだ、ブライスの奥さんや。奥さんを見てると、まるでわしが嫁取りをしたような気になりますわい」

どっと湧きあがった笑いに続いて、デイヴ医師夫人は夕食を食べていくよう、しきりに船長に勧めた。

「これはこれは、ご親切に。たいしたご馳走ですなあ、デイヴ先生の奥さん。ふだんのわしは、むかいの鏡に映る、この老いぼれのみっともない面を相手に、一人で食べますでな。こんなにお優しい、きれいなご婦人がたとご一緒する機会は滅多にありませんで」

ジム船長のほめ言葉を紙に文字で書けば、あからさまに見えるかもしれないが、彼はいかにも丁寧に、優しく、敬意のこもった口ぶりと顔つきで語り、その言葉を捧げられた婦人は、王侯貴族の流儀で女王への賛辞を受けているかの心地になった。

ジム船長は、気高い魂と素朴な人柄のそなわった老人で、その瞳と胸には永遠の若さを宿していた。背は高いが、姿はかなり不格好で、幾分、腰が曲がっていた。しかし今なお非常な力強さと忍耐力のあることをうかがわせた。きれいにひげを剃った顔は、深い皺が刻まれ、赤銅色に日焼けしていた。豊かな鉄灰色の長い髪が肩にかかり(7)、深く窪んだ際だって青い瞳は、時にちかっと光り、時に夢見る表情を浮かべ、また時に悲しく思い焦がれて捜し求める(8)ように海のほうを眺めた。それは、失われてしまった、かけがえのない何かを捜し求めている者のまなざしだった。アンはのちに、ジム船長が何を捜しているのか、知ることになる。

ジム船長が不器量な男であることは否めなかった。貧弱なあご、歯並びの悪い口もと、四角い額は、美しく形作られたものではなかった。彼がこれまでに経験した数々の苦労と悲しみが、魂と同様に、肉体にも傷跡を残していた。だがアンは、初対面でこそ彼を醜いと感じたものの、その後はまったく思わなかった——無骨な肉体の内から輝きいずる精神が、肉体をことごとく美しいものに変えていた。

一同は夕餉の食卓に愉しく集った。暖炉に燃える火が、九月の宵の肌寒さを追いやったが、食堂の窓は開け放たれ、潮風が思うままに吹きこんでいた。窓の外には内海が広がり、そのむこうに紫色に暮れていく低い丘が連なり、眺望は見事であった。食卓には医師夫人の手による御馳走が山とあったが、いちばんの美味は、間違いなく海鱒の大皿であった。

「旅をして来なすった後なら、うまかろうと思いましてな」ジム船長が言った。「こんなに生きのいい鱒はありませんぞ、ブライスの奥さん。二時間前まで、グレン池で泳いでましたで」

「今夜は、誰が灯台守をしているんだい、ジム船長?」デイヴ先生がたずねた。

「甥っ子のアレックですて。わしに劣らず、よう心得とりますで。ともかく、夕はんをよばれて助かりましたわい。腹ぺこでして……今日はろくな昼めしを喰っておらんのです」

「灯台では、たいがいお腹を空かしておいでいでしょう」デイヴ医師夫人が辛辣なことを言った。「手間のかかるちゃんとした料理をされないでしょうから」

「いいや、やりますぞ、お医者の奥さん、やりますとも」ジム船長はきっぱり言った。「わしは王様みたいに暮らしとりますでな。ゆうべはグレンへ出かけて、ステーキ肉を二ポンド(一ポンドは約四百五十四グラム)持って帰ったです。今日、飛びきりの昼めしにするつもりで」

「その肉はどうなったんですの？」デイヴ医師夫人が訊(き)いた。「帰りになくしたんですか？」

「いいや」ジム船長は恥ずかしそうな顔つきになった。「ゆうべ、ちょうど寝るころ、哀れな、みすぼらしい犬が来てましてな、一夜の宿を恵んでくれと言うたですわい。おそらくは海ぞいの漁師の誰ぞの犬ですわいな。その可哀想な犬を追い出すことは、ようしませんでな……片足を痛めておりましたで。そこで張り出し玄関(ポーチ)に入れてやり、寝床にする古袋を敷いてやって、わしもベッドに入りましたわい。ところが、どういうわけか寝つけない。つらつら思うに、あの犬はひもじそうな面(つら)をしておったな、と気がつきまして」

「ということは、起きてステーキ肉をやったんですね……そっくり」デイヴ医師夫人は言い当てたとばかりに勝ち誇った口ぶりでたしなめた。

「ああ、ほかにやるものが、ありませんでして」ジム船長は謙遜(けんそん)して言った。「犬が好きそうなものは、なかったですて。実際、腹ぺこだったようで、二口でぺろりと平らげました。それからわしもぐっすり寝ましたが、おかげで昼めしにろくなものがない……芋ばかりの粗末な食事(9)、奥さんならそう言いなさるでしょう。それで犬のほうは、今朝がた、すたこら家へ帰りましたわい。どうやら、あれはいい菜食主義者(ヴェジタリアン)じゃなかったようですわい」

「まあ、そんな役立たずの犬のために、ひもじい思いをするなんて！」医師夫人は呆れ顔をした。

「いやいや、誰かにとっちゃ役に立つ犬かもしれませんて」ジム船長は言い返した。「見たところは大した犬じゃなかったが、犬というものは見た目じゃ判からんもんです。わしみたいに、心のなかはきれいかもしれません。もっとも、うちの一等航海士（10）は、感心しませんでしたな。うなり声をあげましたで。だが一等航海士にゃ好き嫌いがありますでな、犬のことで、猫の意見を聞いても無駄ですわい。というわけで、昼めしを食い損ないましたで、このずらりと並んだ御馳走を、ご立派なみなさんがたのご相伴に与って、まこと光栄です。良き隣人を持つとは、ありがたいことです」

「小川の上流の、あの柳に囲まれた家は、どなたがお住まいですか？」アンがたずねた。

「ディック・ムーア（11）の奥さんですわい……それから、そのご亭主と」ジム船長は思い出したように、あとから付け加えた。

アンは微笑した。ジム船長の言い方から推測して、ディック・ムーア夫人の姿が思い浮かんだのだ。明らかに第二のレイチェル・リンド夫人であろう（12）。

「このへんは、ご近所さんが、ほとんどありませんでな、ブライスの奥さん」ジム船長は続けた。「内海のこっち側は、家もまばらです。土地はほとんどグレンのむこうのハワードさんのもんで、牧草地として貸しとりますで。ところが内海むこうは、人が仰山おります……とくにマカリスター（13）家です。マカリスター一族がそろっとりますで、石を投げりゃ、マカリスターに当たります。この夏から内海で働いてるレオン・ブラキエール（14）の爺さんと、先だって話したところ、その爺さんが言うことにゃ、『むこう岸は、たいがいマカリスター家でなあ。ニール・マカリスターに、サンディ・マカリスター、ウィリアム・マカリスターに、アレック・マカリスター、そいからアンガス・マカリスターがおって……悪魔・マカリスターもおるやもしれん』とな」

「エリオット（15）家と、クローフォード（16）家も、大勢いますよ」笑いがおさまると、デイヴ医師が言った。「いいかね、ギルバート、われわれフォー・ウィンズのこちら側の者には、昔からの言い伝えがあって……『エリオット家の自惚れ、マカリスター家の高慢ちき、クローフォード家の虚栄心から、神よ、われらを救いたまえ』（17）というんだ」

「なかには立派な衆も、たんとおられますて」ジム船長が言った。「わしはウィリアム・クローフォードと長いこと船に乗りましたが、あれの男気といい、辛抱強さといい、正直なとこといい、並ぶ者はおりません。たしかに頭の出来は、フォー・ウィンズのあっち側が勝っとります。だからこっち側は、あっち側をからかうんですな。おかしなもんで、人は、自分より少々利口に生まれた者を、やっかむもんですて」

デイヴ医師は内海むこうの人々と四十年にわたり不仲だったが、笑って引きさがった。

「街道を半マイルほど行ったところにある、あの派手なエメラルド色の家は、誰が住んでいるんです？」ギルバートが訊いた。

ジム船長が、愉快そうな顔つきになった。

「ミス・コーネリア・ブライアント(18)ですわい。この家の人たちが長老派教会(19)の信徒とわかれば、すっ飛んで来ますぞ。メソジスト(20)なら間違っても来ませんがな。コーネリアは、メソジストを毛嫌いしとりますで」

「そうとうの変わり者でな」デイヴ医師がくっくと笑った。「根っからの男嫌いだ！」

「負け惜しみですか？」ギルバートが笑いながらたずねた。

「いやいや、負け惜しみじゃありませんて」ジム船長が真顔になった。「ミス・コーネリアは、娘の時分は、その気になりゃ、選りどり見どりでしたで。今だって、ちょっと一言かけりゃ、男やもめの爺さん連中が飛びあがって喜びますて。コーネリアは、男とメソジストに、生まれつき深い恨みでもあるようでしてな。コーネリアは、フォー・ウィンズきっての毒舌の持ち主で、フォー・ウィンズきっての親切心の持ち主ですわい。どこかで困りごとがありゃ、どこへでも出かけてって、誰にも真似のできぬほど親切にして、力になってやるですて。しかもほかの女の悪口は決して言わんのです。たとえコーネリアが、哀れな男どもをこき下ろすのが好きだとしても、わしらは面の皮が厚い年寄りですて、耐えられますわい」

「ミス・コーネリアは、船長のことをいつも褒めてますよ」医師夫人が言った。

「ああ、そうじゃないかと、案じとるです。半分も嬉しかないですて。あれに褒められるということは、わしに変なとこがあるという気がしますでな」

第7章　学校の先生の花嫁

「この家に来た最初の花嫁さんは、どなたでしたの、ジム船長？」夕食を終え、一同が暖炉のまわりに腰をおろしたころ、アンがたずねた。

「この家には物語があると聞きましたが、その人が出てくるのですか？」ギルバートがきいた。「ジム船長ならそのお話をできるとうかがったんです」

「さよう、もちろん知っとります。学校の先生の花嫁さんが島に来なすった時のことを憶えてるのは、今フォー・ウィンズにおる者では、わしだけですて。花嫁さんが亡くなって三十年になりますが、あの人は、忘れがたいご婦人の一人ですて」

「ぜひそのお話をお聞かせください」アンがせがんだ。「私が来る前にこの家で暮らした女の人たちのことを知りたいんです」

「といっても、ほんの三人ですわい……エリザベス・ラッセルと、ネッド・ラッセルの奥さん、それから学校の先生の花嫁さんと。エリザベス・ラッセルは、利口で気だてのいい小柄な人でした。ネッドの奥さんも親切な人でしたが、学校の先生の花嫁さんは、この二人とはまるきり違っておいででした。

学校の先生はジョン・セルウィン（１）といって、わしがまだ十六の若造だったころ、本国イギリス（２）からグレンの学校に来て、教えてなすったです。ジョンは、あの時分に、プリンス・エドワード島の学校に来ていた流れ者みたいな教師とは、比べものにならなかった。ほとんどの教師が、頭はいいものの、酒びたりの奴らでしてな。素面の時にゃ、子どもに読み書き算数を教えるが、そうでなきゃ鞭で殴りつけたもんです。だがジョン・セルウィンは立派で、見た目もいい若者だった。わしの親父の家に下宿しとりましたで、わしより十ほど上だったが、大の仲よしでした。二人で本を読んで、散歩して、山ほど話をしたもんです。ジョンは、本に書かれた詩ならなんでも知ってて、夕暮れどきに海岸ばたで詩をそらんじて聞かせてくれたです。わしの親父は、詩なんぞは時間の無駄じゃと考えとりましたが、わしが船乗りになる気を捨ててくれるやもしれぬと、大目に見てくれました。でもそれは無理な話でしたな……わしのおふくろは船乗りの家系でして、わしもそんなふうに生まれついたです。それでもわしは、ジョンが詩を読んで諳誦してくれるのが大好きだった。かれこれ六十年前のことですが、ジョンから教わった詩は、今でもようけ諳誦できます。そろそろ六十年ですて！」

　ジム船長はしばし口をつぐみ、過ぎ去った昔を探し求めるように暖炉に燃える炎をじっと見つめていた。それから一つため息をつき、昔語りにもどった。

「あれは春の夕方でしたわい、海岸の砂丘でジョンに会った時のことを今も憶えとります。ジョンは、何やら気が高ぶっているようだった……今夜、ブライス先生が奥さんをつれて来なすった時みたいでした。わしはブライス先生を見た瞬間、ぱっとジョンを思ったです。それで、そのジョンは、故郷のイギリスに恋人がいて、その娘ごさんが、今、こちらへ向かっていると言うたです。わしはあんまし嬉しくなかった。身勝手で思いやりのない坊主でしたで。恋人が来れば、ジョンはもうわしと仲良くしてくれないと思うたでな。だがそれを顔に出さないくらいの嗜みはありましたで。ジョンは恋人のことをすっかり話してくれた。娘ごさんはパーシス・リーといって、ジョンと一緒に来るはずだったが、年寄りのおじさんが病気だったんですな。その娘ごさんは、両親が死んで、おじさんに面倒をみてもらったんで、残して行かなかった。その後、おじさんが死んだもんで、こっちに来てジョン・セルウィンと結婚することになったですて。あの時分はご婦人が旅をするのは容易じゃなかった。蒸気船なんてものはなかった(3)ことを、念頭に置かにゃなりませんて。

そこでわしは、『花嫁さんは、いつごろおいでになりますか?』とたずねましたわい。するとジョンは、『六月二十日に、ロイヤル・ウィリアム号でイギリスを発つから、七月半ばには着くだろう(4)。大工のジョンソンに頼んで、家を建ててもらわなくてはならないね。彼女の手紙は今日届いたんだよ。封を切る前から、良い報せだとわかっていた。数日前の晩、彼女の姿を見たんでね』と言うたです。

ジョンの言ってることが、わしは理解できなかった。するとジョンが説明してくれたものの……聞いたとこで、そんな話は、ますますわからなかった。ジョンが言うには、自分には生まれつきの才能が……もしくは呪いがある。これはジョンが言った言葉でしてな、ブライスの奥さん……才能、もしくは呪いと言(ゆ)うたです。ジョンも、どっちだか、わからなかったようです。ジョンのひいひい祖母(ばあ)さんにも、それがあって、魔女だといって焼き殺された(5)そうですわい。ジョンは、奇妙な発作に……忘我の状態(トランス)(6)に、こんな言葉を使っとりました……そうした状態に、ときどき見舞われたそうです。そんなことが、あるんですかな？　先生」

「たしかに、トランス状態になる人はいます」ギルバートが答えた。「でもこの事象(じしょう)は、医学というよりは、心霊研究につながる問題（7）ですね。ジョン・セルウィンのトランスは、どういう状態でしたか？」

「夢みたいなものだろうよ」老医師が懐疑的(かいぎてき)に言った。

「その状態になると、色んなものが見えると言っておりました」ジム船長はゆっくり語った。「いいですか、わしは、ジョンが言ったことだけを、そのまま話しとります……ジョンは、今起きていることや……これから起きることが見えると言いましたで。それでときに慰められ、ときに恐ろしい思いをすると。その四日前の晩も、ジョンはそうなった……座って暖炉の火を見てるうちに、そうなって、やがてイングランドのよく知った懐かしい部屋が見えてきて、そこにパーシス・リーがいた。嬉しそうな幸せな顔をして、両手をジョンに差しだしてきた。だから彼女から良い便りがあると、わかったそうですわい」

「夢だ……そんなものは夢だよ」老医師は嘲笑った。

「そうでしょう……そうでしょうな」ジム船長も認めた。「その時、わしも、そう言いましたで。そう考えるほうが気が楽でしたでな。ジョンには、そんなふうに色んなものが見えるなぞ、考えたくもなかった……気味が悪かったで。

ところが、ジョンは言ったです。『いや、あれは夢じゃなかった。でもこの話はよそう。きみが思いつめると、友だちでいてくれなくなるかもしれない』

何があろうと、わしは友だちだ、と言ったです。だがジョンは首をふって、言うたですよ。

『坊や、ぼくにはわかっているんだ。前にもこのために友だちを失った。彼らを責めはしないよ。このせいで、自分でも自分が好きになれない時がある。こうした力には、多少なりとも神がかりなところがある……良い神か、邪悪な神か、誰にもわからない。だが、われわれ人間はみな、神にしろ、悪魔にしろ、そうしたものに近づきすぎることを敬遠するものだ』

それがジョンの言葉でしたわい。昨日のことのように憶えとります。もっとも、なんのことやら、わからなかった。先生は、ジョンがどんな意味で言ったと思われますかな？」

「本人も、意味がわかってなかったんじゃないか」デイヴ医師が不機嫌そうに言った。

「私には、わかるような気がします」アンが小声で言った。彼女は唇をむすんで目を輝かせるあの懐かしい仕草で、じっと耳を傾けていた。ジム船長は褒めそやすような笑みを浮かべ、また語り始めた。

「というわけで、近いうちに学校の先生の花嫁さんが来られると知って、グレンとフォー・ウィンズの連中は、みんなが喜びましたわい。学校の先生を敬(うやま)っておりましたでな。だれもが先生の新しい家に興味をもちました……この家のことですわいな。ここの場所に決めたのは、ジョンです。内海が見えて、波の音が聞こえると。ジョンは、花嫁さんのために庭をこしらえましたで。もっとも、ロンバルディ・ポプラは植えなかった。あれは、ネッド・ラッセルの奥さんですわい。だが、庭に薔薇が二列になってるのは、グレンの学校の小さな女の子らが、学校の先生の花嫁さんにと、植えたもんですわい。ピンクの薔薇は花嫁の頰、白い薔薇は花嫁の額、赤い薔薇は花嫁の唇と、ジョンは言いましたっけが、あの人は詩をようけ口ずさむんで、そんな物言いが習い性(しょう)になったんですな。

ほとんどの衆(しゅう)が、家の飾りつけを手伝いたいと、ちょっとしたものを先生に贈ったです。あとでラッセル家が越してきた時にゃ、あの一家は裕福だもんで、今ごらんの通り、上等な家具を入れなすったが、最初にそなえた家具は質素でした。だが、この小さな家は、愛の心にあふれとりました。ご婦人がたはベッドカバー(8)やテーブルクロスやタオルを、ある男は花嫁さんの収納箱をこしらえ、またある男は食卓やらなんやらをこしらえた。目の見えない伯母のマーガレット・ボイドの婆さんでさえ、嫁ごさんにと、いい匂いのする砂丘の草で、小さな籠を編んでやりました。先生の花嫁さんはそこにハンカチを入れて、何年も使っておいででした。

そうして新居もすっかり整って……大きな暖炉には、火をつけるばかりに薪を積んだです。もっとも、今の暖炉とは違っておりました。場所は同じですがな。この暖炉は、十五年前にミス・エリザベスが修繕したとき、つけたもんですて。もともとは昔風の大きな暖炉で、牛が一頭焼けるほどでしたわい。わしはここに何度も座って、色んな物語を語りましたで、ちょうど今夜みたいに」

再び沈黙が訪れた。ジム船長は、アンやギルバートには見えないあの世からの来訪者たち(9)と、束の間の逢瀬をしていた——その人々は過ぎ去った歳月に、船長とともにこの炉辺に腰をおろし、愉しさに、また新婚の喜びに、目を輝かせていたのだ。だがその目は久しい昔に、教会の芝土の下に、また波うねる広い海の底に、永遠に閉じられていた。

遠い昔の夜々には、ここに子どもらの軽やかな笑い声が飛びかった。冬の宵々には、ここに親しい仲間が集った。ここで踊りと音楽と冗談が楽しまれ、ここで青年と乙女は夢を想い描いた。ジム船長にとってこの小さな家は、忘れないでほしいとせがむ幽霊たちの棲まうところだった。

「家が完成したのは七月一日でした。そのころになると、学校の先生は、日ごと指折り数えるようになりましてな。わしらは海岸ばたを一人で歩く先生を見かけては、『もうじき、嫁ごさんが来なさるな』と口々に言ったもんです。

花嫁さんは、七月中旬には着くはずだった。ところが、そのころになってもおいでにならなかった。誰も案じやしませんでしたで。あの時分の船は、何日も、あるいは何週間も、しょっちゅう遅れましたでな。ロイヤル・ウィリアム号の到着は、一週間遅れ……二週間遅れ……それから三週間遅れ、とうとうわしらも心配になって、不安になってきた。しまいには、ジョン・セルウィンの目を見るのが、耐えられなくなった……というのも、ブライスの奥さん」――ここでジム船長は声をひそめた――「ジョンのひいひい祖母さんが火あぶりになった時に、きっとあんな目をしていたに違いないと思ったからですて。ジョンはあまり口をきかなくなって、学校じゃ夢うつつで教えて、それから急いで海岸へ通ったです。幾夜も、幾夜も、日が暮れてから夜が明けるまで、海岸を歩きまわった。ジョンは気がふれてしまったと世間は言って、だれもが望みは捨てました……ロイヤル・ウィリアム号の到着は八週間も遅れてましたでな。九月の半ばになっても、先生の花嫁さんは来なかった……もう来ることはあるまいと、わしらは思った。そのころ大嵐が来て、三日三晩吹き荒れたです。嵐がやんだ夕方、わしが海岸へ行くと、学校の先生がいなすって、大きな岩に寄っかかって、腕組みをして、じっと海を見ていなすった。

わしは声をかけたが、返事はなかった。ジョンの目は、わしには見えない何かを見とるようだった。顔つきは強ばって、死人みたいだった。

『ジョン……ジョン』わしは大声で呼んだです……まるで……怯えた子どもみたいに。

『目をさましてよ……目をさましておくれよ』

するとジョンの目から、奇妙な、恐ろしい表情が薄れていき、ふりかえって、わしを見つめたです。あの時のジョンの顔は、忘れたことがない……この先もわしが最後の航海に出るまで、忘れることはないでしょうて。

『すべてがうまくいっているよ、坊や』とジョンは言ったです。『ロイヤル・ウィリアム号が、イースト岬を回って来るところが見えた(10)んだ。ぼくは、明日の晩、新しい家の炉端で、花嫁と並んですわっているよ』

ジョンは、本当に見えたと、思われますかな？」ジム船長は唐突にたずねた。

「神様のみご存じでしょうね」ギルバートが優しい声で言った。「偉大なる愛と深い苦しみは、われわれには計り知れない驚異をもたらすものですから」

「ジョンにはきっと見えたと、私は思います」アンは一生懸命になって言った。

「くだらない」デイヴ医師は言った。だがその口ぶりに、平素の自信は薄れていた。

「というのはですな」ジム船長がおごそかに続けた。「次の朝、日が昇るころ、ロイヤル・ウィリアム号が、フォー・ウィンズの内海に入って来たんですわい。グレンや海辺の衆は一人残らず花嫁さんを出迎えに、古い波止場に集まった。ジョンは一晩中、そこで待ち続けていたですよ。船が海峡に入ってきた時、わしらがどんなに歓びの声をあげたか」

ジム船長の瞳は生き生きと輝いていた。その目は、六十年前、雨風に壊れて古びた帆船が、まばゆいばかりの朝日を浴びてフォー・ウィンズの内海を進んでくる姿を見つめていた。

「パーシス・リーは、乗っていたのですか？」アンがたずねた。

「さよう……パーシスと、船長夫人とな。難儀な航海をして来たんですわい……嵐につぐ嵐……食糧の不足。だが、ついに船は到着した。パーシス・リーが、古い波止場におりたつと、ジョン・セルウィンは彼女を腕に抱きしめたです……みんなが叫び声をやめて、泣いた。わしも泣いた。もっとも、泣いたと白状したのは何年もたってからでしたがな。男の子が涙を恥じるのは、おかしなことですて」

「パーシス・リーは、おきれいでしたか？」アンがたずねた。

「さあて、きれいと言えるかどうか、わかりませんな……わしには……わかりませんが」ジム船長はゆっくりと言葉を運んだ。「どういうわけか、美人か、そうでないか、誰も考えもしなかった。そんなことはどうでもよかった。花嫁さんには、なにか優しくて、人を惹きつけるとこがあって、愛さずにはいられなかった。それがすべてですて。見た目も、感じがよかった……目はぱっちりして、澄んだはしばみ色、髪はつやつやした茶色でたっぷりとして、肌はイングランド人の肌だった。その夕方、灯(ひ)ともしごろに、ジョンとパーシスは、わしの家で結婚式を挙げました。遠くから近くから人が集まって、じっと見守ったですわい。それからみんなして二人をここに案内して、セルウィン夫人になった花嫁さんは、この家の暖炉に、火を入れましたわい。そこでわしらは、この炉端にすわってる二人を残して、引きあげた。それはまさしく、ジョンが見た通りの光景だったですて。不思議なことです……不思議なことです！　もっともわしは、山ほど不思議なことを見てきましたがな」

ジム船長は様々な経験を積んだ者の表情でうなずいた。

「すてきなお話ですね」アンは、このときばかりは豊かなロマンスを堪能(たんのう)した思いだった。「お二人はどのくらい、ここに暮らしたんですか？」

「十五年ほどです。二人が結婚するとすぐ、わしは海へ出ましてな、若いやんちゃだったで。だが、船から帰るたびに、家へ戻るより先、ここに来て、セルウィンの奥さんに航海の話を何から何までしたですて。お幸せな十五年間だった！　あの二人には、幸せになる才能があった、二人ともです。お気づきかどうか、そういう才能のある人がいるですて。何があっても、あの二人は、いつまでも長いこと、くよくよできなかった。そりゃあ、一度や二度は喧嘩もありましたです。二人は威勢がよかったでな。でも一度、セルウィンの奥さんが、あの人の愛らしいそぶりで、笑いながら言ったですわい。『ジョンと喧嘩をすると、とてもいやな気持ちになるけれど、心の底ではとても幸せなんですよ。だって、喧嘩をしても、仲直りができる優しい夫がいるんですもの』とな。それから二人がシャーロットタウンへ引っ越すと、ネッド・ラッセルがこの家（うち）を買って、花嫁を連れて来たですわい。あれもほがらかな若夫婦でした、思い出しますなあ。ミス・エリザベス・ラッセルは、アレックの妹(11)でしてな、一年かそこらたってから、夫婦と一緒にここで暮らして、これまた陽気な人でした。この家の壁にはきっと、笑い声やら、楽しいひとときやらが、しみこんでおりますぞ。ブライスの奥さんは、この家においでになった三人目の花嫁さんで……いちばんの別嬪（べっぴん）さんですわい」

ジム船長は、ひまわりのような賛辞を、すみれの優雅さで語り、アンは誇らしげに受けとった。たしかにその夜のアンは、こよなく美しかった。頬は新妻（にいづま）の薔薇色に染まり、瞳は愛の喜びに輝いていた。無愛想なデイヴ老医師でさえ、惚れ惚れとした一瞥（いちべつ）をアンにむけ、帰りに馬車を走らせながら妻に語った。「あの赤毛の女房は、なかなかの美人じゃないか」

「そろそろ灯台に帰らねばなりませんて」ジム船長が切り上げるように言った。「まこと楽しい晩でした」

「たびたびおいでください」アンが言った。

「わしが大喜びでおじゃまするると知ってなすったら、そう言ってくだすったやら」ジム船長はからかうように言った。

「本気かどうか、ということですか」アンはにっこりした。「本気ですとも、『胸に十字を切って誓います』、学校のころ、そう言ったんですよ」

「そんなら参ります。昼も夜もおうかがいしますで。たまには灯台にも、おいでくだすったら光栄ですわい。ふだんは一等航海士（ザ・ファースト・メイト）しか話相手がおりませんでな。幸い、あれは付き合いのいい奴で、まこと聞き上手ですし、聞いた端（はし）からきれいに忘れてくれること、マカリスター家以上ですて。だが話し上手とはいきませんからな。奥さんは若くて、わしは年寄りだが、魂は同い年ぐらいですな。わしらはヨセフを知る一族(12)ですて。コーネリア・ブライアントならそう言いましょう」

「ヨセフを知る一族？」アンはいぶかる顔つきになった。

「さよう。コーネリアは、この世のあらゆる者を二つに分けますで……ヨセフを知る一族と知らない一族と。もし人と意見が合い、もの事に同じ意見をもち、冗談の好みも同じなら……ヨセフを知る一族ですわい」

「まあ、わかりましたわ」アンはひらめいて叫んだ。「私が前に使っていた……今でもかぎ括弧つきで使っている『心の同類』ですね」

「それですわい……まこと、それですわい」ジム船長はうなずいた。「それをどう呼ぼうと、わしらは、それですて。ブライスの奥さんが、今夜、入ってきなすったとき、わしは自分に言いましたで、言いましたとも。『ああ、あの人はヨセフを知る一族だ』と。えらい嬉しかったですて。そうでなけりゃ、人づきあいをしても、お互いに真の満足は得られませんからな。ヨセフを知る一族は、地の塩[13]だと思いますて」

アンとギルバートが客人を送って玄関へ出ると、ちょうど月が昇ったところだった。フォー・ウィンズの内海は、夢想と魅惑と魔法のものになりつつあった——そこはどんな嵐も吹き荒れることのない、魔法をかけられた安全な港であった。小径のロンバルディ・ポプラは、どことなく秘教の一団の僧侶のように丈高く黒々と並び、その梢は銀色に光っていた。

「常にロンバルディ・ポプラのごとくありなされ」ジム船長が、ポプラへむけて長い腕をふった。「あれは王女の木ですわい。近ごろは流行りませんがな。あの木は、天辺が枯れてぼさぼさになると、連中はこぼします……その通りでして……春ごとに、首の骨を折る危険をおかして高い梯子(はしご)を登って刈らねば、そうなります。わしはミス・エリザベスのために、ずっと刈り鋏(ばさみ)を入れてきましたで、一度もみすぼらしくなったことがないですて。ミス・エリザベスは、とりわけこの木を好んでいなすった。威厳があって、取り澄ましたとこを好いていなすった。あの木は、誰とも彼とも親しくつきあわぬです。楓(かえで)が友だちづきあいとすれば、ブライスの奥さん、ロンバルディ・ポプラは社交界のおつきあいですわい」

「なんときれいな夜ですこと」ディヴ医師夫人が、夫の馬車に乗りこみながら言った。

「夜は、たいがい美しいもんです」ジム船長が言った。「それでも、月明かりに照らされたフォー・ウィンズを目の当たりにすると、天国にはこの上、何が残ってるだろうと思います。月は、わしの親友でしてな、ブライスの奥さん。物心ついてから、ずっと月が好きですわい。わしが八つの小さな坊主のころ、夕方、庭で寝てしまって、誰も気がつかなかった。わしは夜もふけてから目をさまして、ぞっとするほど怖かった。変な影やら、奇妙な音やら！　どうにも動けずに、ただうずくまって、ぶるぶる震えとりました、哀れな坊主でしたわい。この世に一人ぼっちで、世界がとてつもなく大きな気がしたんですわい。そのときふと、お月さまが、林檎(りんご)の枝のむこうから、なじみの友だちみたいにわしを見おろしてることに気がついたです。わしはほっとして、立ちあがると、獅子(ライオン)みたいに雄々しく家へ歩きましたわい、お月さまを見あげながら。ここから遥かに遠い大海原にいたときも、わしは自分の船の甲板から、幾夜も月を眺めたもんです。おや、どうしておまえさんがたは、口を閉じて(14)、さっさと帰れと言わんのですかな」

おやすみなさいの挨拶と笑い声も消えると、アンとギルバートは手をつないで庭を歩いた。隅を横切る小川は、白樺の木陰に澄んだ小波をたてて流れていた。そのほとりの罌粟の花は、月光を受けとめる浅い杯のようだった。学校の先生の花嫁が手ずから植えた花々は、過ぎ去った日々の神聖な美しさを祝福するように、甘美な香りを宵闇の大気に漂わせていた。アンは薄暗がりに立ちどまり、花枝を手折った。

「暗いなかで花の匂いをかぐのが好きよ」彼女は言った。「そうすると花たちの魂と話すことができるの。ああ、ギルバート、この小さな家は、なにもかも夢に描いた通りよ。そして私たちが、ここで暮らす最初の新婚夫婦ではなくて、とても嬉しいわ！」

第8章　ミス・コーネリア・ブライアント、訪ねて来る

その九月は、フォー・ウィンズの内海に金色の薄霧と紫色のかすみがかかるひと月だった――昼間は陽ざしにあふれ、夜は月光が降りそそぎ、星々が瞬くひと月であった。嵐に損なわれることも、強風が吹き荒れることもなかった。アンとギルバートは愛の巣をととのえ、海辺をのんびり散歩し、内海に舟を浮かべ、馬車でフォー・ウィンズとグレンをめぐり、内海の奥の森で羊歯のしげる人里離れた道をドライブした。つまり世界中のいかなる恋人たちも羨む蜜月を過ごしたのだった。

「もし今、人生が急に終わっても、この四週間のおかげで豊かな価値があったと言えるでしょうね」アンが言った。「こんなにすばらしい四週間はもう二度と訪れないわ……私たち、そんな日々を過ごしたのよ。あらゆるものが……風も、お天気も、村の人々も、夢の家も、力をあわせて、私たちの蜜月を愉しいものにしてくれたの。ここに来てから、雨降りの日さえなかったわ」

「ぼくたちも、一度も喧嘩をしなかったし」ギルバートはからかった。

「そうよ、『喜びは、先に延ばすほど大きい』のよ」アンは引用した。「ここで蜜月を過

ごすことにしてよかったわ。新婚の思い出が色々なよその土地に散らばらずに、この土地に、この夢の家に、いつまでも残るんですもの」

新家庭をとりまく環境には、アンがアヴォンリーでは感じたことのないロマンスと冒険の趣きがあった。アヴォンリーでも海の見える土地に暮らしたが、その生活に海が親しく入りこむことはなかった(1)。だがフォー・ウィンズでは、海がアンをとりまき、たえず呼びかけていた。新居では、どの窓からも様々に姿を変える海が見え、潮騒がいつもアンの耳に囁きかけていた。船は、日々、内海に入ってグレンの波止場に着き、また夕焼けのなかを、地球を半分まわった先の港をめざして船出していった。白い帆の漁船は、朝に内海から海峡をぬけて出ていき、夕べに魚を積んで帰ってきた。水夫や漁師たちは、心も軽く満足げに、ゆるやかに曲がる赤土の内海街道を行き来した。ここでは常に何かが――冒険や、旅立ちが、始まろうとする気配があった。フォー・ウィンズの暮らしは、アヴォンリーのように落ち着いて決まり切った型通りのものではなかった。変化の風が吹き、海はたえず岸辺の人々に呼びかけていた。その呼び声に答えそうもない者でさえ、胸が弾み、そわそわして、好奇心と、いつか海の呼びかけに応じるやもしれぬという可能性をおぼえた。

「船乗りにならずにはいられない男の人が、なぜいるのか、やっとわかったわ」アンが言った。「ときどき私たちに訪れる……『船を進めよう、夕陽のむこうへ』(2)……という願望が胸に生まれたら、もう逃れられないのよ。ジム船長がその思いに駆られて出ていかれたのも、不思議はないわ。海峡を出ていく船や、砂州をこえて高く舞い上がる鷗を見ると、私も、あの船に乗ってみたい、翼がほしい、と思うもの。『飛び去って、ねぐらへ行く』鳩（3）ではなくて、嵐の真っただなかへ飛びこんでゆく鷗のように」

「きみは、ぼくと一緒に、ちゃんとここにいてもらうよ、アンお嬢さん」ギルバートは不安げに言った。「ぼくから飛び去って、嵐に飛びこむなんて真似はさせないよ」

午後も遅いころ、二人は玄関の赤い砂石に腰かけていた。荘厳にして穏やかな静けさが、あたりの陸と海と空に広がっていた。頭上には、銀色にきらりと光る鷗が高く飛んでいた。水平線には、レースにも似た儚い桃色の雲が浮かんでいた。静まりかえった大気には、風と波という吟遊詩人の囁きのくり返し（4）が糸のように織りこまれていた。内海の手前には秋模様のまき場にもやがかかり、薄紫のアスターの花々が風に揺れていた。

「お医者さまは、病人を看て、一晩中起きていなくてはならないから、冒険に出かける気分には、ならないでしょうけど」アンが優しく言った。「でも、もしあなたが、ゆうべぐっすり寝たなら、ギルバート、あなたも想像の翼に乗って飛び立ちたいと思うでしょうよ」

「昨晩、ぼくは大事な仕事をしたんだよ、アン」ギルバートは静かに語った。「神さまのご加護のもとで、一人の命を救ったんだ。そんなことをはっきり言えるのは、これが初めてだ。もちろん今までも、ぼくが救命に手を貸した症例はあっただろう。でもアン、ゆうべぼくがアロンビー家に残って、本気で死と戦わなければ、あの奥さんは夜明け前には亡くなっていた。ぼくは、フォー・ウィンズで一度もされたことのない治療を試してみたんだ。病院以外では、まだ行われたことはないと思う。去年の冬、キングスポートの病院で初めて試された新しい療法（5）でね。ほかの方法では助からないという確信がなければ、ぼくだってここで試す勇気はなかった。でもぼくは、危険を冒してやってみた……そして成功したんだ。その結果、良き妻であり母である人の命が助かって、これからずっと幸せに役に立つ人生を生きていくんだ。今朝、朝日が内海に昇るなかを、馬車で家に帰りながら、この仕事を選んだことを、神に感謝したよ。ぼくは立派に戦った、そして勝った……考えてごらん、アン、ぼくは偉大なる破壊者である死を相手にして、勝利したんだ。人生で何をしたいか、ずっと前に二人で話しあった時（6）に、ぼくが夢に描いたことは、これだった。その夢が、今朝、かなったんだ」

「あなたの夢がかなったのは、それだけ？」アンがたずねた。ギルバートの答えはわかっていたが、もう一度聞きたかった。

「わかっているくせに、アンお嬢さん」ギルバートはアンの瞳に笑みかけた。この瞬間、フォー・ウィンズの岸辺の小さな白い家の玄関先には、こよなく幸せな二人が腰かけていた。

ほどなくギルバートの声の調子が変わった。「うちの小径を、満艦飾の船がやって来るようだ」

アンは目をむけ、飛びあがった。

「まあ、ミス・コーネリア・ブライアントか、ムーア夫人が、いらっしゃるわ」

「じゃあ、ぼくは診療所にいるよ。でも、ミス・コーネリアなら、いいかい、立ち聞きさせてもらうよ。ミス・コーネリアについて聞いた話から察するに、あの人の話は、控えめに言っても、退屈ではなさそうだから」

「でも、ムーア夫人かもしれないわ」

「いいや、ムーア夫人は、あんな体つきではないと思う。先だって庭仕事をしているところを見かけたんだ。遠くてよく見えなかったが、どちらかというと痩せ型のようだ。ムーア夫人は一番近いのに、まだ会いに来ないところを見ると、あまり社交的ではないようだね」

「結局、ムーア夫人は、リンドのおばさんタイプではないのね。でなければ、好奇心いっぱいでうちにいらしたでしょうから。あのお客さまは、ミス・コーネリアだと思うわ」

実際、ミス・コーネリアであった。しかもミス・コーネリアは、新婚家庭に礼儀として短い訪問に来たのではなかった。手仕事を大きな包みにして、脇に抱えていたのである。アンが、どうぞごゆっくりと告げるや、彼女は、さっさと大きな日よけ帽をとった。それは無礼な九月の海風もなんのその、しっかと頭に乗っていた。金髪を固く結った小さな髷の下に、帽子のゴム紐で、きつくとめてあったのだ。帽子ピンなぞは、ミス・コーネリアには無用であった。あなたがたなら、ありがたがるかもしれないが！　ミス・コーネリアの母親が、ゴム紐で充分、用が足りたのだから、彼女にも充分、用が足りるのであった。ミス・コーネリアは、若々しく血色のいい色白の丸顔に、陽気な鳶色の瞳をして、いわゆる独身女性には少しも見えなかった。またその表情には、たちどころにアンの心をつかむ何かがあった。心の同類をにわかに見分けるアンの昔からの直感で、ミス・コーネリアが好きになるとわかった。もっとも、ミス・コーネリアの意見が風変わりなことはまだ知らなかったが、その装いが風変わりであることはわかった。

　というのも、巨大なピンクの薔薇を散らしたチョコレート色の部屋着（7）に、青と白の縦縞エプロン、といういでたちで人を訪ねる者は、ミス・コーネリアのほかに、まずいないであろう。しかもミス・コーネリアでなければ、そんな身なりでも堂々として、礼儀にかなった装いに見える者も、いないであろう。ミス・コーネリアなら、この服で宮殿に上がり王子のお妃に拝謁しても、同じように威厳があり、その場の女主人のごとくふるまったであろう。さらに同じように平然として薔薇の散った服のすそを大理石の床に引きずって歩き、同じように落ち着き払って、王子だろうが農夫だろうが、たかが男を手に入れたくらいで自慢しなくてもよろしいと、妃殿下を説得にかかるであろう。

「手仕事を持ってきたんですよ、ブライスの若奥さん」ミス・コーネリアは何やらきれいなものを広げながら言った。「これを急いで仕上げるんで、時間を無駄にできないんです」

アンは、ミス・コーネリアが恰幅のいい膝に広げた白い服を見て、いささか驚いた。それはまぎれもなく、ベビー服だったのだ。細かなフリルとタックで飾られ、実に丁寧に縫ってあった。ミス・コーネリアは眼鏡を調節すると、見事な針目で刺繍にとりかかった。

「グレンにいるフレッド・プロクターの奥さんにあげるんですよ。八人目の赤ん坊が、今にも生まれるっていうのに、奥さんは一針も縫ってないんです。あとの七人の子どもは、奥さんが最初の子に縫った服をみんな、すり切れるまで着せたんですけど、奥さんには、もうこしらえる時間も、体力も気力もありませんでね。あの奥さんは犠牲者ですよ、ブライスの奥さん、ほんとですよ。フレッド・プロクターと所帯をもった時、こうなるって、あたしはわかってました。フレッドは、言うなりゃ、たちの悪い色男でしてね。ところが結婚すると、色男はやめて、たちの悪いとこだけ残したんです。酒は飲むわ、家庭は顧みないわで、男のやりそうなことじゃありませんか。ご近所が手助けしなけりゃ、子どもたちがまともな服を着れたかどうか」

アンは後で知ったが、プロクター家の子どもたちに人並の身なりをさせようと骨を折った唯一の隣人が、ミス・コーネリアであった。

「八人目の赤ん坊が生まれると聞いたんで、その子に色々とこしらえてやろうと思ったんですよ」ミス・コーネリアは続けた。「これが最後ので、今日中に仕上げますから」

「とてもきれいですね」アンは言った。「私も縫い物を持ってきますわ。二人で、ちょっとしたお針の会(8)をしましょう。お裁縫(さいほう)がお上手ですね、ミス・コーネリア」

「ええ、この辺りじゃ、いちばんのお針上手ですよ」当然だと言わんばかりの口ぶりだった。「当たり前ですよ！　まったく。あたしに百人の子がいたとしても、それ以上の数を縫ってきたんですから、ほんとですよ！　八人目の赤ん坊のために服に刺繍をするなんて、自分でも馬鹿だと思いますよ。でもね、ブライスの若奥さん、八人目なのは、その子のせいじゃありませんからね。だから、ほんとにきれいな服(ドレス)を一枚、その子にこさえてやりたかったんです、望まれて生まれてくる赤ちゃんみたいに。でも可哀想に、だれもその子を欲しがっちゃいませんよ……だからあたしは、その赤ん坊のために大騒ぎしてんです」

「どんな赤ちゃんでも、このベビー服(ドレス)なら、誇らしく思いますわ」アンは、ミス・コーネリアが好きになりそうだと、ますます感じた。

「あたしがちっともやって来ないと、思いなすったでしょうね」ミス・コーネリアはまた話し始めた。「でも今月は刈り入れで、ずっと忙しくて……臨時の雇い人が大勢うろうろしてるし、働く以上に食べますから、あの男たちはそうなんですよ。昨日、おうかがいするつもりだったけど、ロデリック・マカリスターのおかみさんの葬式へ行ったんです。最初は頭痛がひどかったんで、出かけても面白いことはあるまいと思ったけど、おかみさんは百歳だし、あの人の葬式には行こうと前々から決めてたんで」

「盛大なご葬儀でした？」アンはたずねながら、診療室のドアが少し開いていることに気づいた。

「あれは、なんです？　ええ、立派なお葬式でした。親戚が大勢いるんで、馬車が百二十台もずらっと並んでね。少しは面白いこともありましたよ。昨日の葬式にはジョー・ブラッドショーの爺さんが来るだろうと思ってたんです。あの爺さんときたら、日ごろは不信心者で、教会の敷居も跨がないくせに、昨日は『イエスの御腕に安らけく』(9)を朗々と歌ってましたよ。あの爺さんは、のど自慢なもんで……葬式だけは必ず来るんです。でも可哀想に、奥さんのほうは、歌好きには見えませんでしたね……奥さんは働きづめで、耐えに耐えてるんです。あのジョー爺さんも、たまには女房にひとつ贈り物でもするかと出かけるものの、新式の農機具かなんか買って帰るんでね。男のやりそうなことじゃありませんか。だけど教会に行かない男に、メソジストの教会にさえ行かない男に、なにが期待できますか。奥さんと若先生が、こちらに引っ越されて最初の日曜日、お二人を長老派教会でお見かけして、あたしはほんと嬉しかったですよ。長老派じゃないお医者になんぞ、用はありませんから」

「この前の日曜日の夕方、私たちはメソジスト教会に行きましたのよ」アンは意地の悪いことを言った。

「そりゃあ、ブライス先生も、たまにはメソジスト教会へ行かなくちゃね。でなきゃ、メソジストの患者が来ませんから」

「礼拝のお説教が、たいそう気に入りましたわ」アンは大胆なことを言った。「それに、メソジストの牧師さんの祈禱は、今まで聴いたなかで、もっとも美しいお祈りの一つでした」

「まあ、たしかにあの牧師だって、お祈りくらいできますよ。でもあたしは、サイモン・ベントリーの爺さんほど、きれいなお祈りをする人は聞いたことがありませんね。あの爺さんはいつも酔っ払ってるか、飲みたがってるかで、酔えば酔うほど、上手にお祈りするんです」

「メソジスト教会の牧師さんは、大変な美男子ですね」アンは診療所のドアに当てつけるように言った。

「ええ、いいお飾りになりますよ」ミス・コーネリアも同意した。「それに、やけにめめしいんです。自分を見る娘は、一人残らず自分に惚れてると思ってんですから……メソジストの牧師なんて、ユダヤ人みたいにさすらい歩いてる(10)くせに、あんなに得意そうにして。奥さんと若先生が、あたしの忠告を聞いてくださるなら、メソジストの信徒とは、あんまり関わらないことですよ。あたしのモットーは……長老派の信徒なら、長老派の信徒たれ、ですから」

「メソジストも、長老派と同じように天国へ行くと思われませんの？」アンはにこりともせずにたずねた。

「それを決めるのは、あたしたちじゃありません。もっと崇高な御手の中にあるんです」ミス・コーネリアは厳かに言った。「けれどあたしは、この世でメソジストとつきあうつもりはありません、天国はいざ知らず。ここのメソジストの牧師は結婚してないんですよ。前のメソジストの牧師は所帯持ちでしたけど、その奥さんというのが、見たこともないほど馬鹿な浮ついた若い女でしてね。そこでいっぺん、牧師に言ったんです。奥さんが大人になってから結婚すべきだったと。そしたら牧師は、家内を躾けたかったんですと。男の言いそうなことじゃありませんか」

「人はいつ大人になるのか、見極めるのはなかなか難しいですものね」アンは笑った。

「その通りですよ、若奥さん。生まれたときから大人の者もいれば、八十になっても大人になれない者もおりますから、ほんとですよ。さっき話したロデリックのおかみさんも、ちっとも大人になれませんでした。百になっても、まだ十歳みたいに考えなしで」

「だから、そんなに長生きなすったのかもしれませんね」アンはそれとなく言ってみた。「そうかもしれませんね。あたしなら、馬鹿みたいな百年より、分別のある五十年を生きるほうがましですよ」

「でも考えてみてくださいな、みんなに分別があれば、なんと退屈な世の中でしょう」アンが訴えた。

ミス・コーネリアは、軽薄な言葉の綾で小競りあいをすることなぞ、馬鹿にしていた。

「ロデリックのおかみさんは、ミルグレイヴ家の出でしてね。ミルグレイヴ家は、あんまり分別がないんです。おかみさんの甥のエベニーザー・ミルグレイヴは、長いこと頭がおかしくて、自分は死んでると思いこんだあげくに、墓に埋めてくれないって、女房に怒り狂ってましたから。あたしなら、さっさと埋めたのに」

ミス・コーネリアがあまりに決意も固く言うので、鋤を手にした彼女の姿が、目に浮かぶようだった。

「ミス・ブライアントは、まともなご主人のことは、どなたもご存じないのですか？」

「あら、知ってますよ、たくさん……あちらに」ミス・コーネリアは、開いた窓から内海むこうの教会の小さな墓地を指さした。

「生きている人で……体があって歩いている人は？」アンはなおもきいた。

「まあ、少しはいますよ。もっとも、神さまと共にあれば、どんなことでも可能だって示すためにいるんです」ミス・コーネリアは渋々認めた。「どこかに一人くらいは、奇(き)特(とく)な男がいて、若いうちからちゃんと躾(しつ)けて、母親が前もって尻をよく引っぱたいとけば、まともな男に育つかもしれない、ということは否定しません。ところで、奥さんのご主人は、聞いた話じゃ、今のところは、男にしちゃ、さほど悪くはないようですね」――ミス・コーネリアは眼鏡(めがね)ごしに、ぎろりとアンを見た――「奥さんは、自分の夫のような男は、世界にまたといないと思っておいででしょう」

「ええ、いませんとも」アンは即答した。

「ああ、そういうものです。前にも、別の花嫁がそう言うのを聞きましたよ」ミス・コーネリアはため息をついてみせた。「そのジェニー・ディーンも、結婚した時は、自分の夫のような男は、世界にまたといないと言いましてね。ええ、その通りでした……またといませんでした！　ご立派な男でね、ほんとですよ！　あの男のおかげで、彼女はひどい人生でした……おまけにジェニーが死にかけてる時、亭主は二番目の奥さんに求婚してたんですから。

　男のやりそうなことじゃありませんか。でもご主人によせる奥さんの信頼が正しかった、となるよう願ってますよ。若先生は、なかなか評判がいいですね。でも最初は心配したんです。この辺の人たちは、医者は世の中にデイヴ先生しかいないと思ってましたから。でも実のところ、デイヴ先生は、気が利きませんでしたよ……首吊りがあった家で、いっつも縄の話をしてましたから。でも、いざ腹痛になれば、気分を害したことなんか、人は忘れるもんです。だけど、老先生が医者じゃなくて牧師だったら、許してもらえませんでしたよ。つまり腹痛のほうが、魂の痛みよりつらいということです。ところであたしたちは二人とも長老派で、周りにメソジストはいないから、あたしたちの牧師について、率直なところを聞かせてもらえませんか」

「まあ……実のところ……私は……ええと」アンは躊躇した。

ミス・コーネリアはうなずいた。

「まさしく、あたしも奥さんと同じ意見です。あの牧師をここに呼んだのは失敗でした。あの顔ときたら、墓地にある細長い墓石にそっくりで、牧師のおでこに、『思い出に捧ぐ』とでも書いておくべきですよ。あの牧師が来て、最初にした説教は、死んでも忘れられませんね。お題目は、人はみな、自分が最も得意なことをすべし、でした……もちろん、結構なお題ですよ。でも、引き合いに出した例ときたら！　あの牧師はこう言ったんです。『あなたが、牝牛と林檎の木を持っていたとします。そこで林檎の木を牛舎につなぎ、牝牛をあおむけにして果樹園に植えたら、いったいどれほどのミルクが林檎の木から得られ、どれほどの林檎が牝牛からとれるでしょう』ですよ。こんな話、生まれてこのかた、聞いたことがありますか、若奥さん？　あの日、教会にメソジストがいなくて、助かりましたよ……もしいたら、いつまでも野次られるとこでした。でも、あの牧師のいちばん駄目なとこは、誰が何を言っても賛成するとこです。『おまえは悪党だ』と言われても、愛想よくにこにこして、『ええ、そうですとも』って言いますよ。牧師たるもの、もっと気骨を持つべきです。とどのつまり、あれは間抜け牧師です。もちろん、ここだけの話ですよ。メソジストに聞こえるとこでは、あたしは褒めちぎりますから。あの牧師の奥さんは、服が派手だと考える者もおりますが、あたしに言わせりゃ、あんな墓石みたいな顔と暮らすんですから、気の晴れるものが要りますよ。あたしは、着てるもので女の人を非難しないたちでしてね。あの牧師がけちな守銭奴じゃないおかげで、奥さんが派手な恰好ができるなら、もっけの幸いですよ。あたし自身は、着るものには構いません。女は、男を喜ばせようと、おしゃれをしますけど、あたしはそんな落ちぶれた真似はしませんよ。これまでずっと心穏やかに、気持ち良く暮らしてきたんです、若奥さん。それは男どもがどう思うかなんて、これっぽっちも気にかけなかったからです」

「どうしてそんなに男の人がお嫌いなんですの、ミス・ブライアント？」

「おやまあ、若奥さん、嫌ってなぞいませんよ。その価値もない。軽蔑してるだけです。あなたのご主人も、ずっとこのままなら好きになれると思います。でも、ご主人を別にすると、この世で価値を認める男は、デイヴ老先生とジム船長だけです」

「ジム船長は、たしかにすばらしい方ですわ」アンは心から同意した。

「船長は立派な人ですけど、いらいらするとこもありましてね。どうしても怒らせることができないんです。あたしはこの二十年、怒らせようとしたけど、いつもけろりとしてるんで、癪にさわりますよ。ジム船長が結婚するはずだった女の人は、日に二度も癇癪を起こす男に嫁いだと思いますよ」

「それはどなたでしたの？」

「それが、わからないんです、若奥さん。ジム船長が誰かに言い寄ったなんて、憶えがないもんで。あたしの記憶では、あの人は最初っから、そろそろ年寄りでしたから。今は七十六ですよ。独身を通してる理由は聞いたことはないけど、何かあるに違いありませんね、ほんとですよ。五年前までは、ずっと船に乗ってて、あの人が鼻先を突っ込んでない場所は世界にないでしょう。ジム船長は、エリザベス・ラッセルとは生涯の仲良しでしたけど、二人とも恋愛をしようなんていう気は、さらさらなかった。エリザベスも結婚しなかったんです、いくらでもチャンスがあったのに。若いころは大変な美人でね。イギリスの皇太子が島に来られた年、エリザベスはシャーロットタウンのおじさんのとこに居て、そのおじさんが政府の役人だったもんで、大舞踏会に招待されたんです。ミス・ラッセルは舞踏会一の美人だったんで、皇太子は彼女と踊ったんですよ。皇太子とダンスできなかった女は、みんな憤慨しましたよ。自分たちはエリザベスより社会的な身分が上なのに、無視されるなんてと。エリザベスは、そのダンスがずっとご自慢でした。意地の悪い連中は、だから結婚しないんだって言ったもんです……皇太子と踊ったからにゃ、並みの男じゃ満足できないだろうって。でもそうじゃなかった。エリザベスが一度、話してくれましてね……自分は大変な癇癪もちだから、男の人と円満に暮らせないだろうって。たしかに、ものすごい癇癪もちでした……気を鎮めるのに、二階へ上がって、箪笥のものを噛み千切ってましたから。でも、結婚したいなら、そんなことは理由にゃならないとあたしは言いましたよ。癇癪を、男どもに独占させとくことはありませんからね、ブライスの若奥さん」

「私も、少し癇癪もちなんです」アンはため息をもらした。

「結構なことですよ、若奥さん。言われっぱなしに、なりませんから、ほんとですよ！　まあ、花笠菊（11）がきれいに咲いてること！　見映えのいい庭ですね。気の毒に、エリザベスは大変な手間をかけてましたよ」

「私はこの庭が大好きなんです」アンが言った。「昔風のお花がいっぱいで嬉しいですわ。庭と言えば、もみの森のむこうの小さな土地を掘りおこして、苺の苗を植える男手が要るんですが、ギルバートは忙しくて、この秋は暇がないんです。どなたかご存じですか？」

「そうですね、グレンのヘンリー・ハマンドが、そうした仕事に出てますよ。たぶん、やってくれるでしょう。あれは常々、仕事よりお給金のほうに興味がありますがね。男のやりそうなことですよ。おまけにのろくて、五分も突っ立ってから、ようやっと自分が立ち止まったと気がつく始末でね。小さいころ、あれの父親が、切株を投げつけたんです。なんと優しい飛び道具だこと。男のやりそうなことですよ！　もちろん治りませんでした。でも、お勧めできるのは、あの男だけですね。この春、うちの家にペンキを塗ってくれましたが、なかなかきれいなもんでしょう？」

時計が五時を打ち、アンは救われた。

「あら、もうこんな時間？」ミス・コーネリアが声をあげた。「楽しい時はあっという間に過ぎること！　そろそろお暇（いとま）します」

「まあ、そんな！　お茶をおあがりください」アンは熱心に頼んだ。

「そう言うべきだからおっしゃってますか、それともほんとにお望みで？」ミス・コーネリアはたずねた。

「本当に望んでいますわ」

「そんならご一緒しましょう。あなたは、ヨセフを知る一族ですね」

「私たち、友だちになれるって、わかっていますわ」アンは、信仰によって家族になった人々[12]だけが見ることのできる笑みを浮かべた。

「ええ、そうですとも、若奥さん。幸いなことに友だちは選べますからね。でも親戚はそのまま引き受けるしかない。刑務所入りがいなけりゃ、ありがたい、というとこですよ。でもあたしは、親戚もあんまりないんです……いちばん近い人が、またいとこでね。言うなれば、あたしは寂しい人間なんです、ブライスの奥さん」

ミス・コーネリアの声には悲しげな響きがあった。

「どうか、アンと呼んでくださいな」アンは情にかられて声をあげた。「そのほうが打ちとけた感じですもの。フォー・ウィンズでは、夫のほかは誰もがブライスの奥さんとおっしゃるので、よそ者のような気がするんです。あなたのお名前は、私が子どものころに憧れた名前に似ています。『アン』が嫌で、『コーデリア』と想像していたんです」

「あたしはアンが好きですよ。母の名前でした。昔ながらの名前は、いちばんすばらしくて、おしとやかですよ。お茶の仕度に行かれるんでしたら、あたしの話し相手に、若先生をお呼びなさいな。ここに来てからずっと、診療所のソファに横になって、あたしの話に大笑いなすってますよ」

「まあ、どうして、おわかりですの？」アンは叫んだ。ミス・コーネリアの超人的な洞察力の実例に唖然として、礼儀として否定することも忘れていた。

「小径を歩いて来たら、先生は、奥さんと座っておいででしたからね。男のやりそうなことはわかってます」ミス・コーネリアは切り返した。「さてと、小さな服が仕上がった、若奥さん。これで八人目の赤ん坊は、いつ生まれてもいいですよ」

第9章　フォー・ウィンズ岬の夕べ

アンとギルバートが、約束通りにフォー・ウィンズ灯台を訪問できたのは、九月も終わりだった。何度か行く予定をたてたが、決まって何かしら妨(さまた)げが入ったのだ。一方のジム船長は小さな家に幾度も「立ち寄って」いた。

「堅苦しいことは抜きにさしてもらいますよ、ブライスの奥さん」船長はアンに語った。「ここに来るのは、わしにとっちゃ、まこと楽しみでしてな、あんたがたが来なさらんからといって、遠慮はしませんぞな。ヨセフを知る一族の間に、そんな取り決めがあっちゃならんのです。わしは来られるときに来る。あんたがたも来られるときに来る。それでちょっとばかし愉快なおしゃべりができりゃ、頭の上にどっちの屋根があろうと、ちっとも構(かま)いませんて」

ジム船長はゴグとマゴグをたいそう気に入った。二匹は、パティの家にいたころと同じ風格と沈着さで小さな家の炉辺(ろへん)の運命を采配(さいはい)していた。

「なんともかわゆい奴らじゃありませんか」ジム船長は嬉しげに言い、二匹の犬には、この家の主人と女主人にするように、訪問と暇(いとま)の挨拶(あいさつ)をかならずや厳(おごそ)かに述べるのだった。ジム船長は、尊敬と礼儀を欠いて、この家の守護神の機嫌を損ねる気はなかった。

「奥さんの手で、この家は、なんとも見事になりましたなあ」アンに言った。「こんなにきれいだったことは、今までなかったですて。セルウィンの奥さんも同じように趣味がよかったで、驚くばかりになすったが、あの時分の衆は、きれいなカーテンやら、絵やら、奥さんがもってなさるような置物はなかったでして。それにエリザベスは、昔風に暮らしとりましたでな。ブライスの奥さんは、いわば、この家に未来を持って来なすったです。わしはここに来れば、話なぞせずとも、まこと幸せですわい……ただすわって、奥さんや、絵や、花を眺めるだけで、充分なもてなしですて。美しい……美しいですわい」

ジム船長は熱烈な美の崇拝者であった。美しいものを見るたび聞くたびに、心深くに名状しがたい喜びを得て、暮らしが明るく輝くのだった。彼は自分の外見に美が欠けていることを痛いほどに自覚し、嘆いていた。

「世間は、わしを善人だと言いますで」冗談のように語ったことがあった。「だが神さまは、わしを半分ほど善人にして、残りは器量にまわしてくださりゃ、良かったと思うこともありますて。もっとも、神さまはご自分がなさってることをご承知だった(1)です。立派な船長がわかっているのと同じでな。なかには、不器量な者もおらにゃなりませんて。でなけりゃ器量よしが……このブライスの奥さんのような人が……目立ちませんからな」

ある夕方、ついにアンとギルバートはフォー・ウィンズ灯台へ出かけた。その日、朝は灰色の雲と霧がかかり暗く明けたが、夕方は華やかな真紅と金色に暮れていった。内海の彼方（かなた）の西の丘の上は、沈んでいく夕陽の輝きに深い琥珀（こはく）色に染まり、澄んだ水晶（クリスタル）のようだった。北の空には、金色の小さなさば雲が広がっていた。夕陽の赤光（しゃっこう）は、椰子（やし）の茂る南国の港をめざして内海の海峡をすべるように出ていく船の白帆（しらほ）に照り映えていた。船のむこう岸の白く輝く草のない砂丘も、薄紅色（うすべにいろ）に染まっていた。右手では、小川の上流の柳に囲まれた古い家も西日を浴び、その窓は、この束（つか）の間、古い大聖堂の窓よりも輝いていた。家の窓は、静まり返った灰色の家から輝きを放ち、さながら陰鬱（いんうつ）な暮らしという殻に閉じこめられた生き生きした魂に流れる鮮血のごとき熱い思いが、ずきずき疼（うず）いているようだった(2)。

「小川の上流のあの古い家は、いつも寂しそうね」アンが言った。「あそこへ訪ねて行く人を見たことがないもの。あの家の小径は、上の街道に通じているけど……人の出入（ではい）りが、さほどないみたい。ムーア家の人たちは、うちから歩いて十五分の所にいるのに、一度も会わないなんて奇妙ね。教会では会ったかもしれないけど、会っても、どの人かわからないもの。唯一のご近所さんなのに、あんまり社交的じゃなくて残念よ」

「たしかに、ヨセフを知る一族ではないようだね」ギルバートは笑った。「きみが美人だと言ったあの娘さんは誰だったのか、わかったかい？」

「いいえ。どういうわけか、あの人のことを聞きそびれてしまうの。それにあれ以来、見かけないから、よそから来た人だったんでしょう。まあ、お日さまがちょうど沈んだわ……ほら、灯台に灯りがついた」

夕闇が深まり、巨大な灯台が、光の帯で闇を切り裂くように、草原と内海、砂州とセント・ローレンス湾の上に、くるりと丸い円を描いた。

「まるであの光が私をつかまえて、ぱっと海の遠くへさらっていくみたい」強烈な光の一投が二人を包んだとき、アンは言った。やがて岬に近づくと、二人は回転する強い光の下に入り、むしろアンはほっとした。

畑をぬけて灯台へ続く小道に入るところで、ちょうど小道から出てくる男に出くわした――あまりにも異様な風采で、二人とも一瞬、穴が開くほど男を見つめた。明らかに美男子であった。背は高く、肩幅広く、ローマ鼻（3）と率直な明るい目をして、整った顔立ちである。服は、裕福な農民の晴れ着だ。この限りにおいては、フォー・ウィンズかグレンの住人と言えただろう。だが、その胸から膝のあたりまで豊かに垂れているのは、波打つ茶色の川のごとき顎鬚なのだ。男の後ろ姿を見ると、ありふれたフェルト帽の下から、豊かに波打つ茶色の髪が、同じく滝のごとく流れ落ちていた。

「アン」ギルバートが、男の耳に入らないところまで離れると、小声で言った。「出がけに作ってくれたレモネードに、デイヴおじさんの言う『スコット法を少し』(4)、入れたかい?」

「いいえ、入れないわ」アンは遠ざかる謎の男に聞こえないように笑いを嚙み殺した。

「いったい、誰かしら?」

「わからないね。でも、ジム船長が、あんなお化けみたいな人を岬に呼ぶなら、ここに来る時は、ポケットにピストルを忍ばせるよ。あの男は船乗りではなかった。もっとも、船乗りなら、あんな突飛（とっぴ）な恰好も許されるかもしれないが。あれはきっと、内海むこうの一族（クラン）だろう。デイヴおじさんの話では、むこうには変わり者がいるらしい」

「デイヴおじさんは、少し先入観がおありだと思うの。内海むこうからグレンの教会にいらっしゃる人は、みなさんとても感じがいいわ。まあ、ギルバート、きれいね!」

フォー・ウィンズ灯台は、セント・ローレンス湾に突きでた赤い砂岩（さがん）の崖の先に立っていた。海峡を渡ったむこうには、砂州（さす）の銀色の砂浜が伸びている。そして海峡のこちら側には、小石の渚（なぎさ）から嶮（けわ）しくそびえ立つ赤い崖が、カーブを描いて長い海岸線をなしていた。それは嵐と星がかける魔法と謎を知る海岸であった。そうした海岸には孤独が漂っている。森は決して孤独ではない——森には囁（ささや）きかけ、手招きをする友のような生命（いのち）に満ちあふれている。だが海は偉大なただ一つの魂であり、分かちあうことのできない深い悲しみに絶えずうめきながら、悲しみのなかに自らを永遠に閉じこめている。

私たちは、海の果てしない神秘を知ることはない――ただ海のまわりを彷徨い、海を畏れ、海に魅せられるだけだ。森は、様々な声で、私たちに呼びかける。だが海には、一つの声しかない――その力強い声で、私たちの魂を雄大な音楽のなかに包みこむ。森は人間のようだが、海は大天使（5）の一団なのである。

アンとギルバートが灯台に着くと、ジム船長は、外のベンチに腰かけ、帆を張った帆船（6）の見事な模型に、最後の仕上げをほどこしていた。ジム船長は立ちあがり、いかにも彼に似つかわしい優しくさりげない作法で、二人を住まいへ喜び迎え入れた。

「今日は一日、良い日でした、ブライスの奥さん。そしてしまいの今になって、一等いいものをもたらしてくれました。陽が残ってるうちに、表でちょっと腰かけなさらんか。ちょうど、この玩具が出来たとこでしてな。グレンにいる甥の息子のジョー（7）にやるんです。だが、こしらえてやると約束してから、少し後悔しましたで。というのは、あれの母親が腹を立てましてな。息子があとあと船乗りになりたがりはせぬかと案じて、その気にさせてくれるなと言うたですわい。だが、どうしようもありませんて、ブライスの奥さん。わしはこしらえてやると約束をしたですて。子どもに約束したことを破るなんぞ、まこと卑怯だと思いますでな。さあさ、おかけなされ。一時間くらい、あっという間ですて」

風は沖へむかって吹いて、海に長い銀色の小波をたてながら、きらきら輝く影を次々と送っていた。まるで岬や岩鼻から、透明な翼が水面を飛んでいくようだった。夕闇は、すみれ色に翳りゆくカーテンを、砂丘と鷗の群がる岩鼻にかけようとしていた。空は、絹のスカーフを思わせるかすみにうっすらと覆われていた。雲の船隊は水平線に錨をおろし、宵の明星は、砂州の上から見守っていた。

「眺める値打ちのある景色じゃありませんかの？」ジム船長は自分の持ち物のように愛しさと誇りをこめて語った。「ここはいい塩梅に、市場から離れておりますで、売ることも、買うことも、儲けることも(8)ないですて。何も払わずともいい……海も、空も、みんなただですて……『金もなく、値段もない』(9)……おや、じきに月が出ますぞ……あの岩や、海や、内海に月が昇るとこは、見飽きることがない。そのたびに驚きがありますで」

一同は月の出を迎えた。三人は、世界にも、お互いにも、何も求めない沈黙のうちに、月の不思議と魔法を見守った。それから灯台に上がり、ジム船長は、巨大な灯火の仕掛けを見せて説明した。最後に食堂に落ちつくと、広々とした暖炉に流木が燃え、海から生まれた捉えどころのない色合いに揺らめく炎を織りあげていた。

「この暖炉は、わしが作ったもんです」ジム船長が言った。「政府は灯台守に贅沢をさせてくれませんでな。流木が燃えるあの色を、ご覧なされ。おたくの暖炉にも流木がご所望なら、ブライスの奥さん、そのうちひと担ぎ、運びますて。さあさ、おかけなされ。

お茶を一杯いれますで」

ジム船長は、大きなオレンジ色の猫と新聞を、椅子から除け、アンに勧めた。

「おりなさい、一等航海士や。おまえさんの居場所は、こっちのソファだでな。この新聞は大事にとっとかにゃならんのです。時間を見つけて連載小説を読みますでな。『狂おしい恋』という題で、好みの類いの話じゃないが、この女の物書きがいつまで話を延ばすか、見ようと思って、読んでおります。今は第六十二章だが、わしの見るとこじゃ、結婚式になる気配は、小説が始まった時と同じで、いっこうにないですて。それから、ちびっ子のジョーが来ましたらば、海賊の物語を読んでやらにゃなりません。子どものような無邪気なものが、血に飢えた話を好むとは、おかしなことです」

「うちのデイヴィもそうです」アンが言った。「血煙がたつような物語が好きなんです」

ジム船長の紅茶は、神々の酒のごとき美味であった。アンが賞賛すると、ジム船長は子どものように喜んだが、うまく無頓着を装った。

「こつは、クリームをけちらぬことです」上機嫌に言った。船長はオリバー・ウェンデル・ホームズ(10)の名は知らなかったが、この作家の名句「偉大な人物は、小さなクリーム入れを好まなかった」(11)には賛成のようだった。

「ぼくたち、変な恰好の人に会ったんです、小道から出てきました」ギルバートが紅茶をすすりながらたずねた。「どなたですか?」

ジム船長はにやりとした。

「マーシャル・エリオットですわい……まこと立派な男ですが、ひとつ馬鹿げたとこがありましてな。いったい何のために、あんな陳列館の見世物みたいな恰好をしとるのかと思われたでしょうな」

「あの人は、ナジル人(12)の現代版ですの？　それとも古代ヘブライの預言者(13)の生き残りですか？」

「どっちでもありませんわい。あの変人ぶりの根っこにあるのは、政治ですて。エリオット家、クローフォード家、マカリスター家は、そろって筋金入りの政治好きでして、それぞれの事情に応じて、自由党員か保守党員(14)として生まれ、自由党員か保守党員として生き、自由党員か保守党員として死ぬるのです。あの連中が天国へ行ったら、おそらく、天国にゃ政治はないだろうて、いったい何をして暮らすものやら、見当もつきませんて。あのマーシャル・エリオットは、生まれながらの自由党員ですわい。わしはほどほどの自由党員ですがな、マーシャルは、ほどほど、どころの話じゃない。十五年前、とりわけ激しい総選挙があって、マーシャルは党のために、力を尽くして戦って、自由党必勝と信じとりました……信じるあまりに、ある公開の集会で立ち上がって、自由党が政権をとるまで(15)、顔を剃らない、髪も切らない、と誓ったです。ところが、自由党は政権をとらなかった……しかも、あれから一度もとってない(16)……その結果を、今夜、お二人はご覧になったわけです。つまりマーシャルは、言ったことを守ったわけですて」

「奥さんは、どう思っておいでかしら？」アンがたずねた。

「あれは独り者でしてな。だが女房があっても、誓いを破らせることは、できぬでしょう。エリオット家は、馬鹿がつくほど頑固一徹ですでな。マーシャルの兄貴のアレグザンダーは、犬を飼ってて、それは可愛がっておったんで、犬が死ぬと、教会の墓地に『ほかのキリスト教徒と一緒に』犬を埋めたいと言いましてな。もちろん、そんなことは許されませんでしたで、アレグザンダーは、犬を墓地の柵のすぐ外に埋めて、二度と教会の敷居を跨ぎませんでした。だが、日曜日にゃ、家族を馬車で教会へ連れてくもんで、あやつは、礼拝の間は、犬の墓のわきにすわって、聖書を読んどりました。人の噂じゃ、アレグザンダーは死ぬ前に、おれを犬と並べて埋めてくれと、女房に頼んだそうですわい。あれの細君はおとなしい女でしたが、さすがにそれにゃ頭に来て、あたしは犬の隣には埋められたくない、おまえさんが安息の地に、あたしの隣より、犬の隣がいいなら、はっきりそう言ってくれ、と迫ったそうな。アレグザンダー・エリオットは頑固な強情っぱりだったが、女房にゃ惚れてたもんで、降参して、こう言ったそうですわい。『畜生め、おまえの好きなとこに、おれを埋めるがいいさ。だがな、ガブリエルのラッパが吹き鳴らされるとき、あの犬は、おれたちと一緒に起きあがるぞ(17)。なにしろおれの犬は、そこらを威張りくさって歩いてる、忌々しいエリオットや、クローフォードや、マカリスターより、上等な魂を持ってるんでな』と。これが、アレグザンダーの辞世の文句だったですて。それで弟のマーシャルですが、わしらはみんな、あの男に慣れとりますが、知らぬ者は、あの奇妙な風采に、ぎょっとしますわな。わしは、あれが十のころから知っとります……今は五十がらみです……わしはあいつが好きでして、今日は一緒に鱈釣りに出かけたです。今じゃ、わしの得意はそれくらいでして……たまに鱒やら、鱈やらを釣るくらいですわい。だが前はそうじゃなかった……大違いでしたで。色んなことをやりましたな。わしの人生録をご覧になれば、納得されますで」

人生録とは何か、アンがたずねようとした時、一等航海士がジム船長の膝に飛びのり、話がそれた。それは豪華なおす猫で、満月のような丸い顔に、生き生きした緑色の目と、太くて白い脚をしていた。天鵞絨のような猫の背中を、ジム船長は優しく撫でてやった。

「一等航海士を見つけるまで、わしはたいして猫好きじゃなかったが」船長は、航海士が盛大に喉を鳴らす音を伴奏にして語った。「わしは、これの命を助けましてな。人は生きものの命を助けてやると、愛さずにはいられなくなるもんですて。助けてやることは、命を与えるに次ぐことですでな。世の中には、信じられないような考えなしがおりましてな、ブライスの奥さん。内海むこうに夏の別荘を持つ都会の連中のなかにゃ、考えなしから酷いことをする者がおります。いちばん質の悪い酷さですわい……考えなしですから、始末に負えませんて。あの連中は、夏のあいだは猫を飼って、餌をやり、可愛がっては、リボンや首輪で飾りたてる。ところが秋になると、置き去りにして帰ってしまい、猫を、飢え死にやら、凍え死にやら、ひどい目に遭わせますで。もう血が煮えくり返る思いですわい、ブライスの奥さん。去年の冬のある日は、海岸ばたで、可哀想な母猫が死んでるのを見つけましたで。その母猫は、骨と皮ばかりになった三匹の小ちゃな子猫に寄りそって、倒れておったです。子猫を護るようにして死んでおったですて。哀れな母猫は、固く強ばった脚で、まだ子猫たちを抱きかかえておりました。若先生、わしは泣きましたで。それから罵りましたで。わしは可哀想な子猫らを家へつれて戻って、食べものをやって、飼ってくれるいい家を見つけてやりました。母猫を置き去りにした女は、わかっとりましたで、この夏、その女が戻って来たとき、内海を渡って、わしの思うとこを言ってやりました。出過ぎたお節介でしたが、いいことでお節介を焼くのは好きでして」

「その人は、どう受け取ったんですか？」ギルバートがたずねた。

「泣きましてな、そんなことは『考えなかった』と言いましたで。だから言ってやりました。『最後の審判の日に、あの哀れな母猫の命について、申し開きをせにゃならんとき、そんな言い訳が通用すると思っておいでか。考えるためじゃないなら、何のためにおまえに頭を与えてやったのかと、神はおたずねになりますぞ』とな。あの女も、もう猫を置き去りにして飢え死にさせることはありますまいて」

「一等航海士(ザ・ファースト・メイト)も、捨て猫だったんですか」アンは猫に身を寄せた。もしこの猫が人なつこければ、愛想よく応(こた)えただろう。

「さようです。凍えるような寒い冬の日、この子を見つけましたで。馬鹿げた下らんリボンの首輪が、木の枝に引っかかって、飢えて、死にかけとりました。あの時のこの猫の目といったら、ブライスの奥さん！　まだほんの子猫でしたが、置き去りにされてから枝に引っかかるまでは、どうにかこうにか懸命に生きてきたんですな。枝から外してやると、ちっこくて赤い舌(べろ)で、わしの手をいじらしいほど精一杯になめてくれましたで。あのころは、今ご覧のような腕(うで)っこきの船乗りじゃなかった。モーセみたいに控えめでした(18)わい。九年前のことです。猫にしちゃ長生きですな。わしのいい相棒ですて、一等航海士(ザ・ファースト・メイト)は」

「犬を飼っておられると思っていました」ギルバートが言った。

ジム船長はかぶりをふった。

「前は飼っとりました。心から可愛がっとりましたで、死んだときは、代わりの犬を飼うなぞ、考えただけで耐えられませんでな。友だちだったで……わかってくださいますな、ブライスの奥さん。航海士(メイティ)は、いわば、相棒ですて。もちろん航海士(メイティ)のことも好きですぞ。ちょっと悪戯なとこがあって、よけいに好きですて……猫はみなそうです。でもわしは、あの犬を愛しておりました。アレグザンダー・エリオットの犬の件では、内心、あの男に同情しとりました。いい犬には、意地悪なとこがない。だから犬は、猫よりも可愛げがありますて。もっとも、猫みたいに面白味があればと、癪にもさわりますがな。おや、また喋りすぎましたわい。どうして止めてくださらんかの？ 話す機会さえありゃ、わしはずっとしゃべりますで。お茶を上がったら、つまらないものを少し、お見せしましょう……昔出かけた珍しい土地で選んだ物ですわい」

ジム船長の「つまらないものを少し」とは、興味ふかい蒐集品で、好奇心をそそるもの、無気味なもの、古風な趣きあるもの、美しいものであり、ほとんどの品に、それにまつわる忘れがたい物語があった。

アンは、この月明かりの宵、流木の燃えるうっとりするような炎のそばで昔語りを聞いた喜びを、いつまでも忘れなかった。その間、銀色の海は、開け放った窓から彼らに呼びかけ、また崖下の岩場に啜り泣いていた。

ジム船長は決して自慢げな言葉は語らなかったが、彼がいかに英雄であったか——勇敢で、誠実で、機知に富み、無私の男であったか、おのずとうかがい知れた。船長はこの小部屋に腰かけながらも、さまざまな物語を聞き手の前に生き生きと甦らせた。ときに眉をあげ、唇を歪め、身ぶりに手ぶり、言葉を尽くして、その情景と人物をありありと語ったのである。

ジム船長の冒険譚は、あまりに驚きで、突飛であり、アンとギルバートは、すぐ真に受ける自分たちをだしにして法螺を吹いているのではないか、秘かに疑うこともあった。だが後でわかったことに、この点において、二人は船長を誤解していた。船長の話は、すべて言葉通りの事実だった。ジム船長には生まれながらに語り部の才能があり、それによって「不幸な、遠い昔のできごと」が、当時のままの痛ましさで聞き手の前に鮮やかにもたらされたのだ(19)。

アンとギルバートは、船長の語りに笑い、身を震わせ、一度などアンは知らず知らず泣いていた。ジム船長はアンに涙を認めると、嬉しそうに顔を輝かせた。

「そんなふうに泣いてくださると、嬉しいですて」彼は言った。「褒め言葉ですでな。だがわしは、この目で見てきたことや、手を貸したことを、その通りに伝えることができぬのです。ひと通りは人生録にざっと書き留めたものの、わしには、ふさわしい言葉で書き表す術がない。ぴったりの言葉を思いついて、紙の上にうまく並べられさえすれば、傑作の本になりますがな。『狂おしい恋』なぞ、なんのその。ちびっ子のジョーも、海賊話と同じくらい気に入ってくれるでしょうて。さよう、わしは若い時分にゃ、色んな冒険をしましたで。それに、ブライスの奥さん、わしは今でも冒険に憧れておるのです。さよう、わしみたいな老いぼれの役立たずでも、船に乗って海を旅したい……遠くへ……遠くへ……遠い果てまで……いつまでも、どこまでもと、激しい憧れに駆りたてられるですて」

「船長も、ユリシーズ(20)のように、

『船を進めよう、夕陽のむこうへ、

西方の星影を浴びるその果てへ、あなたの命が尽きるまで』(21)

というお気持ちなのですね」

アンは夢見るように語った。

「ユリシーズ？　その人の話は読みましたで。さよう、まこと、そう思っとります……老いぼれの船乗りは、みんなそうした気持ちですて。結局、わしは、陸で死ぬるでしょう。まあ、なるようにしか、なりませんな。グレンに、ウィリアム・フォードという爺さんがおって、占い師に溺れ死ぬと言われたもんで、それを案じて一度も船に乗らなかった。ところがある日、気絶してぶっ倒れて、家畜小屋の水桶に顔を突っこんで溺れ死にましたで。もうお帰りですか？　またじきに、ちょくちょくおいでなされ。この次は、先生がお話をなさる番ですぞ。わしの知りたいことを、たんとご存じでしょうて。ここにいると寂しいこともありましてな。エリザベス・ラッセルが死んで、ますます寂しくなりましたわい。あの人とは、いい友だちだったで」

　ジム船長の声には、旧い友が、一人、また一人と逝くのを見送る老いの悲哀が滲んでいた――旧い友の後を、若い友が埋めることは、たとえヨセフを知る一族でも不可能だった。アンとギルバートは近いうちにたびたび訪れると約束した。

「稀に見るご老人だね」家路をたどりながら、ギルバートが言った。

「素朴で優しい船長のお人柄と、船長が経験なすった荒々しい冒険の人生が、どういうわけか、一つに結びつかないの」アンは考えながら言った。

「先だっての漁村での船長を見たら、きみも、もっともだとわかるよ。ピーター・ゴーティエ(22)の船に乗っている男の一人が、浜の娘のことで、汚らわしいことを言ったんだ。するとジム船長は、稲妻みたいな目で、その卑劣な男を睨みつけて、罵ったんだ。まるで人が変わったようだった。多くは言わなかったが……あの激しい物言い！　相手の骨から、肉まで剝ぎとりかねない勢いだった。ジム船長は、どんな女の悪口だろうと、自分の前で言われると許さないんだとわかったよ」

「どうして結婚なさらなかったのかしら」アンが言った。「今ごろは、自分の船を持つ息子さんや、物語をねだって膝に上がってくるお孫さんがいてもよさそうなのに……そういうかたなのに、大きな猫のほかは何もないのよ」

　だが、アンは間違っていた。ジム船長にはそれ以上のものがあった。彼には、ある思い出があったのである。

第10章　レスリー・ムーア

「今夜は、外海の海岸（1）へ、お散歩に行ってきますね」十月の夕方、アンはゴグとマゴグに声をかけた。ギルバートは内海むこうへ行き、ほかに話し相手がいなかったのだ。アンは、マリラ・カスバートに育てられた者として期待される通り、小さな住まいをしみ一つなく整え、心おきなく浜へ出かけられる気分だった。海岸へは幾度も心楽しい散歩をしていた。ときにギルバートと、ときにジム船長と、またときには一人で色々な思いを巡らしながら、何よりもアンの人生に新しく虹をかけ始めた胸躍る甘やかな夢（2）を見ながら。アンは、もやのかかる穏やかな内海の岸辺や、風の吹く銀色の砂浜を愛していたが、最も愛していたのは岩場の海岸だった。そこには崖や洞窟があり、打ちよせる波に摩耗した丸い石が積み重なり、また入り江の水底には小石がきらきら光っていた。この夕べ、アンが足早にむかう浜こそ、その岩場の海岸だった。

先ごろ秋の嵐の雨風が三日ほど吹き荒れ、岩に砕ける大波は雷のように轟き、砂州にふりかかる白いしぶきと泡は激しく飛び散り、いつもは青く凪いでいるフォー・ウィンズの内海は波立って白くかすみ、大嵐に荒れた。だが今はそれもやみ、嵐の去った海岸はきれいに洗われていた。風はおさまっていたが、まだ大きな波が打ち寄せては砂と岩にぶつかり乱れ、白く泡立ち、輝いた――海の偉大にして圧倒的な静けさ、平和のなかで、ただ波だけが休みなく打ち寄せていた。

「ああ、たとえ何週間、嵐に苦しめられても、こんな瞬間があるなら、その価値もあるわ」アンは立っている崖の上から大声をあげ、うねる波の遠い果てを嬉しげに見晴らした。それから急な細い道を這うように下の入り江へおりていった。するとそこは岩場と海と空だけに囲まれていた。

「ここで踊ったり歌ったりしようかしら。誰にも見られないわ……鷗は噂話をしないもの。好きなだけ自由にふるまっても大丈夫ね」

アンはスカートをつまみあげ、つま先立ちでくるくる回った。勢いの弱まった波が足にかろうじてかからない固く細長い砂地で、回りながら踊り、子どものように笑い声をあげて入り江の東に突き出た小さな岩鼻まで行った。そこでアンは急に立ち止まり、頬を赤らめた。一人きりではなかったのだ。笑いながら踊るアンを見ている者がいた。

黄金色の髪に、海の青色の目をした娘が、張りだした岩から少し隠れた岩鼻で、大きな丸石に座っていた。娘は怪訝な顔で、アンをまっすぐに見た――半ば訝るように、半ば共感するように、半ば――そんなことがありえようか――アンを羨むように。娘は帽子をかぶらず、前にも増してブラウニングの「豪華な蛇」(3)よりも輝く金髪を頭に巻き、真紅のリボンを飾っていた。地味な色の生地を、ごく簡素に仕立てた服を着ていたが、美しい曲線を描くくびれに、鮮やかな赤い絹の帯を結んでいた。膝に組んだ手は日に焼け、労働に荒れていたが、首すじと頰の肌はクリームのように白かった。西の空に低くかかる雲間から、にわかに夕陽が射し、娘の髪を照らした。その瞬間、娘は海の精の化身かと思われた――海の神秘すべて、海の情熱すべて、海の捉えどころのない魅力のすべてが娘にはあった。

「あなたは……私のことを、どうかしていると、思われたでしょうね」アンはつかえながら言い、落ち着きを取り戻そうとした。この堂々とした娘に、羽目を外した子どものような振る舞いを見られたのだ――ブライス夫人として、落ち着いた既婚婦人の風格を保たねばならなかったのに――間が悪かった。

「いいえ」娘は言った。「そうは思いません」

その先は口を閉ざした。娘の声には表情がなく、物腰はどことなく冷ややかだった。だが彼女のまなざしには何かがあった――熱心なのだが恥じらい、反抗的なのだが何かを懇願している――そんな何かがあり、アンはその場を立ち去るのをやめた。それどころか娘の隣へいき、大きな丸い石に腰をおろした。

「自己紹介をしましょうよ」アンは笑顔で語りかけた。アンの笑みが、信頼と友情を勝ち得なかったことは、これまでなかった。「私はブライス夫人です……内海の岸辺の、小さな白い家に住んでいます」

「ええ、知ってます」娘は言った。「私はレスリー・ムーアです……ディック・ムーアの妻の」後から、ぎごちなく言い添えた。

驚きのあまり、アンはしばし言葉が出なかった。この娘が結婚していようとは、思いもしなかった——人妻らしいところは、まるでなかった。しかもアンが、フォー・ウィンズの平凡な主婦だろうと想像していた隣人が、この娘だったとは！　驚くべき認識の変化に、アンの頭はすぐについていけなかった。

「それでは……ええと、あなたは、小川の上流の、あの灰色の家に、お住まいなんですね」アンはまたつかえながら言った。

「ええ。もっと早く、おたくに行くべきでしたけれど」レスリーは訪れなかった説明も、言い訳もしなかった。

「よろしかったら、うちにいらしてください」アンは平静をとり戻して言った。「こんなにお近くですもの、友だちになりましょう。フォー・ウィンズは一つだけ欠点があって……ご近所さんがあまりいないことです。そのほかは完璧ですわ」

「ここが好きですか？」

「好きですとも！　大好きです。こんなにきれいな所は見たことがありません」

「私は、ほかの所は知らないけど」レスリー・ムーアはゆっくり言った。「でもここはとてもきれいだと、ずっと思っています。私も……ここが大好きです」

レスリーは、その物腰と同じように控えめながらも、熱っぽく語った。この見知らぬ娘は――「娘」という言葉がやはりふさわしかった――本人がその気になれば、多くを語ることもできるだろうにと、アンは奇妙な印象を受けた。

「この海岸に、よく来てるんです」レスリーが言い足した。

「私もです」アンは言った。「今までお会いしなかったなんて、不思議ですね」

「おそらく、あなたは夕方早くに来るんでしょう。私が来るのは……たいてい遅く……ほとんど暗くなってから。それに嵐のすぐ後で来るのが好き……今日みたいに。穏やかで静かな海はあまり好きじゃない。激しくて……波が砕け散って……物凄い音をたてる海が好き」

「私は、どんな感じの海も好きです」アンははっきり言った。「私にとってフォー・ウィンズの海は、実家の《恋人の小径》のようなものです。今夜の海は、とても自由で……野性的で……私のなかの何かが、海と響きあって、自由な気分になったんです。だから馬鹿みたいに浜で踊ってしまいました。誰も見ていないと思ったので。ミス・コーネリア・ブライアントがご覧になったら、あのブライスの若先生もお気の毒に、先々はろくなことがないと予言なすったでしょうね」

「ミス・コーネリアをご存じなんですか？」レスリーが笑った。えも言われぬ美しい笑い声だった。それは不意に、思いがけずわき上がる赤ん坊の笑い声のような快い本質的な魅力があった。アンも笑った。

「ええ、存じてますとも。私の夢の家に、何度かいらっしゃいました」

「夢の家？」

「あら、これは、ギルバートと私がつけた可愛くて馬鹿げた、ちょっとした名前ですわ。私たちが呼んでいるだけなんです。つい口がすべって」

「では、ミス・ラッセルの小さな白い家が、今は、あなたの夢の家なんですね」レスリーは不思議そうに言った。「私も、前は、夢の家を想像してました……宮殿みたいな家でしたけど」レスリーはつけ加えて、笑った。だがその笑いには、かすかに自分を嘲笑う響きがあり、さきほどの笑い声の美しさは失われていた。

「まあ、私も昔は宮殿に憧れましたわ」アンが言った。「女の子はみんなそうですよ。でもそのうちに、自分の夢をかなえてくれそうな八部屋くらいの家（4）で満足して、落ち着くんです……そこには自分の王子さまがいるんですもの。でもあなたなら、本当に宮殿が手に入ったでしょうに……こんなにおきれいですもの。ぜひ言わせてください……言うべきですわ……私、あなたに感動して、胸がはち切れそうなんです。あなたのようなきれいなかたに、会ったことがありません、ミセス・ムーア」

「友だちになるなら、レスリーと呼ぶべきです」彼女は意外な激しさで言った。

「もちろん、そう呼びますわ。私の友だちは、アンと呼ぶんですよ」

「私は、きれいなんでしょうね」レスリーは怒ったように海を眺めた。「でも、自分の美しさを憎んでいるんです。むこう岸の漁村の、日に焼けて一番不器量な娘みたいに、私も黒く焼けて醜ければよかったのにって、ずっと思っていた。ところで、ミス・コーネリアのこと、どう思いますか？」

急に話題が変わり、もっと親しくうち明け話をする戸口は閉ざされてしまった。

「ミス・コーネリアは、いい方ですわ」アンが言った。「先週、ギルバートと私を、あらたまったお茶会に招いてくださったんです。ぎしぎし鳴る食卓という言葉をお聞きになったことがおありでしょう」

「新聞の結婚式の記事で、見た憶えがあります」レスリーは微笑んだ。

「その通りでした、ミス・コーネリアの食卓はぎしぎし鳴ったんです……少なくとも、きしみました……ちゃんと。つまらない私たち二人のために、あんなにたくさんのお料理を作ってくださって。名前がある限りのあらゆる種類のパイをこしらえてくださいました……レモン・パイは別ですけど。なんでも十年前に、シャーロットタウンの博覧会でレモン・パイの賞をもらってから、評判を落とすのが心配で、一度も作ってないそうです」

「ミス・コーネリアが満足するほど、パイを食べました？」

「私は無理でしたけど、ギルバートはたくさん頂いて、ミス・コーネリアの心をつかみましたわ……どれくらい食べたかは、言わないほうがいいですね。パイよりも聖書が好きな男がいるとは聞いたことがないと、ミス・コーネリアはおっしゃって。ええ、ミス・コーネリアのことは大好きですわ」

「私もです」レスリーが言った。「世界中で一番の友だちです」

アンは秘かに疑問に思った。そんなに親しいなら、なぜミス・コーネリアは、ディック・ムーア夫人の話をしてくれなかったのだろう。フォー・ウィンズや近在の人物については一人残らず、包み隠さず話したのに。

二人の後ろの岩の隙間から、一筋の光が、濃い緑色の海の底に射してきた。「きれいですね」しばしの沈黙のあと、レスリーは、そのえも言われぬ情景を指さして言った。「ここに来て……これしか見なかったとしても……心が満たされて家に帰るでしょう」

「この海岸で、光と影が創りだす風景は、すばらしいですね」アンも同感だった。「私の小さな縫い物部屋は、内海にむいているので、窓辺にすわって目の保養をするんです。海の色も、影も、二分と同じことがありませんもの」

「それで、寂しくないんですか？」不意にレスリーがたずねた。「一人のときでも……少しも寂しくないのですか？」

「ええ、生まれてから、心底寂しかったことは一度もないと思います」アンは答えた。

「一人でも、いい仲間がいますから……これからの夢とか、想像とか、ごっこのふりとか。たまには一人でいるのが好きなんです。色々なことをじっくり考えたり、味わったりするのです。でも友だちづきあいも大好きですよ……親しい人たちと楽しくて愉快なちょっとしたひとときを過ごすのが好きです。ぜひ、いらしてくださいませんか……ちょくちょく。どうか、いらしてください」それからアンは笑顔で言い足した。「私のことを知ってくだされば、私を好きになってくださると思います」

「でも、あなたのほうは、私を、好きになるかしら」レスリーは真顔で言った。それとなくお世辞を言わせるような雰囲気もなかった。レスリーは、月光を浴びて、泡の花冠で飾られ始めた波のむこうを見つめていた。その瞳は翳(かげ)に満ちていた。

「私はきっと、あなたを好きになりますわ」アンは言った。「私が夕焼けの浜で踊っていたからといって、とんでもない、いい加減な人だと思わないでくださいね。そのうち落ち着きますから。結婚して間がないので、まだ娘のような気持ちで、ときには子どもみたいな気分になるんです」

「私は結婚して十二年です」レスリーが言った。

またも信じられなかった。

「まさか、あなたが、私と同い年ぐらいだなんて！」アンは叫んだ。「結婚なさったときは、まだ子どもだったんですね」

「十六でした」レスリーは立ち上がり、傍(かたわ)らの帽子(キャップ)と上着を拾った。「今は二十八です。もう、帰らなくては」

「私もです。そろそろギルバートが戻りますから。でも今夜、この海岸に来て、お会いできて、とても嬉しかったです」

レスリーは何も言わなかった。アンはいささか興ざめした。心やすく友情を申し出たのに、きっぱり拒絶はされなかったにしろ、快(こころよ)く受け入れられることもなかったのだ。

二人は黙ったまま崖をよじ登ると、野原を横ぎって歩いた。白く枯れて羽毛のような野の草々(くさぐさ)が、月光に照らされてクリーム色の天鵞絨(ヴェルヴェット)の絨毯(じゅうたん)のようだった。海岸の小道に出ると、レスリーはふりかえって言った。

「私はこちらへ行きますので、ブライス夫人。そのうち、会いに来てくださいますか？」

アンは、その招待の言葉が、自分に投げつけられたように感じた。レスリー・ムーアが仕方なく言った印象を受けた。

「本当にそうおっしゃるなら、うかがいます」アンはやや冷ややかに答えた。

「まあ、本当ですよ……本当ですとも」レスリーは叫んだ。その激しさは、それまで課してきた自制心をうち破り、言葉が前に飛びだして来たようだった。

「それなら、おうかがいしますわ。おやすみなさい……レスリー」

「おやすみなさい、ブライス夫人」

アンは物思いにふけりながら家に帰ると、ギルバートにいっさいを話した。

「ということは、ディック・ムーア夫人は、ヨセフを知る一族ではなかったんだね」ギルバートはからかうように言った。

「ええ……そのようね。でも……前は、そうだったと思うの。だけどあの人は、自分から離れていったか、あるいは追放されたのかもしれない」アンは考えこみながら言った。「レスリーは見るからに、この辺りの女の人とは違うの。あの人には、卵やら、バターやらの話はできないの。それなのに第二のレイチェル・リンド夫人だと想っていたなんて！　ギルバート、ディック・ムーアを見たことはあって？」

「いいや。あの農場の畑で働く男たちは見かけたことがあるが、誰がムーアなのか、わからなくてね」

「あの人、ご主人のことを一度も言わなかったの。きっと幸せじゃないのかもしれない」

「きみの話から察するに、彼女はまだ自分の気持ちがわからない年のころに結婚して、失敗したと気づいたときには、もう手遅れだったんだろう。よくある悲劇だよ、アン。しっかり者の女性なら、そこから何かいい所を見つけて乗り切るだろうが、ムーア夫人は、どうやら苦々しくて恨みがましい気持ちのようだね」

「よくわかるまで、判断するのはよしましょう」アンは頼みこむように言った。「彼女の事情は、よくあることには思えないの。あなたもレスリーに会えば、彼女の魅力がわかるわ、ギルバート。それは、あの人の美しさとは別のものなの。あの人には、生まれながらに豊かな素質があって、友だちになればその王国に入ることができるのに、あの人は、何かの理由で、そこから人をみんな閉め出して、自分の可能性もみんな自分のなかに閉じこめているの、自分の可能性が広がったり花開いたりしないように。あの人と別れてから、レスリーがどんな人なのか苦心して考えて、これがどうにかたどりついたところよ。あの人のことを、ミス・コーネリアにきいてみるわ」

第11章　レスリー・ムーアの物語

「ええ、八人目の赤ん坊は、二週間前に生まれましてね」十月の肌寒い午後、ミス・コーネリアは小さな家の暖炉前で揺りいすに腰かけていた。「女の子でしたよ。フレッドは怒鳴り散らしたんです……おれは男の子がほしかったって……ほんとは子どもなんかちっとも欲しかないくせに。男の子だったら、女の子じゃないって、あの男は怒りましたよ。すでに娘が四人に、息子が三人おりますから、どっちでも大した違いはあるまいに。ええ、あの男は、つむじ曲がりなことでも言わなきゃ気が済まないんですよ、男のやりそうなことですよ。赤ちゃんはきれいな小さな服でおめかしして、ほんとに可愛いですよ。黒いお目めに、とびきり可愛い小さなお手てをして」

「ぜひ見に行きますわ。赤ちゃんが大好きですもの」アンは、言葉にするにはあまりに愛しく神聖な思いをめぐらして、ひとり微笑んだ。

「あたしはなにも子どもが可愛くないと言うんじゃありませんけどね」ミス・コーネリアは打ち明けるように言った。「必要以上に子だくさんの人たちがいますから、ほんとですよ。可哀想に、グレンにいるいとこのフローラは十一人の子持ちで、休む間もなく働いてるんです！　亭主が三年前に自殺したんでね。男のやりそうなことですよ！」

「どうしてそんなことを？」アンは驚いてたずねた。

「何か思い通りにならないことでもあったんでしょ。それで井戸に飛びこんだ。いい厄介払いでしたよ！　あれは生まれながらの暴君でしたから。でも、もちろん井戸は駄目になって、フローラはとても使えなくてね、可哀想でしたよ！　それで別のを掘ってもらったら、恐ろしく高くつくわ、釘（くぎ）みたいに水が硬い（1）わでね。どうしても身投げしたいんなら、内海にいくらでも水があるのに、あんな男にゃ我慢できませんよ。あたしの記憶じゃ、フォー・ウィンズで自殺があったのは二回だけで、もう一人はフランク・ウェスト……レスリー・ムーアの父親です。そういえば、レスリーはここに来ましたか？」

「いいえ。でも数日前の晩、海岸でお会いして、どうにか知り合いましたわ」とアンは言うと、ミス・コーネリアは、うなずいた。

「嬉しいですよ、若奥さん。仲よくしてもらいたいと思ってたんです。レスリーのこと、どう思います？」

「とてもきれいだと思いました」

「そりゃあそうですよ。器量にかけちゃ、あの子に並ぶ者はフォー・ウィンズの辺（へん）にゃいませんから。あの髪を見ました？　垂らすと足まで届くんです。でもあたしが聞きたいのは、あの子をどう思ったかということですよ」

「あの人がそうさせてくだされば、大好きになれると思います」アンは考えながら言った。

「ところがレスリーは、そうさせてくれなかった……突き放して、手の届かないところへ遠ざけたんですね。可哀想なレスリー！　奥さんもあの子の身の上を知れば、それも不思議はないとわかりますよ。ずっと悲劇ですから……悲劇ですよ！」ミス・コーネリアは語気を強めてくり返した。

「あの人のことをお話しいただけますか、すっかり……あの人の信頼を裏切らない程度に」

「まあ、若奥さん、レスリーの可哀想な身の上なら、フォー・ウィンズ中が知ってます。秘密じゃないんでね……少なくとも表面上は。でも本音は、レスリーにしかわからない。本心を打ち明けてくれませんから。あの子にとって、あたしは世界で一番の親友だと思いますけど、そのあたしにも愚痴一つこぼさないんです。ディック・ムーアに会ったことはおありで？」

「いいえ」

「そんなら、一から話したほうがいいですね。何もかもそっくり話しましょう。そうすりゃ、わかりますから。今言ったように、レスリーの父親はフランク・ウェストといって、頭はよかったが甲斐性なしでね……男のやりそうなことですよ。たしかに、頭はよかった……それがなんと立派に役に立ったことか！　大学へ進んで二年ほど通いましたっけが、体を壊しましてね。ウェスト家はみんな肺病の気があって。それで家に帰って農業を始めて、内海むこうのローズ・エリオットを嫁にもらったんです。ローズはフォー・ウィンズきっての美人と評判でね……レスリーの顔は母親譲りですよ。でも気力と体力は、レスリーのほうが母親の十倍はあるし、姿もずっといいですよ。それで、アン、あなたもご存じのように、あたしは女同士は助けあうべしという考えです。男どもに耐えなきゃなりませんからね。それは神さまもご承知ですよ。あたしは女同士は爪をむけあうもんじゃないって思ってるんで、女の人をけなすことは滅多にありません。そんなあたしでも、ローズ・エリオットには我慢できなかった。まず一つに、あの人は甘やかされたわがままだった、ほんとですよ。それに怠け者で、自分勝手で、泣き言ばかり言うんです。亭主のフランクも働き者じゃなかったんで、二人はヨブの七面鳥みたいに貧乏で(2)、赤貧でしたよ！　じゃが芋だけの粗末な食事で生きてたんです、ほんとですよ！　子どもは二人いて……レスリーとケネス(3)です。レスリーは母親から器量を、父親からは頭のいいとこをもらいましたけど、両親のどちらにも似てないとこがあって、ウェスト家のお祖母さんに似たんですね……あの人は立派な老婦人でした。子どものころのレスリーは誰よりも利口で、友だち思いの明るい子でしたよ、アン。みんなに好かれてね。父親の秘蔵っ子で、あの子も父親が好きでした。レスリーが言ってたように、あの父娘は『親友』だった。レスリーには、父親の欠点が見えなかったんですね……あの父親も、ある面じゃ人好きのするとこがあったんで。

ところがレスリーが十二のとき、最初の悲劇が起きた。あの子は弟のケネスを可愛がってて……四つ年下でね。可愛い男の子でしたよ。そのケネスが、ある日、死んでしまった……干し草を山と積んだ馬車が納屋に入るとき、ケネスがその干し草から転がり落ちて、車輪が小さな体をひいて、押しつぶされて死んだんです。いいですか、アン、レスリーはそれを見てしまったんです。納屋の二階から下を見てしまって、鋭い悲鳴を一つあげた……雇い人が言うには、生まれてこの方、あんな声は一度も聞いたことがない……大天使ガブリエルのラッパ[4]が鳴ってかき消してくれるまで、耳にこびりついてるだろうって。でもあの子は、弟のことじゃ、それきり二度と叫び声も泣き声もあげなかった。納屋の二階から干し草に飛びおりて、干し草から床におりると、血を流している小さくてまだ暖かな弟を抱き上げたんです、アン……レスリーが死んだ弟の体を離そうとしないので、無理矢理引き離さなきゃならなかった。あたしを呼びに来ましたけど……この話は、あたしには、とてもできませんよ」

ミス・コーネリアは優しい鳶色の目の涙をぬぐい、数分ばかり、悲痛な沈黙のうちに縫い物を続けた。

「それから」とまた話し始めた。「色々と片付くと……ケネス坊やは内海むこうの墓地に埋葬されて、しばらくしてレスリーは学校と勉強に戻りました。ケネスの名前は二度と言わなかった……あの日から今日まで、ケネスの名前を口にしないんです。今も心の古傷が時々疼いて、焼けるように痛むと思いますよ。でもレスリーはまだ子どもだったし、月日というものは子どもには慰めになるもんです、アンや。しばらくするとレスリーはまた笑うようになって……あの子は誰よりも可愛く笑うんですよ。今じゃあの笑い声も滅多に聞かれませんが」

「先だっての晩、一度、聞きましたわ」アンが言った。「とてもきれいな笑い声ですね」

「ところがケネスが死ぬと、父親のフランク・ウェストが弱ってきたんです。もともと丈夫じゃなかったとこへ、衝撃を受けたんですよ。さっきも言ったように、フランクのお気に入りはレスリーだったけど、息子も目に入れても痛くないほど可愛がってましたから。フランクは陰気にふさぎ込んで、働けなくなった、働こうともしなかった。そしてある日、レスリーが十四のとき、父親が首を吊ったんです……客間で。いいですか、アン、客間の真ん中の、天井からランプをさげる掛け金で。男のやりそうなことじゃありませんか。おまけに結婚記念日ですよ。そんな日を選ぶとは、まあ思いやりがあって趣味がいいこと。可哀想なことに、レスリーが見つけたんです。朝、花瓶にいける花を手に、歌いながら客間に入ったところ、父親が石炭みたいに黒い顔をして天井からぶら下がってるのを見てしまった。恐ろしいことですよ、ほんとですよ！」

「まあ、なんと恐ろしい！」アンは身震いした。「可哀想に、可哀想な人！」

「レスリーは、ケネスのときと同じで、父親の葬式でも泣かなかった。代わりにローズが二人分の大声で泣きわめいて、レスリーは精一杯、母親を宥めて、慰めてましたよ。ローズには呆れましたね。誰もがそうでした。でもレスリーは母親に愛想づかしをしなかった。母親のことが大好きでしてね。レスリーは一族思いで……あの子の考えじゃ、自分の一族は間違ったことをするはずがないと思ってるんです。ローズは、フランク・ウェストをケネスの隣に埋葬すると、亭主のために馬鹿でかい石碑を建てましたよ。あの男の器にしちゃ大きすぎですよ、ほんとですよ！　ともかくローズの懐を超える大きさだった。というのもローズの農場は、実際の値打ち以上の抵当に入ってたんです。ほどなくウェスト家のお祖母さんが死んで、レスリーに少しお金を遺した……クィーン学院に一年間通える金額ですよ。レスリーは前から、できるなら教師として働いて、レッドモンド大学を卒えるまでの学費を稼いで貯めようと決めてたんです。もとは父親の夢でしてね……自分が果たせなかった夢を娘にさせたかったんですよ。レスリーには抱負がいっぱいあって、頭には脳みそがぎっしりつまっていた。クィーン学院へ行って、二年の課程を一年で修めて、教員の一級免許をとりましたよ(5)。それで家に帰って、グレンの学校で教えることになったんです。あの子は幸せで、希望がいっぱいで、活気と熱意にあふれてました。あのころの彼女から、今のレスリーを思うと……忌々しい男どもめ！」

ミス・コーネリアは、まるで暴君ネロ（6）のように、人間の首を一撃で切り落とすかの剣幕で、縫い糸をぱちんと切った。

「ところが、その夏、ディック・ムーアが、彼女の人生に入りこんで来たんです。ディックの父親のアブナー・ムーアはグレンで店をしてましたが、ディックは、母方の船乗りの血を受けついで、夏は航海に出て、冬は父親の店で店員をしてました。体の大きな美男子だったけど、肝っ玉は小さくて心の醜い男でね。欲しいものが手に入るまでは四六時中欲しがるくせに、手に入れると、もういらない……男のやりそうなことですよ。まあ、晴れてる時は天気の文句は言わないといった有様で、万事うまく行ってるときは、大概は気持ちのいい愛想のいい男でしたけど、かなりの酒飲みでね、おまけに漁村の娘とけしからん噂もあった。要するに、レスリーの足拭きにもならない男ですよ。おまけにメソジストですから！　ところがあの男は、レスリーにベタ惚れだった……一つには、あの子が美人だから、もう一つには、あの子がディックを相手にもしなかったからですよ。だからあの男は、レスリーをものにすると誓って……手に入れたわけです！」

「どうしたんですの？」

「それが卑劣なやり口でしてね。あたしはローズ・ウェストを絶対に許しません。いいですか、アンや、アブナー・ムーアは、ウェスト家の農場を抵当にとってたんですが、借金の利子が何年も未払いだった。そこでディックは、ローズ・ウェスト夫人のとこへ行って、レスリーがおれと結婚してくれないなら、親父に頼んで抵当に入ってる農場を流すぞ、と迫ったんです。ローズは騒ぎましたよ……気絶してみせたり、泣いたりして、家から追い出されないようにしてほしいって、レスリーに頼んだんです。花嫁として来た家を出てくなんて胸が張り裂けそうだ、ってね。家を出るのがつらいと思うのは、別に責めやしませんよ……でもだからといって、血と肉を分けた実の娘を犠牲にするほどローズが自分勝手だとは、あたしも思わなかった。でもローズは、そんな人だったんです。

　レスリーは折れましたよ……母親が大好きですから、母親の苦しみを救えるなら、あの子は何だってしたでしょう。それでディック・ムーアと結婚したんです。どうしてこんなことになったのか、当時は誰もわからなかった。後になって、母親がレスリーにせがんで結婚させたとわかったんです。あたしは何かおかしいと勘づいてましたよ。レスリーがあの男に何度も肘鉄喰らわしたのに、急に変わるなんて、あの子らしくないって。それにいくらディック・ムーアが男前で颯爽としてるからといって、レスリーが惚れるような男じゃありませんからね。もちろん婚礼の宴会はなかったけど、二人が結婚するとこを見に来てほしいってローズが言うもんで、行きましたよ。だけど後悔しましたね。弟の葬式と父親の葬式に出たレスリーの顔は見ましたけど……その時のレスリーは、自分の葬式みたいな顔をしてたんです。ところがローズときたら、にこにこして満面の笑顔でね。ほんとですよ！

　レスリーとディックは、ウェスト家の農場で所帯を持って……ローズが可愛い娘と離れるのは耐えられないと言ったからですよ！……そこでひと冬暮らして春になると、ローズは肺炎になって死んだ……死ぬのが一年早ければ！　レスリーは悲しみに暮れましたよ。愛される価値のない人が愛されて、愛されるのに値する人が愛情を得られないとは、酷いことですね。ディックは、と言えば、静かな結婚生活に飽きたんです……男のやりそうなことですよ。それでさっさと出てって、ノヴァ・スコシアの親戚の家へ行ったんです……あれの父親はノヴァ・スコシアの出ですからね……それからレスリーに手紙を寄越して、いとこのジョージ・ムーアが、ハバナ(7)へ航海に出るんで、おれも行くと。船は四姉妹号といって、九週間くらい留守にする予定でした。

　レスリーは悩みの種がなくなってせいせいしたでしょうよ。でも何も言わなかった。結婚した日から、あの子は今みたいに変わってしまったんです……冷たくて、気位が高くて、あたし以外のみんなと距離を置いて。あたしは距離を置かれないようにしたんです。ほんとですよ！　何があろうと、あたしなりのやり方でずっとそばにいたんです」

「あなたが一番の友だちだって、レスリーは話してましたわ」アンが言った。

「そうですか」ミス・コーネリアは嬉しそうに声を高くした。「そう聞いて、ありがたいですよ。ほんとにあたしにそばにいてほしいのか、疑問に思うこともありますから……いてほしいと思わせてくれないんでね。奥さんは自分で考えてる以上に、あの子の心を解きほぐしたんですよ。でなきゃ、そんなことを言いませんよ。ああ、可哀想に、あの子は悲しみに打ちひしがれてる娘ですよ！ ディック・ムーアを見るたびに、ナイフで突き刺してやりたくて」

ミス・コーネリアはまた目もとを拭った。そしてこの血なまぐさい願望を口にして気もおさまったのか、また語り始めた。

「それでレスリーは、農場で一人ぼっちになったんです。ディックは作物の植え付けをして行ったんで、父親のアブナーが畑をしましたよ。ところが夏が終わっても、四姉妹号は帰らなかった。ノヴァ・スコシアのムーア家が調べると、船はちゃんとハバナに着いて、荷を降ろして、また別の荷を積んで母港へむかった。これがわかった全部でした。次第に世間は、ディック・ムーアを死んだものとして話すようになって、ほとんどの者が死んだと思ってました。でも、はっきりとはわからなかった。というのは出てって何年もたってから、この港にひょっこり姿を現す男もおりましたからね。でも当のレスリーは、死んだとは思わなかった……そして、その通りだったんです。残念至極ですよ！

次の夏、ジム船長がハバナへ行きましてね……もちろん船乗りをやめる前ですよ。船長は、ちょっと探してみようと思ったんです……あれは元々お節介ですから。男のやりそうなことですよ……それで船乗り相手の賄い付きの宿屋とか、そんなとこを訊ねて回ったんです、四姉妹号の乗組員について何か知らないかと。寝てる犬は寝たままにしとけばよかった(8)のに！　それでジム船長が、場末のどこかへ行ったところ、一目でディック・ムーアだとわかる男を見つけた。もっとも、大きな顎髭をたくわえてましたけど、そり落とすと、紛れもなく……ディック・ムーアだった……でも、少なくとも体はディックだったけど、魂はそこになかった……あたしに言わせりゃ、あの男はもともと魂なんぞ持ち合わせてませんでしたけど」

「ディックに何があったんです？」

「ほんとのことは、誰にもわかりませんけど、宿屋をしてた人たちが言うには、その一年ほど前の朝、ひどい様子で戸口の上がり段に倒れてるとこを見つけたそうな……殴られた頭がぐにゃぐにゃになってて、酔って喧嘩して怪我をしたんだろうと。おそらくそんなとこですよ。それでディックを中に入れたものの、助かるまいと思った。ところが助かったんです……でも治っても、子どもみたいな有様で、記憶も、知能も、判断力もなくしていた。身元を割り出そうにも、わからない。自分の名前すら言えなかったんでね……二つ、三つ、簡単な言葉を言うだけで。手紙を一通持ってて、『ディックへ』に始まって、『レスリー』という署名があった。でも住所もなければ、封筒もない。そこで宿屋はディックを置いてやって、少しは雑用もできるようになった……そこをジム船長が見つけて、連れて帰ったんです……よけいなことをしたもんだと、あたしはいっつも言ってます。でも船長はそうするしかなかったんでしょう。ディックが家に帰って、懐かしい景色や見おぼえのある顔を見れば記憶が戻ると、船長は思ったんでしょうよ。ところが何の効果もなかった。以来、ディックは小川の上流の家にいますよ。まるで子どもみたいで、それ以上でも、それ以下でもない。たまに怒りっぽい発作を起こすけど、たいていはぼんやりして、機嫌がよくて、害はないんです。ただ見張ってないと、逃げ出すくせがありましてね。これが、レスリーが十一年間、背負ってきた重荷です……それもたった一人で。ディックの父親のアブナー・ムーアは、息子が帰ると、じきに亡くなって、破産同然だったとわかったんです。あれこれ整理すると、レスリーとディックには、ウェスト家の農場しか残らなかった。そこでレスリーは、農場をジョン・ワードに貸して、貸し賃だけで食べてるんです。夏には、たまに下宿人を置いて足しにしてますよ。でもほとんどの避暑客は、ホテルや夏の別荘(コテッジ)がある内海むこうを好むし、レスリーの家は海水浴の浜から遠すぎますからね。レスリーは、ディックの世話があるんで、この十一年、家から離れたことがない……一生、あの馬鹿に縛りつけられるんです。前は色んな夢や希望があったのに！　あの子にとって、これがどんなことか、想像がつくでしょう、アンや……あの子はきれいで、意欲があって、誇り高くて、利口なのに！ まるで生ける屍ですよ」

「可哀想に、可哀想な人！」アンはふたたび言った。自分の幸福が心苦しいようだった。ほかの人の魂がかくも惨めな一方で、何の理由で自分はこれほど幸せなのだろう。

「海岸ばたでレスリーに会った晩、あの子が何を言って、どんなふうにふるまったか、話してもらえますか？」ミス・コーネリアが言った。

ミス・コーネリアは一心に耳を傾けると、それから満足げにうなずいた。

「あなたはレスリーがよそよそしくて冷たいと思ったんですね、アンや。でもあの子にしてみりゃ、驚くほど打ちとけたんですよ。あなたをすっかり好きになったんですね。嬉しいですよ。あなたなら、あの子の力になってくださるかもしれない。この家に若夫婦が見えると聞いて、ありがたいとあたしは思ったんです。レスリーの友だちになるかもしれないって。ヨセフを知る一族ですから、なおさらですよ。あの子の友だちになってやってくださいね？ アンや」

「もちろんですとも、レスリーがそうさせてくれるなら」アンは、彼女ならではの優しく、情熱的で、ひたむきな顔つきで答えた。

「いいえ、させてくれようがくれまいが、友だちになるんです」ミス・コーネリアはきっぱり言った。「あの子が時々よそよそしくても気にしないでください……知らん顔をするんです。考えてもみてください、あの子がどんな人生を送ってきたか……今はどんな暮らしをしているのか……この先もずっとこのままなんですよ。ディック・ムーアみたいな者は、いつまでも長生きしますからね、そうですよ。あの男が家に戻ってから、どんなに肥えたか。前は痩せっぽちだったのに。レスリーが友だちになるように仕向けてください……あなたならできます……こつを心得てる人ですから。ただ、神経質になっちゃいけませんよ。レスリーが自分の家にあまり来てほしくないようでも、気にかけないように。ディックがそばにいるのを嫌がる女の人がいるって、レスリーはわかってるんです。そんな人たちは、ディックにはぞっとするって文句を言うんですよ。あの子をなるたけちょくちょく、この家に来させてくださいよ。レスリーはあんまし遠くへ行けないんでね……ディックを長いこと一人にできないもんで。何をしでかすやらわかりませんから……家を燃やすかもしれないし。夜、ディックがベッドに入って寝た後が、ほぼ唯一、あの子の自由な時間なんです。あの男は早くベッドに入って、朝まで死人みたいに寝てますから。だからあなたは夜、海岸で会ったんですよ。あの子は浜をよく歩いてますから」

「レスリーのために、できる限りのことをしますわ」アンは言った。レスリー・ムーアが鵞鳥を追って丘をおりてくる姿を見たときから、彼女への関心は深かったが、ミス・コーネリアの話を聞いて千倍にも強まっていた。あの娘の美貌と、悲愁と、孤独が、抗いがたい魅惑をもってアンを惹きつけていた。アンはレスリーのような者を知らなかった。これまでの友は、アンと同じく健全で健康で陽気であり、人間としての苦労や死別といった人並みの試練が娘らしい夢に影を落とすだけだった。だがレスリー・ムーアは一人きりで孤立して、悲劇的な、女の本望が妨げられた姿で立っていた。アンは、その孤独な魂の王国に入り、友情を見つけようと決意した。その友情は、レスリーが、自分が作ったのではない監獄で残酷な足枷に囚(とら)われていなければ、豊かに与えられたはずのものだった。

「それから、憶えといてくださいよ、アンや」ミス・コーネリアはまだ安堵しきったわけではなかった。「レスリーが滅多に教会に行かないからといって、不信心者だとか……よもやメソジストだとか、思っちゃなりませんよ。ディックを連れて行けないんでね、当然ですよ……もっとも、あの男は元気なころも、わざわざ行きやしませんでしたけど。とにかく憶えといてくださいよ。レスリーは心の中じゃ、長老派教会の熱心な信徒ですからね、アンや」

第12章　レスリー、来たる

十月の霜のおりる夜、レスリーは夢の家にやって来た。月光に照らされた霧が内海をおおい、海に面した谷に銀のリボンのように渦を巻いていた。扉を叩く音にギルバートが応じて出ると、レスリーは後悔の色を浮かべたかに見えた。だがアンがギルバートの前へ飛びだし、レスリーをつかんで引き入れた。

「今夜来てくださって、とても嬉しいわ」アンは明るく声をかけた。「今日の午後、とびきりおいしいファッジ(1)をどっさり作ったので、誰かに手伝って食べてもらいたかったの……暖炉の前で……おしゃべりをしながら。ジム船長もいらっしゃるかもしれないわ。今夜はおいでになる夜ですもの」

「それはありません、ジム船長は私のうちにいますから」レスリーが言った。「船長が……ここに来るようにと、私に言ったんです」どことなく反論するような口ぶりで言い足した。

「では今度船長にお会いしたら、お礼を言いましょう」アンは、安楽いす(2)を暖炉の前に引きよせた。

「ええと、来たくなかったわけじゃないんです」レスリーはやや顔を赤らめ、言い訳をした。「私……来ようと、ずっと思ってたんです……でも、家を空けるのが、なかなかむずかしくて」

「そうですよ、ムーアさんを置いて出かけるのは大変ですもの」アンは事務的に言った。ディック・ムーアのことを当たり前の事実として時々話すほうが、話題にすることを避けて過度に神経質な意味合いを持たせるより、はるかにいいだろうと考えたのだ。その考えは正しかった。レスリーのぎこちない様子が、にわかに消えたのだ。レスリーは、自分の生活をどの程度、アンが知っているのかわかっていなかったが、説明は要らないと知ると、明らかに安堵の色を見せた。レスリーは言われるままに帽子と上着をとり、マゴグの傍らの大きな安楽いすに若い娘らしい仕草で、居心地良さそうにおさまった。彼女は美しく念入りに服を装い、いつも身につけている色の真紅は、ゼラニウムの花を白い首もとに飾っていた。美しい髪は炉の暖かな炎に照りはえ、溶けた金のように輝いている。海のような青い瞳には、柔らかな微笑と魅惑があふれていた。このときのレスリーは、小さな夢の家の影響をうけて、また娘に戻っていた——過去も、その苦悩も忘れた一人の若い娘に。かつて小さな家を清めてきた多くの愛の名残りが、レスリーをとりまいていた。彼女と同じ年ごろの幸せで健やかな若い二人の友の情愛も、彼女を包んでいた。レスリーは自分のまわりに漂う愛の魔法を感じとり、そこに身をゆだねた——

ミス・コーネリアとジム船長が見れば、これがレスリーとは思わなかったであろう——今のレスリーのように、飢えた魂のごときひたむきさで語り、耳を傾ける生き生きとしたこの娘が、海岸で出逢った冷淡で受け答えの乏しい女性だとは、アンにも信じ難かった。またレスリーの目は、窓と窓の間に置かれた書棚を、なんと貪るように見ていただろう！

「私たち、本はあまり多くないんです」アンが言った。「でもどの本も、友だちです。何年もかけて、あちらこちらから選んだものです。まず読んでみて、その本がヨセフを知る一族だとわかってから、買ったんですよ」

レスリーは笑った——それは、過ぎ去りし歳月に、小さな家に響いた笑いやさざめきの同族と思われる美しい笑い声だった。

「私は、父の本を少し持ってます……多くはありません」レスリーは言った。「暗記するくらい読みました。本はあまり手に入らなくて。グレンの店に巡回図書館が来るんですけど……パーカーさんのために本を選ぶ委員会は、どの本がヨセフの一族の本なのか、わかっていないみたい……あるいは、そんなことはどうでもいいのかも。とにかく、私の気に入るような本は滅多に来ないので、もう諦めました」

「うちの本棚を、ご自分の本のつもりでご覧くださいな」アンが言った。「どの本も、喜んでお貸ししますわ」

「私の前に、脂に富む御馳走（3）を並べてくださっているのね」レスリーは嬉しそうに言った。やがて十時を打ち、レスリーはいささか心残りの様子で立ち上がった。

「帰らなくては。こんなに遅いとは気がつかなかった。ジム船長がいつもおっしゃってるように、一時間なんてあっという間ですね。二時間もおじゃまして……ああ、でも、楽しい二時間でした」正直な気持ちを言い添えた。

「たびたび来てください」アンとギルバートが言った。二人は立ち上がり、暖炉の炎の明かりに照らされ、寄りそって立っていた。レスリーはそんな二人を眺めた──レスリーが失い、この先も永遠に手にできない青春の若々しさ、あふれんばかりの希望、幸福のすべてを象徴する二人だった。レスリーの表情と目から、輝きが消えた。娘らしさも消えた。そこにいるのは悲しげな、夢奪われた女であり、二人の招待の言葉に冷ややかに応えると、痛々しいまでに急いで去って行った。

アンは、その姿が、冷たい夜霧の闇のなかへ見えなくなるまで見送った。それからむき返り、わが家の明るく輝く暖炉の灯りのなかへ、ゆっくり戻っていった。

「すてきな人でしょう？　ギルバート。あの人の髪にはうっとりするわ。ミス・コーネリアのお話では、足まで届くんですって。ルビー・ギリスもきれいな髪だったわね……でもレスリーの髪は生きているの……一筋一筋が生きている黄金みたい」

「本当にきれいな人だね」ギルバートが本気で言うので、アンはそんなに熱をこめて言わなくてもいいのにと感じた。

「ギルバート、レスリーのような髪だったら、私の髪をもっと好きになる？」アンは思い悩むように言った。

「この色のほかは、どんな色にもなってもらいたくないよ、絶対に」ギルバートは、納得させるようにアンの髪を一、二度撫でた。

「きみが金髪なら、アンではないからね……ほかのどんな色でも、アンではなくなる、ただ……」

「赤を別にすると」アンはやや滅入りながらも満足して言った。

「そうだよ、赤毛だ……きみのミルク色の白い肌と、きらきらする灰色がかった緑色の目に、赤は温かみを添えているんだ。金髪はきみには似合わないよ、クィーン・アン(4)……きみは、ぼくのアン女王様だ……ぼくの心と、ぼくの人生と、ぼくの家庭の女王様だよ」

「それなら好きなだけレスリーを誉めてもいいわ」アンは寛大なところを見せて言った。

第13章　幽霊の夜

一週間後の夕方、アンは野原をひとっ走りして、小川の上流の家を約束なしに訪ねることにした。灰色の霧がセント・ローレンス湾から這（は）い広がるように内海を覆（おお）い、谷（グレン）と谷間（ヴァレー）にたちこめ、秋の牧草地にも重く垂れこめる宵（よい）だった。霧のむこうで海は啜（すす）り泣き、おののき震えていた。アンはフォー・ウィンズの新たな姿を知り、これも不思議にして神秘的であり惹（ひ）かれたが、いくらか寂しかった。ギルバートは留守だった。シャーロットタウンの医学会議に出かけ、翌朝まで帰らないのだ。アンは女友だちと一時間ほど話をしたかった。ジム船長もミス・コーネリアも、それぞれに「よき仲間」ではあるが、若きは若きを慕（した）うのである。

「もしダイアナか、フィルか、プリスか、ステラが、おしゃべりに来てくれたら」アンは独りごとを言った。「どんなに楽しいかしら！　今夜は幽霊の出そうな夜だわ。亡骸（なきがら）を包む白い経帷子（きょうかたびら）みたいなこの霧を、ぱっと取り払ったら、フォー・ウィンズから船出して沈没した船が、一隻（いっせき）残らず、溺れ死んだ船乗りたちを甲板（デッキ）にならべて内海をやって来るところが見えるかもしれない。この霧は、たくさんの怪奇（ミステリー）を包み隠しているようね……昔フォー・ウィンズに住んだ人たちの亡霊が、私をとり囲んで、灰色の霧のヴェールのむこうから、こちらを覗いているみたい。小さな家に暮らした、今は亡き女の人たちも、もし帰って来るなら、きっとこんな夜よ。これ以上ここに座っていると、むかいのギルバートの椅子に、その女の人たちの誰かが腰かけている姿を見てしまうかもしれない。今夜、この家はあまり気持ちがよくない（1）わ。ゴグとマゴグでさえ、じっと耳をすまして、目に見えない訪問者の足音を聞こうとしているみたい。《お化けの森》（2）の時みたいに、自分の想像が怖くなる前に、レスリーに会いに行きましょう。私が家を出ていけば、昔の住人たちを迎え入れることができるもの。この暖炉の灯りが、私の好意と挨拶を伝えてくれるでしょう……私が帰ってくるころには、その人たちはいなくなって、この家はまた私のものになるわ。今夜、この家はきっと過去と秘めやかな再会をするのね」

アンは自分の想像に笑ったが、背筋に何かが忍び寄るぞくりとする気配があった。アンはゴグとマゴグに投げキスをすると、レスリーに渡す新しい雑誌を何冊かかかえ、霧のなかへそっと出ていった。

「レスリーは雑誌や本をほしがってるんです」ミス・コーネリアが、アンに言ったことがあった。「でもなかなか読めなくてね。買うにも定期講読するにも、お金がないんで。実際、気の毒なほど貧乏ですよ、アン。農場から入るわずかな貸し賃を、どうやりくりして食べてるのやら。あの子は貧しい暮らしぶりを、それとなく言うことも、愚痴をこぼすこともないんでね。でもあたしにはわかりますよ。あの子の人生は、ずっと貧しさに妨げられてきたんです。それでもまだ自由の身で、将来に夢があったころは気にしなかった。でも今はさぞつらいでしょうよ、ほんとですよ。レスリーがあなたのとこで過ごした晩は、明るくて楽しそうだったそうで、よかったですよ。ジム船長の話じゃ、船長は、あの子に帽子と外套を着せて、戸口から押し出すようにして行かせたそうです。間が空かないうちに、レスリーを訪ねてやってください。間が空くと、ディックを見るのが嫌で来てくれないとあの子は思って、また殻に閉じこもりますから。ディックは大きな図体をした害のない赤ん坊ですけど、馬鹿みたいににやにやしては、くすくす笑うんで、神経に障る人もおりましてね。ありがたいことに、あたしには、そんな神経はありませんよ。ディックのことは、正気だったころより、今のほうが好きなくらいですから……でも、それじゃ説明が足りませんね。いつか大掃除でレスリーを手伝いに行ったとき、あたしはドーナツを揚げてたんです。ディックは一つ欲しそうにして、そばをうろうろしてました、いつものことです。そしたらいきなり、揚げたての火傷しそうな熱々を一つつまんで、私が屈んだすきに、後ろのえり首に落として、げらげら笑ったんです。ほんとですよ！　アン。油の煮えたぎった片手鍋を持ちあげて、あれの頭からぶちまけてやりたい気持ちを、神さまのお恵みの助けを借りて、辛うじて抑えましたよ」

アンは暗闇のなかを急ぎながら、ミス・コーネリアの憤慨ぶりを思い出して笑った。だが笑い声は、その夜には似つかわしくなかった。柳に囲まれた家に着くと、アンは冷静になった。どこもかしこも静まり返っていたのだ。表から見ると、家は暗く、人の気配がなかった。そこで静かに脇へまわってみた。ベランダに勝手口の戸があり、なかは小さな居間だった。その庭先で、アンは声もなく立ち尽くした。

戸は開いていた。その奥の薄暗い灯のともった部屋に、レスリー・ムーアは座り、食卓に両腕を投げだし、顔をうずめていた。彼女は激しく泣いていた――胸の苦しみが、その胸を引き裂いて外へ出ようとするように、低く、激しく、息がつまるほどに泣いていた。傍らに年老いた黒犬が、鼻先をレスリーの膝にあずけて座っていた。犬のつぶらな目は、言葉は話せなくとも泣かないでくれと頼みこむような思いやりと献身の愛にあふれていた。アンは狼狽えて、後じさった。この苦しみに立ち入ることはできないと感じたのだ。言いようのない憐れさに胸が痛んだが、今、入っていけば、これから彼女を助けて友情を育む扉は、永遠に閉ざされるだろう。レスリーは苦しみを抱えても誇り高く、絶望に身を任せている時の自分を急に驚かせた者を決して許さないと、アンは本能的に察した。

アンは音をたてないようにベランダから離れ、庭を横切り、表へまわった。するとむこうの暗がりに人声がして、ぼんやりした灯りが一つ、見えてきた。木戸のところで、アンは二人の男に出くわした——灯り(ランタン)をさげたジム船長と、もう一人はディック・ムーアに違いなかった——その男は大柄で、醜く肥(こ)え、粗野な丸い赤ら顔に、虚(うつ)ろな目をしていた。暗い灯(ひ)のなかでも、その目には異様な印象があった。

「これはこれは、ブライスの奥さんでしたか?」ジム船長が言った。「おや、今夜みたいな晩に、一人でうろつき回っちゃいけませんて。この霧じゃ、造作なく迷いますでな。ディックを無事に家へ送り届けますで、ちょっくらお待ちなされ。この灯りをさげて奥さんを野っぱらのむこうまでお送りしますでな。ブライス先生がお帰りになったら、奥さんが霧に迷ってルフォース岬(3)の外れまで行っちまってた、なんてことにならんようにな。四十年前、そうしたご婦人がありましたで」

「それでは、レスリーに会いに来なすったか」ジム船長はアンのもとに戻ると、言った。

「中には入りませんでした」アンは言うと、見た通りを話した。ジム船長はため息をついた。

「可哀想に、可哀想な娘っこですわい! あの子は滅多に泣きませんがな、ブライスの奥さん……気丈夫(きじょうぶ)でして、涙を見せんのですわい。その子が泣くからには、よっぽどつらいに違いありませんて。こんな晩は、悲しいことのある気の毒なご婦人は、さぞつらいことでしょうて。こんな夜には何かがありますでな。苦しんできたことや……恐れてきたことが、全部、甦(よみが)えるような何かが」

「幽霊がたくさんいるんです」アンは身震いした。「だからここに来たんです……私、人の手を握って、人の声を聞きたかったんです。今夜は、人ではない者が、うようよしているようで。大好きな自分の家でさえ幽霊がたくさんいて、外に追い出されてしまったんです。だから同じ仲間を求めて、ここへ逃げて来ました」

「それでも、レスリーの家に入らなくて賢明でしたわい、ブライスの奥さん。レスリーは嫌がったでしょうでな。わしがディックと入っても嫌がったでしょうて。奥さんに会わなかったら、わしもそうするとこでした。今日はディックを預かりましてな。少しでもレスリーの助けになればと、できるだけ預かっとりますで」

「あの人の目は、ちょっと変ではありませんか？」アンがたずねた。

「お気づきでしたか？　そうです。片方が青で、片方がはしばみ色……あれの父親もそうでした。ムーア家の特徴ですて。キューバくんだりで、あの男を見たとき、あの目でディック・ムーアだとわかったです。目がああでなけりゃ、わからなかった。髭を生やして、肥えとりましたで。知ってなさると思うが、あの男を見つけて、連れて戻ったのは、このわしですて。ミス・コーネリアは、そんなことしなきゃよかったのに、と言いますが、わしはそうは思いませんて。やるべき正しいことをした……それに、そうするしかなかった。この点、わしの胸に疑問に思うところはないですて。ただ、レスリーを思うと、この老いぼれの胸も痛みますわい。まだ二十八なのに、八十になるご婦人よか、涙の味のするパンを食べてきたですて」

二人はしばらく言葉もなく歩き続けた。やがてアンが口を開いた。

「ねえ、ジム船長、私はランタンをさげて歩くのが好きではないんです。灯りの丸い輪の外で、光のふちの外側の暗闇に、悪意のある者たちがこっそり私をとり囲んでいて、暗がりから敵意のこもった目で、こちらを見ているような妙な気がするんです。子どものころからそうでした。どうしてでしょう？　真っ暗なところでは少しも感じないのに……暗がりのなかにいるときは……少しも怖くないのに」

「わしもそんなふうな気がしますて」ジム船長も打ち明けた。「暗闇は、わしらの近くにあるときは友だちですわい。ところが遠ざけると……ランタンの火をつけて、暗闇と縁を切ると……敵になるんですわい。ところで、霧が晴れてきましたぞ。ほれ、強い西風が出てきた。家に着きなさるころにゃ、星も出てきましょうぞ」

やがて星は出た。アンが夢の家に入ると、炉の燃えさしはまだ赤々と輝き、幽霊はみな去っていた。

第14章　十一月の日々

木々は鮮やかに紅葉して、フォー・ウィンズの内海の岸辺を何週間も彩った。それはやがて色あせ、晩秋の丘の淡い灰青色へ溶けこんでいった。野原と海辺は、幾日も霧雨に煙り、悲しげに吹く海風にうち震えた——夜も、雨風と嵐が激しかった。そうした夜半にアンは目をさますと、この荒れる北海岸を、間切って進む(1)帆船がないようにと祈った。そんな船でもあれば、夜の闇も恐れず旋回する、巨大で頼りになる灯台の灯でさえ、安全な港へ導くことはできないからだ。

「十一月になると、ときどき二度と春が来ないような気がするわ」アンは吐息をもらし、霜に枯れたみすぼらしい花壇がどうしようもなく見苦しいと嘆いた。学校の先生の花嫁の愛らしい小さな庭も今はわびしい風情で、ロンバルディ・ポプラと白樺も、ジム船長の言葉を借りると、マストの帆を畳んでいた(2)。だが小さな家の裏のもみの森は、永遠に青々として頼もしかった。十一月と十二月には、陽ざしが明るく、紫色にかすむ穏やかな日和もあった。そんな日の内海は、真夏のように陽気に踊ってちらちら瞬き、セント・ローレンス湾は柔らかな青色に凪いで、嵐も暴風も、遠い昔の夢のように思われた。

アンとギルバートは、秋の夜を幾度も灯台ですごした。灯台はいつも楽しい所だった。たとえ東風が陰気に歌い、海が灰色に澱んでいても、建物のなかには日光の気配がひそんでいた。それは一等航海士が金色の毛並みでのし歩いていたからであろう。この大きくて燦然と輝く猫のおかげで、人は太陽を恋しく思うことがなかった。喉をごろごろ鳴らす響きは、灯台の炉端で次々と上がる笑い声と会話の快い伴奏となっていた。ジム船長とギルバートは、猫と王様(3)の理解を超えた事柄について長らく論じ、高尚な歓談をした。

「わしは、あらゆる問題を深く考えるのが好きでしてな。もっとも、解決とまではいきませんがな」ジム船長が言った。「わしの親父は、自分でわからぬことは口にするな、と申しておりましたが、先生、それでは話題がえらく乏しくなりますで。わしらの言うことなぞ、神々には笑止千万かもしれぬが、わしらは所詮は人間だとわきまえて、自分を神々だなぞとは思わず、善いことと悪いことをわかっておれば、あとは構いますまいて。わしらがあれこれ論じたとこで、わしらにも、誰にも、迷惑はかからぬですから。先生、今夜も一つ、どこから、どうして、どうなったと、議論をぶちましょうぞ」

二人が議論を「ぶって」いる間、アンは耳を傾けたり、夢想にふけったりした。レスリーも一緒に灯台へ行くこともあった。彼女とアンは、夕闇せまる不気味な海岸をそぞろ歩き、灯台下の岩場に腰をおろすと、やがて黄昏に追い立てられるように流木の燃える明るい炉辺に戻った。するとジム船長は紅茶をいれ、一同に語るのだった。

……陸と海の物語を
忘れ去られた外の偉大な世界で
たとえ何が起きようとも（4）。

レスリーは灯台の賑やかな集いをいつも満喫していた。その時ばかりは花開くように機知のひらめきを見せ、美しい笑い声を響かせ、あるいは黙ったまま目を輝かせていた。レスリーがいると会話にある種のぴりっとした刺戟と風味が生まれ、不在のときは味気ないほどだった。彼女は語らずとも、他の者たちを才気煥発に変えた。ジム船長は物語をよりたくみに語り、ギルバートは議論も受け答えも軽妙になった。そしてアンは、レスリーの個性によき影響をうけて、夢想や想像を語る言葉がほとばしり、流れ出るようだった。

「レスリーは、フォー・ウィンズから遠く離れた社交界や知的な集まりで、花形になるべくして生まれついたのよ」ある晩、アンはギルバートと帰り道を歩きながら言った。

「こんなところではもったいない……もったいないわ」

「この前、この問題について、ジム船長と小生（5）が、一般論として話し合ったのを、きみは聞かなかったのかい？　ぼくらは納得のいく結論に達したんだ。つまり、創造主はわれわれと同様に、宇宙をどのように営むべきかご存じであり、結局のところ、人間がわざと自分の人生を浪費して無駄にするのではない限り、『もったいない』人生というものはないんだ……レスリー・ムーアはわざと無駄にしているのではないからね。それに、あるレッドモンドの文学士が、編集者たちに評価され始めていたのに、フォー・ウィンズの辺鄙な村で悪戦苦闘している田舎医者の妻になるなんて、『もったいない』と思う人もいるかもしれない」

「ギルバート！」

「もしきみがロイヤル・ガードナーと結婚していたら、今ごろは」ギルバートは容赦なく続けた。「きみこそ、フォー・ウィンズから遠く離れた社交界や知的な集まりで、花形になっていただろう」

「ギルバート・ブライス！」

「きみはいっときは彼を愛していた。きみもわかっているだろう、アン？」

「ギルバートったら、意地悪ね……ミス・コーネリアが言うように『えらく意地の悪いこと（6）、男のやりそうなことですよ』だわ。私はあの人に恋をしたことはなかった。そう思いこんでいただけよ。私なら宮殿の女王になるより、私たちの夢が叶う家で、あなたの妻でいるほうがいいわ。わかっているでしょう」

ギルバートは言葉ではなく、仕草でアンに答えた。そんな二人は、一人寂しく野原を過ぎり、宮殿でも夢が叶う家でもない住まいへ急ぐ哀れなレスリーのことは忘れていた。

二人の背後には、悲しみを湛えた暗い海が広がっていた。月が昇ると、海は一変した。だが月光は、いまだ内海には充分に射さず、内海の奥まったところは、ほの暗い入り江や、濃い闇や、宝石のごとき月明かりの生み出す影に富み、暗示的だった。

「今夜は、暗いなかに家の灯りがきらきらしているわね！」アンが言った。「内海むこうに家の灯りが並んで、首飾りみたい。グレンも光っているわ！　まあ、見て、ギルバート。あれはうちの灯りよ。つけて来てよかった。暗い家に帰るのは嫌ですもの。私たちの家の灯りよ、ギルバート！　家の灯りが見えるって、すてきね」

「地上に何百万とある家の一軒にすぎないよ、アン……お嬢さん……でも、ぼくらの家だ……ぼくたちの家……『災いある世界』(7)を照らす、ぼくたちの灯台だ。男が、わが家と、愛しくて可愛い赤毛の妻を手に入れたら、それ以上、人生に何を望もう」

「そうね、もう一つ望んでもいいのよ」アンは幸福そうに囁いた。「ああ、ギルバート、春が待ちきれないわ」

第15章　フォー・ウィンズのクリスマス

当初、アンとギルバートは、クリスマスにアヴォンリーへ帰省しようと話していたが、結局はフォー・ウィンズに残ることにした。「私たちの人生で初めて一緒のクリスマスですもの、わが家で過ごしたいわ」とアンが決めたのだ。

そこでマリラとレイチェル・リンド夫人と双子が、クリスマスにフォー・ウィンズに来ることになった。マリラは船で地球を一周して来た婦人のような面もちでやって来た。家から六十マイルと離れたことがなかったのだ。さらにクリスマス・ディナー(1)をグリーン・ゲイブルズ以外で食べたことも一度もなかった。

リンド夫人は、たいそう大きなクリスマス・プディング(2)をこしらえて持参した。大学出の若造にゃ、クリスマスのプラム・プディングなぞ、まともにこしらえられまい、と考えるリンド夫人を、何人たりとも説得できなかったのだ。だがこの夫人も、アンの家には賞賛を惜しまなかった。

「アンは立派な主婦ですよ」到着した夜、夫人は客用寝室でマリラに語った。「パン箱とくず入れの手桶を覗いてみたんです。いつもこの二つを見て主婦の腕前を判断するんでね、まったくのところ。そしたら、くず入れに捨てるべきでないものはなかったし、パン箱に固くなったパンもなかった。もちろんあの子はあんたが躾（しつ）けましたよ……でも、その後で大学へ行ったんでね。私が贈った煙草縞（たばこじま）のベッドカバーはこの寝室のベッドにかかっているし、あんたの大きな丸い三編みの敷物は居間の炉の前にあった。おかげでくつろいだ気分になりますよ」

　夢の家で迎えた初めてのクリスマスは、アンが願った通りの愉しさに満ちあふれていた。その日は天気がよく明るかった。クリスマス前夜（イヴ）に初雪が薄くつもり、あたりが雪化粧をしたのだ。内海はまだ凍らず、きらきら照り輝いていた。

　ジム船長とミス・コーネリアが正餐（ディナー）に訪れた。レスリーとディックも招待したが、クリスマスは例年アイザック・ウェストおじさんのところへ行くのでと、レスリーは申し訳をした。

「あの子は、そのほうがいいんです」ミス・コーネリアがアンに言った。「知らない人がいるとこへ、ディックを連れてくのを嫌がるんでね。レスリーにとっちゃ、クリスマスは毎年つらいんですよ。昔は父親と色んなことをしてましたから」

　ミス・コーネリアとリンド夫人は、互いに大いに意気投合した、とはならなかった。「二つの太陽が一つの空間でそれぞれの軌道を回ることはない」（3）のだ。だがぶつかることもなかった。リンド夫人は台所でアンとマリラの料理を手伝い、ミス・コーネリアとジム船長はギルバートがもてなしたからだ――というよりギルバートは、二人の客人にもてなされたのだった。なぜなら、長年の盟友にして宿敵でもあるこの二人のやりとりが、退屈であろうはずがなかった。

「この家（うち）でクリスマスの御馳走（ディナー）を頂くのは、何年かぶりですわい、ブライスの奥さん」

ジム船長が言った。「ミス・ラッセルは、この家（うち）で最初のクリスマスにゃ、決まって町の友だちのとこへ行きなすったでな。だがわしは、この家で最初のクリスマスの御馳走（ディナー）が作られたとき、ここにおりましたぞ……学校の先生の花嫁さんが料理をなさいました。あれは六十年前の今日でしたな、ブライスの奥さん……まこと今日のような日和でしたわい……丘は雪でうっすら白くて、内海は六月みたいに青々として。わしはまだほんの若造で、御馳走（ディナー）に呼ばれたことなぞなかったもんで、気恥ずかしくて、よう食べませんでした。今じゃそんなことはちっともありませんが」

「大方（おおかた）の男がそうですよ」ミス・コーネリアは猛烈な勢いで縫い物をしていた。たとえクリスマスであろうと、両手を遊ばせたまま座ってなどいなかった。赤ん坊は休暇も構わず生まれるもので、グレン・セント・メアリの貧しい家庭にまた一人誕生することになっていた。ミス・コーネリアは、その家の大勢の子どもにたっぷりした御馳走を届けたため、自分も心置きなく正餐（ディナー）を頂くつもりだった。

「だがな、コーネリア、おまえさんも知っての通り、男心をつかむには胃袋からと言いますぞ」ジム船長が説いた。

「そうですよ……男に心があればの話ですけど」ミス・コーネリアはやり返した。「そんなことを言うから、大勢の女が料理で身を滅ぼすんです……可哀想なアミーリア・バクスター(4)みたいに。アミーリアは、去年のクリスマスの朝に死んだんですよ。嫁に来てから大皿に二十人分のクリスマス・ディナーを作らずに済んだのは今年が初めてだって言ってましたよ。あの人にとっちゃ、やっと楽になれたとこだったのに。ああ、あの奥さんが死んで一年たったたんで、亭主のホーラス・バクスターが誰かに目をつけてるって噂話がそろそろ出てきますよ」

「もう目をつけてるって聞きましたぞ」ジム船長がギルバートに目配せした。「あの男は、おまえさんとこに来なかったか？　いつだったかの日曜に、喪服の黒い服に、ぴしっと糊づけした襟をかけて(5)」

「まさか、来ませんよ。来る必要もありません。あの男が若くて生きのよかった昔ならともかく、人のお下がりなんか結構です、ほんとですよ。そのホーラス・バクスターと言えば、あの男は去年の夏、お金に困って神さまに助けを祈ったところ、女房が死んで保険金が転がりこんだもんで、お祈りが通じたなんて言ったんですよ。男の言いそうなことじゃありませんか」

「言ったという証拠でもあるのかね、コーネリア」

「メソジストの牧師がそう話してました……それが証拠と言えるならですけど。ロバート・バクスターも同じことを言いましたよ。でも、これは証拠にはなりませんね。ロバートは本当のことを言わないんで有名ですから」

「いやいや、コーネリア、ロバート・バクスターは本当のことを話すんだが、しょっちゅう気が変わるんで、嘘つきみたいに聞こえてしまうんだ」

「しょっちゅうが過ぎますよ、ほんとに。だけど一人の男の言うことを信用して、別の男の言い訳に使う(6)つもりですね。とにかく私はロバート・バクスターなんかに用はありません。あの男はメソジストに改宗したんですから。その理由というのが、あの男がマーガレットと結婚した次の日曜に、二人して教会の通路を歩いて来たら、たまたま献金のときで、長老派の聖歌隊が『見よ、花婿来たる』(7)を歌ったというだけなんですよ。あの男は遅刻して天罰が下ったんです！　なのに、おれを侮辱するために聖歌隊はわざとあんな歌をうたったって常々言ってましたよ。自分がよっぽど重要人物みたいに。でもあの一家は昔から自分たちが実際よりも大物(8)だと思ってますからね。あれの兄さんのエリファアレットは、悪魔がいつも自分のそばにいるって妄想してたんです……でも悪魔があんな男のためにわざわざ時間を無駄にするとは、あたしはとても思えませんよ」

「さあ……わしには……わからんが」ジム船長が考え深げに言った。「エリファアレット・バクスターは長いこと独り暮らしだったでな……人間らしい気持ちにしてくれる猫や犬すら飼っちゃいなかった。男というものは、独りでいると、悪魔と一緒になりがちでな……神さまと一緒なら話は別だが。どっちを相棒にするか、選ばにゃならんのですわい。もし悪魔が、ライフ(9)・バクスターのそばにいたというなら、ライフはそれを望んだですて」

「男のやりそうなことですよ」ミス・コーネリアはそう言うと、凝ったデザインのタックに集中して黙った。少したってから、ジム船長はさり気ない口ぶりで、だがわざと煽るように言った。

「わしは、この前の日曜の朝、メソジスト教会へ行きましたで」

「家で聖書を読んでるほうがましですよ」ミス・コーネリアは言い返した。

「おやおや、コーネリア、自分の教会でお説教がないときにゃ、メソジスト教会へ行っても害はあるまいと、わしは思うがな。このわしは七十六年も長老派の信徒ですで、この期に及んで、わしの神学が錨を揚げることはなかろうて(10)」

「悪いお手本を示してますよ」ミス・コーネリアは手厳しく言った。

「それに」ジム船長は悪戯っけを出して続けた。「いい賛美歌を聴きたかったでな。メソジスト教会にはいい聖歌隊があるが、わしらの教会の聖歌隊は、分裂してからひどいもんだってことは、おまえさんも否定はできぬだろうて、コーネリア」

「歌が下手で、なんだって言うんです。あたしたちの聖歌隊も一生懸命やってます。それに、烏（からす）の声も、夜鳴き鶯（ナイチンゲール）(11)の声も、神さまにとっちゃ、違いはありません」

「いいや、コーネリア」ジム船長が穏やかに言った。「全能の神さまが歌をお聴きになる耳は、それよか、ましだと思うがな」

「ぼくたちの聖歌隊に、何があったんですか？」ギルバートが笑いを堪（こら）えるのに苦労してたずねた。

「それは三年前に、新しい教会を作ったときに溯（さかのぼ）りますわい」ジム船長が答えた。「あの教会を建てるにゃ、えらい難儀（なんぎ）をしましてな……新しい敷地で揉（も）めたんですわい。候補地が二つあって、二百ヤード（一ヤードは約九十一センチメートル）と離れちゃいなかったが、あんまし争いが烈しいもんで、千ヤードも離れてると思うほどでしたで。わしらは三つに分裂して……一つは東の土地がいい、もう一つは南の土地がいい、三つめはもとの場所がいいとな。ありとあらゆる言い争いが、夫婦の間で、教会で、市場で、くり広げられましたわい。三代前の醜聞（スキャンダル）まで祖先の墓から引きずりだしては世間にさらして、おかげで縁談が三組も壊れましたで。これを解決しようと、何べん会合を開いたことか！　コーネリア、おまえさんは、ルーサー・バーンズの爺さんが、立ちあがって演説をぶったあの会合を忘れられるかね？　あの爺さんが、持論を力説してのう」

「はっきりおっしゃいなさいよ、船長。あの人は真っ赤になって怒って、みんなを叱りつけたんです。当たり前ですよ……男どもが揃いも揃って、役立たずばっかりでしたから。でも男の委員会に期待なんかできるもんですか。男たちのあの建築委員会ときたら、二十七回も会合を開いたくせに、二十七回めが済んでも、まだ一回目と同じで、教会は建ちそうもない……それどころか実際は、ことを急いて、いきなり古い教会をとり壊したんで、教会がなくなって、公会堂で礼拝する羽目になったんです」

「メソジストの信徒さんらが、教会を使うように言ってくれたじゃないか、コーネリア」

「あたしたち女が、これじゃいけないと乗り出さなかったら」ミス・コーネリアはジム船長を無視して続けた。「グレン・セント・メアリ教会は、いまだに建っちゃいませんよ。男どもが最後の審判の日まで喧嘩を続けるつもりなら、あたしたちが教会を作りましょうと、女が言ったんです。メソジストの連中に笑われるのは、もううんざりしてましたから。あたしたちは、たった一回の会合で、委員会を立ちあげて、寄付を頼んで回ったんです。もちろんお金も集めましたよ。男たちが生意気なことを言って来ようものなら、あんたたちが教会を建てると言ってから二年もたった、今度はあたしらの番ですと言って、男たちを黙らせたんです、ほんとですよ。そして六か月後、ちゃんと教会が建ちましたよ。あたしたちの決心が固いのを見ると、男たちも争いを止めましてね。こうなったらやるしかない、さもないと威張れないと悟るが早いか、仕事にかかったんです。男のやりそうなことですよ。女はお説教はできないし、長老にもなれませんよ。だけど教会を建てられるし、寄付集めもできるんです」

「メソジストは、女にも説教をさせる(12)そうだな」ジム船長が言った。

ミス・コーネリアはジム船長を睨みつけた。

「あたしは、メソジストに常識がないと、言ったことはありませんよ、船長。あたしが言いたいのは、あの人たちには充分な信仰心があるかどうか疑わしい、ということです」

「あなたは婦人の投票権(13)に賛成なんでしょうね?」ギルバートが言った。

「何が何でも投票権がほしいわけじゃありません、ほんとですよ」ミス・コーネリアは軽蔑するように言った。「男の後始末をするとはどういうことか、あたしはわかってますから。そのうち男たちは、自分たちじゃどうしようもないほど世界を滅茶苦茶にしてしまったと気づいて、女にも喜んで投票権を与えて、厄介事を押しつけますよ。それが男たちのもくろみです。ああ、女が我慢強くてよかったこと。ほんとですよ!」

「ヨブは、どうですね(14)?」ジム船長がたずねた。

「ヨブとはね! 我慢強い男なんて滅多に見つからないもんで、一人見つけると、忘れちゃならん、てことにしたんです」ミス・コーネリアは勝ち誇って言った。「それにどのみち、ご立派な名前と、本人の美徳は一致しませんよ。だって内海むこうのヨブ・テイラー爺さんほど堪え性のない男はいませんでしたから」

「そうだな。だが知っての通り、あの男はかなり苦労したでな、コーネリア。いくらおまえさんでも、ヨブのおかみさんの肩は持たぬだろうて。おかみさんの葬式でウィリアム・マカリスターの爺さんが言ったことを、わしはいっつも思い出しますわい。ウィリアムは、こう言ったですて。『あのおかみさんは、まちげーなく(15)キリスト教徒だったろうが、悪魔のような性分だったで』とな」

「たしかに腹立たしい人でしたよ」ミス・コーネリアも渋々認めた。「そうかと言って、おかみさんが死んだとき、ヨブが言ったことは頂けません。葬式の日、ヨブは墓場からあたしの父親と一緒に馬車で帰ったんです。ずっと黙ってたんですが、家の近くになると、大きなため息をついて、『おめえさんは信じねえだろうがよ、スティーヴン、今日はおらの人生で一番幸せな日なんだ』って言ったんですよ。男の言いそうなことですよ！」

「あの年寄りのおかみさんのせいで、ヨブはさぞつらい人生を送ったんだろうて」ジム船長が思い出すように言った。

「でも、良識というものがありますよ。たとえ女房が死んで本音は嬉しくても、そこら中に言いふらす必要はありません。それに幸せな日も何も、ヨブ・テイラーはさっさと再婚したじゃありませんか。二番目の奥さんは、ヨブをうまいこと操縦しましたよ。あの男の意に染まないことまでさせた(16)んですから、ほんとですよ！　奥さんは、まず最初に、ヨブをせっついて先妻の墓石を建てさせたんです……自分の名前を入れる場所を空けて。私の墓を、ヨブに建てさせる者はおりませんからって、奥さんは言ってました」

「テイラーと言えば、先生、グレンのルイス・テイラーのおかみさんの加減はどんなですか？」ジム船長がたずねた。

「ゆっくりですが、快方にむかっています……でも、あの奥さんは働き過ぎですね」ギルバートが答えた。

「あの人のご亭主が働き過ぎなんです……賞をとる豚を育ててるもんで」ミス・コーネリアが言った。「ご立派な豚を育ててるんで評判でね、わが子より、豚のほうがご自慢ですよ。たしかに豚は最優秀で、子どもは大したことはありませんけどね。子どもたちの母親も可哀想な目にあったんですよ。妊娠中も子育て中も、亭主は、ろくに食べさせなかったんですから。おまけに豚がクリームをもらって、子どもはその脱脂乳(だっしにゅう)(17)を飲んでる有様で」

「コーネリア、おまえさんに賛成しなきゃならんときもありますな、面白くはないが」ジム船長が言った。「ルイス・テイラーという男は、その通りですて。あの子どもらが、可哀想に、腹を空かして、もらうべきものも、もらえないでいる顔を見ると、何日も食事が喉を通りませんわい」

アンが手招きをするので、ギルバートは台所へ行った。アンは戸を閉め、夫に説教をした。

「ギルバート、ジム船長と二人して、ミス・コーネリアをからかうのは、お止めなさい。ずっと聞いていましたよ……もう大目に見ませんから」

「アン、ミス・コーネリアも面白がっているんだよ。きみもわかるだろう」

「まあ、そんなことじゃないの。あなたたち二人して、あんなにけしかける必要はありません。それから、御馳走の仕度はできました。それでね、ギルバート、リンドのおばさんに鵞鳥の肉を切り分けてもらってはだめよ。おばさんは、あなたじゃうまくできないと思って、ご自分が切り分けるって言いなさるわ。あなたもできるんだって見せてさしあげて」

「できるはずだよ。このひと月、A—B—C—Dと図に書いて、切り分け方を勉強したんだ」ギルバートが言った。「ただ、ぼくが切り分けている間は、話しかけないでおくれ、アン。そんなことをすると、アルファベットが頭から飛んでしまって、君が幾何で苦労していたころ、先生がアルファベットを変えた(18)ときより、ひどいことになるよ」

ギルバートは見事に鵞鳥を切り分けた。リンド夫人でさえ認めざるを得なかった。そして一同は鵞鳥の肉を存分に楽しんで味わった。こうして初めてのクリスマス正餐（ディナー）は大成功をおさめ、アンは主婦としての誇らしさに顔を輝やかせた。饗宴は愉快きわまりなく、いつまでも続いた。食事を終えると、一同は赤々と火が燃える気持ちのいい炉辺（ろへん）に集まり、ジム船長が様々な物語を語って聞かせた。やがて赤い夕陽がフォー・ウィンズの内海に傾いてゆき、ロンバルディ・ポプラの青い影が小径（こみち）の白雪に長く伸び始めた。

「そろそろ灯台に戻らにゃなりませんて」最後にジム船長が言った。「日が沈む前に帰らにゃなりませんでな。すばらしいクリスマスを、ありがとうございました、ブライスの奥さん。デイヴィ坊ちゃま(19)がお帰りになる前に、夕方、灯台に連れておいでなされ」

「ぼく、その石の神さまたち(20)を見たいな」デイヴィは興味をそそられて言った。

第16章　灯台の大晦日（おおみそか）

クリスマスは終わり、グリーン・ゲイブルズの人々は帰っていった。マリラは、春になればひと月滞在すると生真面目な顔で誓った。新年を迎える前に雪はさらに降りつもり、内海は一面に氷がはった。だが雪に閉じこめられた白い野原のむこうに広がるセント・ローレンス湾は、まだ何ものにも束縛されず自由だった。旧年（きゅうねん）最後の日は、目映（まばゆ）いほどに明るく晴れわたる寒い一日となった。そうした日は強烈な光で私たちに襲いかかり、また賞賛を求めるものの、愛情を求めることはない。空は鋭いまでに青く、雪面はダイアモンドのごとく眩（まぶ）しくきらめいている。葉の落ちた木はむき出しで慎み深くはないが、ある種の超然とした美しさがある。そして丘は水晶の槍（やり）を射（い）るようにそびえていた。影でさえも鋭く、いかつく、輪郭がくっきりしていた。本来、影はそうあってはならないのだが。まばゆい日光に照らされて、美しいものは十倍美しかったが、陰影のある魅力には欠けていた。また醜いものは十倍醜かった。いっさいが美しいか醜いかだった。照らし出す強い光のなかでは、柔らかに入りまじるもの、優しく曖昧（あいまい）なもの、捉（とら）えどころのない漠然としたものはなかった。唯一、自分らしさを保っているのはもみの木だった——もみは神秘と影の木であり、無遠慮な光の侵入に屈することはなかった。

　しかしやがて大晦日も一日が暮れていくと気づくのだ。すると憂いがそうした日の鋭い美しさをおおって朧ろになり、だが美しさは増していった。鋭い角度やぎらぎら光っていた点が、柔らかな曲線や人を誘う光のなかに溶けこみ、白く凍る内海は穏やかな灰色と桃色を帯びて、遠くの丘は紫水晶色に変わった。

「旧い年が、美しく去っていくわね」アンが言った。アンは、レスリー、ギルバートと一緒にフォー・ウィンズ岬へむかっていた。灯台でジム船長と一緒に新しい年を迎えるのだ。陽は沈み、南西の空には、姉妹の地球に近づいた金星（1）が神々しい金色に瞬いていた。アンとギルバートは、宵の明星の光が投げかける影（2）を初めて見たのだった。このかすかで神秘的な影は、その影を映しだす白雪のあるところでしか見えない。また目の端では見えるが、まっすぐに見つめると消えてしまうのだった。

「まるで影の精霊みたいね」アンがそっと囁いた。「前をむいているときは自分の横に見えるのに、見ようとして横をむくと……消えてしまうのよ」

「金星の影は、一生に一度しか見えないと聞いたことがあるわ。その影を見ると、一年以内に、人生で一番すばらしい贈り物がやって来るそうよ」レスリーが言った。だがその口ぶりは、苦々しいものだった。たとえ金星の影を見ようとも、自分の人生に贈り物は来ないと思ったのだろう。いっぽうのアンは、柔らかな黄昏の光のなかでそっと微笑した。この神秘的な影がアンにもたらすものを体にはっきり感じたのだ。

灯台に着くと、マーシャル・エリオットがいた。最初のうちアンは、この長髪に長い髭面（ひげづら）の奇矯（エキセントリック）な男が、打ちとけた内輪の集まりに入ることに不満をおぼえた。だがマーシャル・エリオットは、ヨセフの一族の一員として正当な資格があると、すぐさま示して見せた。彼は機知（ウイット）に富み、知的（インテリ）で、読書家だった。物語をたくみに語るこつにかけては、ジム船長と競いあうほどだった。彼も一緒に年越しを祝うと告げると、一同は喜んだ。

ジム船長の甥の息子ジョーも、大伯父と新年をすごすために来て、もうソファで眠っていた。その足もとには大きな金色の鞠（まり）のごとき一等航海士（ザ・ファースト・メイト）が丸くなっていた。

「可愛い子じゃありませんかの」ジム船長は相好（そうごう）をくずして眺めた。「小さな子どもが寝てるのを見るのが大好きでしてな、ブライスの奥さん。この世でいちばん幸せな眺めですわい。ジョーはうちに泊まるのが大好きですて。わしと寝られるからですわい。家じゃ、兄弟二人と寝なきゃならんで、気に喰（く）わんのです。『ぼくね、どうしてお父ちゃんと一緒に寝ちゃいけないの？　ジムおじちゃん』と言うですて。『聖書に書いてある人は、みんなお父ちゃんと寝てるのに』って。この質問は牧師さんも答えられませんでしたな。わしも返事に困っとりますわい。『ジムおじちゃん、もしね、ぼくが、ぼくじゃなかったら、ぼくは誰になってたの？』、それから『ジムおじちゃん、もしね、神さまが死んだら、どうなるの？』と、今夜も寝る前に二つききましたで。あの子の想像は、何からでもすーっと船が進むように生まれて、見事な物語をこしらえます……あの子が作り話をするというんで母親が物置部屋（クローゼット）に閉じこめますと、なかで座りこんで別の話をこしらえて、母親が出してやると、また話して聞かせるといった具合です。今夜もうちに来て、一つ話してくれましたで。『ジムおじちゃん』と、しごく真面目くさって、『ぼくね、今日ね、グレンで「冒険」をしたんだよ』と言うんで、『そうかい、何をしたんじゃ？』と面白い話を期待しましたらば、予想もつかぬことでした。『ぼくね、道で、狼（おおかみ）に会ったんだよ』と言いましたわい。『でっかい狼でね、おっきくて真っ赤な口に、おっそろしい長い歯がはえてたよ、ジムおじちゃん』、『そうか、グレンに狼が出るとは、知らなかったな』と言いましたらば、『うん、遠く遠くから来たんだ。それでね、その狼、ぼくを食べようとしたんだよ、ジムおじちゃん』、『怖かったかい？』と言いましたらば、『いいや、だってね、ぼく、おっきな鉄砲を持ってたの。狼を撃って、やっつけたんだよ、ジムおじちゃん……ちゃんと死んだよ……それでね、狼は天国へ行って、神さまにがぶりと噛（か）みついたの』と言うんで、びっくり仰天しましたで、ブライスの奥さん」

　夜もふけ、流木の燃える炉辺（ろへん）の宴（えん）もたけなわとなり、ジム船長は物語を語り、マーシャルは古いスコットランド民謡（バラッド）（3）を美しいテノールで歌った。ジム船長は古びた茶色のフィドル（4）を壁からとって弾き始めた。なかなか悪くはない腕前で、みなが楽しんだが、一等航海士だけは銃で撃たれでもしたようにソファから飛びあがり、抗議の声をあげ、狂ったように階段をかけあがって逃げた。

「どうやっても、あの猫の耳を音楽好きにできませんでな」ジム船長が言った。「じっと聞いておれば好きになろうに。そういや、グレンの教会にオルガンが入ったとき、オルガンが鳴り出すや、長老（5）のリチャード爺さんが椅子から飛びあがって、通路を突っ走って出てったが、あの速さときたら、人間業じゃありませんでしたて。あれを見たとき、フィドルを弾くと飛んで逃げる一等航海士を思い出して、教会で大笑いするとこでした。そんなことは先にも後にもありませんでしたわい」

ジム船長が弾くフィドルの軽快に跳ねまわる音色につられて、マーシャル・エリオットの足がもう動き始めていた。若いころは踊り上手で鳴らしたのだ。ついに彼は立ちあがり、レスリーに両手をさし出した。彼女もたちどころに応じて、二人は炎に照らされた部屋を回りながら、リズミカルに、驚くほど優雅に踊った。レスリーは霊感を授かった人のように踊っていた。激しく甘美で奔放な音楽がレスリーの内に入りこみ、とり憑いたようだった。アンは感嘆して見入っていた。こんなレスリーは見たことがなかった。彼女が本来生まれ持っている豊かさ、色彩、魅力が自由に解き放たれて、真紅に染まった頬に、輝く瞳に、優雅な身のこなしに、あふれ出ていた。長い髭に長髪のマーシャル・エリオットの姿も、この絵画のような情景を損ねず、むしろ魅惑を増していた。マーシャル・エリオットは昔のヴァイキング（6）のようであり、金髪碧眼の北欧の乙女（7）と踊っているかのようだった。

「こんなにきれいな踊りは初めてですわい。若い時分にゃ色々見ましたが」ジム船長が弾き疲れた手から、ようやく弓を放した。レスリーは笑いながら、息を切らせて椅子に倒れこんだ。

「踊るのは大好きよ」レスリーはアンだけに言った。「十六のときから踊っていなかったけど……大好き。音楽が水銀みたいに私の血管を転がりまわって、なにもかも忘れるの……音楽のリズムにあわせて踊る愉しさだけがあって……ほかは何もかも忘れるのよ。足もとに床はなくて、まわりに壁もない、上に天井もない……ただ星に囲まれて漂っているの」

ジム船長はフィドルを元の場所にかけた。その隣には大きな額がかかり、紙幣がおさまっていた。

「みなさんのお知り合いに、絵の代わりにお札を壁に飾る余裕のある人はおられますかな？」ジム船長がたずねた。「十ドル札が二十枚。今となっちゃ、このお札を覆ってるガラスよりも価値はありませんわい。これは昔のプリンス・エドワード島銀行が発行した紙幣（8）でしてな、銀行がつぶれたときに、わしが持ってたもんです。額にいれてかけたのは、一つには、銀行を信用しゃならんという戒め(いまし)に、もう一つには、百万長者の豪勢な気分を味わうためですわい。やあ(ハロー)、航海士(メイティ)、もう怖がらんでもいいぞ。戻っておいでや。音楽も、お祭り騒ぎも、今夜はもうおしまいですて。旧(ふる)い年がわしらといるのも、あと一時間ほどとなりました。わしは、新しい年がむこうの湾から家に入って来るのを、七十六回、見てきたですよ、ブライスの奥さん」

「百回ご覧になりますよ」マーシャル・エリオットが言った。

ジム船長はかぶりを振った。

「いいや、それは望んでおりません……少なくとも、わしはそう思っとります。年をとるにつれて、死というものが親しい友のようになってきましてな。だがな、マーシャル、わしらは誰も、ほんとは死にたいわけじゃない。それについちゃ、テニスン(9)が真実を書いとります。グレンに、ウォレス家の老夫人がおられて、生まれてから山ほど苦労をした気の毒な人ですて。大事な身内をあらかた亡くしたもんで、常々、あたしゃお迎えが来たら嬉しいですよ、これ以上、涙の谷間(10)に居(い)たくはありませんからね、と言ってなすったが、ちょっと病気をしたら、もう大騒ぎでしたわい！　町から医者を何人も呼ぶわ、正規の看護婦(11)をつけるわ、犬も死ぬほどようけ薬を飲むわでな。人生はおそらく涙の谷間でありましょう、たしかに。だが泣くのが好きな人もいるようですわい」

一同は暖炉をかこみ、旧い年の最後の一時間を静かにすごした。十二時まであと数分となると、ジム船長は立ちあがり、扉を開けた。

「新年を、なかに招き入れねばなりません」

外は青く美しい夜だった。輝くリボンにも似た月光がセント・ローレンス湾を花冠で飾っていた。砂州の手前の内海は、真珠を敷きつめた道のようだった。一同は扉の前に立ち、新年を待った――ジム船長は円熟した豊かな経験をたずさえて、マーシャル・エリオットは活力にあふれながらも虚しい中年の日々を従えて、ギルバートとアンは大切な思い出とこの上ない希望を胸に抱いて、そしてレスリーは、心飢えた歳月の記録と希望のない未来をかかえて。時計が、暖炉の上の小さな棚で、十二時を打った。

「ようこそ、新しい年よ」時を打つ最後の音色が消えると、ジム船長は深々とお辞儀をした。「友よ、みなさまがたにとりまして、生涯最良の一年となりますように。たとえ新しい年が何をもたらそうと、それは偉大なる船長たる神さまがわしらにくださる最上のものとなりましょう……そしてわしらはみな、どうにか良い港に入ることでしょう」

第17章　フォー・ウィンズの冬

元日をすぎると冬は厳しさを増していった。白雪の大きな吹きだまりが小さな家をうず高くとり囲み、棕櫚（しゅろ）の葉に似た模様の霜が窓を覆（おお）った。内海の氷は厚みを増して硬くなり、フォー・ウィンズの人々は例年のように氷の上を行き来した。政府は親切にも安全な道筋にそって氷に「枝をさし」(1)、夜も昼も、馬橇（ばそり）の鈴の音（ね）(2)が楽しげに氷上から響き渡った。月明かりの夜、小さな家のアンはそれを妖精（フェアリー）の鐘（チャイム）の音色のようだと思いながら聞いた。セント・ローレンス湾が一面に凍りつくと、フォー・ウィンズ灯台は光を灯さなくなった。航海のない数か月、ジム船長の仕事は休みに入ったのである。

「一等航海士（ザ・ファースト・メイト）とわしは、春まで用事はありません。ただ暖（あった）かくして楽しく過ごすだけですて。前の灯台守は、冬はグレンに移ったですが、わしは岬にいるほうがいいですて。グレンじゃ、一等航海士（ザ・ファースト・メイト）が毒のあるもんを食べたり、犬に嚙みつかれたりするやもしれませんでな。わしの相棒の灯台の火も、海の水もありませんで、たしかにちょっとは寂しいですが、友だちがたびたび来てくださりゃ、どうにか切り抜けますて」

ジム船長は氷上ボート(3)を持っていた。彼は何度か、ギルバートとアン、レスリーを乗せて、内海のなめらかな氷の上を勢いよく華麗に滑走した。またアンとレスリーは、かんじき（スノーシュー）（4）を履いて遠くへ散歩をした。雪野原（ゆきのはら）をこえて歩いたり、嵐の後の内海を歩いて渡ったり、グレンのむこうの森へ出かけた。そぞろ歩くときも、炉辺（ろへん）で語らうときも、二人は良き友であった。二人はそれぞれ相手に与えうるものを持っていたのだ——うちとけて心に思うところを言い交わし、また親しみのある沈黙を分かちあっていると、互いに自分の人生が豊かになったように感じられた。二人は、互いの家の間に広がる白い雪原を見晴らしては、このむこうに友がいるのだと喜びをおぼえた。

だがこうした諸々（もろもろ）にもかかわらず、アンはレスリーとの間に、常に壁（バリア）を——完全に消えることのない気づまりのようなものを感じていた。

「どうしてレスリーにもっと近づけないのか、わからないのです」ある夕べ、アンはジム船長に打ち明けた。「私は彼女が大好きで……すばらしい人だと思っています……レスリーを心から受け入れて、私もあの人の心のなかに入りたいのに、壁（バリア）を越えられないんです」

「奥さんはこれまでずっとお幸せだったからですて」ジム船長は考えながら答えた。「だからレスリーの心のなかに入って近づくことができんのでしょうて。二人に壁があるなら、それはレスリーが経験してきた悲しみと苦労ですわい。あの子のせいじゃない、奥さんのせいでもない。だが壁はあって、二人とも越えられんのでしょうて」

「私もグリーン・ゲイブルズに来る前の子ども時代は、あまり幸せではありませんでした」アンは窓の外へ沈んだ目をやり、月光に照らされた雪の上に、葉のない木が微動だにせず、悲しく、死にたえたような美しさをたたえて影を落としているのを見つめた。

「そうだったかもしれませんな……だが、それはちゃんと面倒を見てくれる者のない子どもには、よくある不幸せですわい。奥さんの人生に、悲劇はなかった。ところが可哀想に、レスリーは、ほとんどずっと悲劇ですて。おそらくレスリーは、自分の人生には、奥さんが立ち入ることや……理解できないことが、山ほどあると思っておるのですて。そう感じてることすら、本人はわかっちゃおらんのかもしれませんがな……だから奥さんを近づけまい……寄せつけまいとしておるんです。それは自分が傷つかぬようにするためですわい。たとえばわしらは痛いとこがありゃ、誰かが触ったり、近づいたりしようものなら、後じさりしますわな。同じことが心の傷にも言えますて。レスリーの心は傷がついて、皮がはがれたままですて……それを隠そう、人からかばおうとするのは、無理もないことですて」

「本当にそれだけなら気にしませんわ、ジム船長。私にだってわかるでしょうから。でも時々……いつもではありませんが、時々……レスリーは私を好きではないと……思わずにはいられないんです。時には、レスリーの目に敵意とか嫌悪があるようで、はっとするんです……すぐに消えますが……そんな表情を私は見たのです、たしかに。それが悲しいのです、ジム船長。私は嫌われることに慣れていないので……レスリーの友情を手にしようと努力しているのですが」

「その友情を手になすってるんですぞ、ブライスの奥さん。あの子が好いていないだなんて、馬鹿なことを思わんでくだされ。もしそうなら、奥さんとは関わろうともしませんて。今みたいに仲良くすることはありませんわい。レスリー・ムーアのことはよう知っとりますで、間違いありませんて」

「フォー・ウィンズに来た日に、鵞鳥（がちょう）を追って丘をおりて来るレスリーに初めて会ったときも、同じ目で、私を見たのです」アンはなおも言った。「私はあの人の美しさにうっとりと見惚（みと）れていたのに、それでも感じたのです。怒っているように私を見たのです……本当なんです、ジム船長」

「何かほかのことに怒っておったんでしょうて、ブライスの奥さん。そこへたまたま通りかかったんで、その怒りをちょっと奥さんが受け取ったくらいのことですわい。レスリーは、時々、不機嫌になりますでな、可哀想な子ですて。あの子が、諦めなくてはならんことを、わしはわかっとりますで、レスリーを責める気にはなれません。どうしてこんなことが許されるやら、見当もつきませんわい。わしは悪の起源について、ブライス先生と話しあったですが、まだ充分な答えは見つかりません。人生には、理解できぬことが山ほどある、そうじゃありませんか、ブライスの奥さん？　ものごとは正しく進むこともある……奥さんと先生のように。だが何もかもが間違ったほうへ進むこともありますで。レスリーは頭がよくて、別嬪さんで、女王さまに生まれてもいいくらいだが、現実は、あの家に閉じこめられ、女の幸せをことごとく奪われて、将来の見込みもないまま、ディック・ムーアの世話を焼くためだけに生きている。だがな、いいですか、ブライスの奥さん、あの子は、ディックが航海に出る前の暮らしをするくらいなら、今の生活をそのまま選びますて。こんなことは、野暮な老いぼれ船乗りが口を出すことじゃありませんがな。奥さんはまことレスリーの力になっておいでです……フォー・ウィンズに来なすってから、あの子は別人のようになった。奥さんにはわからずとも、わしらのような前からの知り合いは、変わりようがわかりますで。先だってもミス・コーネリアと話したとこです。あの人と意見が合うことは滅多にないが、これは一致した。あの子が奥さんを好いておらぬなぞというお考えは、ご放念くだされ」

だがアンは完全にふり払うことはできなかった。レスリーが奇妙な、説明のつかない敵意を自分に抱いていることを、理性を上まわる本能で感じたことが紛れもなく幾度もあったのだ。この内なる意識のために、友情の喜びに水をさされる思いがする時もあれば、そんなことはほとんど忘れていることもあった。だが、常に隠された棘があり、それがいつ何時自分を刺すかもしれないと、アンは感じていた。実際、ある日、春になれば小さな夢の家に訪れる希望についてレスリーに話したところ、アンは残酷な一刺しを受けたのだった。レスリーは険しく苦々しく冷淡な目でアンを見た。

「ということは、あなたもあれが生まれるのね」と声をつまらせて言うと、あとは一言もなく、踵をかえし、野原を突っ切って帰ってしまった。アンは深く傷つき、その時ばかりは、もうレスリーを好きになれないと思った。ところが数日後の夕方にやって来たレスリーはたいそう感じがよく、優しく、うちとけて、気が利いて、愛嬌があり、アンはすっかり魅せられて許し、忘れた。レスリーも触れなかった。ただアンは、自分の愛しい希望について、二度と口にしなかった。レスリーも触れなかった。しかしある夕べ、冬の終わりが、春の言葉に耳をすますころ、レスリーは日暮れのおしゃべりに小さな家を訪れ、帰りぎわに、白い小箱を食卓に置いていった。アンは後で気がつき、何だろうと開けてみると、見事な手仕事の小さな白い服(5)が入っていた——優美な刺繍に、すばらしいタックがほどこされ、純然たる美しさがあった。一針一針が手で縫われ、首まわりと袖のフリルのレースは本物のヴァランシエンヌ(6)だった。上にカードが添えられていた——「レスリーより、愛をこめて」

「これを作るのに、どんなに時間がかかったでしょう」アンはつぶやいた。「材料費も無理をかけたでしょうに。なんて優しい人」

だがアンが礼を言ったとき、レスリーは無愛想で、とりつくしまもなく、アンはまた突き離された気がした。

小さな家に届いたのは、レスリーからの贈り物だけではなかった。ミス・コーネリアは、望まれず歓迎もされない八人目の赤ん坊の針仕事を当分はやめて、大いに望まれ、その歓迎ぶりたるや申し分のない初めての子どもの縫い物にとりかかっていた。フィリッパ・ブレイクとダイアナ・ライトも、それぞれ驚くような服を送ってきた。レイチェル・リンド夫人は刺繍やフリルで飾る代わりに、実用的な布をそろった針目で縫った服を、五、六枚送って寄こした。アンみずからも、機械で神聖を汚す(7)ことなく、多くの服を手でちくちく縫いながら、幸せな冬の間、この上なく幸せな時をすごした。

ジム船長は、小さな家をもっとも足繁く訪れ、これほど歓迎される客人もなかった。日を追うごとに、アンは、気取りのない誠実な老船乗りをいっそう愛した。彼は潮風のごとく爽やかで、昔の年代記のごとく興味深かった。船長の語る物語は聞き飽きることがなかった。またその古風にして趣きのある意見と批評は、アンには絶えず喜びであった。ジム船長は、「決して演説はせぬが、何ごとかを伝える」、稀にして、興味をひかれる人物の一人であり、彼の性格には、人の心を和ます優しさ(8)と蛇の智恵(9)が喜ばしい釣り合いで入り混じっていた。

何ものも、ジム船長を怒らせ、意気消沈させることはできなかった。

「わしには物事を楽しむ習慣が身についとるようでしてな」以前、アンが船長の常に変わらぬ朗らかさを褒めると、船長は言った。「これは長いことの習い性でしてな、不愉快なことでも、わしは楽しむことにしておるのですわい。嫌なことがあっても、長くは続かぬと思えば、面白くなりますて。『昔なじみのリウマチ』のやつが、わしを痛めつけても、『おまえさんも、いずれは痛みをやめにゃならんでな』と言うてやるですわい。『おまえさんが痛くすればするほど、おそらく、痛みは早く終わるでな。長い目で見りゃ、体の中にしろ外にしろ、わしがおまえさんに勝つでな』と」

ある夜、アンは、灯台の炉辺(ろへん)で、ジム船長の人生録(ライフ・ブック)を見た。見せてほしいと頼むまでもなく、船長は、アンに読ませようと、誇らしげに差しだしたのだ。

「ちびっ子のジョーに遺(のこ)そうと思って、書きましたで。わしが最後の航海に出ると、わしがしたことや、見たことは、きれいさっぱり忘れられてしまうと思うと、残念でしてな。ジョーが憶えてってくれりゃ、子どもらに語り継いでくれるでしょうて」

それは革表紙の古い帳面で、船長の航海と冒険がぎっしり書かれていた。作家にとっては貴重な宝物だろうと、アンは思った。その一文一文が、天然の金塊だった。もっとも、帳面の中身そのものに、文学的な価値はなかった。ジム船長には語り手としては魔法めいた力があるものの、ペンとインクで記(しる)すとなると見る影もなかった。その帳面は、船長の名高い物語のあらましを、ざっと書きとめたに過ぎず、綴り(スペリング)も文法も、ひどく間違っていた。だが、もし文才のある者が、勇敢な冒険の人生(ライフ)を素朴に記録したこの帳面を手に入れ、そっけない文章の行間から、断固として危険に立ちむかい、勇敢に責務を果たした数々の物語を読みとったなら、これをもとにして驚くべき本を書くだろうと、アンは思った。ジム船長の人生録（ライフ・ブック）は、豊かな喜劇と胸をゆさぶる悲劇を秘めており、そこから幾千もの笑いと悲哀と恐怖をよみがえらせ、立ち上がらせてくれる文才ある者の手を、今や待ち望んでいた。

アンは、ギルバートと家路につきながら、この話をした。

「きみが自分で書くのはどうだい、アン？」

アンは首をふった。

「だめよ。できればいいけど、私の才能に、これを書く力はないの。私が得意なのは、ギルバート、あなたもわかっているように……空想に富んだ物語や、妖精のお話や、可愛らしい話よ。ジム船長の『人生録（ライフ・ブック）』を書かれるべく書ける人は、力強さと繊細さの両方の文体をもった優れた書き手で、かつ、鋭い心理学者で、生まれながらのユーモア作家、生まれながらの悲劇作家でなければならないの。そうした才能をすべて兼（か）ね備えた稀（まれ）な人でなければならないわ。ポールがもう少し大人になれば、できるかもしれない。とにかく、この夏、島に来て、ジム船長に会うように手紙を書くわ」

「こちらの海岸にいらっしゃい」とアンはポールに送った。「ノーラや金色お姫さま（ゴールデン・レディ）や双子の船乗り(10)は、ここには見つからないかもしれないけれど、素晴らしい物語を聞かせてくださるご年輩（ねんぱい）の船乗りがいらっしゃるのです」

だがポールの返信には、海外で二年間勉強することになり、残念ながら今年は行けないと書かれていた。

「島に帰ったら、フォー・ウィンズにおうかがいします、大好きな先生」とあった。

「でもその間に、ジム船長は年をとってしまうわ」アンは残念そうに言った。「人生録（ライフ・ブック）を書く人が、誰もいないなんて」

第18章　春の日々

三月の陽光が照らすうちに内海の氷は黒ずみ、もろくなった。四月になるとセント・ローレンス湾にはまた青い海面がのぞき、風に白い波頭（なみがしら）がたった。するとフォー・ウィンズ灯台はふたたび黄昏に宝石のように輝き出した。

灯台に光が甦（よみがえ）った夕暮れ、アンが言った。「またあの灯りが見えて嬉しいわ。冬の間ずっと恋しかったの。あの灯りがないと、北西の空ががらんとして寂しそうだったもの」

地面は、金緑（ゴールデン・グリーン）色の若草が柔らかく萌（も）えいで、グレンのむこうの森はエメラルド色の霞（かす）みがかかり、海に面した谷は、夜の明けるころ、妖精のような淡いもやが立ちこめた。風は生き生きと吹きすぎ、その息吹きに海の潮水（しおみず）が泡立った。海は艶めかしい（コケティッシュ）女のように笑い、きらめき、めかしこみ、人を魅了した。鰊（にしん）は群れなして押しよせ、漁村は活気づいた。内海は海峡へむかう白帆（しらほ）でにぎわい、船は海峡の外へ、また内へ、往来を始めた。

「こんな春の日は」アンが言った。「万人復活（1）の朝、私の魂がどんな気持ちになるか、はっきりわかりますわ」

「春になると、若いころからその気になっておりゃ、詩人になったかもしれんと思うことがありますで」ジム船長が言った。「六十年前、学校の先生が諳誦してくだすった古い一節や詩をそらんじたくなりますでな。ほかの季節にゃそんなことはありませぬが、春は、岩場や、野っ原(ばら)や、水辺へ出てって、朗々(ろうろう)と詩を吟じずにはおれぬ気がします」

その日の午後、ジム船長はアンの庭に飾る貝殻を一(ひと)かつぎ、そして砂丘を歩いて見つけたスィート・グラス(2)の小束を持って来てくれた。

「この草は近ごろじゃ、この海岸でもまこと少なくなりましたわい」彼は言った。「子どもの時分にゃ、たんとありましたが、今じゃ、生えてる場所をたまに見つけるくらいで……この草は探そうとすると見つからんです。たまたま見つかるもんです……スィート・グラスのことなぞ考えもせずに砂丘をぶらぶらしてると……急にあたりにいい匂いがして……すると足もとにあるですて。スィート・グラスの匂いはいいですな。決まってお袋を思い出します」

「お母さまがお好きでしたの？」アンがたずねた。

「どうですかな。見たことがあるかさえ、わかりませんが、この草は母親みたいな匂いがします……あまり若すぎない、おわかりでしょう……なんというか、経験をつんでいて、すこやかで、頼りがいがあって……まるで母親のようですて。学校の先生の花嫁さんは、これをハンカチとハンカチの間にいつもしまっておいででした。ブライスの奥さんもハンカチのなかに、この小さな束を入れなされ。わしは店売りの香水は好かんでして……でもスィート・グラスの匂いは、ご婦人がおられる所にぴったりですて」

実のところ、アンは、花壇を二枚貝（3）の貝殻で囲むことに、さほど乗り気ではなかった。飾りとしてどうかと思ったのだ。だがどんなことであろうと、ジム船長の気持ちを傷つけたくなかったので、美徳を発揮して最初の気持ちは表に出さず、心から感謝した。やがてジム船長が得々として、すべての花壇を大きな乳白色の貝殻で縁どると、驚いたことにアンはその趣きが気に入った。町の芝生やグレンでは似合わないだろうが、小さな夢の家の海にむいた昔風の庭では調和がとれていた。

「なんてきれいでしょう」アンは正直に言った。

「学校の先生の花嫁さんは、いつも花壇のまわりにハマクリ（4）を並べておいでたです」ジム船長は言った。「あの人は花作りの名人でした。花をよく見て……触っておいでた……こんなふうに……するとぐんぐん育ったです。そういうこつを心得た人がおられるもので……奥さんもそうですわい」

「まあ、どうでしょう……でも私はこの庭が大好きで、庭仕事も好きなんです。毎日、可愛らしい新しい芽が出てくるのを見ながら、育っていく青々としたものを相手に、ゆったりと庭仕事をしていると、天地創造に手を貸しているような気がします。ちょうど今の庭は信仰のようですわ……望んでいることの中身(5)が形になっていくんですもの。もっとも、ほんの少し(6)、待たなくてはなりませんけれど」

「小さな皺(しわ)の寄った茶色の種を見て、このなかに虹みたいに色んな色が入っていると思うと、いつも不思議を感じるですて」ジム船長が言った。「種についてよく考えてみると、わしらにはあの世でも生きていく魂があると信じるのも、難(むつか)しくないです。種の奇跡を見たことがなければ、こんなにちっぽけな、埃(ほこり)の粒ほどの小さななかに、色や匂いはもとより、命まで入ってるとは信じられぬことでしょう」

アンは、ロザリオの銀の珠(たま)を繰(く)るように一日一日を指折り数えるようになり(7)、もはや灯台やグレンへ遠い道のりを歩くことはなかった。だがミス・コーネリアとジム船長が、小さな家を足繁(しげ)く訪れた。ミス・コーネリアは、アンとギルバートの暮らしの喜びだった。彼女が訪れるたびに、後で話を思い出しては大笑いしたのだ。ジム船長とミス・コーネリアがたまたま同じ時に来合(きあ)わせると、聞き手にとっては大いに楽しかった。二人は舌戦を戦わせ、ミス・コーネリアが攻撃し、ジム船長は防御した。アンは一度、ミス・コーネリアをけしかけていると、ジム船長を咎(とが)めたことがあった。

「さよう、わしは、あの人がくってかかるように仕向けるのが楽しいでしてな、ブライスの奥さん」いっこうに悔い改めない罪人は、面白そうに言った。「わしの生活の一番の楽しみですて。ミス・コーネリアの毒舌にかかりゃ、石だって火ぶくれになりますで。

だけど奥さんと若先生も面白がっておいでですから、わしと同じですて」

またある夕べには、ジム船長はアンのためにメイフラワー（8）をたずさえて訪れた。庭は、春の海辺の夕べの潤いを含み、ほのかに香る空気に満ちていた。波打ちぎわに乳白色のもやがかかり、そこに三日月が口づけ、グレンの上には銀の星々が喜びに輝いていた。内海むこうでは教会の鐘が夢のように美しく鳴っていた。柔らかな鐘の音色は夕闇に響きわたり、春の海の甘い呻きと溶けあっていた。この宵の陶酔するような美しさは、ジム船長のメイフラワーで完璧に仕上がった。

「この春は一輪も見なかったので寂しく思っていたのです」アンはメイフラワーに顔をうずめた。

「フォー・ウィンズのあたりじゃ見つからんのです。グレンのずっと奥の痩せ地にしかないですて。今日はちょっと、その役に立たぬ痩せ地へ出かけて、奥さんのために探したですて。この春はこれで最後でしょうな、あらかた終わりましたで」

「なんて優しいお心づかいでしょう、ジム船長のほかには誰も……ギルバートでさえ」――アンは夫にむけて首をふってみせた――「私が春のメイフラワーを楽しみにしていることを思い出してくれなかったのですよ」

「いや、ほかにも用がありましてな……あそこのハワードさんに、鱒を一皿持っていったです。あの人はときどき食べたがるでな。前に良くしてもらったお返しに、わしのできることはこれくらいなことで。午後は、ずっとあの人のとこで話しました。わしを相手に話すのを好いておられるでな。あの人は立派な学があり、わしは無学な老いぼれ船乗りに過ぎないが、あの人は話をせにゃならん、さもないと気が塞ぐといった類いの人なのに、辺りにゃ聞き手がなかなかおらぬのです。グレンの衆は、あの人が無神論者だと言って、避けておりますで……正確に言うと、あの人はそこまではひどくない……無神論者なぞは、滅多におりませんからな。あの人は、いわゆる異端者ですわい。異端者は悪いかもしれぬが、えらく面白い。異端者とは、神を見つけるのは難しいと思って、神を探すうちに迷子になった者です……でも難しいことはないですて。あらかたの異端者がしばらくすると、また神の方へまごまごしながら進んで来ますでな。ハワードさんの話を聞いても、わしにたいして害はないですぞ。なぜなら、わしはこう信じろと躾けられたことを、その通りに信じとりますで。面倒が省けるし……そもそも、神は善(9)ですからな。ハワードさんは困ったことに、ちょっと賢すぎるせいで、自分の頭のよさに見合った生き方をせにゃならん、だから天国に行くにしても、無学な凡人が通る昔ながらの道じゃなくて、新しい道を探すのが利口だとお考えなんですわ。だが、いずれ天国へ着いてみりゃ、そんなご自分を笑いなさるでしょう」

「ハワードさんは、もともとメソジストですから」ミス・コーネリアは、メソジストも異端者もさほど違いはないかの口ぶりで言った。

「だがな、コーネリア」ジム船長は真顔になった。「わしは長老派の信徒でなけりゃ、メソジストだったろうと、しょっちゅう思うでな」

「あら、結構ですよ」ミス・コーネリアは譲歩して言った。「長老派教会でないなら、なんだって変わりはありませんから。異端で思い出しました、ブライス先生……お借りした本をお返しします……『宗教世界における自然の法則』(10)です……三分の一も読めませんでした。あたしは常識的なものも、非常識（ナンセンス）なものも読みますけど、この本はどちらでもありませんから」

「たしかにこの本は、ある意味では、異端だと思われています(11)」ギルバートも認めた。「でもそれは、お貸しする前に申し上げましたよ、ミス・コーネリア」

「あら、異端なら気にしません。でもあたしは、悪には我慢できても、馬鹿らしさには我慢できないんです」ミス・コーネリアは落ち着き払って言うと、自然の法則について語るのはこれが最後(12)と言わんばかりのそぶりを示した。

「本といえば、『狂おしい恋』が、二週間前にやっと終わりましたで」ジム船長が思い出しながら言った。「百三章まで続きましたが、二人が結婚したら、あっという間に終わりましてな。二人の苦労（トラブル）は何もかも片がついたんですな。ほかの場合ならともかく、本のなかならそんなやり方も結構ですわい」

「あたしは小説は絶対に読みません」ミス・コーネリアが言った。「それでジョーディ

(13)・ラッセルは、今日はどんな具合か、聞きました、ジム船長？」

「ああ、帰りがけに寄って、会って来たでな。いい具合にむかっとりますが……相変わらず心配ごとでやきもきしとりました、気の毒なやつですて。もちろんほとんどは自分で案じとるだけのことだが、といって気が楽になるわけでないでな」

「あの男は、手のつけようのない悲観主義者ですからね」ミス・コーネリアが言った。

「いや、いや、正確に言うと、悲観主義者ではない、コーネリア。あの男はただ、自分に合うものを見つけられぬのですて」

「それが悲観主義者じゃないんですか？」

「いいや、違うな。悲観主義者は、自分に合うものは見つからぬと思って、期待をせぬ者ですて。ジョーディは、まだそこまでは行っておらぬわい」

「あんたなら、悪魔(デヴィル)にだって、いいとこを見つけるでしょうよ、ジム・ボイド」

「悪魔は辛抱強いといって褒(ほ)めた老婦人がいたことはおまえさんも聞いたことがあるだろうが、わしは違う。わしは、悪魔なぞ、決して褒めませんぞ、コーネリア」

「あなたは、悪魔の存在を信じてますか？」ミス・コーネリアが真剣に質問した。

「わしが長老派のまじめな信者だと知っていながら、どうしてそんなことを聞くのかね、コーネリア。長老派教会の信者が、悪魔がいなくて、どうやって、やっていくのかね？」

「だから信じているんですか？」ミス・コーネリアはなおもたずねた。

ジム船長は急に真顔になった。

「いつだったか牧師さんが、『宇宙に影響をおよぼしている強力で悪意のある知的な力』と呼ばれたが、そうしたものはいると、わしは思っとります」ジム船長は厳(おごそ)かに言った。「そうしたものはいると信じておる。それを悪魔(デヴィル)とでも、『悪の本質』とでも、サタン(14)とでも、好きな名前で呼べばいい。とにかく、それはいるのだから、世界中の無神論者や異端者がどんなに議論しても、いないことにはできない。神をいないことにできぬのと同じですて。とにかく悪魔はいて、影響をおよぼす。だがな、いいか、コーネリア、長い目で見りゃ、そうしたものはいずれ敗北すると、わしは信じておりますで」

「あたしもそう願ってますよ」とミス・コーネリアは言ったものの、あまり望みはないと言うような口ぶりだった。「悪魔(デヴィル)と言えば、ビリー・ブースこそ、悪魔にとり憑(つ)かれてますよ。この前のビリーのふるまいを聞きました？」

「いいや、何をしたね？」

「奥さんの新品のスーツを、燃やしたんです。茶色の広幅服地(ブロードクロス)(15)で、シャーロットタウンで二十五ドルも払ったのに、奥さんが初めてそれを着て教会に行ったところ、男どもが鼻の下を伸ばして奥さんを見たからですと。男の言いそうなことですよ」

「ブースの奥さんはえらい別嬪さんだし、茶色が似合うでな」ジム船長は思い浮かべつつ言った。

「だからといって、奥さんの新しい服を台所のストーブにくべていい理由になりますか？　ビリー・ブースは、焼き餅焼きの馬鹿たれですよ、おかげで奥さんの生活はひどいことになって、スーツを燃やされて一週間泣いたんです。ああ、アン、あたしもあなたみたいに文章が書けたらいいのに、ほんとに！　この辺の男どもをこき下ろすのに！」

「ブース家の衆はみな、ちょっとばかし、いかれてるでな」ジム船長が言った。「ビリーも所帯を持つまでは、一族の中じゃ、いちばんまともだったが、結婚したら、変な焼き餅ぐせが出てきたな。今思えば、兄貴のダニエルは、昔から変人だったで」

「あの男は、二、三日おきに癇癪を起こすか、でなきゃ、ベッドから出てこなかったんです」ミス・コーネリアが面白そうに言った。「癇癪の発作が治まるまで、奥さんが納屋仕事を全部する羽目になってね。あの男が死んで、世間はお悔やみ状を書いたけど、あたしならお祝い状を送りましたよ。あれの父親のエイブラム・ブースも、呑んだくれの腹の立つ爺さんでした。奥さんの葬式でも酔っ払って、千鳥足でうろついては、しゃっくりなんかして、『おれは、ひっ、そんなに……飲ん……じゃ……いねえんだが……ひっ、ひどく……妙な気分……じゃわい』なんて言って、こっちに近寄ってきたんで、背中を傘で、ぐいっと突いてやりましたよ。そのおかげで奥さんの棺桶を家から出すまでは、しゃんとしてました。その息子のジョニー・ブースは、昨日、結婚するはずだったのに、おたふく風邪になって、お式ができなかったんですよ。男のやりそうなことじゃありませんか」

「どうすりゃ、おたふく風邪を防げるのかね？　可哀想な奴じゃないか」

「あたしが花嫁のケイト・スターンズなら、可哀想な目にあわせてやるところですよ、ほんとですよ。どうすりゃおたふく風邪を防げるのか、それは知らないけど、結婚式のお料理はすっかりできてたのに、あの男が元気になる前に全部駄目になることは、よーくわかってます。ああ、勿体ない！　おたふく風邪なんか、子どものときに掛かっとくべきなんです」

「まあ、まあ、コーネリア、おまえさん、ちっとばかし厳しいと思わないか？」

ミス・コーネリアは返事もせず、代わりにスーザン・ベイカー(16)の方をむいた。スーザンは、顔はいかめしいものの、心根は親切な中年の独身女性で、数週間前にグレンからこの小さな家に来て、家事をする女中の職に就いたのだった。スーザンは病人の見舞いでグレンへ行き、ちょうど帰って来たところだった。

「かわいそうなお年寄りのマンディおばさんは、今夜はどうでした？」ミス・コーネリアがたずねた。

スーザンはため息をついた。

「とても悪いんです……とても悪くてねえ、コーネリア。おばさんは、じきに天国に行くかもしれません、お気の毒に！」

「まあ、まさか、そこまで悪くはないでしょうに！」ミス・コーネリアは同情して叫んだ。

ジム船長とギルバートは顔を見合わせると、慌てて立ちあがり、出て行った。

「ときどき」ジム船長が、笑いの合間に言った。「笑わない、ということは、罪かもしれないと思いますでな。あの二人は、天晴れ（あっぱ）なご婦人ですわい！」

第19章　夜明け、そして黄昏（1）

六月の初め、砂地の丘に桃色の野薔薇が咲き、グレンに林檎の花が馥郁と香るころ、マリラが黒い馬毛織り地（2）に真鍮の鋲を打ったトランクをさげて、小さな家に到着した。このトランクは、グリーン・ゲイブルズの屋根裏で半世紀にわたり誰にも邪魔されることなく眠っていたものだった。スーザン・ベイカーは、小さな家に暮らしてまだ数週間だったが、すでにアンを崇拝し、「若い先生奥さん」（3）と呼んで、盲目的なまでに熱愛した。そこで、最初はマリラを嫉妬めいた横目で見ていた。だがマリラが台所のことに干渉せず、スーザンが若い先生奥さんの世話を焼いても口を出すそぶりもないため、この善良な家政婦は、マリラの存在を受け入れるようになり、ミス・カスバートは立派な老婦人で、謙虚な振る舞いをなさると、グレンの親友たちに話したのだった。

ある日暮れ、澄みわたる半球のような空に赤い夕焼けが広がり、こまどりたちが夕べの星々に歓びの歌を捧げて金色の薄暮をふるわせるころ、小さな夢の家に慌ただしい動きがあった。グレンに電話がかけられ、デイヴ医師と白帽の看護婦がかけつけた。マリラは強ばった唇に祈りを唱えながら、二枚貝で縁どった庭の小道を歩きまわり、スーザンは台所にすわり、綿で耳栓をして頭からエプロンをかぶっていた。

レスリーは小川の上流の家から外を見やり、小さな家の窓のすべてに灯りがついているのを認めると、その晩は眠らなかった。

六月の夜は短かった。だが、待ちもうけて見守る者には永遠にも思われた。

「ああ、いつになったら終わるのかね？」マリラが言った。だが看護婦とデイヴ医師のただならぬ顔つきに、さらに質問を重ねるのは憚られた。もしも、アンが——だがマリラには、もしものことなど、考えられなかった。

マリラの目に浮かぶ不安に応えるように、スーザンが夢中で言った。「私らみんなが若奥さんを心底、愛してるのに、神さまは残酷で、可愛い子羊（4）を奪ってしまわれるだなんて、言わないでくださいましよ」

「神さまは、同じくらい大事な他の者たちもお召しになったからね」マリラは言ったが、その声はかすれていた。

しかし夜明けが訪れ、昇る陽が砂州にかかる朝靄を引き裂いて虹をかけるころ、喜びが小さな家に訪れた。アンは無事だった。その傍らには、母親譲りの大きな目をした、なんとも小さな青白い女の子が寝かされていた。ギルバートは夜通しの心労に灰色にやつれた顔で階下におり、マリラとスーザンに知らせた。

「ああ、ありがたい」マリラは身をふるわせた。

スーザンは立ちあがり、綿の耳栓をはずした。

「さあさ、朝ごはんにしましょう」きびきび言った。「みなさんがた、ちょっとは喜んでお上がりになるでしょう。若い先生奥さんに、お伝えくださいまし、これっぽっちも心配はいりませんよと……スーザンが舵(かじ)を取りますから、赤ちゃんのことだけお考えくださいましよと」

ギルバートは悲しげに微笑して出て行った。アンの白い顔は、苦痛の洗礼をうけて青ざめていたが、瞳は母の聖(きよ)らな愛に輝き、赤ん坊のことを考えろとは言うまでもなかった。ほかは何も考えられなかった。二、三時間ばかり、アンはあまりに稀有(けう)な、えもいわれぬ幸福にひたりきり、天国の天使たちも羨(うらや)むのではないかと思われるほどだった。

「小さなジョイス(5)よ」アンは、マリラが赤ん坊を見に入ってくると、小声で言った。「私たち、女の子だったら、そう呼ぼうと決めていたの。つけたい名前がたくさんあって選べなくて、ジョイスに決めたの……ジョイと短くして呼べるもの……喜び(ジョイ)……なんてぴったりでしょう。ああ、マリラ、前も私は幸せだと思っていたけど、今、わかったわ。前は幸せという楽しい夢を見ていただけだった。これが本当の幸せなのね」

「話してはいけないよ、アン……もっと力がつくまでお待ち」マリラが注意した。

「私が話さずにいるなんて、どんなに大変かわかっているでしょ」アンはにっこりした。

初めのうち、アンはあまりに疲れ、あまりに幸福で、ギルバートと看護婦の顔つきが暗く、マリラが悲しげな表情を浮かべていることに気づかなかった。だが海の霧が、ひそやかに冷たく容赦なく陸地へ這い広がるように、不安がアンの胸に忍び寄ってきた。なぜギルバートはもっと喜ばないのだろう？　なぜ赤ちゃんの話をしないの？　最初は天国にいるようだったけど——あの幸せな一時間の後は、なぜ赤ちゃんと一緒にいさせてくれないのだろう？　なにか——よくないことでも、あったのだろうか？

「ギルバート」アンはすがるように小声で呼びかけた。「赤ちゃんは……大丈夫でしょうね……そうではないの？　教えて……話してちょうだい」

ギルバートはすぐに振りむくことができなかった。それからアンにかがみ、彼女の目をのぞきこんだ。ドアの外で恐る恐る耳を傾けていたマリラに、悲痛な、胸も張り裂けんばかりの呻き声が聞こえ、逃げるように台所へ行くと、スーザンがすすり泣いていた。

「ああ、可哀想な子羊……可哀想な子羊ですよ！　どうやって耐えなさるでしょう、カスバートさん？　奥さんが死なれるんじゃないか心配ですよ。あんなに準備をなすって、お幸せで、赤ちゃんを待ち焦がれて、いろんな計画を立てなすってたのに。もうどうにもできないんですか、カスバートさん？」

「残念だが、そのようだね、スーザン。ギルバートの話では望みはないそうだ。赤ん坊は生きられないと、最初からわかっていたそうだよ」

「あんなに可愛い赤ちゃんだのに」スーザンはむせび泣いた。「あんなに色の白い子は見たことがありませんよ……たいていは赤かったり黄色かったりですからね。あの子は、ぱっちり目を開けて、生まれて何か月もたった子みたいでしたよ。可愛い、可愛い赤ちゃんだのに！　ああ、若い先生奥さんが可哀想だこと！」

夜明けとともに訪れた小さな魂は、日が沈むころ、人々に悲嘆を遺して逝った。ミス・コーネリアは、親切だが見知らぬ看護婦の手から、白くなった小さな女の子を受けとり、痩せた蠟のような体に、レスリーが縫った美しい服を着せた。レスリーが、そうしてほしいと望んだのだ。それからミス・コーネリアは、哀しみに胸が張り裂け、涙に目もかすむ若い母に女の子を返し、母の隣に寝かせた。

「主は与え、主は召し給う、ですよ、アンや」ミス・コーネリアは涙ながらに語りかけた。「主の御名を褒めたたえよ」(6)

それからミス・コーネリアは、アンとギルバートだけで亡き子と過ごせるように、部屋を出ていった。

あくる日、小さな白いジョイは、レスリーが林檎の花を内に飾った天鵞絨の棺に横たえられ、内海むこうの教会の墓地へ運ばれていった。ミス・コーネリアとマリラは、愛をこめて縫われた小さな服のいっさいを、ひだ飾りをつけた籠と一緒に片づけた。その籠は、えくぼのよった手足や産毛の頭を横たえるためにフリルとレースを飾ったものだった。そこに小さなジョイは眠ることはなく、もっと冷たく狭い墓に入ったのだった。

「あたしはもうしょげかえってますよ」ミス・コーネリアが吐息をついた。「赤ちゃんを楽しみにしてましたから……それも女の子だったらいいなと思ってたんです」

「神のご加護でアンの命が助かっただけでも、ありがたいですよ」マリラはそう言うと、また身震いした。愛する娘が死の影の谷間（7）を歩いていた暗黒のひとときを思い出したのだ。

「可哀想な、可哀想な子羊ですよ！　打ちひしがれておいでです」スーザンが言った。

「私はアンが羨ましい」突然、レスリーが激しい口調で言った。「かりにアンが死んでも、それでも私は羨ましい！　幸せな一日の間だけでもお母さんになれたんだもの。私だって、お母さんになれるものなら、喜んで自分の命を差しだしたのに！」

「そんなことを言って、レスリー、レスリー」ミス・コーネリアが叱った。厳格なミス・カスバートが、レスリーを悪く誤解するのではないかと案じたのだ。

アンの回復は長くかかり、また様々なことが彼女を苦しめた。フォー・ウィンズ一帯の花盛りも陽ざしも、アンには過酷でつらかった。だが土砂降りになればなったで、この雨が内海むこうの小さな墓を無情に打ちつける様をアンは想い浮かべた。軒先に風が吹けば、その風音のなかに今まで聞いたことのない悲しげな声がアンの耳に聞こえるのだった。

人の好い弔問客が、わが子に先立たれた寂しさを慰めようと善意から語る月並みな言葉にも、傷ついた。フィル・ブレイクの手紙はさらなる追い打ちをかけた。フィルは、子どもが生まれたと聞いたものの、死んだとは知らず、楽しく陽気な誕生祝いを送って寄こしたのだ。アンは胸がえぐられる思いだった。

「今、赤ちゃんがいたら、嬉しくて、大笑いして読んだでしょう」アンはすすり泣いて、マリラに語った。「でも、あの子は、いないの。だから手紙が、無慈悲で、残酷に思えて……フィルが私の気持ちを傷つけるなんて、絶対にないとわかっているのに。ああ、マリラ、私、もう二度と幸せになれないような気がする……何を見ても、一生涯、つらい思いをするんだわ」

「時がたてば、楽になるよ」マリラが言った。マリラもアンの気持ちに寄り添って苦しんでいたが、その思いやりを伝えるすべを学んでおらず、言い古された決まり文句を語ることしかできなかった(8)。

「そんなのは、公平じゃないわ」アンは反発した。「赤ちゃんが望まれていない所には生まれて、生きているのに……その家では面倒も見てもらえず……何の機会（チャンス）も与えられないのに。私ならあの子を心から愛して……可愛がって世話をして……わが子のためにあらゆる機会（チャンス）を与えたでしょう。それなのに私は、わが子を手許（てもと）に置くことを許されなかった」

「神の御心（みこころ）だよ、アン」マリラは言った。しかし、なぜ、このような不当な苦しみを受けねばならないのか――という宇宙の謎の前には、マリラも無力だった。「小さなジョイには、このほうが幸せなんだよ」

「そんなこと、信じられないわ」アンは苦々しく叫んだ。だがマリラが衝撃を受けているのを見て、強い口ぶりで言いそえた。「もし死んだほうが幸せなら……なぜ、あの子は、生まれなくてはならなかったの？……そもそも、なぜ、人は生まれなくてはならないの？　生まれた日に死ぬほうが、人生を全うして……愛して、愛されて……喜びと苦しみを知り……自分の役目を果たして……与えられた性格を永遠の人格へ育てていくよりも幸せだなんて、私は信じない。それに、これが神の御心だと、どうしてわかるの？　もしかすると、神の意志が、『悪の力』で妨げられたのかもしれない（9）。そんなものに降参なんてできない」

「ああ、アン、そんな話をしてはいけないよ」アンが深く危うい苦境へ陥るのではないか、マリラは心底怯えて言った。「これは私たちには理解できないことだよ……それでも私たちは、信仰を持っていなければならない……すべてがいちばんいいことのためにあると、私たちは、信じなければならないんだよ。今はそんなふうに思うのは難しいかもしれない。だけど、勇気を出しなさい……ギルバートのために。アンのことを、それは案じているよ。思ったよりも、あんたが早く元気にならないものだから」

「ええ、自分でもわがままだって、わかっているわ」アンはため息をもらした。「ギルバートのことを、私は今までよりもっと愛している……だから、あの人のために生きていきたい。でも、私の一部分が、内海むこうの小さな墓地に埋められたような気がするの……つらすぎて、生きていくのが恐ろしいの」

「この先ずっと、ひどくつらいってことはないんだよ、アン」

「いつかはつらくなくなると思うと、時には、それがいちばん私を傷つけるのよ、マリラ」

「そうだね、わかるよ。私もほかのことで同じように感じたことがあるからね。でもね、私たちみんながアンを愛しているんだよ。ジム船長は毎日やって来て、容態をたずねなさるよ……ムーアの奥さんもしょっちゅう来なさるし……ミス・ブライアントは、手間暇かけて、アンのために御馳走をこさえてくだすって。それがスーザンはあんまり嬉しくないようだがね。料理の腕にかけちゃ、ミス・ブライアントには負けませんとね」

「優しいスーザン！　ああ、誰もが私に優しく、親切に、よくしてくださっているのね、マリラ。私もありがたいと思っていないわけじゃないのよ……だから、たぶん……このつらい悲しみが少しは薄れたら……自分が生きていけると、わかると思うわ」

第20章　いなくなったマーガレット（1）

アンは、自分が生きていけるとわかった。ミス・コーネリアが語る話に、再び微笑み（ほほえみ）を見せる日さえあった。だがその微笑（びしょう）には、かつてのアンの笑顔には決してなかった何かがあり、それは二度と表情から消えることはなかった。

初めて馬車で外出できるようになった日、ギルバートはアンをフォー・ウィンズ岬へ連れていった。ギルバートが海峡を舟でわたり、漁村の患者を一人往診する間、アンは岬の灯台に残っていた。風は陽気に浮かれて内海と砂丘を吹きわたり、水面（みなも）に白い波頭をたて、長い銀色の波の列を次々と砂浜へ寄せていた。

「またここに来てくだすって、まこと光栄ですわい、ブライスの奥さん」ジム船長が言った。「おかけなされ……おかけなされ。あいにく今日の岬は土埃（つちぼこり）がとんでおりますが……こんなすばらしい景色を眺められますで、土埃なぞ見ることはありませんて」

「土埃はかまいませんけれど」アンが言った。「ギルバートが家の外にいるようにと言いますので、あそこの岩場へおりて、すわっていますわ」

「話相手が要（い）りますすか、お一人がよろしいですか？」

「船長がお相手をしてくださるなら、一人よりもずっといいですわ」アンは笑みを浮かべた。それから吐息をもらした。前は一人でいることを、いとわなかった。だが今は孤独が怖かった。一人でいると、自分は本当に独りぼっちなのだと、ひしひしと感じるのだった。

「ここなら風が当たらぬ、いい場所ですて」岩場に着くと、ジム船長が言った。「わしはしょっちゅうここに来て座りますでな。ここは腰をおろして、夢を想い浮かべたりするのに、ぴったりなとこですわい」

「まあ……夢ですか」アンはため息をついた。「私はもう、夢を見ることはできないのです、ジム船長……夢は終わってしまいました」

「いいや、いいや、そんなことはありませんぞ、ブライスの奥さん……そうですとも、終わってなんぞおりませんぞ」ジム船長は考えながら言った。「今はそんなお気持ちだと、わかっとります……だがな、生きておれば、いずれまた嬉しいこともありますて。それで気がついてみりゃ、また夢を見るようになっておりますでな……ありがたいことです、神さまのおかげですて！　もしわしらに夢がなかったら、死ぬるほうがましです。わしらの魂は不滅だという夢がなかったら、どうやって生きていくことに立ち向かえましょう？　しかもそれは必ず実現する夢ですからな、ブライスの奥さん。いつか奥さんは、小さなジョイスにまた会われますでな」

「でもそのころには、私の赤ちゃんではなくなっていますわ」そう語るアンの唇はふるえていた。「そうですとも、あの子は、ロングフェローの詩にあるように、『天国の優雅さを身にまとった、美しい乙女』（2）になっていて……私にとっては、見知らぬ人になっていることでしょう」

「神さまは、そんなふうでなく、もっといい塩梅に手はずしてくださいます、わしはそう信じとります」ジム船長が言った。

二人はしばし黙っていた。やがてジム船長が穏やかに言葉をかけた。

「ブライスの奥さん、いなくなったマーガレットの話をしても、よろしいですかな？」

「もちろんですわ」アンは優しく答えた。「いなくなったマーガレット」とは誰なのか知らなかったが、ジム船長の生涯の恋だろうと直感したのだ。

「マーガレットの話を聞いてもらいたいと、何度も思ったですよ」ジム船長が続けた。

「なぜだかおわかりですか、ブライスの奥さん？　わしが死んだ後、マーガレットのことを憶えてて、時々、思い出してくださる人がいてほしいのですて。彼女の名前を、生きている者がみんな忘れちまうなぞ、たまりませんわい。今だって、いなくなったマーガレットを憶えてるのはわしだけですて」

そうしてジム船長は語り始めた——遠い昔の忘れ去られた物語を。五十年以上前のある日、マーガレットは父親の平底舟（3）で眠ってしまい、乗ったまま流された——恐らく、そうではないかと思われた。彼女の運命について確かなことは何一つわからなかった――舟は海峡を通りぬけ、砂州の沖合いへ漂っていき、遠い昔の夏の午後、突然襲った激しい雷雨に悲運の死を遂げたのであろう。だがジム船長にとっては、五十年前に過ぎたこととはいえ、つい昨日のように思われた。

「何か月も、わしは浜辺を歩いたです」今なお悲しげに言った。「可愛い小さな亡骸が見つかりやしないかと思って。けれど海は、マーガレットを返してくれなかった。でもいつか、見つけますぞ、ブライスの奥さん……いつかきっと見つけ出しますて。あの娘は、今もわしを待っておりますでな。あの娘がどんな姿をしていたか、話せればいいのですが、できぬのです。わしは、日の出のころ、砂州に、きれいな銀色のもやがかかると、ああ、マーガレットみたいだ、と思うです……裏の森に、一本の白い樺の木を見ると、やっぱりマーガレットを思うです。あの娘は、色が白くて、薄茶色の髪をして、小さな可愛い顔をしとりました。指はブライスの奥さんみたいに長くて、ほっそりして。ただ、もうちっと日に焼けてましたな、浜の娘でしたで。時々、わしは夜中に目をさまして、海が昔馴染みの懐かしい声でわしを呼んでるのが聞こえると、その呼び声のなかに、いなくなったマーガレットが呼んでいる声が聞こえるですて。嵐が来て、波が啜り泣いたり呻いたりしてると、その音に混じって、マーガレットが悲しんでいる声が聞こえるですて。きれいに晴れた日に、波が笑っているときは、それが彼女の笑い声になるですて……いなくなったマーガレットの可愛くて、お茶目な、優しい笑い声に。海は、わしから彼女を奪っていきましたが、いつかわしはマーガレットを見つけ出します、ブライスの奥さん。海はわしら二人を、永遠に離れ離れにすることはできぬのですから」

「そのかたのお話をしてくだすって、嬉しいですわ」アンが言った。「どうしてずっとお独りだったのか不思議に思っていましたもの」

「ほかの人のことは、誰も好きになれなかったですわい。いなくなったマーガレットは、わしの心を持って行きましたで……あそこへ」溺死した愛する娘を、五十年にわたって一途に思い続けて、年老いた恋人は言った。「わしがマーガレットの話を色々としても、気になさらんでしょうかな、ブライスの奥さん？　わしにとっては喜びでしてな……あの娘の思い出からつらいことはみんななくなって、今じゃ、祝福だけが残っとりますで。奥さんはマーガレットのことを忘れなさらんと、わかっとります。だからのちのち、また、お子さんが生まれなすったら、わしはそれを願っとりますでな、そのお子たちに、いなくなったマーガレットの話をすると、約束してくだされ。マーガレットの名前を人々が忘れぬように」

第21章　壁（バリア）、消え去る

「アン」レスリーが、しばしの沈黙を不意に破った。「あなたとまたこの庭にすわって……手仕事をしたり……おしゃべりしたりして……こうして二人で黙ってすごすことがどんなに嬉しいか、あなたにはわからないと思う」

二人は、アンの庭を流れる小川のほとりで、庭石菖（にわぜきしょう）（1）の青い花に囲まれてすわっていた。せせらぎはきらめきながら優しく歌い流れ、白樺は斑（まだら）模様の木影（こかげ）を二人に投げかけ、薔薇は庭の小道にそって咲いていた。陽（ひ）は傾きはじめ、あたりには様々な音色が織りこまれ綾（あや）なしていた。一つは家の裏のもみの森に吹く風が奏（かな）でる調べであり、また砂州に打ちよせる波音であり、さらにあの小さな白い女の子が眠る近くの教会から響いてくる遠い鐘の音（ね）であった。アンはこの鐘の調べを愛していたが、今やその音は悲しみに満ちた思いをもたらすものとなっていた。

アンは不思議そうにレスリーを見た。レスリーが縫い物を下に置いて、珍しく遠慮するふうもなく話したからだ。

「アンが危なかった、あの恐ろしい夜に」レスリーは続けた。「私、ずっと考えてたの。

私たちが二人で話して、散歩して、手仕事をすることは、もうないかもしれないんだって。そのとき、あなたの友情が、私にとってどんなに大切か……あなたという人がどんなに大切か……そして自分がどんなに感じの悪い人でなしだったか、気がついたの」

「レスリー！　レスリー！　私は誰だろうと自分の友だちの悪口は言わせないわ」

「本当だもの。本当にそうなんだもの……私は感じの悪い人でなしよ。私、アンに言わなくちゃいけないことがあるの。それを言えば私を嫌いになるかもしれないけど、正直に言わなくちゃならないの。アン、この冬から春にかけて、私、何度も、あなたのことを憎らしいと思った」

「わかっていたわ」アンは穏やかに言った。

「わかっていた？」

「ええ、あなたの目でわかったの」

「なのに、私をずっと好きでいて、友だちでいてくれたのね」

「だって私を憎んだのは、ほんの時たまだったでしょう、レスリー。その合間は好きだったでしょう？」

「そうよ、大好きだった。でも心の底では、どうしようもない別の感情がいつも澱んでいて、あなたを好きだという気持ちに水をさしていた。私はその嫌な感情を抑えつけていた……忘れたこともあった……だけど時々、急にせり上がって、心を占めてしまった。

憎らしかったのは……あなたが羨ましかったから……ああ、嫉妬でどうにかなりそうなときもあった。あなたには、大切な可愛らしい家庭や……愛する人や……幸せや……色んな楽しい夢があった……私がほしかったものを全部、あなたは持ってた……私が一度も手にしなかったもの……私がどうあがいても持てなかったものを、みんなあなたは持ってた。そうよ、私が一度も持てなかったものを、あなたは持ってる！　それが棘となって私の心を刺した。私の人生も、いつかは変わるかもしれないという希望でもあれば、妬まなかった。でもそんな希望は、私にはなかった……なかった……そんなの不公平だと思った。だから反抗的になって……自分を傷つけて……時々あなたを憎らしく思った。ああ、自分でも恥ずかしかった……今は死にそうなくらい恥ずかしい……なのに、そのとき、感情を抑えられなかった。だけどあの晩、あなたが生きられないかもしれないと思ったとき、自分の歪んだ心のせいで、私は罰を受けるんだと思った……そのときあなたを深く愛するようになったの。アン、アン、母が亡くなってから、私にはディックのおじいさん犬のほかは何も愛するものがなかった……愛情をよせる相手がないことが、どんなに寂しいか……生きていても、とても虚しい。生きていて虚しいくらい悪いことはないわ……前の私は、あなたを愛そうと思えば愛せたのに、この嫌らしい心根のせいで、できなかった……」

レスリーは体を震わせ、気持ちが昂ぶり、取り乱しつつあった。

「もうやめて、レスリー」アンは頼んだ。「どうか、やめてちょうだい。わかっているの……だからそんなことはもう言わないで」

「だめよ……言わなくちゃいけないの。あなたが助かったとわかったとき、アンが元気になったらすぐに話そうと誓ったもの……この私が、あなたとの友情に値しない者だと話さずに、あなたの友情や交際を受けてはいけないと誓ったの。でも私、ずっと怖かった……言えば、あなたに嫌われると思って」

「そんな心配は要らないのよ、レスリー」

「ああ、嬉しい……とても嬉しい、アン」レスリーはふるえを抑えるため、働き者の日に焼けて固い両手を握りあわせた。「でもせっかく話したんだから、何もかも言わせて。私が初めてあなたを見た時のことを、あなたは憶えてないと思う……夜、海岸で会った時じゃないのよ……」

「ええ、私とギルバートが初めてこの家に来た夕方でしょう。レスリーは鵞鳥を追って丘をおりてきたわ。憶えていますとも！　なんてきれいな人だろうと思って……何週間も、誰なのか知りたくてたまらなかったわ」

「でも私のほうは、あなたたちを知ってた。お二人とも会ったことはなかったけど、新しいお医者さんとお嫁さんがミス・ラッセルの小さな家に越してくるって聞いてたから。私……あの瞬間に、あなたを憎らしいと思ったの、アン」

「あなたの目に怒りを感じたわ……それで不思議に思って……自分の勘違いだろうと思ったの……だって何の理由があるかしら？」

「それは、あなたがあんまり幸せそうに見えたからよ。さあ、これで、私が正真正銘の嫌らしい人でなしだって、わかったでしょ……ほかの女の人が幸せだというだけで憎らしく思うなんて……他人が幸せだからといって、自分が何かを奪われるわけでもないのに！　だから私、あなたに会いに行かなかった。行かなければならないと百もわかってた……この素朴なフォー・ウィンズでさえ訪問するのがしきたりだもの。でも行けなかった。なのに、私、家の窓から、いつもあなたを見てた……夕方、ご主人と庭をのんびり歩いているとこや……ご主人を迎えにポプラの小径を駈けおりていくとこを見てた。それがつらかった。なのに、会いに行きたいと思った。私がこんなに惨めじゃなかったら、あなたを好きになって、今までの人生で持てなかったものが……同じ年ごろで、仲良しの、本当の友だちが、できると思った。海岸で会った夜のことを、憶えてる？　あなたを変な人だと、私が思ったんじゃないか、心配してたわね。でも私のほうこそ、どうにかしてると、あなたは思ったでしょうね」

「いいえ、そんなこと。ただ、レスリーのことがよくわからなかったわ。私を近づけたかと思うと……次の瞬間には突き放すんですもの」

「あの晩は気が滅入っていたの。大変な一日だったから。ディックが……あの日は手に負えなくて。アンも知っての通り、ふだんは気だてが好くて、たやすく言うことを聞いてくれるけど、時々、別人みたいになって。だから私、とても落ちこんで……ディックが寝るとすぐに海岸へ逃げていった。唯一の逃げ場だから。海辺に腰をおろして、私の父がどんなに哀れな死に方をしたか考えてたら、私もいつか同じ羽目になるんじゃないかと思って、ああ、暗い思いで胸がいっぱいだった。そんなとき、あなたが踊りながら、入り江にやって来たのよ。晴れ晴れとして、何の苦労もない子どもみたいに……それで、前よりもっと憎らしくなった。なのに、あなたと友だちになりたかった。私ったら、ぱっと一つの気持ちに揺さぶられても、次の瞬間には別の気持ちになるの。あの晩は家に帰ってから、あなたにひどい人だと思われたに違いないと、泣いた。でもこの家に来たときは、いつも同じだった。来たのが嬉しくて楽しいときもあれば、あの醜い感情のせいで楽しさが台なしになることもあった。あなたのすべてに、この家の何もかもに、傷つくこともあった。あなたは、私には手に入らない、愛しくて大切なものがたくさんあるからよ。ねえ、知ってる？……馬鹿みたいだけど……あの瀬戸物の犬には特に苛々して、ゴグとマゴグをつかんで、気取った黒い鼻と鼻をぶつけてやりたいと思ったこともあった！　まあ、アンったら、笑ってる……でも私には笑いごとじゃなかった。ここに来てアンとギルバートに会うと、二人の本や、庭の花や、家財道具や、二人だけに通じるちょっとした家族の冗談があって……お互いへの愛情が、顔つきや、言葉の端々に表れてた。あなたたちは気づいてないかもしれないけど……なのに、私が家に帰ると……何が待ってるか、知ってるでしょ！　ああ、アン、私はもともとは嫉妬深い、やっかみ屋じゃなかった。子どものころに学校の友だちが色んなものを持ってて、私にはなかったけど、ちっとも気にしなかった……友だちを嫌いになることもなかった。なのに、こんな嫌な人間になってしまった……」

「レスリー、どうか自分を責めるのはやめて。あなたは嫌な人でも、嫉妬深くも、やっかみ屋でもないわ。こういう生活をすることになって少しは歪んだかもしれないけれど、あなたのように上品で気高い人でなかったら、生まれつきの性格がもっと歪んだかもしれない。今、洗いざらい話してもらっているのは、何もかも言い尽くして心から追い出すほうが、あなたにとっていいと思うからよ。でも、もう自分を責めないで」

「そうね、わかったわ。ただ、本当の私を知ってもらいたかった。アンが、この春に生まれてくる大切な希望の話をしてくれたときが、いちばんひどかった。あのときの私の態度は、自分でも許せなくて、泣いて後悔した。だからあの小さなドレスに、あなたへの優しい気持ちと愛情をたっぷりこめて縫った。でも、私が作ったものなんか、どうせ死に装束にしかならないって、わかっているべきだった」

「まあ、レスリー、そんなことを言うなんて、あまりにも辛辣で病的よ……そんな考えは頭から追い払って。小さなドレスを持って来てくだすって、どんなに嬉しかったか。

小さなジョイスが死ぬ定めなら、せめて、あなたが私を愛するようになってくれたからこそ、あの子のドレスを縫ってくださったと、思いたいの」

「アン、これからはずっとあなたを愛していくわ。二度と恐ろしい感情を持つこともないでしょう。すっかり話したら、どういうわけか、そんな気持ちも消えてしまった、不思議ね……あんなに生々しくて苦しく感じてたのに。まるで暗い部屋のなかにずっといると思ってた恐ろしい生きものを見せようとして、戸を開けたら……光が射して、怪物(モンスター)は影にすぎなかったとわかって……光のなかで消えてしまったみたい。怪物は、もう私たちの間に入って来ないわ」

「そうですとも。私たち、本当の友だちになったのよ、レスリー。心から嬉しいわ」

「まだ話はあるの。誤解しないで聞いてもらいたいの。アンの赤ちゃんが亡くなったときは、私も心底、悲しかった。私の片手を切り落として赤ちゃんの命が助かるなら、切ったでしょう。でもあなたが悲しみを経験したから、私たちは互いに歩み寄ることができたの。あなたの完璧な幸せは、これからはもう壁(バリア)にならないの。ああ、誤解しないで、アン……あなたの幸せが前みたいに完璧じゃなくなって喜んでるんじゃないの……それは真心から言える。だけどあなたの幸せが完璧でなくなってからは、私たちの間の越えられない溝[2]がなくなったの」

「それもよくわかっているわ、レスリー。さあ、過去には蓋(ふた)をして、不愉快なことは忘れましょう。これからはすべてが変わるのよ。私たち、今では二人ともヨセフの一族ですもの。あなたはこれまでずっと立派に生きてきた、私はそう思っているのよ……素晴らしい人よ。だからレスリー、あなたの人生には、これからまだ何かすてきな美しいことが起きると信じているの」

レスリーは首をふった。

「まさか」やるせなく言った。「そんな望みなんかない。ディックが良くなるなんて、ありえないもの……それに記憶が戻ったら……ああ、アン、今よりもっとひどいわ、もっと始末に負えないの。あなたには理解できないことよ、幸せなお嫁さんだから。アン、私がどうしてディックと結婚したか、ミス・コーネリアから聞いた？」

「ええ」

「よかった……知っててほしかった……でも知らなくても、自分からは話す気にはなれなかった。アン、私は十二歳から、ずっとつらい暮らしだったの。その前は幸せな子ども時代だった。貧乏だったけど……私たち家族は気にしなかった。父がすばらしい人だったから……頭がよくて、愛情いっぱいで、思いやりがあって。私は物心ついてから父とは大の仲良しだった。母も優しい人で、それはきれいな人だった。私は母親似だけど、お母さんほど美人じゃないわ」

「ミス・コーネリアの話では、あなたのほうが美人だそうよ」

「それは間違いよ……あるいは私の肩を持ってるのね。スタイルは私のほうがいいかもしれない……母は痩せて、働きすぎで背中が曲がってたから……でも天使みたいな顔だった。母を崇拝するように見上げたものよ。家族みんなが母を崇拝してた……父もケネスも私も」

レスリーの母親について、ミス・コーネリアがまったく異なる話をしたことを、アンは思い出した。だが愛する者のほうが、より真実に近い姿を見るのではなかろうか？だとしても、ローズ・ウェストが、娘をディック・ムーアに嫁がせたことは、やはり身勝手であった。

「ケネスというのは、私の弟よ」レスリーは続けた。「ああ、私がどんなに弟を可愛がってたか。なのに、むごい死に方をして。どうして死んだか、ご存じ？」

「ええ」

「アン、車輪があの子に乗り上げて轢いたとき、私、弟の小さな顔を見てたの。弟は仰向けに倒れたから。アン……アン……その顔が今も目に浮かぶの。この先もずっとでしょう。アン、神さまにお願いすることは、あの思い出が記憶から消えることだけよ。ああ、神さま！」

「レスリー、その話はしないで。知っているから……くわしく言わなくていいの、あなたを徒に苦しめるだけだもの。いつかきっと、消えてなくなるわ」

レスリーは、しばし苦悶していたが、やがて自制心をとり戻した。

「それから父は体を悪くして、沈みがちになって……心のバランスを崩して……これも最後まで聞いた？」

「ええ」

「それからの私は、母のためだけに生きたの。でも私は未来に目標があった。先生になって、学費を貯めて、大学を出たいと思った。夢の頂上まで登るつもりだった……でも、それも話すのはやめましょう。今となっては無意味だもの。それから何があったか、ご存じよね。働き詰めだった母が、家を追い出される羽目になって、母の打ちひしがれた顔を見ていられなかった。もちろん母と私が食べて行くくらいはできたけど、母はどうしても家を離れられなかった。花嫁として来た家だもの……それに父のことを深く愛してて、その思い出がみんなあの家にあったから。でもね、アン、母の人生最後の一年を幸せにしてあげたと思えば、私、自分がしたことを後悔してないわ。ディックのことは……結婚した時は嫌いじゃなかった……学校の同級生に感じるような、普通の友情みたいな気持ちだった。お酒飲みだとは知ってたけど……漁村の娘の話は聞いてなかったから。知ってたら、いくら母のためでも結婚はできなかった。聞いてからは……彼のことが、ひどく嫌いになった……でも母は知らなかったわ。それから母が死ぬと……私は一人ぼっちになった。ほんの十七歳で、一人ぼっちになった。その前にディックは四姉妹号で航海に出てたから。あんまり帰って来なければいいと、私は思った。あの人はもともと船乗りの血が流れてたもの。私、ほかのことは望んでいなかった。ところが、ジム船長が家につれて帰ったの、あなたも知っての通り……これがすべてよ。これで私のことがわかったでしょ、アン……私の最悪のところが……壁はみんななくなったけど……それでもまだ友だちになりたい？」

アンは顔を上げ、白い紙提灯（かみちょうちん）のような半月が、セント・ローレンス湾の夕陽へ傾いていくところを、白樺ごしに見た。その顔つきは、なんとも優しかった。

「私はあなたの友だちで、あなたは私の友だちよ、永久に。こんな友だちは今まで一人もいなかった。大好きでいいお友だちはたくさんいたわ……でも、あなたには何かがあるの、レスリー、ほかの人には決してない何かが。あなたは生まれながらの豊かな人柄で、多くのことを私に与えてくださるでしょう。私も、苦労のなかった娘時代よりは、今のほうがもっと多くのことをあなたに上げられるわ。私たちは大人の女性ですもの……いつまでも友だちよ」

二人はたがいの手を握りしめた。そして涙のあふれる灰色の瞳と青い瞳で、微笑（ほほえ）みあった。

第22章　ミス・コーネリア、手配する

ギルバートは、夏の間もスーザンに家にいてもらうべきだと主張した。最初、アンは反対だった。

「ここで二人きりで暮らすのが、とてもすてきですもの、ギルバート。他の人がいると、なんだかつまらないわ。スーザンはいい人だけど、よその人よ。ここで家事をするくらい、私ならなんともないわ」

「医者の忠告は聞くものだよ」ギルバートが言った。「靴屋の妻は裸足（はだし）で歩き、医者の妻は早死にする、という古い諺（ことわざ）があるからね。これをわが家で実践するつもりはないよ。きみの足どりが前のように軽くなって、くぼんだ頰がふっくらするまで、スーザンにいてもらおう」

「お気楽になさいましよ、先生奥さんや」スーザンがいきなり入って来た。「のんびりなすってくださいまし、お勝手のことはご心配なく。スーザンが舵取りをしますから。犬を飼ってるのに自分で吠えることはありませんよ。毎朝、朝食をお二階へ運んであげますから」

「とんでもない」アンが笑った。「女が病気でもないのに、ベッドで朝ごはんを食べるなんてみっともない、そんな真似をすれば男が悪辣（あくらつ）なことをしても許す羽目になると、ミス・コーネリアはおっしゃったわ、私も同感よ」

「おや、コーネリアとはね！」スーザンは言うに言われぬ軽蔑の顔つきをした。「先生奥さんはもっと良識のあるかただと思ってるのに、コーネリア・ブライアントの言うことに気を留（と）めなさるとは。いくらあの人が独身女（オールドメイド）だからと言って、どうしていつも男をこき下ろさなきゃいけないのか、わかりませんね。私も独身女（オールドメイド）ですけど、私は、男の人を罵（ののし）ったりしませんよ、殿方が好きですから。ご縁があれば結婚しましたよ。でも、誰も結婚を申し込まなかったんです、変じゃありませんか、先生奥さん？　そりゃ、私は美人じゃありませんけど、結婚してる大方（おおかた）の女と同じくらいの顔はしてますよ。それなのに一度も恋人がいないんです。なぜでしょうね？」

「予定説（1）かもしれないわ」アンは曖昧（あいまい）に言うと、この世ならぬ厳（おごそ）かな顔をした。

　スーザンはうなずいた。

「私もそうじゃないかと思うんです、先生奥さん。そう思えば、ぐっと気が楽になります。全能の神さまが立派な目的のためにお決めになったことなら、私を嫁にしたがる人がいなくても気にしません。ただ、疑いが頭をもたげることもあるんです、先生奥さんや。これはほかでもない悪魔の仕業（しわざ）じゃないかと思って。もしそうなら、私は諦めませんよ。もしかすると」スーザンは顔を明るくして付け加えた。「私にも結婚のチャンスはあるかもしれません。おばがよく口ずさんでた古い詩を、よく思い出すんです。

『どんな平凡な鵞鳥(がちょう)でも、遅かれ早かれ
正直者のおすの鵞鳥があらわれて、つれあいにしたものだ！』(2)

女は墓場に入るまでは結婚しないかどうか、わかりませんからね、先生奥さんや。話は変わりますけど、チェリー・パイを焼きますよ。先生がお好きなようですから。私はありがたがって食べてくださる殿方に料理を作るのが大好きなんです」

その午後、ミス・コーネリアが息を切らせて立ち寄った。

「あたしはこの世も、悪魔も、大(たい)して気にしないけど、人間には迷惑してますよ」さしもの彼女も認めた。「アンはいつも涼しい顔をしてますね。あら、チェリー・パイの匂いですか？　もしチェリー・パイなら、お茶に誘ってくださいな。この夏は食べてないもんでね。うちのさくらんぼは、全部、グレンのギルマン家の腕白坊主が盗(と)ったんですよ」

「まあ、まあ、コーネリア」ジム船長がたしなめた。彼は居間の隅(すみ)で海洋小説を読んでいた。「たしかな証拠もないのに、母親のいない可哀想な坊主二人を、そんなふうに言

うもんじゃないですて。父親があまり正直者じゃないからといって、子どもまで盗人呼ばわりする理由はないからな。さくらんぼを取ったのは、こまどりだろうて。今年はやけに多いで」

「へえ、こまどりですか！」ミス・コーネリアは見下げたように言った。「ふん！　大きな二本足のこまどりですね、ほんとに！」

「さよう、フォー・ウィンズのこまどりは、大方、そんな姿だでな」ジム船長は真顔で言った。

ミス・コーネリアは、一瞬、船長をじっと見つめたが、揺り椅子にのけぞって大笑いした。

「とうとう一本取りましたね、ジム・ボイド。降参しますよ。アン、ごらんなさい、船長の得意そうな顔。チェシャ猫みたいに、にやにやして(3)。それで、こまどりの足ですけど、先週の明け方、うちの桜の木で見かけたような、日に焼けた大きな裸足の足に、破れたズボンをはいてるのがこまどりなら、ギルマンの息子たちに謝りますよ。あたしが下りてくと、みんな居なくなってて、どうしてあっと言う間に消えたのか、わからなかったけど、ジム船長のおかげでわかりました。飛んでったんですね、ええ」

ジム船長は笑い、それから夕食までいてチェリー・パイのご相伴にあずかれないことを残念がりながら灯台へ帰っていった。

「あたしはこれからレスリーのとこへ行くんです。下宿人を置いてくれるか、ききに行くんですよ」ミス・コーネリアがまた話し出した。「昨日、トロントのデイリー夫人から手紙が来ましてね。二年前、うちにしばらく下宿した人ですけど、その人が、この夏、知り合いを下宿させてほしいというんです。オーエン（4）・フォードという新聞記者で、この家（うち）を建てた学校の先生の孫息子なんです。ジョン・セルウィンの長女は、オンタリオのフォードという男に嫁ぎましてね、その息子です。その人は、自分のおじいさんとおばあさんが暮らした古い家を見たがってるそうでね。この春、ひどい腸チフス（5）をわずらって、まだすっきり治らないので、お医者が海辺へ行くよう勧めたんですと。でもホテルには泊まりたくない……静かで家庭的なとこを望んでるんです。でもあたしは無理なんですよ、八月は出かけなきゃならないもので。女性海外伝道協会（6）の代表に任命されたんで、キングスポート（7）で開かれる大会に出席するんです。レスリーも、下宿人の面倒まで見てくれるかどうかわからないけど、ほかに誰もいないんでね。レスリーがだめなら、内海むこうへ行ってもらうしかないですね」

「レスリーに会いに行ったら、またここに戻ってきて、チェリー・パイをお上がりください」アンが言った。「レスリーとディックの都合がよければ連れて来てくださいな。それでは、ミス・コーネリアはキングスポートに行かれるんですか。さぞ楽しいでしょうね。あの町には友だちがいるので、紹介状をお渡ししますわ……ジョウナス・ブレイク夫人というんです」

「あたしはトーマス・ホールト夫人を説得しましてね、一緒に行くんですよ」ミス・コーネリアは満足そうに言った。「奥さんも少しは休みをとっていいころですよ、ほんとですよ。まったく死にそうなほど働いてますから。亭主のトム・ホールトは、かぎ針編みは上手ですけど、家族を養うのは苦手でね。仕事で早起きはできなくても、魚釣りに行くときは早起きができるんですと。男の言いそうなことじゃありませんか」

アンは微笑した。ミス・コーネリアがフォー・ウィンズの男たちについて語る言葉は、大幅に割り引いて聞くことを学んだのだ。さもなければ、男たちは世にも始末におえない無法者や駄目男の集まりで、妻は文字通りの奴隷か犠牲者だと信じる羽目になっただろう。たとえばこのトム・ホールトはとりわけ優しい夫で、たいそう慕われる父親であり、立派な隣人だとアンは知っていた。たとえ少々怠け癖があり、生まれつき農業よりも魚釣りが好きで、また手芸をするという罪のない奇癖があるにしろ、彼を悪く言う者は、ミス・コーネリアのほかにいなかった。その妻も「やり手」で、喜んでせっせと働いていた。一家は農場から充分な収入があり、体格のいい息子たちと娘たちは母親の元気を受けついで、世間でうまくやっていく見込みが大きかった。つまりグレン・セント・メアリにおいて、ホールト家ほど幸せな一家はなかった。

ミス・コーネリアは、小川の上流の家から満足顔で戻ってきた。

「レスリーが下宿人を置いてくれることになりましたよ」晴れ晴れと言った。「いい機会だと二つ返事でしてね。この秋、屋根を葺き替えるので少しお金が要るのに、どう工面すればいいか困ってたそうですよ。セルウィン家の孫息子がここに来ると聞けば、ジム船長のほうが興味を持つでしょうね。それから、レスリーは、チェリー・パイは頂きたいけど、七面鳥を探しに行かなくちゃならないんで、お茶には来られないそうです。七面鳥がいなくなったんですよ。でも、パイが一切れ余ったら戸棚にしまっといてほしい、七面鳥が無事に見つかったら、暗くなってから急いで行くからと言ってましたよ。アンにはわからないかもしれないけど、レスリーが昔みたいに笑いながら、こんな言付けをするのを聞いて、あたしはどんなに嬉しかったか。あの子は近ごろずいぶん変わりましたよ。若い娘みたいに笑ったり冗談を言ったりして。レスリーの話によると、ここにちょくちょく来るそうですね」

「毎日ですよ……でなければ私が行きますもの」アンが言った。「レスリーがいてくれなかったら、どうすればいいのかわからないくらいです。とくに今はギルバートが忙しくて、夜中の(8)数時間しか家にいないんです。それこそ死にそうなほど働いているんですよ。今では内海むこうの人たちも大勢、ギルバートを往診に呼ぶんです」

「自分たちの医者で満足すりゃいいものを」ミス・コーネリアが言った。「だけどあの人たちを責めませんよ、何しろお医者がメソジストですからね。ブライス先生が、アロンビーの奥さんを治してから、若先生は死人も生き返らせる(9)って評判でね。ディヴ老先生はちょっと焼いてるんですよ……男のやりそうなことですよ。ブライス先生は新式のやり方を取り入れすぎだとおっしゃって。だから言いましたよ。『そうですか。でも新式のやり方のおかげで、ローダ・アロンビーは助かったんですよ。もし老先生が診てたら、奥さんは死んでしまって、今ごろは、神のご意志で彼女は召された、なんて書いた墓がたちましたよ』とね。ええ、あたしは思った通りを老先生に言うのが大好きでしてね！　老先生は何年もグレンで幅をきかせてたのに、前より忘れられてしまったと思ってんです。お医者といえば、ブライス先生にひとっ走り行ってもらって、ディックの首の腫れ物を診てもらいたいですね。レスリーには手当てができなくて。ディック・ムーアときたら、腫れ物なんかこさえて、何をおっ始めるつもりやら……腫れ物がなくちゃ、まだ迷惑のかけようが足りないみたいに！」

「ディックは、私のことが大好きになったんですよ」アンが言った。「犬のように後をついてきて、私が目をむけると、子どもが嬉しがるみたいに、にっこりするんです」

「気味が悪いですか？」

「ちっとも。可哀想なディック・ムーアが好きなくらいです。とても気の毒で、どういうわけか、胸にぐっと来ますもの」

「怒りっぽいときのディックを見れば、胸にぐっとなんか来ませんよ、ほんとですよ。

でもディックを嫌がらないでくだすって、ありがたいです……レスリーにとっちゃ大いに助かります。下宿人が来れば、レスリーはもっと用事が増えますからね。まともな人だといいですけど。たぶんアンは気に入るでしょうよ……物書きですから」

「二人の人間が作家なら、大いに気があうだろうと、どうして世間は思うのかしら」アンはいささか軽蔑のそぶりで言った。「二人の鍛冶屋が、どちらも鍛冶屋というだけで熱烈に惹かれあうとは、誰も思わないのに」

とはいうものの、アンはオーエン・フォードの到来に快い期待をおぼえ、楽しみにしていた。若くて好感のもてる人物なら、フォー・ウィンズの社交に喜ばしい仲間が加わるのだ。小さな家の掛け金のひもは、ヨセフの一族には、いつも外に出してあるのだった(10)。

第23章　オーエン・フォード、来たる

ある夕方、ミス・コーネリアがアンに電話をかけてきた。

「例の物書きが、ちょうど着いたとこでしてね。これから馬車でおたくへ連れてきますから、レスリーのとこへ案内してもらいたいんです。そのほうが馬車で街道をまわってくより近いし、それにあたしはものすごく急いでましてね。グレンのリース家で、赤ちゃんが熱いお湯の手桶(ておけ)に落ちて死にそうな火傷(やけど)をしたんで、すぐ来てほしいと言うんです……子どもに新しい皮膚をつけろとでもいうんでしょうかね。リースの奥さんは常々そそっかしい上に、後始末は他人にしてもらうつもりなんでね。お願いしますよ、アンや。トランクは明日運べばいいですから」

「いいですよ」アンは言った。「どんな方ですの、ミス・コーネリア？」

「外側は、あたしが連れてった時にごらんなさい。内側については、それはあの人をお作りになった神様だけがご存じです。もう一言も言いませんよ。グレン中の受話器がはずれてますから」

「どうやらミス・コーネリアは、フォードさんの見た目に欠点を見つけられなかったよ

うね。もしあれば、受話器がどうなっていようと、あら探しをしたでしょうから」アンが言った。「スーザン、ということは、フォードさんはどちらかというと、かなりの美男子、というのが私の結論よ」

「そうですか、先生奥さんや。私は美男子を見るのが大好きなんです」スーザンは包み隠さず言った。「その人に軽いお食事でもご用意したほうがいいですかね？　口のなかでとろけそうなストロベリー・パイがあるんです」

「いいえ、レスリーがその人を待っているし、お夕食の仕度もしてますから。それにストロベリー・パイは、私の可哀想な夫にとっておきたいの。ギルバートは帰りが遅くなりますから、そのパイと牛乳をコップ一杯、用意しておいてくださいね、スーザン」

「そういたしますよ、先生奥さんや。スーザンが舵を取りますからね。結局、パイは、旦那様に差しあげるほうがいいですね。余所者はがつがつ食べるだけかもしれませんから。そもそも先生ご本人こそ、美男子に会いました、というような美男子ですよ」

　オーエン・フォードが到着し、ミス・コーネリアに引っぱられるようにして入ってくると、アンは、水も滴るような「美男子」だと秘かに思った。背が高く、肩幅は広く、豊かな鳶色の髪、鼻筋とあごの輪郭は美しく、濃い灰色の大きな瞳がきらめいていた。

「それで、あのかたの耳と歯に、気がつきましたか、先生奥さん？」あとでスーザンがたずねた。「男の頭に、あんなに形のいい耳がついてるのは、見たことがありませんよ。

私は耳にかけてはやかましいんです。若いころは、封筒の折り返しみたいな耳（1）の男と結婚するんじゃないか案じたもんですけど、そんな心配は要りませんでした。どんな形の耳だろうとチャンスはありませんでしたから」

アンは、オーエン・フォードの耳には気づかなかったが、歯は見た。彼は率直な親しみやすい微笑みを浮かべ、その口もとからのぞいたのだ。笑っていないときの顔は、どちらかと言えば悲しげで捉えどころがなく、アンが少女のころに憧れた憂愁を帯びて謎めいた美男子に似ていなくもなかった。ところが笑みを浮かべると、にわかに表情が明るくなり、朗らかでユーモアのある魅力的な顔だちになった。このように、外側については、たしかにミス・コーネリアの言う通り、オーエン・フォードはどこに出しても引けを取らない男ぶりであった（2）。

「ここに来て、ぼくがどんなに嬉しいか、おわかりいただけないでしょうね、ブライス夫人」彼は興味の尽きないひたむきな眼差しで、辺りを見渡した。「まるで家に帰ってきたような不思議な気持ちがします。ご存じの通り、ぼくの母はここで生まれて、ここで子ども時代を送ったのです。母は懐かしいわが家の思い出話をたくさんしてくれましたから、この家の間取りは、自分が住んでいたようにわかっています。もちろんこの家が建ったときの話や、ぼくの祖父がロイヤル・ウィリアム号を気を揉んで待った話も聞かせてくれました。かなり古い家ですから、もう何年も前になくなったと思っていました。あると知っていたら、もっと早く見に来たでしょう」

「魔法にかけられたこの海岸では、古い家もやすやすと消えたりしないのですよ」アンは微笑んでみせた。「ここは『あるゆるものがいつまでも変わらぬと思われる国』(3)なのです……ほとんどいつまでも、少なくとも。ジョン・セルウィンの家はあまり変わっていませんわ。家の外では、あなたのお祖父さまが花嫁さんのために植えた薔薇(4)が、ちょうど花盛りなんですよ」

「それを聞くと、祖父母とぼくが身近につながっているようです！　お許しをいただけたら、近いうちに家中を拝見させてください」

「あなたのために、わが家の掛け金のひもは、いつも外に出しておきますよ」アンが約束した。「それから、フォー・ウィンズの灯台守をしている老船長は、子どものころ、ジョン・セルウィンと花嫁さんをよくご存じだったんです。そのことはご存じですか？　私がこの家に来た夜……私はこの古い家に、三番目の花嫁として来たのですが、その夜、船長がお二人のことを話してくだすったんです」

「まさか、そんなことが。大発見です。その人を探さなくては」

「たやすいことですわ。みんながジム船長と親しい仲間ですもの。あなたと同じように、船長もあなたに会いたいと思われますわ。船長の記憶のなかで、あなたのお祖母さまは星のように輝いているのです。でも今はムーア夫人がお待ちですから、『野原を横切る』いつもの近道をご案内しましょう」

アンが彼とともに小川の上流の家へ歩いていくと、野原はひな菊の白い花が雪がつもったように咲き乱れていた。内海の遠いむこうでは、船いっぱいに乗った人々が歌をうたっていた。その歌声は、この世のものとも思えぬかすかな音楽が、星明かりの海を風に吹かれて来るように、水面を渡ってきた。灯台の大きな灯がぱっと光り、輝いていた。

オーエン・フォードは満ち足りた面もちで辺りを見まわした。

「ああ、これがフォー・ウィンズなんですね。母が褒めていましたが、こんなに美しいとは、心の準備ができていませんでした。なんという色合い……なんという景色……なんという魔法のような魅力！　ぼくはすぐに馬のように元気になりますよ。そしてこの美しさから創造的霊感が得られたら、カナダ小説の傑作を書き始めるかもしれません」

「まだ始めていないのですか？」アンがたずねた。

「悲しいかな、まだです。ふさわしい主題が得られないのです。それはぼくの行く手に隠れていて……ぼくの心を捉えて……手招きをしているのに……遠ざかってしまうんです。もう少しで手につかめそうだと思うと、また行ってしまう。でもこの平和で美しい土地に身をおけば、つかめるかもしれません。ミス・ブライアントのお話では、あなたも書かれるそうですね」

「まあ、子どものためのちょっとした物語ですわ。結婚してからは、あまり書いておりません。ですから……カナダ小説の傑作を書く予定はありませんわ」アンは笑った。
「私の手には余りますもの」

オーエン・フォードも笑った。

「多分、ぼくの手にも余りますよ。でも時間があれば、いつか挑戦してみるつもりです。新聞記者というものは、そういうことをする機会はあまりないのです。雑誌に短編小説はたくさん書きましたが、一冊の本を執筆するのに必要な時間は、なかなかとれなくて。でも、これから三か月、自由の身ですから、とりかからなくては……必要な題材(モチーフ)さえ手に入れれば……その本の魂になるようなものが」

アンの脳裏に、不意に、あるアイディアがひらめき、飛び上がりそうになった。だが言葉にはしなかった。ムーア家に着いたのである。二人が庭に入っていくと、レスリーは横の勝手口からヴェランダに出てきて、待ち受ける客が来ないか、夕闇のむこうを見ていた。立っているレスリーにむけて、開いた戸口から暖かな黄色の光があふれんばかりに射していた。彼女は、クリーム色がかった安手の木綿ボイル地(5)の飾り気のないワンピースを着て、いつもの真紅(しんく)の飾り帯を結んでいた。彼女が真紅の色をつけないことはなかった。一輪の花にしろ、どこかに赤い色が光っていないと満足できないとアンに語ったことがあった。アンにはそれが、燃えるような赤い色のほかは、あらゆる表現を封じられているレスリーのやり場のない情熱的な人となりを象徴するように思われた。レスリーの服は襟ぐりがやや深かった。袖は短く、両腕が象牙色（アイヴォリー）の大理石のようにほんのり光っていた。光を背にして、体つきのえも言われぬ曲線が、柔らかな闇のなかに浮かびあがっていた。光をうけた髪は炎のように輝いていた。レスリーの向こうには紫色の夜空が広がり、内海の上に星々が花模様のごとく散りばめられていた。

アンは、連れがはっと息をのむ音を聞いた。彼の顔に驚きと感嘆が浮かぶのが、黄昏（たそがれ）のなかにも見てとれた。

「あの美しいかたは、どなたですか」彼はきいた。

「ムーア夫人です」アンは言った。「おきれいでしょう？」

「ぼくは……あのかたのような人を、見たことがありません」彼は茫然（ぼうぜん）として言った。「思ってもいませんでした……意外で……まさか、下宿の大家さんが、女神だとは、誰が思いますか！　ああ、あの人が、海のような紫色の長い服（ガウン）を着て、髪に紫水晶を通した紐（ひも）を飾れば、まぎれもなく海の女王（6）でしょう。それなのに、下宿人を置くとは！」

「女神にも生活がありますもの」アンが言った。「それにレスリーは女神ではありませんわ。とても美しい女性で、私たちと同じ人間ですよ。ミス・ブライアントから、ご主人のムーア氏のことはお聞きですか？」

「ええ……知的な面で、何か問題があるそうですね？　でもムーア夫人のことは、何もおっしゃらなかったので、てっきり下宿人を置いて手堅(てがた)く稼ぐような、ふつうの働き者の田舎(いなか)のおかみさんだと思っていたのです」

「そうですよ、レスリーはそれをしているのです」アンははっきり言った。「でも、レスリーにとっては、必ずしも楽しいことではないのです。ディックを気になさらなければいいですが。気になさっても、レスリーにはわからないようにしてください。彼女が傷つきますから。ディックはただの大きな赤ん坊です、厄介な時もありますけれど」

「ええ、気にしません。いずれにしても食事のほかは、あまり家にいないと思います。それにしても、なんと残念なことでしょう！　あの人の暮らしは、さぞ大変でしょう」

「そうです。でも、憐憫(あわれみ)をかけられることを、彼女は好みませんから」

レスリーはいったん家に入り、あらためて玄関に出て、二人を迎えた。彼女は冷ややかに、丁重に、オーエン・フォードに挨拶をすると、部屋と夕食の用意ができていると事務的(ビジネスライク)に伝えた。ディックは嬉しそうににやにや笑い、旅行鞄をさげて二階へよろついて上がった。こうしてオーエン・フォードは、柳に囲まれた古い家の寄宿人となったのである。

第24章　ジム船長の人生録（ライフ・ブック）

「私、一つ考えがあるの。小さな茶色の繭（まゆ）が立派な蛾（が）（1）に成長するように、この考えも実現するかもしれないわ」アンは家に帰ると、ギルバートに言った。彼は、思ったよりも早く帰宅して、スーザンのチェリー・パイを味わっていた。スーザンは顔つきはいかめしいものの慈愛（じあい）に満ちた守護（しゅご）天使のように後ろをうろうろしながら、パイを楽しんでいるギルバートを、食べている本人と同じように嬉しげに見守っていた。

「どんな考え？」ギルバートがたずねた。

「まだ言わないことにするわ……うまく運ぶとわかるまでは」

「フォードは、どんな感じの人かい？」

「それは感じがよかったわ。しかもとびきりの美男子よ」

「まったくすばらしい耳ですよ、先生や」スーザンが喜色（きしょく）をうかべて口をはさんだ。

「三十か、三十五歳くらいかしら。小説を書こうと思っているんですって。いい声なの。にこやかな笑顔で、服の着こなしもいいわ。それなのにどういうわけか今までの人生は気楽ではなかったという顔つきなのよ」

次の日の夕方、レスリーからアンへの短信をたずさえて、オーエン・フォードがやって来た。そこでアンとギルバート、オーエンの三人は、庭で日の沈むころを過ごし(2)、それから月光の照らす内海に舟を浮かべた。ギルバートが夏の外出用に小舟を用意していたのだ。二人ともオーエンを大いに気に入り、長年の知り合いのような気がした。それがヨセフの一族の友愛の特徴なのである。

「あのかたは、耳と同じくらい、ご本人もすてきですね、先生奥さん」スーザンは、オーエンが帰ると言った。オーエンに、あなたの苺のショートケーキ(3)ほど美味しいものは食べたことがありませんと言われ、スーザンの感じやすい心は永遠に彼のものとなったのである。

「あのかたには、独特の魅力がおありになる」スーザンは夕食の後片づけをしながら思った。「だのに結婚してないとは、まったく変だこと。あんな人なら誰とでも一緒になれたろうに。いや、私と同じで、まだふさわしい相手に出会ってないのかもしれない」

夕食の皿を洗いながらスーザンは物思いにふけり、すっかりロマンチックな気分になっていた。

二日後の夜、アンは、オーエン・フォードを、フォー・ウィンズ岬へ連れていった。ジム船長に紹介するのだ。内海の岸に沿ったクローヴァーの野は西風に葉裏が白く翻り、船長自慢の雄大な夕焼けが広がっていた。船長は内海むこうから戻ってきたばかりだった。

「ヘンリー・ポラックのとこへ行って、そろそろお迎えが来るぞと言わにゃならんかったもんでして。連中は怖がって誰も言わんのです。ヘンリーが騒ぎたてると思ってな。というのもヘンリーは何がなんでも生きるつもりで、秋にむけてあれこれ計画を立てとりますで。でもあれの女房が、どのみち亭主にゃ言わにゃならんし、もう治らんと言うなら、このわしがいちばんと考えたですわい。ヘンリーとは古いつきあいでしてな……『灰色かもめ号』で何年も航海した仲ですて。というわけで、出かけてって、ヘンリーの寝てる脇に腰をおろして、言うたです。すぐさま、ありのままに、簡潔に。どうせ言わにゃならんことなら、結局は真っ先に言うのがいいですで。それで言ったです、『兄弟や、今度、おまえさんに、航海の命令が出たようだ』と。心のなかでは震えとりました。死ぬとは思っておらぬ者に、死ぬと言わにゃならんのは恐ろしいことですで。ところがなんと、ブライスの奥さん、ヘンリーは、しなびた顔に、昔と同じ、あいつの黒い目でわしを見上げて、言うたです。『ジム・ボイド、どうせ何か言うなら、おれの知らねえことを言ったらどうだい。そんなこたぁ、一週間も前からとっくに知ってらあ』と。仰天して口もきけませんでな。ヘンリーはくっくと笑って、『おめえが墓石みてえな、くそ真面目な顔で入ってきて、両手を腹んとこで組みあわせて座ったかと思うと、こんな青黴が生えたような古臭い話を申し渡すんだからな。猫だって笑い出すぜ、ジム・ボイド』と言うんで、『誰に聞いたね？』と間抜けなことをきいたらば、『いいや、誰にも。一週間前、火曜日の晩、ここで横になって目を開けてたら……わかったのさ。前から、もしや、とは疑ってたが、そんとき、はっきりわかった。だがな、女房(にょうぼ)のためを思って、なに喰わぬ顔をしてたのさ。だけどおれは、納屋を建てたくてよ、エベンの奴じゃ、まともに建てられっこねえんだよ。とにかく、これでおめえさんも気が楽になったろう、ジム。笑って、ひとつ面白い話でもしてくれや』と。やれやれ、そうしたことでしたわい。連中は話すのを怖がっとりましたが、本人はとっくに知っておったですて。自然がわしらをちゃんと見てて、その時が近づくと、知るべきことを教えてくれるのは、不思議じゃありませんか？　このヘンリーのやつが、釣り針を鼻に刺した話はしましたかな、ブライスの奥さん？」

「いいえ」

「そうですか、今日もあいつと、その話で大笑いしたですよ。あれは三十年前でした。ある日、あいつとわしと、ほかにも何人かとで、さば漁(りょう)に出ましてな。最高の一日でした……この湾にあんなさばの大群は見たことがないほどで……誰もが興奮して、ヘンリーものぼせた挙げ句に、釣り針を、鼻の片側にずぶりと突き通すへまをやらかしたですわい。いやはや、釣り針の先っぽは、曲がった鉤(かぎ)になってる、反対の端(はし)には、でっかい錘(おもり)がついてるで、引き抜けんのです。陸(おか)へ連れてこうとしたですが、あいつも負けじ魂がありましてな。ちくしょうめぇ、破傷風で口が開かなくなるくれえで、こんな大群残して帰ってたまるかっ、と言いましてな。まあ、釣るわ、釣るわ、どんどこ竿を上げちゃ、合間合間に、うんうん唸っとりました。とうとう群れが通り過ぎたんで、さばを山と積んで戻ったです。わしはヤスリを持っとりましたで、釣り針を削って切ろうとしたです。なるたけ痛くないように工夫したですが、あのヘンリーの罵り声ときたら、聞かせたかったですな……いや、聞かぬほうがよかったです。周りにご婦人がいなくて幸いでした。ヘンリーは悪態をつくような男じゃないが、若い時分に浜で少しは聞いたことがあって、それを思い出しちゃあ、わしに浴びせましたで。しまいにあいつは、もう我慢できん、おまえに同情心はないのかとほざくもんで、馬車に馬をつけて、シャーロットタウンのお医者へ連れてきました、三十五マイルです……あの時分はそれよか近くにお医者がなかったで……あの忌々しい釣り針を鼻からぶら下げたまま。町に着いたら、クラブ老先生はヤスリを取り出して、わしと同じように針を削ろうとしましたで。ただ、痛くないようにやろうとは、これっぽっちも気にかけませんでしたな！」

　昔なじみを訪ねたジム船長は、次から次へと思い出が蘇り、今しも回顧談は最高潮に達した。

「今日のヘンリーは、チニキー老神父（4）が、アレグザンダー・マカリスターの漁船を祝福なすったことを憶えているか、とききましてね。これまた不思議な話でして……

福音書と同じように真実ですわい(5)。わしもその船に乗っとりました。ある朝、ヘンリーとわしは、アレグザンダー・マカリスターの船で、日の出に出港したです……フランス人の若造もおりました……もちろんカトリックです。ご存じのように、チニキー老神父はカトリックからプロテスタントに改宗なすったんで、カトリックからは相手にされなかったでして。セント・ローレンス湾へ出て、焼けつく陽ざしに炙られながら正午まで座ってましたが、一匹も喰いつかない。陸にもどると、チニキー老神父は帰らにゃならんで、あの人らしいご丁寧な物言いで、『まことに残念ですが、午後は、海へご一緒できません、マカリスターさん。しかしながら、私の祝福をあなたがたに授けてまいります。この午後は、千匹とれることでしょう』とおっしゃったです。すると千匹はとれなかったが、きっかり九百九十九匹とれた……その夏の小型漁船としては、北海岸全体で最高の獲り高だった。奇異なことではありませぬか。それでアレグザンダー・マカリスターが、アンドリュー・ピーターズに、『どうだ、チニキー神父をどう思うね？』ときいたところ、アンドリューは『うーん』と唸って、『あの老いぼれの極悪人め、まだ祝福はできると見える』(6)と言ったです。いやはや、今日もその話で、ヘンリーは大笑いしましたで」

「ジム船長、こちらのフォードさんというかたが、どなたか、わかりますか？」ジム船長の回顧談の種が一段落つくと、アンがたずねた。「あててみてください」

ジム船長はかぶりをふった。

「あてるのはまこと苦手でしてな、ブライスの奥さん。だが、うちに戻ったとき、『この目は、前にどこかで見たな？』と、どういうわけか思ったです……たしかに、見たことがある」

「何年も昔の九月の朝を、思い出してくださいな」アンは優しく言った。「その朝、内海に入って来た船……長いこと待って、もう諦めていた船です。ロイヤル・ウィリアム号が入って来て、ジム船長が、花嫁さんを初めて見た日のことを、思い出してください」

ジム船長は飛びあがった。

「これは、パーシス・セルウィンの目だ」叫び出さんばかりだった。「だが、あの女の息子のはずはない……とすると、あなたは、彼女の……」

「孫です。そうです。ぼくは、アリス・セルウィンの息子です」

ジム船長はオーエン・フォードに飛びつき、握手をくり返した。

「アリス・セルウィンの息子さんとは！　それにしても、よく来なすった！　学校の先生のご子孫はどちらに暮らしておいでか、何度思ったことか。島におられぬことは知っておったですが。アリス……あのアリスは……小さな家で初めて生まれた赤ん坊で、あんなに喜ばれた赤ん坊はなかったですわい！　この膝で百回もあやしたもんです。初めて歩いたのも、わしの膝からでした。あの子を見守るおっ母(か)さんの顔が、目に浮かぶようだ……もう六十年近く前というのに。今もお元気ですか？」

「ああ、あいにく母は、ぼくがまだ子どものころに亡くなりました」

「ああ、このわしが生きながらえて、そんな知らせを聞くとは、申し訳ないようです」

ジム船長はため息をついた。「でも、息子さんにお会いできて、まこと嬉しいですわい。しばし若返る心地ですて。それがどんなにありがたいことか、おまえさんには、まだわかりますまい。こちらのブライスの奥さんはお茶目な悪戯(いたずら)をなさるでな……しょっちゅう、びっくりさせられますわい」

ジム船長は、オーエン・フォードが、船長の言うところの「本物の作家」と知ると、さらに興奮し、彼を目上の人物のように眺めた。ジム船長は、アンも何か書くことは知っていたが、その事実を真剣に受けとめていなかった。船長は、女というものは可愛げのある生きもので、選挙権でも何でも欲しがるものを与えて喜ばせてやるべきだと考えていたが、女にものが書けるとは信じていなかった。

「『狂おしい恋』を見てみなされ」とジム船長なら主張するであろう。「あれは婦人が書いたものですが、見てみなされ……十章あれば全部書けるものを、百三章ですて。婦人の物書きは、いつ終らせるか、わかっちゃいない。それが問題でしてな。良い文章の肝(かん)心要(じんかなめ)は、いつ終わらせるか、心得てることですて」

「フォードさんは、ジム船長のお話を聞きたいんですって」アンが言った。「ある船長が頭がおかしくなって、自分のことをさまよえるオランダ幽霊船の船長（7）だと思いこんだ話を、してあげてくださいな」

この物語は、ジム船長の十八番であった。恐怖とユーモアが渾然一体となっていて、アンは何度も聞いたにもかかわらず、フォード氏と同じように心から笑い、恐ろしさに身震いした。さらなる物語の数々も語られた。ジム船長の心にかなう聞き手がいたからである。ジム船長の船が蒸気船に衝突され、どのように沈没していったか。マレー人の海賊たち（8）がどうやって船に乗り込んできたのか。船長の船がどうして火事になったか。南アフリカ共和国から逃亡した政治犯（9）をどうやって助けたか。ある秋、マドレーヌ諸島（10）で難破して座礁したまま、その冬をどのように過ごしたか。船に載せていた虎（11）がどうやって逃げ出したのか。乗組員がどんな謀叛を起こして、船長を荒れ果てた孤島に置き去りにしたか……こうした話のほかにも、悲劇的な、あるいは滑稽な、また異様な話を、ジム船長はたくみに語った。海の神秘、遥かに遠い異国の魅力、冒険への誘惑、世界の笑い話……聞き手はそのすべてを肌身に感じ、ありありと受けとめた。オーエン・フォードは頬杖をつき、喉を鳴らす一等航海士を膝にのせ、光り輝く目でジム船長の皺の深い雄弁な顔を食い入るように見つめながら聴き入った。

「フォードさんに、人生録（12）を見せてあげていただけませんか、ジム船長？」最後にジム船長が、今日の話はこれにてお終いと言うと、アンがきいた。

「いやはや、そんなもの、ご迷惑ですて」とジム船長は言ったものの、内心は見せたくてたまらなかった。

「何より拝見したいものです、ボイド船長」オーエンが言った。「あなたのお話の半分しか面白くなくても、拝読する意味があります」

ジム船長は渋々という風を装いつつ、古びた木箱から人生録をかき分けて取りだし、オーエンに渡した。

「わしの昔の書きつけなぞと、長いこと格闘なさるのはお気に召されまい。わしは学がありませんで」彼は何気ないふうに述べた。「甥のジョー(13)を喜ばそうと書いたもんですて。あの子はいつも物語をせがみますでな。昨日も来て、わしが二十ポンドも目方のある鱈を船から揚げとりましたらば、『ジムおじちゃん、鱈はもの言わぬ動物じゃないの?』と、責めるように言いましたです。わしが、もの言わぬ動物には親切にしておやり、どんなだろうと虐めちゃならんぞ、と言って聞かせとりますでな。そこでわしは、鱈はものは言わぬが、動物ではない、と言って窮地を脱したですが、ジョーは納得顔はしませんでしたな。わしも納得はしなかった。小さな子どもに話すことは、よくよく気を付けねばなりません。子どもというものは、こちらを見透かしますで」

ジム船長は話しながらも、目の端では、人生録に目を通しているオーエン・フォードを見ていた。やがてこの客人が帳面に没頭したのを見ると、船長は笑みを浮かべて食器棚にむかい、ポットに紅茶を用意した。オーエン・フォードは、まるで守銭奴が金貨から引き離されるように嫌々の体で人生録から離れ、紅茶を飲んだが、すぐさま矢も楯もたまらぬ様子で人生録に戻った。

「よかったら、そいつを持って帰っていいですて」ジム船長は、「そいつ」が自分の最も大切な宝物ではないかのように言った。「わしは海岸へおりて、小船を受け台(14)に引き揚げにゃなりませんて。風が出てきましたでな。今夜の空をごらんになりましたかな？

　さば雲空と馬尾雲は
　高い船に短い帆をかけさせる(15)、ですからな」

オーエン・フォードは嬉々として人生録を借り受けた。帰り道、アンは、いなくなったマーガレットの物語をオーエンに聞かせた。

「あの老船長は、驚くべきご老体ですね」彼は言った。「なんという生涯を送ってこられたことか！　船長が一週間でなさった冒険を、ぼくらの大半は一生かかってもできませんよ。船長のお話は、みんな本当だと思われますか？」

「もちろんですわ。嘘がつけるかたではありませんもの。それに、この辺りの人たちは口をそろえて、船長の話は一つ残らず起きたことだとおっしゃっています。前は、昔馴染みの船乗り仲間が大勢いて、証明してくれたんですが。あの人は、プリンス・エドワード島の昔ながらの船長の最後のお一人(16)なんです。今となっては絶滅しかかっているんですよ」

第25章　本の執筆

翌朝、オーエン・フォードは興奮の面もちで小さな家にあらわれた。「ブライス夫人、これは驚くべき帳面です……まったく驚きました。これをお借りして、色々な逸話（いつわ）を使えば、今年いちばんの小説が書けます。ジム船長は書かせてくださるでしょうか？」

「もちろんですとも！　大喜びなさいますわ」アンは叫んだ。「実は、昨晩（ゆうべ）お連れしたときから、このことを考えていたのです。ジム船長は、人生録（ライフ・ブック）をきちんと書いてくださる人がいればと、かねがねお考えだったんです」

「今夜、一緒に岬へ行ってもらえませんか、ブライス夫人。人生録（ライフ・ブック）のことは、ぼくから頼んでみます。奥さんには、いなくなったマーガレットの話をぼくにしてくださったことを船長にお伝えして、彼女の話を使ってもいいか、おたずねいただきたいのです。このひとすじの恋物語（ロマンス）を、人生録（ライフ・ブック）の色々な物語と一緒に織りあげて、全体を一つに調和させるのです」

オーエン・フォードがこの計画を伝えると、ジム船長はかつてないほど興奮した。暖めてきた夢がついに実現し、人生録（ライフ・ブック）が世に出るのだ。いなくなったマーガレットの話が入ることも喜んだ。

「これで、彼女の名前が忘れられることはありますまい」船長は憧れをこめた目で言った。「だから本に入れてもらいたいですて」

「ぼくら二人で合作をしましょう」オーエンは大喜びして叫んだ。「船長が魂を与え、ぼくが体を与えます。ああ、ジム船長、二人で協力して傑作を書くのですよ。すぐに取りかかりましょう」

「にしても、わしの本を、学校の先生のお孫さんが書いてくださろうとは！」ジム船長が声をはりあげた。「お若いお方や、そなたのお祖父さまは、わしのいちばん大事な友だちでしたで。あんなおかたは、またとないと思っとりました。なぜこんなに長いこと待たねばならなかったか、今になってわかりましたわい。ふさわしいおかたが来なさるまで、書くことはできなかったんですな。そなたは、この土地のお人ですて……そなたの中には、この古い北海岸の魂が宿っている……そなたこそ、この本を書ける、ただ一人のおかたですわい」

灯台の住まい(1)では、居間の奥の小部屋がオーエンの書斎となった。執筆中、ジム船長がそばにいる必要があったのだ。オーエンは航海やセント・ローレンス湾の伝承については不案内であり、船長に教えを請うのである。

オーエンはさっそく次の朝から本にかかり、全身全霊をこめて書いた。ジム船長にとっては喜びの夏となり、オーエンが執筆する小部屋を神聖な神殿のごとき心持ちで眺めた。オーエンは、すべてをジム船長に話したが、原稿は見せなかった。

「出版されるまで、お待ちいただかなくてはなりません」オーエンは言った。「いちばんいい形の原稿を、全部まとめてお読みいただけますから」

オーエンは人生録（ライフ・ブック）の宝となる部分を掘りさげ、自由に用（もち）いた。いなくなったマーガレットを夢に想い描き、思いをはせるうちに、生き生きとした現実の女性となり、彼の本のなかに息づき始めた。彼は書き進むほどに執筆の虜（とりこ）となり、熱に浮かされたように無我夢中で取りくんだ。アンとレスリーには原稿を読ませて、批評をさせた。のちに評論家たちが田園詩（でんえんし）のようだと賞賛（しょうさん）した結びの章は、レスリーの提案にもとづいて書かれた。

アンは自分の考えが成功した喜びに有頂天だった。

「オーエン・フォードを見たとき、ぴったりの人だとわかったの」ギルバートに語った。「顔つきにユーモアと情熱の両方が表れていたもの。あのような本を書くには、文章表現の技術と同じくらい、そうしたものが必要なの。リンドのおばさんなら、彼は、この役目を果たすために運命が定まっていた（2）と言いなさるでしょうね」

オーエン・フォードは午前中に執筆し、午後はたいがいブライス夫妻と愉快な遠出をした。レスリーもしばしば同行した。彼女が自由になれるように、ジム船長が頻繁（ひんぱん）にディックを預かったのだ。四人は内海に舟を浮かべ、また内海にそそぐ三本の美しい川を遡った。砂州で蛤を焼き、岩場でムール貝を焼いてピクニック(3)をした。砂丘で苺をつみ(4)、ジム船長と鱈釣りに出かけた。海辺の野で千鳥(5)を撃ち、入り江では野鴨を撃った……少なくとも男たちは猟をした。夕べには、金色の月の下で、ひな菊の咲く岸辺の低い原っぱをぶらぶら歩き、それから小さな家の居間に腰をおろした。涼しい潮風が吹いて、流木の燃える炎は心地よく、幸福でひたむきで聡明な若人らは、見つけうる様々なことがらを話題にして語りあった。

レスリーは、心情をアンに告白したあの日より別人のようになっていた。以前の冷淡さ、よそよそしさは跡形もなく、悲痛の翳もなかった。思いがけず奪われた少女時代が、女らしい成熟をつれてレスリーのもとに帰って来たようだった。彼女は輝きと芳香をもつ花のように咲きひらいた。魔法にかかった夏の夕暮れどき、一同の集いに、レスリーの笑い声ほどすぐにこぼれる笑いはなく、その才気ほどすばやくひらめく機知はなかった。レスリーがいないと何とも言えない味わいが欠けたように誰もが思った。レスリーの美貌は内側の魂の目ざめによって光り輝き、さながら雪花石膏の完璧な壺から薔薇色の灯りが透けてこぼれる(6)ようだった。レスリーのまばゆさに、アンは目の痛む思いがするほどだった。オーエン・フォードは、と言えば、遠い昔に喪われた実際のマーガレットは、柔らかな鳶色の髪に妖精の面差しをして、「失われたアトランティスの眠る地に横たわって」(7)いたが、彼の本の「マーガレット」は、フォー・ウィンズの内海ですごした喜ばしい日々に彼が知ったレスリー・ムーアの人となりをそなえていた。すべてにおいて忘れがたい夏だった——どんな人生にも滅多に訪れることのない夏。それは去りゆくとき、美しい思い出という豊かな財産を遺していく——喜びあふれる天候、喜びあふれる友、喜びあふれる出来事が幸運に組みあわさり、その夏は、この世に訪れるものとしては完璧に近かった。

「あまりにすてきなことは、長くは続かないのね」アンは独りごち、吐息をもらした。

九月のある日、吹く風のはっとする冷たさも、セント・ローレンス湾の明らかに深い紺色も、秋の間近いことを物語っていた。

その夕暮れ、オーエン・フォードは本は書き上げたこと、自分の休暇が終わることを一同に告げた。「まだしなければならないことは、かなりあります……書き直したり、削ったり、いろいろと。しかし主なところはできました。今朝、最後の一行を書いたのです。出版社が見つかったら、おそらく来年の夏か秋には出ると思います」

オーエンは、出版社を見つけることにはさほど不安はなかった。いい本を書いたとわかっていた——すばらしい成功を勝ち得る本であり——いつまでも生き続ける本になるだろう。この本が、名声と富をもたらすこともわかっていた。にもかかわらず、最後の一行を書き終えたとき、彼は原稿に頭を垂れたまま、長い間、すわっていた。脳裏にあったのは、書き上げた傑作のことではなかった。

第26章　オーエン・フォードの告白

「ギルバートは留守なんです、残念ですわ」アンが言った。「どうしても出かけなくてはならなくて……グレンのアラン・ライアンズが大けがをされて、今夜は帰りが遅くなりそうです。でもギルバートは、明日早く起きて、あなたが朝、発(た)たれる前に会いに行く、とのことです。それにしても、しゃくですわ。ここで過ごされる最後の夜は、みんなで賑(にぎ)やかに宴会をして大いに楽しもうと、スーザンと計画をしていたのです」

アンは庭を横切る小川のほとりで、ギルバートお手製の小さな丸木椅子に腰かけていた。オーエンはその前で、黄肌樺(きはだかんば)(1)の赤銅色(ブロンズ)の幹によりかかるように立っていた。ひどく青ざめ、その顔には前夜眠れなかった跡(あと)が現れていた。そんな彼をアンはちらと見あげ、結局、彼はこの夏、健康をとり戻せなかったのだろうかと訝(いぶか)しんだ。本の執筆に打ちこみすぎたのかもしれない。そういえばこの一週間、彼に生彩がなかったことを思い出した。

「先生がお留守で、むしろ良かったのです」オーエンはゆっくり話し出した。「ブライス夫人お一人にお会いしたかったのですから。どなたかに聞いていただかなくてはならないことがあるのです。でなければ、ぼくはもうどうにかなりそうです。この一週間、真正面から向きあおうとしました……でもできなかった。あなたは信頼できる人です……それにあなたなら理解してくださるでしょう。あなたのような目の女性はわかってくださるのです。人が無意識に打ち明けてしまうような人ですから。ブライス夫人、ぼくはレスリーを愛しているのです。彼女を愛しています！　そんな言葉ではとても足りない！」

　抑えていた熱い思いを言葉にすると、オーエンの声が急に途切れた。彼は、片腕で顔を覆ってそむけ、体をふるわせていた。そんな姿をすわって見ていたアンは青ざめ、茫然とした。こんなことは思いもしなかった！　それにしても――なぜ思いもしなかったのだろう。今考えれば、ごく自然な、当然のことではないか。アンは自分の迂闊さに呆れる思いだった。だが――しかし――こんなことはかつてフォー・ウィンズには起こらなかったのだ。地上のほかの土地なら、人は情熱にかられ、社会のしきたりや法を破るかもしれない――だがここではなかったのだ、きっと。レスリーはこの十年、夏の間、ときには下宿人を置いたが、このようなことは起きなかった。だがオーエン・フォードのような下宿人はいなかったのだろう。さらにこの夏の目の覚めるような生き生きとしたレスリーは、以前の冷淡で無愛想な娘ではなかった。ああ、誰かが気づくべきだった！　なぜミス・コーネリアが、思いつかなかったのだろう。男のいるところ決まって警鐘を鳴らす人が。アンはミス・コーネリアに理不尽な憤りを覚えた。それから心のなかで呻いた。誰のせいにしろ、運命の悪戯は起きてしまったのだ。それにレスリーは――彼女こそ、どうなのだろう。アンが最も気遣ったのはレスリーだった。

「レスリーは、知っているのですか、フォードさん」アンは静かにたずねた。

「いいえ……いいえ……それとなく察したのではない限り。まさか、ぼくがあの人に言うほど不道徳で卑劣な男だとは思わないでください、ブライス夫人。ぼくは、あの人を愛さずにはいられなかった……それだけです……でも、耐えられないほどつらいのです」

「彼女のほうは、愛しているのですか？」この問いが口を過ぎった瞬間、言うべきではなかったとアンは気づいた。オーエン・フォードは激しすぎるほどの勢いで打ち消した。

「まさか、もちろん、そんなことはありません。でも、もしあの人が自由の身なら、ぼくに振りむかせたのに……そうできるとわかっているのに」

「ということは、レスリーも愛しているんだわ……それをオーエンは知っているのだ」アンは胸に思った。アンは思いやりをこめつつも、きっぱりと言った。

「でもレスリーは、自由の身ではないのですよ、フォードさん。だからあなたができる唯一のことは、黙ってここを離れて、レスリーを元の暮らしに残して行くことです」

「わかっています……わかっているんです」オーエンは苦しげな声をあげた。彼は小川のほとりの青草に腰をおろした。そして足もとを流れる琥珀色の水面を物憂げに見おろした。「ぼくにはどうすることもできないと、わかっています……ぼくは明日、型通りの挨拶を言うしかないのです。『さようなら、ムーア夫人、この夏は色々とご親切に、ありがとうございました』と、ここに来る前に想像していた、丸ぽちゃで気だてのいい（2）、働き者で目端のきくおかみさんに言うように。それから無邪気な下宿人の顔つきで、下宿代を払って、ただ去って行く！　ああ、ことはそれほど簡単なんです！　その先には、何の疑問もない……何の迷いもない……真っ直ぐな一本道が、世界の果てまで続いている！　その道をぼくは歩いていくのです……ぼくがそうしないのではないか、心配なさる必要はありません、ブライス夫人。でもぼくには、真っ赤に焼けた鋤の刃の上を歩く（3）ほうが、たやすいくらいなのです」

彼の声色ににじむ苦渋に、アンはたじろいだ。こんな状況で、彼にかけるふさわしい言葉はなかった。責めるなど、問題外だ——忠告は求められていない——同情しても、彼の逃れられない苦しみからすれば嘲笑されるだろう。アンは、憐れみの念と後悔とが迷路のように胸に絡みあうなか、オーエンの気持ちに寄り添うことしかできなかった。そしてレスリーを思い、胸が痛んだ！　あの不幸せな娘は、まだ苦労が足りないとでも言うのだろうか？

「あの人が幸せでさえあれば、ここに残して行っても、つらくないのに」オーエンはまた熱く語り始めた。「でも、生ける屍のようなあの人を思うと……あの人をどんな暮らしに残していくのか、それを思うと！　それが一番つらいのです。あの人が幸せになれるなら、ぼくは自分の命だって捧げましょう……それなのに、ぼくは、あの人を助けることすらできない……何ひとつ。彼女は一生、あの悲惨な男に縛りつけられるのです……先々に楽しみもなく、ただ虚しく、生き甲斐のない、不毛な年月を重ねて、年老いていくのです。それを思うと気が狂いそうです。それなのにぼくは自分の人生を歩かねばならない、二度と彼女に会うこともなく、ただ、あの人が何に耐えているのか、いつも思いながら。それがたまらないのです……つらいのです！」

「本当に思うようにならないことです」アンは悲しみに暮れて言った。「私たちは……ここにいるレスリーの友だちは……みんな、彼女がどんなに大変か、わかっていますから」

「でもあの人は、人生にふさわしいものに、あんなに豊かに恵まれているのですよ」オーエンは抵抗するように言った。「美しさなど、あの人が生まれ持った資質のなかでは取るに足らないものです……もちろん、あの人は、ぼくが出会った最も美しい女性です。それに笑い声！　あの笑い声が聞きたくて、ぼくは夏中、笑わせようと苦心しました。そしてあの人の目！　むこうのセント・ローレンス湾の海のように深くて、青い。あんなに青い目は見たことがありません……そして金髪！　あの人が髪を垂らしたところを見たことがありますか、ブライス夫人？」

「いいえ」

「ぼくはあります……一度だけ(4)。ジム船長と釣りをしようと岬へ行ったところ、波が荒くて海に出られず、家に戻ったのです。するとあの人は、午後は誰もいないと思って、その機会に髪を洗い、ヴェランダに立って、髪の毛を陽にあてて乾かしていました。あの人の髪はまるで生きている金色の噴水のように、彼女を包み、足もとへ流れていました。ぼくに気づくと、急いで中へ入ったのですが、そこへ風が吹いて、あの人のまわりで金髪が渦を巻いたのです……まるで雲のなかのダナエでした(5)。なぜか、その時、あの人を愛していると気づいたのです……それに、暗闇を背にして光に照らされていたあの人を初めて見た瞬間から愛していたのだと、はっきり悟ったのです。でもあの人は、ここで生きていかなくてはならない……ディックの面倒をみて、宥めすかして、ただ生きるために爪に火を灯すように切り詰めて。一方のぼくは、この思いは叶わぬと知りながら彼女に恋い焦がれて暮らし、その思いのために、友だちならできるはずのささやかな手助けすらできないのです。ゆうべは明け方まで浜を歩きまわって、幾度も、幾度も、くり返し考えました。すべてがこんな有様にもかかわらず、ぼくの胸には、フォー・ウィンズに来たことを後悔する気持ちはないのです。何もかもが絶望的ですが、レスリーを知らなければ、もっと残念だったと思うのです。あの人を愛していながらここに残していくことは、身を焼かれ、焼きごてを押されるような苦しみです……それでも彼女を愛さなかったなんて、ぼくには考えられない。おそらく、こんな話はみんな馬鹿らしく聞こえるでしょう……こういう手に負えない気持ちは、不十分な言葉で語ると、決まって馬鹿げて聞こえるものです。こんなことは、本当は語るべきではない……ただ嚙みしめ、耐えるべきなのです。ぼくも話すべきではなかった……でも楽になりました……少しは。少なくとも明日の朝、取り乱すことなく、分別をもって、ここを出ていく力をもらいました。ブライス夫人、ときどき手紙を書いてくださいませんか。彼女のことで知らせるべきことがあれば、教えていただけませんか？」

「ええ」アンは言った。「あなたが帰ってしまうなんて残念です……寂しくなりますわ……私たちいい仲間でしたもの！　こんなことがなければ、また夏に来てくださったのに。でも、いずれは……少しずつ……あなたも忘れることができたら、たぶんまた……」

「ぼくは決して忘れません……そして、フォー・ウィンズには二度と戻って来ません」

オーエンは手短かに言った。

庭は、沈黙と宵闇に包まれた。遠くの海は優しく、くり返し単調に砂州に打ち寄せていた。夕まぐれの風がポプラにわたり、悲しげで風変わりな昔（いにしえ）の神秘の詩歌（6）の音を奏（かな）でた——それは遠い思い出の破（やぶ）れた夢のようだった。二人の前には、ほっそりとした姿のいいポプラ（7）の若木が、きれいな薄黄色とエメラルド色と青ざめてゆく薔薇色の西空を背に立っていた。どの葉もどの小枝も、夕闇のなかで風に震え、妖精のような美しさをまとって浮かびあがっていた。

「きれいですね」オーエンは指さして言ったが、別に言いたいことを隠している男のそぶりだった。

「あんまりきれいで、胸が痛くなります」アンは優しく言った。「あのような完璧なものを見ると、いつも胸が痛むのです……そう言えば子どものころは、『奇妙な痛み』と呼んでいました。完璧なものを見ると決まってこんな痛みを感じるのは、なぜでしょう？　これが完成された最後の形であることへの痛みでしょうか……この先はなく、もう後に戻るしかないとわかってしまうのですから」

「おそらくは」オーエンは夢に耽るように言った。「ぼくらのなかに閉じこめられている無限のものが、目に見える完璧なものになった同種の無限なものに、呼びかけているのでしょう」

「おたくさん、鼻風邪をひいたんですかね。寝る前に、獣脂（8）を鼻にすりこんどくと、いいですよ」ミス・コーネリアが言った。彼女はちょうどもみの間の小さな門から庭に入ってきて、オーエンの最後の言葉だけを聞いたのだ。ミス・コーネリアは彼を好いていたが、男が「ご大層な」物言いをしたときは鼻であしらうというのが、彼女の鉄則だった。ミス・コーネリアは、人生の悲劇においても、その片隅にいつなんどきも顔をのぞかせる喜劇を演ずる役回りだった。気が張りつめていたアンは、ミス・コーネリアの言葉に、けたたましく笑った。オーエンですら微笑した。恋の感傷も、情熱も、ミス・コーネリアの前では縮みあがり消え失せた。アンも、数分前ほどには、希望もなく陰鬱で痛ましいとは思わなかった。しかしその夜、眠りはアンの瞼に訪れなかった。

第27章　砂州にて

翌朝、オーエン・フォードは、フォー・ウィンズを去っていった。そして夕方、アンはレスリーに会いに行ったが、誰もいなかった。家には鍵がかかり、どの窓にも灯りはなかった。まるで魂の抜けた家のようだった。次の日もレスリーが訪ねて来ることはなかった――悪い徴候だとアンは思った。

その夕方、ギルバートは内海を渡って入り江の漁村へ行く用があり、アンも馬車で岬へ出かけた。ジム船長としばし過ごすつもりだった。灯台の巨大な光の帯が、秋の宵の霧を切り裂いていたが、アレック・ボイドが当番をしており、ジム船長は留守だった。

「どうする？」ギルバートがたずねた。「ぼくと一緒に来るかい？」

「入り江には行きたくないの……でも、私も一緒に海峡をむこう岸へ渡って、あなたが戻ってくるまで砂浜を散歩でもしているわ。今夜は岩場は滑りやすいし、薄気味が悪いもの」

そうしてアンは砂州で一人、その夜の無気味な魅力に身をゆだねた。九月にしては暖かく、午後も遅くなると濃い霧が出たが、満月がのぼると霧はいくらか薄れ、内海とセント・ローレンス湾と辺りの岸辺に淡い銀色のもやがかかり、見慣れぬ、幻想的で、この世のものとは思えない世界に変わった。もやを透かして見ると、あらゆるものが幻のように朧だった。じゃが芋を積んでブルーノーズの港へむかう（1）ジョシュア・クローフォード船長の黒いスクーナー船が海峡を出ていく船影は、地図にない遠い国へむかう幽霊船に見えた。その国は、船が進めば進むほどに遠ざかり、決してたどり着くことができないのだ。姿は見えないが頭上を飛んでいる鷗の呼びかわす声は、悲運に死した水夫の魂の叫びのようだった。砂浜を吹かれて転がる小さな潮の花は、海岸の洞窟からそっとやって来た小妖精。大きな猫背の砂丘は、古い北方民話の眠れる巨人。内海のむこうから仄かに瞬きかける家の光は、妖精の国の岸辺にともり人を惑わす篝火。こうしてアンは薄いもやのなかをそぞろ歩きながら様々な夢想にふけって楽しんだ。魔法にかけられた浜辺を一人さまようことは心楽しく――ロマンチックで――神秘的だった。

だがアンは一人だったのだろうか？　もやのなかから何かが、ぼんやりとアンの前に見えてきた――やがてその輪郭と形があらわれ――いきなり小波の寄せる砂浜を、アンのほうへ近づいてきた。

「レスリー！」アンは驚いて叫んだ。「いったい何をしているの……こ、こんなところで……こんな夜に？」

「それを言うなら、あなたこそ、ここで何をしてるの？」レスリーは笑みを浮かべようとしたが、うまくいかなかった。顔色が悪く、憔悴していた。だが真紅の帽子からのぞく巻き毛は、顔と瞳のまわりにカールして、きらめく金色の輪のようだった。

「ギルバートを待っているの……彼は入り江の漁村へ行ったのよ。私は灯台で待つつもりだったけど、ジム船長がお留守だったので」

「そう、私は歩きたくて、ここに来たの……歩きたくて……とにかく歩きたくて」レスリーは落ち着かない様子だった。「岩場には居られなかったの……満ち潮で、岩場に閉じこめられて。ここに来るしかなかった……そうでもしないと、私、どうにかなっていた。ジム船長の平底舟を自分で漕いで、海峡を渡ってきたの。一時間くらいここに居るわ。さあ……来て……歩きましょう。じっと立っていられないの。ああ、アン！」

「レスリー、レスリー、どうしたの？」アンはたずねたが、充分すぎるほどわかっていた。

「言えないの……だからきかないで。あなたが知るのは構わないのよ……知ってほしいくらい……でも話すわけにはいかないの……誰にも言えないの。私ったら、なんて馬鹿だったんでしょう、アン……馬鹿だと、こんなにつらい思いをするのね。世の中にこんなに苦しいことがあるなんて」

レスリーはつらそうに笑ってみせた。アンはレスリーにそっと片腕をまわして抱いた。

「レスリー、フォードさんを好きになったんじゃないの？」

レスリーは激しく向き返った。

「どうしてわかったの？」彼女は叫んだ。「どうしてわかったの、アン？　ああ、誰が見てもわかるほど私の顔に出てるの？　そんなにはっきり表れてるの？」

「いいえ、ちがうの。私が……どうしてわかったのかしら、ただそんな気がしただけ。レスリー、そんなふうに私を見ないで！」

「私を軽蔑する？」レスリーは険しく低い声で問い詰めた。「私のことを不道徳で……女らしくないって思う？　それとも、ただ馬鹿みたいだって思う？」

「そんなこと、どれも思わないわ。さあ、レスリー、落ち着いて話しましょう、人生のほかの問題を話し合うみたいに。あなたは悩みすぎて、知らないうちに病的な考え方になったのよ。うまくいかないと、そんなふうに考えるところがあるでしょう。やめるようにするって前に約束したのよ」

「でも……ああ、とても……とても恥ずかしい」レスリーは小声でつぶやいた。「あの人を愛するなんて……そんなこと、求められてもいないのに……人を愛せる自由の身でもないのに」

「何も恥ずかしくないわ。でもオーエンを愛するようになったことは残念よ。この状態では、あなたがますます不幸せになるだけだもの」

「愛するように、なったんじゃない」レスリーは歩きながらも激しい口ぶりで言った。

「もしそうなら、防ぐことができた。あの日まで、愛するなんて、思いもしなかった。一週間前、あの人は本を書き上げたので、帰らなくてはならないと言ったの。そのとき……そのとき、気がついたの。まるで誰かに強く殴られたような気がした。私、何も言わなかった……何も言えなかった……自分がどんな顔をしてたか、わからないけど、顔に出てたんじゃないか心配よ。もしあの人が私の気持ちに気づいたら……あるいは察したら、恥ずかしくて死にそう」

アンは、オーエンとの会話から考えると、彼の本心を話すわけにもいかず、途方にくれて黙っていた。だがレスリーは話すことに慰めを見出すように夢中で語り続けた。

「私、この夏はずっと、とても幸せだったの、アン……今まで生きてきて、こんなに幸せだったことはなかった。それはあなたとの間がすべてすっきりしたからだ、友情のおかげで人生が美しく豊かになったんだと思っていた。もちろんそうよ、一部では……でも全部じゃなかった……ああ、ほとんどがそうじゃなかったの。どうして何もかもが前とはあんなに違ってたのか、今ならわかる。でも今、そのすべてが終わってしまった……あの人は行ってしまった。私はこれからどうやって生きてけばいいの、アン？　今朝、あの人がいなくなった家に入ったら、独りぼっちで置き去りにされたような気持ちになって、打ちのめされたの、まるで顔を平手打ちされたみたいに」

「そのうち少しずつ、つらくなくなるわ、レスリー」友の苦しみをいつも鋭敏に感じるアンは、慰めの言葉を、気安く、淀みなく語ることはできなかった。さらにアンは自分が悲しみに暮れていたとき、良かれと思って掛けられた言葉に、いかに傷ついたか思い出すと怖くもあった。

「いいえ、私はこの先、もっともっとつらくなると思う」レスリーは悲しみに暮れて言った。「私には楽しみにして待つものが何もないもの。朝が来て、また朝が来る……なのに、あの人は帰ってこない……二度と戻ってこない。そうよ、もう二度と、あの人に会えない。そう思うと、大きな残酷な手が、私の心臓の神経(2)のなかで手をひねって、神経をねじり上げている気がする。ずっと前は、私、人を愛することを夢見てた……愛するって、美しいものに違いないと思っていた……なのに今……こんなありさまだなんて。昨日の朝、あの人は、ここを出てくとき、とてもそっけなくて、他人行儀だった。『さようなら、ムーア夫人』って、世にも冷たい声で言った……まるであの人と私は、友だちじゃなかったみたいに……私なんか、あの人にとっては何の意味もなかったみたいに。そうよ、私なんか、何の意味もないってわかってる……別に私を好きになってほしかったんじゃない……ただ、もう少し、優しくしてくれても、よかったのに」

「ああ、ギルバートが来てくれたら」アンは胸に思った。レスリーへの同情と、オーエンが自分によせる信頼を裏切ってはならないという板挟みに、アンは引き裂かれていた。オーエンの別れの挨拶が、なぜ冷淡だったか——なぜ親しいつきあいのレスリーに当然かけるべき誠実な言葉がなかったか、アンはわかっていた――だがレスリーに言うわけにはいかなかった。

「私には、どうすることもできなかった、アン……どうしようもなかったの」哀れなレスリーは言った。

「わかっているわ」

「私のことをいけないと責める？」

「責めたりしないわ、ちっとも」

「それから言わないで……ギルバートに」

「レスリー！　私がそんなことをすると思って？」

「だってわからないわ。あなたとギルバートはそれは仲がいいもの。何もかも話さずにはいられないんじゃないかしら」

「自分のことなら何でも……話すわ。でも友だちの秘密は言わないわ」

「ギルバートに知られるなんてだめよ……でもアンにはわかってもらえて嬉しい。あなたに話して恥じるようなことがあれば、罪の意識を感じるもの。ミス・コーネリアに気づかれなければいいけど。あの人の鋭くて親切な茶色の目が、ときどき、私の心を見透かしてるような気がするの。ああ、この霧が晴れなければいいのに……この霧のなかに永遠にいて、生ける者たちすべてから隠れてたい。私、これからどうやって生きてけばいいの、わからない。この夏はあんなに満ち足りていた。一瞬たりとも寂しくなかった。オーエンが来る前は、やるせないときもあった……アンとギルバートと一緒にいるときや……あなたたちと別れて帰るときに。あなたたちは二人で帰ってくのに、私は独りっきりで歩いて帰った。でもオーエンが来てからは、いつも一緒に家まで歩いてくれた……アンとギルバートみたいに二人で笑ったり、話したりして……だから寂しいことも、妬ましい気持ちもなかった。それが今は！　ええ、わかっている、私が馬鹿だったのよ。私の愚かしい話なんかやめましょう。こんな話をして、あなたをうんざりさせるなんて、もうよすわ」

「あら、ギルバートが来たわ。一緒に帰りましょう」アンは、こんな夜にこんな状態のレスリーを独りで残して砂州を彷徨わせるつもりはなかった。「うちのボートは三人乗ってもゆったりしているの。平底舟は、後ろにつなげばいいわ」

「ああ、私はまたお邪魔虫の身に甘んじるのね」哀れなレスリーは再び苦しげな笑みを浮かべた。「許してちょうだい、アン……ひどいことを言って。私は感謝しなければならないのに……もちろん感謝してるのよ……いい友だちが二人いて、私を喜んで三番目の仲間にしてくれるんだもの。私が嫌なことを言っても気にしないで。私は大きな苦しみに取り囲まれていて、あらゆることが私を痛めつけてる気がするの」

「今夜のレスリーは口数が少なかったね」家に帰ると、ギルバートが言った。「あの砂州で、彼女は一人で何をしていたの？」

「あら、レスリーは疲れていただけよ……それにほら、ディックが手に負えない日は、あとで海岸に行くのが好きでしょ」

「レスリーは、フォードのような男と、もっと早く出逢って結婚すればよかったのに、残念だな」ギルバートは考えながら言った。「あの二人なら、理想的な夫婦になっただろうに、そうだろう？」

「ギルバート、お願いだから、仲人役になろうなんて思わないで。男の人がそんなことをするなんて、感じが悪いもの」アンは鋭く叫んだ。この話を続けて、彼がうっかり真実を知るのではないか危ぶんでいた。

「おやおや、アンお嬢さん、仲人役をするつもりはないよ」ギルバートは、アンの剣幕にいささか驚き、強く否定した。「ただ、そんなこともあり得たかもしれないと思っただけさ」

「それなら、もうよして。時間の無駄ですもの」それから不意に、アンは言い添えた。

「ああ、ギルバート、誰もが、私たちみたいに、幸せだったらいいのに」

第28章　種々様々

「死亡記事を読んでたんですよ」ミス・コーネリアは「日刊エンタープライズ」を置き、縫い物を手にとった。

十一月の陰鬱な空のもと、内海は暗く冴えない色合いで横たわり、濡れた落ち葉は水を吸って窓の下枠に貼りついていた。だが小さな家は暖炉の火がほがらかに燃えて明るく、アンの羊歯とゼラニウムが春を思わせた。

「ここはいつも夏ね、アン」といつかレスリーが言ったように、夢の家を訪れる客はみながそう感じた。

「近ごろ『エンタープライズ』は死亡記事が多いですね」ミス・コーネリアが言った。

「いつも二段載ってて、あたしは一行残らず読むんです。気晴らしの一つですよ、風変わりな詩が添えてあると特にね。これなぞは、アンにお誂えむきですよ。

『彼女は創造主のみもとへ逝きぬ、
もはや彷徨い歩くこともなし。

在りし日は楽しみ、
懐かしきわが家の歌を喜び歌いしが』

この島に詩人がいないなんて誰が言ってるんでしょう！　近ごろ、善人がどれだけ大勢亡くなったか、ご存じですか、アンや？　惜しいことですよ。ここに十人分の死亡記事が出てますけど、みんなが聖人や、模範的な人でした、男でさえもね。ピーター・スティムソン（1）の爺さんのとこには、『早すぎる死を悼む大勢の友を遺して逝った』とあるけど、呆れましたよ、アンや。あの爺さんは、もう八十ですよ、おまけに爺さんを知ってる連中はそろって三十年も前から死んでほしいと思ってたんですからね。気がふさぐ時は死亡記事をお読みなさい、アンや……とくに知ってる人のをね。ユーモアのセンスが少しでもあれば気が晴れますから、ほんとですよ。人によっちゃ、このあたしが、死亡記事を書けばよかったのにと思う人もいますけどね。それにしても『死亡記事』とは、恐ろしくみっともない言葉じゃありませんか（2）。今話したピーターは、まさにそんな顔をしてました。あの人の顔を見るたんびに死亡記事って言葉が思い浮かんだもんです。もっと嫌な言葉があって、未亡人ですよ（3）。ああ、アンや、あたしは独身女かもしれないけど、慰めはありますよ……どんな男の『未亡人』にもならずにすみますから」

「ほんとうに嫌な言葉ですね」アンは笑った。「アヴォンリーの墓地には古いお墓がたくさんあって、『亡き誰それの未亡人、誰それの思い出に』と彫ってあるんです。それを見ると必ず、擦（す）り切れて虫に喰われたようなものが思い浮かぶんです。死に関係する言葉に不愉快なものが多いのは、なぜかしら。死体を『遺体』と呼ぶ習慣もやめてもらいたいわ(4)。お葬式で葬儀屋さんが、『ご遺体を拝（おが）まれたい方はみなさま、どうぞこちらへ』と言うのを聞くと、ぞっとします。人喰い族の宴会の場面が目に浮かぶようで恐ろしくて」

「そうですね、あたしの願いは」ミス・コーネリアは平然として言った。「あたしが死んだ時に、『われらの亡き姉妹』なぞと呼ばれないことです。姉妹だの、兄弟だの、って呼びかけは、五年前に大嫌い(5)になったんでね。そのころ、巡回の伝道師(6)がグレンに来て、集会を開いてたんです。あの伝道師のことは、最初っから信用しちゃいませんでした。あの男めは何かあやしいぞって、ぴんと来たんでね。実際、その通りでしたよ。なんと、長老派教会の信徒のふりをしてたんです……あの男めときたら、長老多教会(7)って言ったんですよ……おまけに、本当はメソジストだったんです。しかも誰彼（だれかれ）かまわず兄弟だの、姉妹だの、って呼びかけて、色んな人と親しい知り合いみたいになって、まったくあの男ときたら。ある晩なんか、あたしの手をぎゅっと握って、切々と言いましたよ。『わが愛しい姉妹（きょうだい）ブライアントさん、あなたはキリスト教徒ですか？』って。そこであたしは、あの男めをぎろりと見て、落ち着き払って言ってやりました。『フィスクさん（8）、あたしのたった一人の兄弟は、十五年前にお墓に入りました。以来、一人も兄弟はおりません。それから、キリスト教徒かどうかという点は、おたくさんがベビー服を着て床を這い這いしてた時分から、ずっとキリスト教徒です』、そう言って、ぎゃふんと言わせてやりました、ほんとですよ。でもね、アンや、あたしは伝道師をみんながみんな嫌ってるわけじゃありませんよ。まことに立派で真面目な人もいて、色んな善い行いをしたり、罪人を恥じ入らせたりしましたから。でもフィスクという男はそんな輩じゃなかった。ある晩、あたしは一人で大笑いしましたよ。そのフィスクが、キリスト教徒はみんな立ってください、って言ったんです。あたしは立ちませんでした、ほんとですよ！　馬鹿馬鹿しいと思ったんで。でもほとんどの人が立ちましたよ。そこで次にフィスクは、キリスト教徒になりたい人は立ってください、って言ったんです。しばらく誰も動かなかった。するとフィスクは、大声をはりあげて賛美歌を歌い出したんです。するとちょうどあたしの前のミリソン家の家族席に、可哀想な小僧のアイキー・ベイカーが座ってましてね。アイキーは家の手伝いをする十歳の男の子で、ミリソン家で死ぬほど扱き使われて、気の毒に、いつもくたくたなもんだから、教会だろうがどこだろうが、ちょっとでもじっと座ってられるとこなら、構わずすぐさま寝てしまうんです。あの集会の間も眠ってましたよ。可哀想な子どもが少しでも休めて、あたしは嬉しかったですよ、ほんとですよ。ところがフィスクが、天まで届けとばかりに声を張りあげて歌い出すわ、ほかの人も歌に加わるわで、アイキーは仰天して目を覚ましたんです。それであの子は、これはいつもの賛美歌で、全員立たなきゃいけないと勘違いして、慌てて立ち上がったんですよ。集会で寝てると、マリーア・ミリソンに叱られますからね。フィスクは、アイキーが立ち上がったのを見ると、歌をやめて、『またも一つの魂が救われましたぞ！　神の栄光よ、ハレルヤ！』って絶叫したんです。アイキーは可哀想に、ぎょっとして怖がってましたよ。まだ寝ぼけてあくびをしてるありさまで、魂のことなんかこれっぽちも考えてないんだからね。可哀想に、あの子は働きづめで疲れた体のほかは、なんにも考える時間なんかありゃしませんよ。

ある晩、レスリーが集会に出たところ、フィスクという男めは、すぐさまレスリーを追いかけましてね……まったく、きれいな娘の魂は、特に気になったんですね……レスリーは気を悪くして二度と行きませんでした。そしたらあの男めは、それから毎晩、『主よ、あの娘の頑なな心を和らげたまえ』って、公衆の面前で祈ったんです。ついにあたしは、あのころ、ここの牧師だったレヴィットさんとこへ行って、言いましたよ。フィスクのあの物言いを止めさせないなら、いいですか、明日の晩、あの男がまた『美しくも、悔い改めざる若き女』なんて言ったら、立ち上がって、賛美歌の本をあいつに投げつけますよって。ええ、やったでしょうとも、ほんとですよ。レヴィットさんは、あいつの物言いは止めさせましたけど、フィスクの集会は続いたんです。あの男めがグレンで開いてた集会は、チャーリー・ダグラスのおかげで終わったんです。チャーリーの奥さんは、冬中、カリフォルニアへ行って(9)たんです……秋口から気が塞いでね……信仰上の憂鬱ですよ……あの奥さんの家系でしてね。奥さんの父親は、自分は赦されざる罪をおかしてると思いこんだ挙げ句、精神病院で死んだんです(10)。あの奥さん、つまりローズ・ダグラスもそんな具合になったんで、亭主のチャーリーは慌ててロサンゼルスにいる奥さんの妹んとこへ泊まりに行かせたんです。奥さんがすっかり良くなって帰ってきたら、ちょうどフィスクの信仰復興運動(11)が盛りあがってる真っ最中でね。奥さんが元気潑剌、満面の笑顔で、グレンの駅で汽車からおりたところ、真っ先に目に入ったのが、『汝は、いずこへ行くのか……天国か、地獄か?』って、白いペンキの文字が、二フィート(一フィートは約三十センチ)もある大きさで、でかでかと、積み荷小屋の黒い切妻壁に書いてあって、奥さんを真正面から睨みつけてたんです。フィスクのアイディアで、ヘンリー・ハモンドにペンキで書かせたんです。ローズは悲鳴をあげて気絶して、家へ連れて帰ったところ、前よか悪くなってましたよ。それで亭主のチャーリー・ダグラスは、レヴィットさんとこへ行って、フィスクをこれ以上置いとくなら、ダグラス家はもう金輪際、教会へ行くもんか、って言ったんで、レヴィットさんも降参せざるを得ませんでした。牧師の給料の半分は、ダグラス家が出してましたから。

というわけでフィスクは居なくなり、あたしたちは、どうやったら天国へ行けるかという教えを、また聖書に頼るようになったわけです。あの男めが居なくなった後で、メソジストなのに長老派に成りすましてたってわかって、レヴィットさんはえらく悩んでました、ほんとですよ。レヴィットさんは色々不足はあるにしろ、善良で信頼のおける長老派の信徒でしたよ」

「ところで、昨日、フォードさんから手紙がきたんです」アンが言った。「よろしくお伝えくださいとありました」

「あの人に、よろしくなんて言われたくありませんね」ミス・コーネリアは不躾に言った。

「どうしてですか?」アンは驚いた。「気に入っておられると思っていたのに」

「ええ、そうですよ、ある面ではね。だけどレスリーにしたことは絶対に許しません。あの子は可哀想に、あの男のことで人知れず悲しみに暮れてますよ……まだ苦労が足りないみたいに……ところがあの男はトロント辺りで浮かれ騒いでるんでしょ。今まで通りに愉快にやってるに決まってますよ。男のやりそうなことです」

「まあ、ミス・コーネリア、どうしてレスリーのことがわかったんです?」

「おやまあ、アンや、あたしにだって目はついてますからね。あたしは、レスリーが赤ん坊のころから知ってるんです。秋になってから、あの娘の目に、今まではなかった悩みが浮かんでるんで、この裏にはあの物書きがいるぞと、うすうす見当がつきましたよ。あの男をここに連れてきた自分のことも許せませんね。でもこんな男だとは思いもしなかったんですよ。レスリーがこれまで下宿させた他の男どもと変わらないと思ったんでね……どれも自惚れ屋の青二才の馬鹿たれで、レスリーは相手にもしなかった。一人なんか、一度、レスリーに言い寄ろうとしたんで、あの子は追い出しましたよ……けんもほろろに。あやつは二度とにやけた真似はしないでしょうよ。だから今度も何も危くないと思ってたんです」

「レスリーの秘密を知っていると、彼女に勘づかれないようにしてくださいね」アンは慌てて言った。「傷つくでしょうから」

「安心なさい、アンや。あたしは、昨日や今日生まれたんじゃないんですよ。ああ、男どもときたら、どいつもこいつも忌々しい！　まず一人がレスリーの始まったばっかの人生を壊したかと思えば、今度は別なのが来て、もっとひどいことをして。アン、この世は恐ろしいとこですよ、ほんとですよ」

「世に悪しきことありしも
　やがて解決されるであろう（12）」

アンは夢見るように引用した。

「もしそうなら、男がいない世の中ですよ」ミス・コーネリアは陰気そうに言った。

「今度は、男たちが何をしたんですか？」ギルバートが入って来て言った。

「悪事ですよ……悪事！　男どもがしたことなんて、他にありましたっけ？」

「あの林檎を食べたのは、イヴ(13)ですよ、ミス・コーネリア」

「イヴを誘惑したのは、男として創られたもの(14)ですからね」ミス・コーネリアが勝ち誇って言い返した。


レスリーは、最初の苦悩がすぎると、結局、自分は生きていけると知った。我々の大半が、それぞれに抱える苦しみの形は異なるにしろ生き続けていくように。レスリーは、小さな夢の家に愉快な仲間と集っていると、楽しいと感じる瞬間すらあった。アンは、レスリーがオーエン・フォードを忘れるように願っていたが、彼の名が話題にのぼるたびにレスリーの目に浮かぶ秘かな渇望の色に胸をつかれ、彼女の本心を悟るのだった。アンはその渇望を可哀想に思い、レスリーがいると必ずオーエンから届いた手紙のニュースを、ジム船長やギルバートに語って聞かせた。そんなときレスリーはにわかに顔を赤らめ、また青ざめ、それは彼女の胸にあふれんばかりの想いを、まざまざと物語っていた。だがレスリーはもう彼についてアンに語らず、砂州の一夜にも触れなかった。

ある日、レスリーの老犬が死に、彼女は嘆いた。

「あの犬はずっと私の友だちだった」悲しみにひたってアンに言った。「もとはディックの犬で……結婚する一、二年前から彼が飼っていたの。ディックが四姉妹号に乗るとき、私に預けてったのよ。カーロウは私にとても懐いてたわ……それから母が亡くなって、私が一人ぼっちになって、とてもつらかった最初の一年目は、カーロウが私を愛してくれたおかげで乗り越えられた。ディックが戻って来ると聞いたときは、カーロウが自分の犬じゃなくなるんじゃないか、心配したけど、ディックを知らない人みたいに、嚙みつかったみたい。前はあんなに好きだったのに、ディックを知らない人みたいに、嚙みつこうとしたり、吠えかからんばかりだった。でも私は嬉しかった。愛情をそっくり自分だけに向けてくれるものが一つあると嬉しいもの。あのお爺ちゃん犬が、ずっと私を慰めてくれたの、アン。この秋はめっきり弱って、もう長くないんじゃないかと寂しかったけど……看病してやれば、冬の間、もってくれるかもしれないと希望をもったの。今朝はかなり元気そうで、暖炉の前の敷物で横になってたのよ。それが急に起きあがって、よろよろ、私のところへ来て、頭を私の膝にのせたの。それから大きくて優しい犬の目に愛情をこめて、じっと私を見上げて……やがて体を震わせて、息を引きとったわ。カーロウがいなくなって、寂しくてたまらない」

「別の犬をプレゼントさせてちょうだい、レスリー」アンが言った。「クリスマスに、ギルバートに、きれいなゴードン・セッター(15)を贈るので、手に入れるつもりなの。

あなたにも一匹プレゼントさせて」

レスリーはかぶりを振った。

「ありがとう。でも今は無理よ、アン。まだ犬を飼う気になれないの。ほかの犬を愛せる気がしないの。たぶん……時がたてば……いただくかもしれない。実際のところ、用心のために犬が要るの。でもカーロウには人間みたいなところがあったから、あの犬の後をあんまり早く埋めるのは礼儀に欠けるような気がして。長い間、大切な相棒だったから」

クリスマスの一週間前、アンはアヴォンリーへ行き、年があけて休暇の後まで滞在した。ギルバートがアンを迎えに行くと、グリーン・ゲイブルズでは晴れやかな新年のお祝いをした。バリー家、ブライス家、ライト家も集まり、リンド夫人とマリラが念入りに考えて仕度した正餐を旺盛に食べた。そして二人がフォー・ウィンズに帰ると、小さな家は雪の吹き寄せにほぼ覆われていた。並はずれて嵐が多かったその冬、三度目の雪嵐が内海で渦巻くように吹き荒れ、ぶつかるものすべての周りに巨大な雪の山をこしらえたのだ。だがジム船長がショベルで家の戸口と小道の雪を掻き、ミス・コーネリアは暖炉の火を燃やしておいてくれた。

「お帰りなさい、アンや！　それにしても、こんな雪の吹きだまり、見たことあります？　二階に上がらないと、ムーアさんとこがちっとも見えませんよ。あなたが帰って来て、レスリーも喜びますよ。あの家に生き埋めみたいになってますから。幸い、ディックは雪掻きができるし、面白がってますよ。スーザンから言伝があって、明日からまたお手伝いに参りますって。おや、ジム船長、これからどちらへ？」

「グレンまで、どうにか雪をかき分けて行こうと思ってな、マーティン・ストロングの爺さまのとこで、ちょっくら座って来ますで。あの爺さまもお迎えが遠くないし、一人ぼっちだでな。友だちがあまりおらぬでな……ずっと忙しくて友だちをこしらえる暇もなかったで。もっとも、金なら山ほどこしらえたが」

「そうですよ。あの爺さんは、神と富の神の両方に仕えることはできない(16)なら、富の神にしがみついてるほうがましだと思ったんですよ」ミス・コーネリアは手厳しかった。「だから今ごろになって、富の神は、あんましいい友だちじゃなかったって気づいたとこで、文句は言えませんよ」

ジム船長は出ていったが、庭でふと思い出し、少し戻ってきた。

「フォードさんから手紙が来ましてな、ブライスの奥さん。人生録を引き受けるところがあって、秋に出版されるそうですわい。この報せが届いて、わしは有頂天ですて。とうとうあれが印刷されるのを見られると思えば、もう」

「船長は、人生録の話になると夢中ですね」ミス・コーネリアは憐れむように言った。

「私が思うには、世の中には、今だって本があり過ぎるのに」

第29章　ギルバートとアン、意見の不一致

　ギルバートは分厚く重い医学書を置いた。一心に読み耽るうちに、三月の夕闇が濃くなり、もう読めなくなったのだ。彼は椅子に背をあずけると、しきりに考えこみながら窓の外に目をやった。春浅いころだった。おそらくは一年で最も醜い季節であろう。夕陽でさえ、彼が眺めている冬枯れの湿った風景や、氷が溶けかけて黒ずんで見える内海を鮮やかにはできなかった。生命の気配はなく、ただ大きな黒い鳥が一羽、鉛色の野を寂しく飛んでゆくのみだった。ギルバートはその鳥について、とりとめもなく思いを巡らせた。あれは家族持ちの鳥で、黒いけれども愛らしい（1）妻が、グレンのむこうの森で彼の帰りを待っているだろうか。それとも洒落めかした若い雄で、求愛を思って気もそぞろであろうか。あるいは皮肉っぽい独身者で、独り旅する者が最も速く旅する（2）と信じているだろうか。そのいずれであれ、この鳥が同じ色合いの薄闇のなかへ消えてゆくと、ギルバートは室内の明るい情景にむき返った。

　暖炉の揺らめく火が、部屋の一つ一つに光を投げかけ、輝かせていた。ゴグとマゴグの白と緑の体を、敷物の上で火にあたる美しいセッターのつややかな褐色の頭を、壁に

かかる絵の額縁を、窓辺の花園（3）からつんで花瓶いっぱいにさした黄水仙を、そしてアンその人を。アンは小卓のわきに腰かけ、縫い物はそばに置き、両手を膝に組みあわせて、燃える炎のなかに美しい情景を想い描いていた——スペインの城では小さな塔が空高く月明かりの雲へそびえ立ち、また夕焼けの砂州には船が、良い希望の港からフォー・ウィンズの内海へ貴重な積み荷をのせて航海していた。無気味な形をした不安が夜も昼もアンにつきまとい、未来の情景に暗い影を落としていた（4）が、彼女はふたたび夢見る夢想家になっていた。

ギルバートは、自らを「中年既婚者」と呼び習わしていたが、アンを見る時は恋する者の信じられない想いのこもった目になった。アンが本当に自分のものだとは未だに信じられなかったのだ。結局これは夢に過ぎないのではないか、夢はこの魔法がかかった夢の家には不可欠なのだから。そこで魔法が砕け散らぬよう、その夢が霧のように消えぬよう、彼の心は、今もアンの前では爪先立って、そっと歩く思いだった。

「アン」ギルバートはゆっくり切り出した。「耳を貸してもらいたい（5）んだ。話し合いたいことがあってね」

アンは、炉火の照らすほの暗い部屋のむこうから彼に目をむけた。

「何かしら？」アンはほがらかにたずねた。「ギルバートったら、やけに真面目な顔をして。今日の私は、おいたはしていないわよ。スーザンにきいてごらんなさい」

「きみのことじゃないんだ……ぼくたちのことでもない……ディック・ムーアのことだ」

「ディック・ムーアのこと？」アンはくり返し、きちんとすわり直した。「まあ、一体、ディック・ムーアのことで何のお話？」

「このところぼくは、彼のことをじっくり考えていてね。去年の夏、彼の首に癰(よう)(6)ができて、ぼくが手当てしたのを憶えているかい？」

「え……ええ」

「あの機会に、彼の頭にいくつもある傷跡を、よく調べてみたんだ。医学的見地からすると、ディックは、非常に興味深い症例だと前々から思っている。近ごろぼくは、開頭術(7)の歴史と、その症例をずっと研究しているんだ。それでね、アン、ディック・ムーアをいい病院へ連れていって、開頭の手術をして、頭蓋骨内(ずがいこつない)を何か所か治療したら、記憶と知能が回復するかもしれない(8)、という結論に達したんだ」

「ギルバート！」アンの声は、反対の響きに満ちていた。「まさか、本気じゃないでしょうね！」

「もちろん本気だよ。それで、この話をレスリーに切り出すのが、ぼくの義務だという考えに至(いた)ったんだ」

「ギルバート・ブライス、そんなことはさせないわ」アンは激しく叫んだ。「ああ、ギルバート、レスリーに言ってはだめ……やめてちょうだい。あなたにそんな残酷なことはできないわ。しないと約束して」

「ああ、アンお嬢さん。きみがこんなふうに受けとるとは思いもしなかった。理性的になっておくれ」

「理性的になんか、ならないわ……なれないわよ……いいえ、私のほうこそ理性的よ。理性的じゃないのは、あなたよ。ギルバート、もしディックが正気に戻ったら、レスリーがどうなるか、一度でも考えたことがあって？　ちょっと考えてみて。レスリーは今でも充分に不幸せだけど、それでもディックの看護人と世話係として暮らすほうが、ディックの妻として生きるより、まだ千倍も楽なのよ。私にはわかるの……ちゃんとわかるの！　そんなことをするなんて考えられないわ。お節介を焼いてはだめ。このままにしておくの」

「この件のそうした弊害も、何度も考えたさ、アン。だが医師というものは、結果はどうであれ、患者の精神と肉体の尊厳を、ほかのあらゆる事情よりも一番に考える義務があると、ぼくは信じている。どんな望みであれ、少しでも望みがあるなら、健康と正気を回復させるために努力するのが医師の義務だと信じているんだ」

「それを言うなら、ディックはあなたの患者じゃないわ」アンは別な戦法から声をあげた。「もしレスリーが、ディックに何かできることがありますかと、あなたに尋ねたなら、その場合は、あなたの考えを話すのが義務でしょう。でも聞かれもしないのに、お節介を焼く権利はないわ」

「ぼくはこれをお節介とは呼ばないね。十二年前、デイヴおじさんが、ディックはもう手の施しようがないと、レスリーに言った。当たり前だが、彼女はそれを信じているんだ」

「本当じゃないことを、なぜデイヴおじさまはおっしゃったの？」アンは勝ち誇って言い返した。「おじさまは、あなたと同じくらい、よくご存じではないこと？」

「そうは思わないね……こんなことを言うと、自惚れた生意気に聞こえるかもしれないが。それにおじさんは、本人が言うところの『切ったりはったりの新奇なやり方』に偏見があることは、きみも承知のはずだ。おじさんは虫垂炎の手術でさえ、反対なんだよ」

「おじさまは正しいわ」アンは戦術を完全に変えて声を張りあげた。「あなたのような現代式の医者は、切れば血の出る生身の人間で実験をしすぎると思うの」

「ぼくが、ある種の実験を恐れていたら、今ごろローダ・アロンビーという女性は生きていなかったよ」ギルバートは反論を唱えた。「ぼくは危険を冒した……それで彼女の命を救ったんだ」

「ローダ・アロンビーの話は聞き飽きたわ」アンは叫んだ——だがこれは不当な言い分

だった。ギルバートは、アロンビー夫人の治療が成功したとアンに語った日より、一度も夫人の名を口にしたことがなかった。もちろん世間はこの件を噂したが、それはギルバートのせいではない。

ギルバートはかなり気分を害した。

「きみがこの件をそんなふうに考えるとは思わなかったよ、アン」いささか鼻白んで言うと、立ちあがり、診察室のドアへむかった。二人にとって初めての喧嘩に近いものだった。

アンは飛ぶように彼を追いかけ、引き戻した。

「ねえ、ギルバート、『怒って立ち去る』なんて、やめて。ここにすわって。私、きれいに(9)謝るから。あんなこと言うべきじゃなかったわ。ただ……ああ、あなたが知っていたら……」

アンは危(あや)うくレスリーの秘密を漏らすところを、すんでのところで思いとどまった。

「女の人がどんな気持ちになるか、あなたがわかっていたら」アンはぎこちなく話を繕(つくろ)った。

「わかっていると思うよ。ぼくも、あらゆる角度から考えたよ……その結果、ディックが元に戻る可能性があるとレスリーに言うのが、ぼくの義務だ、という結論にならざるを得ないんだ。そこでぼくの責任は終わるんだ。その先どうするか決めるのは、レスリーだ」

「レスリーにそんな責任を負わせる権利は、あなたにないわ。レスリーは今でも充分に重荷を背負っているのよ。それに彼女は貧しいの……手術の費用をどうやって工面できて？」

「それも彼女が決めることだ」ギルバートは頑固にくり返した。

「ディックは治ると言うけど、それは確かなの？」

「確かではないよ。そんなことを確信できる者は誰もいない。ディックの脳には、色々な損傷があるだろうから、その影響を完全にとり除くことは、できないかもしれない。でも、ぼくが考えるように、ディックの記憶と知能の喪失が、頭蓋骨の陥没によって脳の中枢が圧迫されているからに過ぎないなら、治る可能性はあるんだ」

「でも、ただの可能性でしょう！」アンはなおも言い張った。「ねえ、いいこと、かりにレスリーに話して、手術をするにしても、大変な費用がかかるわ。レスリーは借金をするか、彼女の小さな農場を売らなければならないわ。しかも手術が失敗したら、ディックは今のままよ。レスリーはどうやって借金を返すの？　農場を売ったら、レスリーは、何もできない大男と二人の生計を、どうやって立てるの？」

「ああ、わかっている……わかっているよ。それでも彼女に話すことが、ぼくの義務なんだ。その信念から逃げることはできない」

「ああ、ブライス家は頑固だとは知っているけど」アンは呻いた。「でも独断で決めないでちょうだい、デイヴ医師に相談して」

「実はもうしたんだ」ギルバートは気の進まない様子で言った。

「それで、おじさまは、何とおっしゃって？」

「手短に言えば……きみが言うように……このままにしておきなさいと。おじさんは、新式の外科手術そのものに偏見もあるが、きみと同じ観点から考えているようだ……レスリーのことを思うならやめておけと」

「そらごらんなさい」アンは得意げに叫んだ。「ギルバート、八十歳近い人の意見には従うものよ、たくさんの患者を診て、大勢の命を救ってこられたんだから……おじさまの判断は、ほんの駆け出しの考えより、重みがあるはずよ」

「ありがとう」

「笑わないで。あまりにも重大なことよ」

「それこそ、ぼくの言いたいことだ。これはまさしく重大なことなんだ。今ここに、自分では何もできない難儀な男がいる。その男が正気に返って、役に立つ人間になるかもしれないんだ」

「以前の彼は、たいそう役に立つ人でしたものね」アンは相手をへこませる言葉をはさんだ。

「でも、ディックは回復して、過去をつぐなうチャンスを与えられるかもしれない。それを彼の妻は知らない。なのにぼくは知っている。だからこそ、治る可能性があるとレスリーに告げるのが、ぼくの義務なんだ。要するに、これが結論だ」

『結論』だなんて、まだ言わないで、ギルバート。だれかに相談してちょうだい。ジム船長はどうお考えになるか、訊くといいわ」

「いいよ。だが船長の意見を聞き入れるという約束はしないよ、アン。これは男が自分で決めなければならないことだ。この先もずっと黙っていたら、ぼくの良心は安まる時がないよ」

「まあ、あなたの良心ですって!」アンは呻いた。「デイヴおじさまにだって、良心はおありでしょうに」

「そうだよ。でもぼくは、おじさんの良心の番人じゃない。いいかい、アン、もしこれがレスリーと無関係なら……純粋に抽象的な話なら、きみは賛成しただろう……それは、きみもわかっているね」

「私なら賛成しないわ」アンは、自分に信じこませるように言い切った。「ああ、ギルバート、あなたが朝まで説得しても、私を納得させるのは無理よ。ミス・コーネリアなら、どうお考えかしら、きいてごらんなさい」

「援軍にミス・コーネリアを持ちだすとは、きみも最後の防戦に追いつめられたね。あの人なら、『男のやりそうなことですよ』と言って、猛烈に怒るだろうよ。でもかまうもんか。これはミス・コーネリアが解決する問題じゃない。レスリーが自分で決めなければならないんだ」

「レスリーがどう決めるか、あなたは、わかっているでしょうに」アンは涙さえ浮かべていた。「レスリーには、義務をどう果たすべきかという理想があるのよ。あなたがどうしてこんな責任を背負いこんだのか、私にはわからない。私ならできないわ」

「なぜなら正義は正義であり、正義を追い求めることは、

その結果よりも賢明なり」(10)

ギルバートは引用した。

「まあ、詩の二行連句(11)で、この議論に反論できるとでも？」アンは嘲るように言った。「これこそ男のやりそうなことですよ」

そう言いながら、アンは自分を笑った。まるでミス・コーネリアの口真似に聞こえたのだ。

「そうかい、きみがテニスンを権威として受け入れないなら、もっと偉大なる者の言葉は信じるだろう」ギルバートはまじめに言った。『あなたがたは真実を知るであろう、さすれば、真実があなたがたを自由にするであろう』(12)、ぼくは、この言葉を信じているんだ、アン、心の底からね。これは聖書のなかで……あるいは、あらゆる文学のな

かで……最も偉大にして、最も崇高（すうこう）な一節だ……もし真実が比較できるなら、これこそ最高の真実だよ。男が真実を目の当たりにして、それを信じたら、その真実を告げることが一番の義務だ」

「でもこの場合は、真実は、可哀想なレスリーを自由にしないのよ」アンはため息をついた。「レスリーをもっとつらい柵（しがらみ）に追いこんで終わりよ。ああ、ギルバート、あなたが正しいとは、とても思えないわ」

第30章　レスリー、決意する

突然、悪性のインフルエンザが、グレンと近くの漁村で流行り、続く二週間、ギルバートは多忙で、ジム船長を訪ねる約束を果たせなかった。アンは、もしかするとギルバートはディック・ムーアの件を断念したかもしれないと一縷の望みをかけ、寝ている犬は起こすな（1）とばかりに、何も言わないようにしていた。だが、アンは絶えず思案を続けていた。

「レスリーがオーエンを愛していることを、ギルバートに言ったほうがいいかしら」とも考えた。「ギルバートなら、もし知っても、レスリーに気取られることはないから、レスリーの自尊心は傷つかないわ。それにレスリーの気持ちを知れば、ギルバートも、ディック・ムーアはこのままにしておくべきだと納得するかもしれない。話そうかしら？……そうしようかしら？　いいえ、やっぱり言えない。約束は神聖だもの。レスリーの秘密を漏らす権利は、私にはない。でも、ああ、人生でこんなに悩んだことはないくらい。この春が台なし……何もかも台なしだわ」

ある夕方、ギルバートが、ジム船長に会いに行こうと唐突に言い出した。アンは落胆しながらも、承諾し、二人で出かけた。この二週間ほど、心地良い陽ざしがふりそそぎ、ギルバートが見た烏の飛んでいた荒涼たる風景に、奇跡をもたらしていた。丘も畑も、地面が茶色に乾いて暖かく(2)、いましも蕾と花がほころぶようだった。内海はまた笑いさざめいてちらちら瞬き、遠くへ伸びる内海街道は、輝く赤いリボンさながらだった。内海の下手の砂丘では、キュウリウオ(3)を釣りに来た少年たちが群れなして、昨夏、生い茂って枯れた砂丘の草を燃やしていた。炎は薔薇色に砂丘に燃え広がり、そのむこうの暗い色合いのセント・ローレンス湾を背に、紅の旗を翻し、海峡と漁村を照らしていた。それは絵画のごとき光景で、ほかの時ならアンの目を喜ばせただろうが、今の彼女はこの道ゆきを楽しんではいなかった。ギルバートも同様であった。日ごろの二人の良き仲間意識も、ヨセフの一族ならではの趣味や考え方の一致も、今は悲しいまでに欠けていた。アンがこの計画全体に反対していることは、傲慢なほどに高くそびやかした頭にも、馬鹿丁寧な口ぶりにも表れていた。ギルバートの唇も、ブライス家の頑固さをそっくり表して固く結ばれていたが、そのまなざしは不安げだった。彼は、己の義務と信ずることを実行するつもりでいたが、それでアンと不仲になるなら、払うには高い代償だった。ともかく灯台に着くと、二人ともほっとした――そして安堵したことに、二人は良心の呵責をおぼえた。

ジム船長は繕っていた漁網を片づけ、二人を喜び迎えた。春の夕陽に照らし出された船長は、アンが見たこともないほど年老いていた。白髪がめっきり増え、たくましい老人の手は少し震えていた。だが青い目は澄んで確かであり、その瞳から気骨ある魂が、雄々しく、何ものも恐れることなく現れ出て(い)ていた。

ギルバートが何を言いに来たのか告げる間、ジム船長は驚きながらも、黙(もく)して耳を傾けていた。老船長がいかにレスリーを可愛がっているか、アンは知っていたため、自分の肩を持ってくれると信じて疑わなかった。といってギルバートがそれに影響されるという望みも薄かったが。それゆえ、ジム船長がゆっくりと悲しげに、だが迷うことなく、わしの考えではレスリーに言うべきだと述べたとき、アンはひどく驚いた。

「まさか、ジム船長が、そんなことをおっしゃるとは、思いもよりませんでした」非難する口ぶりになった。「レスリーがこの上さらに苦労するようなことを望まれるとは」

ジム船長は頭をふった。

「もちろんそんなことは望みはせぬですて。わしは、ブライスの奥さんがどんな気持ちでおいでか、わかっとります……わしも同じ気持(おんな)ちですすでな。だがな、人生という航路の舵取りは、感情でするものではない……そうですて、そうですて。そんな真似をすりゃ、しょっちゅう船が難破しますでな。安全な羅針盤(らしんばん)は、一つしかない。それを頼りにして、わしらは航路を決めにゃならんのです……つまり、何をすることが正しいのか、ということですわい。わしは先生に賛成ですて。ディックに治る見込みがあるなら、レスリーに知らせにゃならん。これに表と裏の二つはない(4)、わしはそう思うですて」

「そうですか」アンは諦めて議論をやめた。「ミス・コーネリアが、あなたがた男性二人を、とっちめてくださるわ、待っていらっしゃい」

「たしかに、コーネリアなら、前後から機関銃で打ちまくるでしょうな」ジム船長も認めた。「あなたがたご婦人は、可愛らしい生きものですて、ブライスの奥さん。ただ、ちょっとばかし理屈に合わぬとこがある。奥さんは立派な学問があり、コーネリアはそうではないが、お二人はこうした点になると、瓜二つですわい。だからいけないと言うんでありませんぞ。理屈を通すと、なんというか、慈悲の念にも人情にも欠けますでな。さあて、お茶でも一杯いれますで、飲みながら楽しい話でもしましょうや。少しは気持ちも落ち着きますで」

ジム船長の紅茶と会話のおかげで、少なくともアンの心はかなり鎮まり、帰り道、思ったほど辛辣にギルバートを苦しめなかった。アンは、論争の件にはいっさい触れず、ほかの話題を愛想よくしゃべり、ギルバートは、アンが渋々ながらも自分を許してくれたのだと解釈した。

「この春、ジム船長はめっきり弱って、腰も曲がって、冬の間に年をとられたわ」アンは悲しそうに言った。「そのうち、いなくなったマーガレットを探しに行かれるんじゃないかしら。考えただけでつらいわ」

「ジム船長が『海へ船出』をされたら（5）フォー・ウィンズも、違う所になってしまうね」ギルバートも同感だった。

そして次の夕方、ギルバートは小川の上流の家へ出むいた。アンは夫が帰るまで不安げに歩き回っていた。

「それで、レスリーは何ですって？」ギルバートが家に入るや、たずねた。

「言葉は少なかったよ。かなり茫然（ぼうぜん）としているようだった」

「手術を受けるんですって？」

「よく考えて、近いうちに決めるそうだ」

ギルバートは暖炉前の安楽椅子に身を投げだすように力なくすわった。草臥（くたび）れているようだった。レスリーに告げることは、彼にとっても容易ではなかったのだ。ギルバートの話が意味するところを、はっきり理解したレスリーの目に、にわかに浮かんだ恐怖の色は、思い出して快（こころよ）いものではなかった。骰（さい）は投げられた（6）今になって、果たして自分は賢明なことをしたのか、疑念にも襲われていた。

そんなギルバートの姿に、アンは後悔にかられ、彼のそばの敷物にそっとすわり、つややかな赤毛の頭を夫の片腕にあずけた。

「ギルバート、今度のことでは、私はかなり感じが悪かったわ。もうよすわ。だから私を赤毛と呼んで、どうか許してちょうだい」

そう聞いたギルバートは、結果がどうであれ、だから言ったでしょう、とアンに詰(なじ)られることはないと理解した。だがすっかり安堵したわけではなかった。義務について抽象的に語ることと、実際に義務を果たして実行することは、別ものである。とくに悲しみに打ちひしがれている女の目とむき合いながら、義務を行うなら、なおさらだった。

続く三日間、アンは本能的にレスリーとは距離を置いた。さらに三日たった夕方、レスリーが小さな家に現れ、決意を固めたとギルバートに告げた。ディックをモントリオール（7）へ連れて行き、手術を受けさせるのだ。

彼女は青ざめ、以前のよそよそしい覆い(マント)を再びまとったようだったが、その目に、ギルバートを悩ませたあの表情はなく、冴(さ)え冴(ざ)えと輝いていた。レスリーは細かな点をてきぱきと事務的にギルバートと話しあった。計画を立てること、考えることが多々あった。必要なことがわかると、レスリーは帰った。アンは途中まで送ろうとした。

「よしたほうがいいわ」レスリーはそっけなく言った。「今日の雨で地面がぬかるんでいるから。おやすみなさい」

「私は友だちをなくしたのかしら」アンはため息をついた。「手術が成功して、ディックが前のような正気に戻ったら、レスリーはまた他人行儀になって、心の砦(とりで)に退(ひ)きこもって、私たちは、もう二度とレスリーを見つけられないのよ」

「ひょっとすると、ディックを置いていくかもしれない」ギルバートが言った。

「それは絶対にないわ、ギルバート。レスリーは義務の意識が強いのよ。どんな務めだろうと、引き受けたら、結果はどうであれ、責任逃れをしてはならないと、ウェスト家のお祖母さんがいつも言っていたんですって、前にそう話してくれたわ。これはレスリーにとっては大切な決まりの一つなのよ。ずいぶん旧式だと思うけど」

「そんなことを言ってはいけないよ、アンお嬢さん。きみも本当は旧式だとは思っていないんだよ……引き受けた責任は神聖なものだと、きみも同じように考えている。きみのその考えは正しいんだ。責任逃れは、現代社会の災いの元だ……世の中に騒がしくわき立っているあらゆる不安や不平の隠れた原因なのだから」

「かように説教師は語れり」アンはからかった。だが、からかいながらも、彼の言う通りだと感じた。それからレスリーのことを想い、胸が痛んだ。

一週間後、ミス・コーネリアが雪崩のごとき勢いで小さな夢の家に来襲した。ギルバートは留守で、アンはこの衝撃を一人で受けとめる羽目になった。

ミス・コーネリアは帽子をとる間ももどかしげに切り出した。

「アン、あたしが聞いた話は、ほんとじゃないでしょうね？……ディックは治る可能性があるって、ブライス先生がレスリーに話して、そいでレスリーは、彼をモントリオールへ連れてって手術を受けさせるとか」

「ええ、その通りですわ、ミス・コーネリア」アンは勇敢に答えた。

「なんとまあ、人の道に外れた残酷なことを、まったく」ミス・コーネリアは猛烈な勢いで訴えた。「プライス先生はまともな男だと思ってたのに、こんな罪深いことができるとは」

「ギルバートは、ディックは治る見込みがあるとレスリーに言うことが、自分の義務だと、医師として考えたんです」アンは意気込んで答えた。さらに夫に忠実でありたいという気持ちが自分の考えよりも勝り、付け加えた。「実は私も、賛成なんです」

「まあ、まさか、そんな、アンや。少しでも憐れみの情け(8)がある人なら、そんなことはできません」

「ジム船長も、賛成なすってます」

「あんな馬鹿爺の言うことなんか、持ちだすんじゃありません」ミス・コーネリアは叫んだ。「それに誰が賛成しようと、あたしには関係ないんです……とにかく、考えてもごらんなさい……そんな真似をしたら、今でも追いつめられて苦しんでる可哀想なあの子が、どうなるか、よく考えてごらんなさい」

「私たちも、よくよく考えています。でもギルバートは、医者たるものは患者の精神と肉体の健康を、どんな事情よりも優先すべきだと信じているんです」

「男の言いそうなことですよ。だけどアンは、もっとまともだと思ってたのに」ミス・コーネリアは怒りというよりは、悲しみを込めて言った。続いて彼女は、アンがギルバートを攻めた時と寸分たがわぬ論法で、爆弾攻撃を始めた。アンのほうも、夫が防戦に使った武器を持ちだして、勇壮に、ギルバートの防御にあたった。舌戦は延々と続き、ついにミス・コーネリアも矛をおさめた。

「極悪非道ですよ」ミス・コーネリアは涙ぐんで言い放った。「まったくもって……極悪非道です。レスリーが可哀想で、可哀想で！」

「ディックのことも、少しは、考えるべきだと思いませんか？」アンは頼みこむように言った。

「ディックを！　ディック・ムーアのことをですと！　あの男は、今だって充分に幸せですよ。前よか行儀はいいし、地元の一員としての評判も今のほうがいいくらいです。何しろ、もとは飲んだくれで、ひょっとすると、もっと悪かったかもしれないんですから。そんな男を野放しにして、吠えさせたり、むさぼり喰わせたり（9）するつもりですか？」

「改心するかもしれません」可哀想にアンは、外には論敵に悩まされ、内には自分の考えに反することを言う羽目になった。

「何が改心ですか！」ミス・コーネリアは言い返した。「ディック・ムーアは酔っ払って喧嘩沙汰になって怪我をしたんです。自業自得です。罰が当たったんです。神様が下した天罰に、先生がちょっかいを出すことはありません」

「ディックがどうやって怪我をしたのか、誰もわからないんですよ、ミス・コーネリア。酔っ払って喧嘩をしたのではないかもしれない。待ち伏せされて強盗にあったのかもしれないんですよ」

「豚も口笛を吹くだろうが、うまく吹ける口がない(10)」ミス・コーネリアが言った。「つまりあなたの話は、もうことは決まったんだから今さらあれこれ言っても無駄、ということですね。もしそうなら口を閉じますよ。やすりに齧(かじ)りついて、自分の歯をすり減らすつもりはありませんから。何がなんでもそうしなきゃならないなら、諦めます。でも、ほんとにそうしなきゃならないのか、最初にしっかと確かめたいと思いましてね。これからは、あたしの精力(エネルギー)は、レスリーを慰めて、励ますことに、注(そそ)ぎましょう。それに」ミス・コーネリアは、まだ望みはあるとばかりに顔を明るくして、言い足した。

「結局、ディックにできることは、何一つないかもしれないし」

第31章　真実は自由にする（1）

レスリーはひとたび心を決めると、持ち前の決断力と迅速さでとりかかった。この先、いかなる生死の問題が待ち受けていようと、まず終えるべきは家の掃除であるとばかりに、小川の上流の灰色の家を、準備万端で待ち受けていたミス・コーネリアの手を借りて完璧なまでに片づけ、きれいに整えた。そのミス・コーネリアは、自分の言い分をアンに語り、さらにギルバートとジム船長にも言いたいだけ言うと——もっとも、この二人には容赦しなかったことは確かであろう——レスリーには、この件について何も言わなかった。ミス・コーネリアは、ディックの手術という事実を受け入れ、必要とあらば事務的にふれ、必要がなければ無視した。レスリーも議論を持ちかけることはなかった。この美しい春の日々、レスリーは冷静であり、寡黙だった。アンを訪れることはほとんどなく、いつも変わらぬ礼儀正しさと友の親しさはあったが、その礼儀正しさは、レスリーと小さな家の人々を隔てる氷の壁のようだった。かつて同じものに冗談を飛ばして笑った親しさも、この壁を越えてレスリーに届くことはなかった。だがアンは気にすまいと決めた。今のレスリーは恐ろしいほどの不安に苛まれ——その不安にすっぽり覆われ、幸福のささやかな輝きや喜びのひとときから遠ざかっているのだと、アンはわかっていた。ある烈しい感情が心を占めると、ほかの気持ちはいっさい脇へ押しやられるものだ。だがレスリー・ムーアは、人生において耐えがたい恐怖におびえても未来から逃げようとしたことは一度もなかった。彼女は、自分で決めた道を揺るぎなく前へ、前へ、進んでいった。さながら昔の殉教者が、最後に火あぶりの刑の苦悶が待ち受けていると知りながらも、自ら選んだ道を歩んでいったように。

経済的な問題は、アンが案じたより、はるかに簡単に解決した。レスリーは、必要な費用をジム船長から借りたのだ。さらにレスリーは船長を説きふせ、自分の小さな農場を抵当にとってもらった。

「これであの可哀想な子も、一つは気が楽になりましたよ」ミス・コーネリアがアンに語った。「あたしも気が楽になりましたよ。これでディックが畑ができるくらい元気になれば、利子分くらいは稼げますから。それにディックが治らなくても、レスリーが返さなくてもいいように、ジム船長が算段してくれますよ。そんなことを、あたしに言いましたんでね。『わしも年をとったでな、コーネリア。ところがわしには家内も子どももおらぬでな。レスリーは、生きてる男からは、贈り物は受けとらぬだろうが、死んだ男なら受けとるだろうて』と言ったんです。だからこの点は、いい具合にいきますよ。ほかのことも、全部、同じようにうまくいくといいですね。あの困ったディックときたら、ここ二、三日、手のつけられない様子で、悪魔にでもとり憑かれたんですよ、ほんとですよ！　あれが悪さをするもんで、あたしらの用事がはかどらなくて。ある日はレスリーのあひるを一羽残らず、庭中、追いかけ回して、あらかた死なせてしまって。役に立つことは何一つしないんだから。もちろん、たまには手桶の水やら薪やらを運んでくれて調法だけど、今週は、井戸に行かせりゃ、中に入りかねない有様でね。『あれが頭っから井戸に落ちてさえくれたら、万事さっぱり片がつくのに』って、つい思いましたよ」

「まあ、ミス・コーネリアったら！」

「まあ、ミス・コーネリア、だなんて言う必要はありませんよ。誰だって同じことを思ってますよ。モントリオールのお医者が、ディック・ムーアを分別のある人間にできるんなら、驚きですよ」

　五月初め、レスリーは、ディックをモントリオールへ連れていった。ギルバートも同行して彼女を助け、必要な手続きをした。そしてギルバートは家に帰ると、診察したモントリオールの外科医も彼と同じ意見で、ディックには回復の見込みが十分あると語ったと報告した。

「それは大いに励まされますね」というのが、ミス・コーネリアの皮肉まじりの返答だった。

アンは、ため息をついただけだった。レスリーは、出発するときも、ひどく他人行儀だったのだ。しかし手紙は書くと約束してくれた。ギルバートが戻って十日後、その便りが届いた。手術は成功した、ディックは順調に回復しているとあった。

「『成功した』とは、どういう意味かしら？」アンがたずねた。「ディックの記憶が、ちゃんと戻ったということ？」

「そうではあるまい……そんなことは何も書いてないのだから」ギルバートが答えた。「『成功した』という言葉は、外科医の立場から使ったものだよ。つまり、手術が行われて、正常な経過をたどっているということだ。ただ、まだ早すぎて、ディックの知能が完全にしろ、一部にしろ、回復するかどうかは、わからないんだ。記憶が一度にまとめて戻ることはないだろう。記憶がたとえ戻ったとしても、その経過は段階的なものだ。書いてあるのは、それだけかい？」

「ええ……これが手紙よ。とても短いわ。可哀想に、レスリーはきっと気が張りつめているのね。ギルバート・ブライス、あなたに言いたいことは山ほどあるけど、言えば意地悪なことになるから」

「きみの代わりに、ミス・コーネリアが散々（さんざん）言っているよ」ギルバートは苦笑（にがわら）いした。「顔をあわせるたびに、ぼくをこき下ろすんだ。ぼくは人殺しよりは多少はましだ、とか、デイヴ医師がぼくを後釜（あとがま）に据（す）えたのは返す返すも残念だとか、思っていることを、あからさまに言うんだ。内海むこうのメソジストの医者のほうがまともだ、とさえ言ったんだよ。ミス・コーネリアにとっては、これほど激しい非難はないからね」

「だけど、コーネリア・ブライアントが病気になったら、呼びにやるのは、デイヴ先生でも、メソジストの医者でもありませんよ」スーザンが、ふんと鼻であしらった。「コーネリアが痛いだの、苦しいだのがあれば、先生がやっとこさ入ったベッドから真夜中でも引きずり出しますよ、先生や。そうに決まってます。そのくせ、先生の請求書がべらぼうに高いだなんて、言い出しますよ。だけどコーネリアのことなんか、気になさいますな、先生や。世間は色んな人で成りたってますからね」

それからしばらく、レスリーから便りはなかった。五月の日々は美しく静かにすぎてゆき、フォー・ウィンズ内海の岸辺はまた緑に輝き、花が咲き紫色にかすんだ。そんな五月も末のある日、ギルバートが馬車で帰ると、厩の庭で、スーザンが彼を待ち構えていた。

「先生奥さんに、何か、気が顚倒するようなことがあったみたいですよ、先生や」スーザンは謎めいた口ぶりで言った。「今日の午後、手紙が来ましてね。それからずっと庭中を歩きまわって、独り言をおっしゃってるんです。あんなに歩きまわっちゃ、お体に触りますよ。何の報せか、私に言うのは適当でないと思っておいでだし、私も詮索好きじゃありませんでね、先生や、昔っからそうですから。でも、何かがあって、うろたえておられるのは、確かです。うろたえるのもお体に触りますから」

ギルバートは心配になり慌てて庭へむかった。グリーン・ゲイブルズで何かあったのかもしれない。ところが、小川のほとりの丸太椅子にすわっているアンは、確かに興奮はしていたが、気を揉んでいる様子はなかった。瞳はこの上なく灰色に光り、頬に真紅の斑点が燃えていた。

「どうしたんだい、アン？」

アンは不思議な笑い声を小さく上げた。

「話しても、信じないと思うわ、ギルバート。私だって、まだ信じられないんですもの。この前、スーザンが言ったように、『私は陽にあたって生き返った蠅みたいな気がしますよ……目が眩んで、ぼうっとして』という気持ちよ。とても信じられないもの。手紙を何十回も読んだけど、そのたびに同じだもの……わが目を疑っているの。ああ、ギルバート、あなたは正しかった……まったく正しかったわ。今はっきりわかったの……自分が恥ずかしいわ……私を許してくださる？」

「アン、はっきり言わないなら、揺さぶるよ。きみのレッドモンドの名がすたるね。いったい何があったんだい？」

「あなたは信じないわ……信じないでしょうよ……」

「じゃあ、デイヴ先生に電話をかけてこよう」ギルバートは家へ歩き出すふりをした。

「待って、ギルバート。どうにか話してみるわ。手紙が届いて、ああ、ギルバート、何もかもが驚きなの……信じられないような驚き……私たちが思いもしなかった……私たちの誰もが想像すらしなかった……」

「ぼくが思うに」ギルバートは諦めて、腰をおろした。「この種の症例には、辛抱強く、一つ一つ、話を分けて質問するしかないな。まず、誰からの手紙だい？」

「レスリーよ……それで、ああ、ギルバート……」

「レスリーだって！」彼はヒューーッと口笛を吹いた。「それで何だって！　ディックのことかい？」

アンはすぐさま手紙を持ちあげ、しずしずと、かつ劇的に差しだした。

「ディックなんて人は、いないの！　私たちがディック・ムーアだと思っていた人は……フォー・ウィンズの誰もが、この十二年間、ディック・ムーアだと信じていた人は……彼のいとこの、ノヴァ・スコシアのジョージ・ムーアだったのよ。もともとそっくりだったらしいの。ディック・ムーアは、十三年前、黄熱病（2）で、キューバ（3）で死んだのよ」

第32章　ミス・コーネリア、仰天事を話し合う

「ということは、アンや、ディック・ムーアはディックじゃなくて、別の人だった、と言うんですか？　それで、今日、あたしを電話で呼び出したんですね？」

「ええ、そうなんです、ミス・コーネリア。もうびっくり仰天ですわ」

「そんな……そんなことは……男のやりそうなことですよ」ミス・コーネリアは困惑顔で言い、震える手で帽子をとった。ミス・コーネリアは生まれて初めて、まぎれもなく動揺していた。「どうもよくわかりませんけど、でもアンが……そう言うからには……信じますよ……だけど理解できませんね……ディック・ムーアは死んだ……死んでもう何年にもなる……ということは、レスリーは自由の身ということですか？」

「ええ、真実が彼女を自由にしたんです。これは聖書で最も偉大な一節だとギルバートは言いましたけど、その通りでした」

「一から話してくださいよ、アンや。電話をもらってから、頭が混乱してましてね、ほんとですよ。コーネリア・ブライアントがこんなに面喰らったのは初めてですから」

「お話しできることは、あまりないんです。レスリーの手紙は短くて、くわしいことは

書いてないのです。その人は……ジョージ・ムーアといって、記憶が戻って、自分が誰かわかったんです。ジョージの話では、ディックはキューバで黄熱病にかかったので、四姉妹号はディックを乗せずに出港することになって、ジョージも残って看病したものの、ほどなくディックが亡くなったんです。ジョージはすぐに帰国してレスリーに話すつもりだったので、彼女に手紙を書かなかったんですって」

「どうして、帰らなかったんです？」

「おそらく、例の事故で怪我をして、できなかったんでしょう。ギルバートの話では、ジョージは事故のことも、どうしてそんな目に遭ったのかも憶えていないだろうし、思い出すこともないだろうと言うんです。おそらくディックが亡くなってすぐ事故に遭ったんでしょう。くわしいことは、レスリーからまた手紙が来れば、わかるでしょう」

「あの子はどうするつもりか、書いてます？　それに、いつ戻って来るんです？」

「ジョージ・ムーアが退院するまで、付き添うそうです。レスリーは、ノヴァ・スコシアにいるジョージの身内に手紙を書いたんですって。ジョージの近いご家族は、かなり年上の結婚した姉さんだけのようです。ジョージが四姉妹号で船出した時、姉さんはご存命だったようですが、その後どうなったかは、もちろんわかりません。ミス・コーネリアは、ジョージ・ムーアに会ったことはおありですか？」

「ありますよ。少しずつ、色んなことを思い出してきました。そういえば、十八年ほど前、ジョージが、アブナー伯父さんのとこへ泊まりに来ましたね。ジョージも、ディックも、十七歳ぐらいでしたよ。あの二人は、二重のいとこでしてね。つまり父親同士が兄弟で、母親同士が双子の姉妹なもんで、恐ろしいほどそっくりでした」それからミス・コーネリアはやや馬鹿にしたように言い添えた。「だけど、小説にあるみたいに、あんまり似てるもんで、入れ替わっても、家族や親しい人まで区別がつかなかった、なんていう酔狂な似方じゃありませんでしたよ。あのころの二人は、並んでるところを近くで見れば、どっちがジョージで、どっちがディックか、ちゃんと見分けがつきました。でも、別々だったり、離れた場所なら、そんなに簡単じゃなかったんで、あの悪戯坊主は、二人して人を担いでは、面白がってましたっけ。ジョージ・ムーアのほうが、ちょっと背が高くて恰幅がよかった。だけど二人とも肥ってはいなかった……痩せ型でね。ディックのほうが顔色がよくて、髪の色も心持ち明るかった。でも顔はそっくりで、二人とも妙な目をしてましたよ……片っぽが青で、片っぽがはしばみ色でね。だけど他はあんまし似てなかった。ジョージは悪戯好きのやんちゃだったけど、とても性格のいい若者でしたね。あの時分から酒好きだったと言う者もいたけど、それでもみんなが、ディックよりもジョージのほうを好いていた。ジョージはここでひと月過ごしたけど、レスリーはいっぺんも会ってませんよ。あの子はまだ八つか九つで、今思い出したけど、あの冬はずっと内海むこうのウェスト家のおばあちゃん家にいましたね。ジム船長も留守だった……マドレーヌ諸島で難破した冬ですよ。ディックに瓜二つのいとこがノヴァ・スコシアにいるって話は、船長も、レスリーも、聞いたことがないと思いますよ。ジム船長が、ディックを……ジョージと言うべきですね……家に連れて戻ったとき、いとこのことなんか、誰一人考えなかった。確かにディックもずいぶん変わったなとは思いましたよ……でっぷり肥えてましたから。でも怪我のせいだと思ったんでね。不思議はありませんよ。さっき言ったように、ジョージは前は肥ってなかったから。だからあたしらには判断する手立てはなかったですよ。そもそも本人に記憶がないんだから、みんなが騙されたのも無理はありませんよ。だけど仰天事ですよ。そのおかげで、レスリーは、人生のいちばんいい年ごろを、何の関わりもない男の世話をして、犠牲にして！　ああ、男どもときたら、忌々しい！　何をしても悪いことばっかなんだから。しかもどんな男だろうと、まともじゃないんだからね、まったく頭にきますよ」

「ギルバートとジム船長も、男性ですよ。それに二人のおかげで、ようやく真実が明らかになったんです」アンが言った。

「それは、認めましょう」ミス・コーネリアは渋々、譲歩した。「先生をあんなに叱りつけて悪かったですよ。男に言ったことを、このあたしが恥じるなんて生まれて初めてですよ。もっとも、先生には言いませんから、そのように察してもらいましょう。それにしてもアンや、神様があたしたちのお祈りを全部叶えてくださらなくて、ありがたいですよ。実はあたしは、手術してもディックが治りませんようにって、一心に祈ってたんです。もちろん、はっきりとは口にしなかったけど、胸の奥にはありました。それを神様はご承知だったでしょうに」

「神様は、ミス・コーネリアのお祈りの真意に応えてくださったんですよ。ミス・コーネリアは、レスリーがこれ以上つらい目にあわないようにと心から願ってくださったんですもの。実は私も、手術が成功しませんようにって、内心、思ってたんです。今はそれが恥ずかしいですわ、ありがたいことに」

「レスリーは、どんなふうに受けとめてます？」

「茫然としたようです。私たちと同じで、まだ実感がわかないのでしょう。『何もかも奇妙な夢のような感じがします、アン』と書いていますから。レスリーが自分のことに触れているのは、これだけなんです」

「可哀想に！　囚人は鎖から切り離されても、しばらくは鎖がないのが妙な感じで、途方に暮れるそうですからね。アンや、私の頭から、ある考えが離れないんですが、オーエン・フォードは、どうなんです？　レスリーが彼を好いてることは、わかってます。ではオーエンはどうなんです。彼がレスリーを好きだと感じたことはあります？」

「はい……ありま す……一度」これくらいなら言ってもいいだろうと、アンは白状した。

「そうですか。私もあります。理由は特にはないけど、彼はレスリーを好きに違いないという気がしたんですよ。それでね、アンや、あたしが仲人役にむかないことは神様もご承知の通りだし、その類いのことは小馬鹿にしてますけど、もしあたしがアンで、あのフォードという男に手紙を書くなら、何があったか、さりげなく触れますよ。あたしならね」

「もちろん、手紙を送る時は、触れますわ」アンは少々、他人行儀に語った。ともかくこれはミス・コーネリアと話し合える事ではないのだ。それでいてアンは、レスリーが自由の身になったと知ってより、同じ考えがずっと胸にひそんでいたことを自分でも認めていた。だがこんな大切なことを好き放題に話して、神聖さを汚すつもりはなかった。

「もちろん、慌(あわ)てることはありませんよ、アンや。だけど、ディックは死んでもう十三年になるし、レスリーは、あの男のために充分すぎるほど人生を無駄にしたんですからね。これからどうなるか、あたしたちは、じっと見守りましょう。そのジョージ・ムーアも、航海に出てったきりで、みんなが死んだと思ったころに生きて帰って来て、手間をかけるなんて、男のやりそうなことですよ。だけどその人も可哀想ですね。今さら、どこにも馴染(なじ)めないでしょうから」

「まだお若いですし、すっかり治れば、実際に治るそうですから、また居場所ができますわ。お気の毒に、ご本人にしてみれば、数奇(すうき)なことですよ。ジョージにとっては、事故からあとの年月は、存在しなかったようなものですもの」

第33章　レスリー、帰る

二週間後、レスリーは苦悩の歳月を送った古い家に、一人で帰ってきた。そして六月の夕暮れの野原をこえてアンの家へ行き、草花の香り満ちる庭に、幽霊のように不意にあらわれた。

「レスリー！」アンは驚いて叫んだ。「どこから来たの？　あなたが来るとは思いもしなかった。どうして手紙で報せてくれなかったの、迎えに行ったのに」

「なぜだか、書けなかったの、アン。ペンとインクで何か書こうにも、うまく伝わらないような気がして。それに、静かに、人目につかずに帰りたかったの」

アンはレスリーを抱きしめ、キスをした。レスリーも温かなキスを返した。レスリーは青ざめ、疲れた様子で、小さく息をつくと、青々とした草に腰をおろした。かたわらの広い花壇に、黄水仙の花々が、金色の星のように、淡い銀色の薄暮のなかに輝いていた。

「では、一人で帰ってきたの、レスリー？」

「ええ、ジョージ・ムーアのお姉さんがモントリオールに彼を迎えに来て、ジョージをご自宅に連れて帰ったの。可哀想に、ジョージは、私と別れるのを悲しがったわ……初めて記憶が戻ったときは、私のことは知らない人だったのにね。最初のうち、ジョージは、ディックが死んだのは自分が思ってるように昨日の事じゃないって、必死で理解しようとして、つらくて、私に頼り切ってたの。私もできる限り、力になったわ。それからお姉さんが来てからは、気持ちが楽になったみたい。ジョージの記憶では、お姉さんにはついこの前会ったばかりですもの。幸い、お姉さんはあまり変わってなかったから、それも良かったのね」

「何もかもが不思議で、素晴らしいわ、レスリー。私たちはみんな、まだ本当のこととは思えないの」

「私もそうよ。一時間前に自分の家に帰った時も、これは夢に違いないという気がしたの……ディックが、今までのように、あの子どもっぽい笑顔を浮かべて、この家にいるに違いないと思ったの。私、まだぼうっとしているわ。嬉しくも、悲しくもない……何もないの。自分の暮らしから、突然、何かが引き千切られて、後にぽっかり穴が空いたみたい。自分が自分じゃないような……別の人に変わってしまって、まだそれに慣れてないような感じ。とても寂しくて、混乱して、途方に暮れてるの。でもあなたにまた会えて嬉しい……あなたは、私の漂う心の錨に思えるわ。ああ、アン、私、何もかも怖いの……きっと噂になったり、人から興味をもたれたり、あれこれ聞かれたりするでしょう。それを思うと、家に帰らずに済めばと思うわ。私が汽車から下りたら、デイヴ先生が駅にいらして……家まで送ってくだすったの。お気の毒に、先生は、ディックは手の施しようがないと何年も前におっしゃったことを、深く悔いておられるの。『わしは本当にそう思っておりましたからな、レスリー』と、今日、おっしゃったわ。『だがな、わしの意見だけを頼りにしてはならんと言うべきだった……専門医の所へ行きなさいと話すべきだった。そう言っておれば、きみは何年もつらい年月を送らずに済んだ、可哀想なジョージ・ムーアも、無駄な歳月を送らずに済んだ。わしは、責任を感じているんだ、レスリー』と。だから私は、気になさらないでくださいと言ったの……先生は正しいと思ったことをなすったんです……先生はいつも大変によくしてくださいました、とね……先生が悩んでおられる姿を見るのはつらいもの」

「それでディックは……つまりジョージは、どうなの？　記憶は完全に戻って？」

「ほとんど。もちろん、まだ細かいことは色々と思い出せないけど……日ごとに、どんどん思い出してるわ。ジョージは、ディックを埋葬した日の夕方、散歩に出かけたんですって。その時、ディックのお金と時計を持っていて、私の手紙と一緒に、ここに持って来るつもりだったの。船乗りが集まる場所へ行ったことも認めてるわ……お酒を飲んだことも憶えてて……その後は記憶にないの。アン、ジョージが自分の名前を思い出した瞬間は、決して忘れられないわ。ジョージは、理性をとり戻した、戸惑った顔つきになって、私を見たの。だから、『ディック、私のことがわかる？』と言うと、『おれは、あんたに会ったことは一度もない。あんたは誰です？　それにおれの名前はディックじゃない。ジョージ・ムーアだ。そもそもディックは、昨日、黄熱病で死んだ！　おれはどこにいるんだ？　おれに何があったんだ？』と言うので、私……気を失ったの、アン。それからずっと夢の中にいるみたい」

「そのうち、この新しい状況にも慣れるわ、レスリー。それにあなたは若いのよ……目の前にあなたの人生が広がっているの……これからまだ素晴らしい歳月が何年もあるのよ」

「もう少しすれば、そんな風に考えられるかもしれない、アン。でも今は疲れて、何の感慨もわかなくて、将来を考えられないの。私……私は……アン、私は寂しいの。ディックがいなくなって、寂しいの。変でしょう？　私は可哀想なディックのことが……ジョージのことが、本当は好きだった。言い直すと、すべてを私に頼っている無力な子どもを可愛がるみたいに好きだった。そんなこと、前の私なら認めなかった……恥ずかしいもの……あなたも知っての通り、航海に出る前のディックを、私は憎んでたし、軽蔑もしていた。だからジム船長がディックを連れて帰ると聞いた時は、また彼に同じような気持ちになるだろうと思った。ところが、そうじゃなかった……前のディックを憶えてたから嫌いではあったけど、いざ彼が戻ってくると、可哀想だという気持ちしか感じなかった……もう胸が痛くなって苦しくなるくらい可哀想だった。ディックは怪我のせいで何もできなくなって、別人みたいだと思ったけど、本当に別の人だったのね。それをカーロウはわかっていた、アン……今なら私もわかる、カーロウは理解していたのよ。でも当時は、カーロウがディックをわからないなんて変だと思っていた。犬は、ふつうは飼い主に忠実だもの。でもカーロウは、帰って来た人が飼い主じゃないとわかってたのね。私たちは誰もわからなかったのに。私はジョージ・ムーアに会ったことがなかった。それはご存じでしょう。今思うと、ディックが一度、何気なく話してくれたわ。ノヴァ・スコシアにいとこがいて双子みたいにそっくりだって。でも忘れてたし、どのみちそんなに大事なことだとは思わなかった。だからディックの身元を疑うなんて考えもしなかった。あの人が前と変わったのは、怪我のせいだと思ったの。

ああ、アン、ディックが治るかも知れないとギルバートが話してくれたあの四月の夜！　絶対に忘れられないわ。前の私は、恐ろしい責め苦の檻に入れられた囚人だったけど、そのあとは檻が開いて、外へ出られたように感じていた。まだ鎖で檻につながれてはいるけど、もう檻のなかではないと。ところがあの晩は、無慈悲な手が、私をまた檻のなかへ……前よりもっと恐ろしい責め苦の檻へ引きずって戻すように感じたわ。でもギルバートを責める気にはならなかった。彼の言う通りだと思ったもの。それにギルバートは、これまでずっと親切にしてくれた。費用のことや、手術をしてもどうなるか不確かだと考えれば、そんな危ない橋は渡れないと私が判断しても、少しも悪く思いませんと、ギルバートは言ってくれた。でも私は、自分がどう判断すべきか、わかってたの……なのに、その答えを直視できなかった。答えを正面から見つめようと思って、一晩中、狂ったみたいに家中を歩きまわった。それでも、できなかった、アン……できないと思ったの……それで夜が明けると、私は歯を食いしばって、手術はやめようと決めた。このままにしておこうと。とても悪いことよ、わかってる。もしこの決意のままだったら、今ごろは、その悪い心のために罰を受けたでしょう。その日は、一日中、やめようと思ってた。ところが午後、買い物でグレンに行くことになって、その日はディックが静かで眠そうだったから、置いて出かけたの。すると思ったより外出が長くなって、ディックは私がいなくて、寂しくなって、独りぼっちで取り残されたと思ったのね。私が帰ると、子どもみたいに走って来て、迎えてくれたの、それは嬉しそうな顔で、にっこりして。どういうわけか、アン、そのとき私、たまらなくなったの。ディックの可哀想なくらいに虚ろな顔に浮かんだ、あの笑顔を、見ていたら、耐えられなくなったの。まるで、子どもが成長して伸びていくチャンスを、この私が奪っているような気がした。結果はどうであれ、ディックが治るチャンスを与えるべきだと悟ったの。それでここに来て、ギルバートに話したのよ。ああ、アン、発つ前の何週間か、私のことを感じが悪いと思ったでしょう。そんなつもりじゃなかったの……ただ、しなければならないこと以外は何も考えられなかった、周りのことも、人のことも、影みたいだった」

「わかるわ……よくわかっていたわ、レスリー。でもすべては終わったの……あなたの鎖は切れたの……檻は、なくなったのよ」

「檻は、なくなった」レスリーは虚ろにくり返し、日に焼けたほっそりした両手で、まわりの青草を引きむしった。「だからといって……ほかに何もないような気がする、アン……憶えてるかしら。あの晩、砂州で、私は自分が馬鹿みたいだって話したでしょう?　でも人は、馬鹿みたいなことを、急には止められないのね。いつまでも馬鹿なままの人もいる。でも馬鹿でいることは……そうした類いの馬鹿でいることは……悪いことよ……鎖につながれた犬と同じように」

「今のあなたは疲れて、途方に暮れているの。それが治れば、すぐに気分も変わるわ」アンは、レスリーの知らない事情を知っているため、同情しすぎないことにした。

　レスリーは輝くばかりの金髪の頭を、アンの膝に乗せた。

「とにかく、私には、あなたがいてくれるのね」レスリーは言った。「こんなに素晴らしい友だちがいれば、人生は虚しいものにはならないわ。アン、私の頭を撫でて……小さな女の子だと思って……少しの間、お母さんになってほしいの……それから、私の頑固な舌がほぐれている間に、言わせて。海岸の岩場であなたに会った夜から、あなたとあなたの友情は、とても大切なものなのよ」

第34章　夢の船、内海に入る

ある朝、風の強い、金色(こんじき)の日の出のころ、光の波がセント・ローレンス湾に打ち寄せるなか、夕べの星々の国から来た一羽のこうのとりが、疲れた羽で、フォー・ウィンズ内海の砂州の上を飛び越えた（1）。翼の下には、星のような目をした眠そうな赤ん坊をかかえていた。こうのとりは疲れ果てていたが、あたりを探し求めるように見渡した。目的地の近くにいることはわかっていたが、それがどこなのか、まだわからなかったのだ。赤い砂岩(さがん)の崖(がけ)にたつ大きな白い灯台は良さそうではあるが、常識のあるこうのとりなら、そこに生まれたばかりの柔らかな赤ん坊を置くことはないだろう。花盛りの小川の谷間で柳に囲まれた古い灰色の家は、見込みがありそうだが、こちらも少し違うようである。その先にある鮮やかな緑色の家は、見るからに論外だ。だがそのとき、こうのとりは表情を明るくした。ぴったりの家を見つけたのだ――さやさやと揺れる大きなもみの森に抱(いだ)かれた小さな白い家があり、台所の煙突から青い煙が渦(うず)まいてのぼっている――まさに赤ん坊にふさわしい家の佇まいだ。こうのとりは満足げに息をもらし、その家の棟木(むなぎ)（2）へ、そっと舞いおりた。

三十分後、ギルバートは廊下を走っていき、客用寝室のドアを叩いた。眠そうな声が答え、すぐに青ざめて怯えたようなマリラの顔が、ドアの陰からのぞいた。

「マリラ、若い紳士が到着しました。あなたにお報せするよう、アンに頼まれたんです。大した荷物は持っていませんが、どうやら長居をするようです」

「なんだって！」マリラはぽかんとした。「ギルバート、まさか、もう済んだと言うんじゃないだろうね。どうして呼んでくれなかったんだい」

「必要もないのに、マリラに手間をかけたくないと、アンが言いましたので。二時間前まで、誰も呼ばなかったくらいです。今度は『通行危険』ということもありませんでした」

「それで……ということは……ギルバート……今度の赤ん坊は、生きられそうかい？」

「大丈夫ですよ。目方が十ポンドもありましてね……ほら、あの泣き声を聞いてください。あの子の肺に、どこも悪いところはありませんでしょう？　看護婦が、この坊やの髪は赤くなるだろうと言うんで、アンがかんかんに怒って、ぼくはもうおかしくて、おかしくて」

それは小さな夢の家にとって、素晴らしい一日となった。

「あらゆる夢のなかで一番の夢がかなったのよ」アンは青白かったが、恍惚としていた。

「ああ、マリラ、信じられないわ、去年の夏は悲しい一日を経験したんですもの。あれからずっと胸が痛かった……でもその痛みが、今消えたの」

「この子が、ジョイの代わりになってくれるよ」マリラが言った。

「いいえ、それはないわ、ええ、ないのよ、マリラ。今度の赤ちゃんも……ほかのどんなものも、ジョイの代わりにはなれないの。この可愛い坊やには自分の場所があって、そして小さなジョイにも、あの子の場所があるの。それはいつまでもあり続けるのよ。ジョイが生きていれば、今ごろは一歳と少しよ。小さなあんよでよちよち歩いて、少しは片言でおしゃべりをしたでしょう。そんなあの子の姿が、私にははっきり見えるの、マリラ。ああ、ジム船長がおっしゃった通りだったわ。私があの世でジョイに会う時、知らない人にならないように神様はうまく取り計らってくださるとおっしゃったの。この一年をかけて、それが納得できるようになったわ。だって私、ジョイが一日一日、一週一週と、大きくなっていく姿を、ずっと思い浮かべて来たの……これからもそうよ。あの子が一年、また一年と育っていく姿が、私には見えるの……だからいつかジョイに会った時、あの子だって、ちゃんとわかるの……あの子は決して見知らぬ人にはならないわ。ああ、マリラ、見て、坊やの小さくて、可愛いあんよの指！　こんなに完璧だなんて不思議ね？」

「そうじゃないほうが不思議だよ」マリラはそっけなく言った。すべてが無事に終わり、いつもの平静を取り戻したのだ。

「まあ、それはそうよ……でも、赤ちゃんはまだ未完成のような気がするのに……こんなに小さな爪まで生えそろっているんですもの。それにこの手……この手を見てちょうだい、マリラ」

「見たところ、ちゃんとした手だね」マリラも認めた。

「ほら、私の手をぎゅっと握って。私のことがもうわかるのよ。看護婦さんが連れていくと、泣くんですもの。ああ、マリラ……この子の髪は赤くなると……思う？……思わない？」

「どんな色にしろ、毛はまだあんまりないようだね」マリラが言った。「私なら、髪がちゃんと生えそろうまで、色なぞは気にしないよ」

「マリラったら、ちゃんと生えててよ……ほら、細くて柔らかい産毛（うぶげ）が、頭を覆（おお）っているわ。ともかく、看護婦さんが言うには、この子の目は、はしばみ色に(3)なるし、額はギルバートにそっくりですって」

「それに、いい形の可愛い耳ですよ、先生奥さんや」スーザンが言った。「私は、いの一番に耳を見ましたよ。髪の色はあてにならないし、鼻と目も変わりますから、先々はわかりませんけど、耳は最初から最後まで耳ですし、どこに付いてるかいつもわかりますからね。耳の形をご覧なさいまし……可愛い頭（おつむ）に、ぴったりくっついて。この耳を恥ずかしく思うことは決してありませんよ、先生奥さんや」

アンの回復はすみやかで順調だった。そして村の人々が訪れ、赤ん坊を褒めそやした。さながら遥かな昔、東方の賢者たちがベツレヘムの飼い葉桶に横たわる貴い乳飲み子に敬意を表して跪いてより、人々が王たる身分の赤子に腰を屈めるようであった（4）。少しずつ新しい生活環境に慣れてきたレスリーは、金の冠を頂いた美しい聖母マリアのように赤ん坊につきそって世話をやいた。ミス・コーネリアは、イスラエルのどの母親よりも（5）巧みに乳飲み子をあやした。ジム船長は、日に焼けた大きな手で小さな赤ん坊を抱き、自分には生まれなかった子どもを見るような慈愛の眼差しで見つめた。

「なんて名前にするんです？」ミス・コーネリアがたずねた。

「アンがもう決めましてね」ギルバートが答えた。

「ジェイムズ・マシュー（6）よ……私の知っている最も立派な紳士二人にちなんだの……あなたの前ですが、遠慮はしませんよ」アンは威勢のいい一瞥をギルバートに投げた。

ギルバートは微笑した。

「ぼくは、マシューのことはよく知らなかったんだ。あの人はとても内気で、ぼくたち男の子は親しくなれなかったんでね……でもぼくも同感だよ。ジム船長は、神が土から創られた人間（7）のなかで最も稀にして、最も立派なお方だ。うちの息子に船長の名前がついて大喜びなさってますよ。船長の名前をもらった子どもはいないようですから」

「そうですよ、ジェイムズ・マシューは、長持ちして、洗っても色がさめない名前です」ミス・コーネリアが言った。「お爺さんになってから恥ずかしくなるような、大袈裟でロマンチックな名前を背負わせなくて良かったですよ。グレンのウィリアム・ドリューの奥さんなんか、赤ん坊に、バーティ・シェイクスピアって名づけたんです。大した取り合わせじゃありませんか？（8）それに名づけに手間取らなくて、良かったですよ。ずいぶん時間がかかる人もいますからね。スタンレー・フラッグの家では、長男が生まれたとき、誰の名前をもらうかで揉めて、可哀想に、その子は二年間も、名無しの権兵衛だったんです。それで次男が生まれると、『大きい坊や』と『小さい坊や』になって、ようやく両家のお祖父さんにちなんで、大きい坊やはピーター、小さい坊やはアイザックにして、二人一緒に洗礼をしたところ、両方とも泣きわめいて、相手を黙らせようとしたんですと。それから、グレンの奥に住んでる、スコットランド高地地方（9）から来たマクナブ一家をご存じです？　あそこは十二人も息子がいて、長男と末っ子がニールなんです……一家に、大きいニールと、小さいニールだなんて、名前が品切になったんでしょうかね」

「どこかで読んだことがあるわ」アンが笑った。「最初の子どもは詩である、しかし十番目はありふれた散文であると。たぶんマクナブの奥さんは、十二番目の子どもは、昔話をもう一回話すようなものだと思われたんでしょうね」

「そうですけど、大家族には、いいとこも少しありますよ」ミス・コーネリアがため息をついた。「あたしは八つまで一人っ子だったもんで、男か女のきょうだいが欲しかったんです。きょうだいをくださいとお祈りをなさいって母が言ったんで……祈ったんです、ほんとですよ。そしたらある日、ネリーおばさんが来て、『コーネリア、二階のお母ちゃんの部屋に、男のきょうだいがいるよ。上がってごらん』って言うもんだから、わくわく、どきどきして二階へ飛んでったら、フラッグのお婆さんが赤ん坊を抱きあげて、見せてくれたんですけど、ああ、アンや、あんなにがっかりしたことはありませんよ。だってあたしは、二つ年上の兄さんをくださいって、お祈りしたんですから」

「そのがっかりは、どのくらい続きましたの？」アンが笑ってたずねた。

「しばらくは神様を恨みましてね。何週間も赤ちゃんを見ようともしなかった。その理由は、誰にもわかりませんでした。あたしが頑として言わなかったんで。でもそのうち弟が可愛くなって、小さな手をこちらに伸ばしてくるんで好きになったんです。でも、心底弟でもいいと諦めがついたのは、ある日、学校の仲良しが弟を見に来て、年の割にまあ小さいことって言ったからです。あたしはかっとなって、すぐに食ってかかったんです。あんたなんか、可愛い赤ちゃんかどうか、見てもわかんないくせに、うちの赤ちゃんは世界でいちばん立派よ、とね。それからは弟を溺愛しましたよ。弟が三つになていたんで、母さんは子どもの頃、あたしは……

る前に母が亡くなったんで、あたしは姉さんと母さんの両方をやりました。でも可哀想に、弟は丈夫じゃなかったんで、二十歳を過ぎて亡くなりました。弟が生きてさえいてくれたら、あたしは何だって差し出しましたよ、アンや」

ミス・コーネリアは吐息をついた。ギルバートは下におりていた。レスリーは屋根窓で小さなジェイムズ・マシューをあやしながら小声で歌っていたが、籠に寝かしつけると出ていった。話し声が聞こえないところまでレスリーが遠ざかると、ミス・コーネリアはアンに身を乗り出し、陰謀でも語るように声をひそめた。

「アンや、昨日、オーエン・フォードから手紙が来たんです。今はヴァンクーヴァー(10)にいるけど、少ししたら、ひと月ほどうちに下宿できるかどうか、教えてほしいと言ってきましたよ。これがどういう意味か、あなたなら、わかるでしょ。ああ、あたしらは正しいことをしてると思いますけど」

「私たちには関係のないことですわ……彼がフォー・ウィンズに来たいなら、止めようがありませんもの」アンはすぐさま言った。ミス・コーネリアのひそひそ話がいかにも縁結びをしているようで気に入らなかったのだ。とはいうものの、アンは自分から折れて言った。

「フォードさんがここに来られるまで、レスリーに言わないでくださいね。もし知ったら、レスリーはすぐにどこかへ行ってしまいますから。どのみち秋にはここを離れるつもりなんです……先日、話してくれたんですが、レスリーはモントリオールへ行って看護婦になって、自分のできることで生計を立てるつもりだそうです」

「ああ、そうでしたか、アンや」ミス・コーネリアは思慮深げにうなずいた。「レスリーに言わないほうがいいかもしれませんね。あたしたちは自分のすべきことはしたんですから、あとは神様の御手にお任せしましょう」

第35章　フォー・ウィンズの政治運動

アンが再び一階におりるようになったころ（1）、島は、カナダ全土と同じく、来たる総選挙にむけて激闘の最中だった。ギルバートは熱烈な保守党員（2）で、気づけばその渦中にあって、各地の演説に盛んにかり出されていた。彼が政治に関わることをミス・コーネリアは良しとせず、アンにも言った。

「デイヴ先生は、断じてそんな真似はなさいませんでした。ブライス先生もあとになれば、しまったことをしたって、わかります、ほんとですよ。政治は、まともな男が首をつっこむもんじゃないんです」

「ということは、国の政治は、悪党に任せておけとでも？」アンがたずねた。

「そうですよ……保守党の悪党ならね」ミス・コーネリアは旗色が悪くなっても、まだ言い張った（3）。「男と政治家には同じ欠点があるんです。もちろん自由党員は、保守党員より欠点が多いですよ、ええ……かなり多い。とにかく、自由党にしろ、保守党にしろ、政治には手を出すな、というのがブライス先生への忠告です。このままにしとくと、先生が選挙に出て、年に半分はオタワへ（4）行ってしまって、診療所は閑古鳥ですよ」

「まあ、心配事をよそから借りて来るのはやめましょう（5）」アンが言った。「利子が高すぎますもの。そんなことより、ジェム坊やを見てくださいな。Gの字をつけて宝石(ジェム)と綴(つづ)りたいくらい（6）ですわ。すばらしくきれいでしょう？　それにこの子のひじの窪(くぼ)みといったら。ミス・コーネリアと私で、立派な保守党員に育てましょうね」

「いいや、立派な男に育ててるんです」ミス・コーネリアが言った。「立派な男は珍しいもんで、希少(きしょう)価値がありますからね。もちろん自由党員にはしませんとも。選挙と言えば、あたしたちは内海むこうに住んでなくて良かったですよ。あちら側は、近ごろぎすぎすしてましてね。エリオットと、クローフォードと、マカリスターの連中が、一人残らず喧嘩腰でね。こっち側は平和で穏やかなもんですよ、男が少ないからですよ。ジム船長は自由党を支持してますけど、あたしの見たとこじゃ、それを恥じてますね。なぜって、船長は絶対に政治の話をしないからですよ。今度の選挙も、保守党が圧倒的多数で再選されるのは確実ですよ」

　だが、ミス・コーネリアは間違っていた。選挙が終わった翌朝、ジム船長が小さな家に立ちより、ニュースを報(しら)せた。政党政治の病原菌は、温厚な老船長にさえ害をおよぼし、ジム船長の頬は赤く染まり、瞳は昔の炎をあまさず甦(よみがえ)らせてぎらぎらしていた。

「ブライスの奥さん、自由党が、圧倒的多数で、政権をとりましたぞ（7）。保守党が十八年もまずい政治をして、虐げられてきたこの国も、ようやっとチャンスが回ってきましたわい」

「船長が、政党のお話をこんなに辛辣になさるなんて、初めてお聞きしましたわ。政治の恨みが、そんなにおありとは、思いもよりませんでした」アンは笑ったが、ニュースにはさほど興奮しなかった。その朝、ジェム坊やが「ウワウーガ」(8)と初めて言ったのだ。この奇跡的な出来事にくらべれば、主権や政権、王朝の興亡や、自由党と保守党の勝ち負けなど、何であろう。

「長年にわたって、積もりに積もっておりましたでな」船長は悪しざまに言いつつも、笑顔を浮かべた。「わしは、穏健な自由党支持者だと思っとりましたが、自由党が政権をとったと聞いて、自分がどれだけ熱烈な自由党員だったか、わかったですわい」

「ご存じと思いますけれど、夫と私は保守党なんですよ」

「ああ、そうでしたな。わしの知る限り、それがお二人の唯一の欠点ですて、ブライスの奥さん。コーネリアも保守党員ですな。実は、わしはグレンから帰る途中、コーネリアのとこによって、報せて来たですて」

「まあ、命の危険をおかすような真似をして」

「わかっとりますが、誘惑には勝てませんでして」

「ミス・コーネリアは、どうでした?」

「わりかし穏やかでしたな、ブライスの奥さん、わりかし穏やかでした。でもあれは言いましたで、『そうですか、神様は、国に屈辱の季節をお与えになるものです、人間にお与えになるように。あなたがた自由党員は、長年、冷やめしを喰わされてきたんですから、今のうちに、急いで暖まって、精々お食べなさいまし。どうせ自由党政権は長いこと続きませんですから』とな。だからわしも言いましたで。『そうかい、ということは、コーネリア、カナダは屈辱の季節がかなり長いこと必要だと、神様は思っておいでだな』とな。やあ、スーザン、おまえさんはニュースを知ってるかね？　自由党が政権をとりましたぞ」

ちょうどスーザンが台所から入って来た。いつも彼女のまわりに漂っている美味しい料理の匂いをまとっていた。

「あら、そうですか」きれいさっぱりの無関心ぶりだった。「自由党が政権をとろうがとるまいが、あたしのパンはいつもと同じようにふんわり軽く焼きあがる、ということしか知りませんよ。それに、どこの党だろうと、今週中に雨をふらせて、うちの菜園を日照りの全滅から救ってくれるんなら、スーザンはその政党に投票するでしょうよ(9)。先生奥さん、ちょっと席をはずして、お夕食のお肉を見てくださいまし。肉が、かなり硬いと思うんです。政府を変えるみたいに、肉屋も変えた方がいいんじゃないかと思いましてね」

一週間後のある夕方、アンは、新鮮な魚をジム船長から手に入れようと岬へむかった。アンがジェム坊やを家に残して出かけるのは初めてであり、悲劇のごとき有様だった。もし坊やが泣いたら？ もしスーザンがどうすればよいかわからなかったら？ だがスーザンは平然として落ち着き払ったものだった。

「坊っちゃんのお世話というなら、私と先生奥さんは、同じだけの経験を積んでるんですよ、そうですよね？」

「そうよ、この子についてはね……でもほかの赤ちゃんは、そうじゃないわ。私は子どものころ、三組の双子の世話をしたのよ、スーザン。あのころの私は、子どもたちが泣けば、涼しい顔をして薄荷（はつか）やひまし油（ゆ）(10)を与えたけど、今思えば、赤ちゃんのことや、病気のことを、あんなに軽々しく考えていたなんて」

「そうですか。私なら、ジェム坊やが泣いたら、可愛いおなかに熱い湯たんぽをあてますよ」スーザンが言った。

「熱すぎないようにね」アンは不安げに言った。ああ、出かけるなんて分別のある行いだろうか？

「ご心配なく、先生奥さん。スーザンは、坊っちゃんに火傷（やけど）をこさえるような女じゃありません。それに坊っちゃんはいい子ですから、泣いたりしませんよ」

アンはようやく、わが身を引き裂かれる思いで出かけたが、結局は、夕陽に長く伸びる影のなかを岬まで楽しく歩いた。灯台の居間に、ジム船長はいなかった。だが別の男性がいた——剃り立てのたくましいあごも青々とした、美形な中年男であったが、アンの知らない人物だった。にもかかわらず、その人物は、アンが腰をおろすや、丸きりの旧知の馴れ馴れしさで話しかけたのだ。男の話にも、口ぶりにも、不適切なところはなかったが、アンは見ず知らずの他人から厚かましくも軽々しく扱われたことに、いささか憤慨した。アンの応答は冷ややかで、必要最小限の礼儀にとどめた。だが男は少しもひるまず、しばらく話し続けてから辞去した。男の目には何やら嬉しげな光があり、アンは困惑した。あの人は誰だろう？　おぼろながらも、見覚えのある気がしたが、一度も会ったことはないはずだった。

「ジム船長、さっき出ていった人は、どなたですか？」ジム船長が戻り、アンがきいた。

「マーシャル・エリオットさね」船長は答えた。

「マーシャル・エリオット、ですって！」アンは叫んだ。「まあ、ジム船長……まさか……でもそうだわ、たしかに、あの人の声だった……ああ、ジム船長、私、気づきもしなかった……なんて失礼なことをしたのかしら！　それにあの人も、どうしておっしゃらなかったんでしょう。私が気づいていないと、おわかりだったでしょうに」

「一言だって言いますまいて……あの男は冗談にして、楽しみますで。あの男につんつんしたからといって、気に病むことはありませんて……あれは面白がってるでな。そうですて、ついにマーシャルは髭を剃り落として、髪も切ったですわい。自由党が政権をとったでな。わしも最初に見た時は、わからなかったですて。マーシャルは、選挙の次の晩、グレンのカーター・フラッグの店へ行って、ほかの連中と結果を待っておったですわい。すると夜中の十二時ごろ、電話がかかって来て……自由党が政権をとったとわかった。するとやおらマーシャルは立ちあがり、出て行った……万歳もせず、叫び声もあげず……そんなことはほかの連中に任せてな。そいで任された者は、もうカーターの店の屋根を持ちあげんばかりの大騒ぎだったですて。もちろん保守党の奴らは、一人残らずレイモンド・ラッセルの店に(11)おりましたが、そっちは、しょぼくれたことですわい。マーシャルは通りを一目散に床屋のオーガスタス・パーマーの勝手口へ行ったですよ。オーガスタスは寝とりましたが、マーシャルが扉をどんどん叩くもんで、しまいにゃ目を覚まして下りてきて、この騒ぎは何ごとかと、きいたですて。『おい、店にまわって、おまえさんの一生一度の仕事をしておくれ、ガス(12)や』とマーシャルは答えたです。『自由党が政権をとったんだ。日が昇る前に、このめでたい自由党員を散髪して、髭を剃ってくれ』とな。

ガスはえらく怒りましてな……寝てたところをベッドから引きずり出された上に、そもそもあいつは保守党ですからな。だもんでガスは、おれは夜中の十二時すぎたら、どんな男の髭もあたらねえんだ、って断ったんですわい。

『おれの言う通りにしろ、若造め。さもなきゃ、この膝っこにおまえを抱えて、おまえのおっ母さんが叩き忘れた尻叩き（13）の一つもくれてやるぞっ』

マーシャルならしかねないと、ガスもわかっとりました。マーシャルは雄牛みたいに腕っ節は強いし、ガスはちんまりした小男ですでな。それでガスの奴も観念して、マーシャルを店に引っぱり込み、取りかかったですて。『さあてと』と、ガスは言って、『おまえさんの床屋をしてやるがな、仕事の途中、自由党が勝ったなんぞと一言でも言ってみろい、この剃刀で喉をかっ切ってやるからな』と言ったですよ。よもや、おとなしい小男のガスが、こんな血に飢えたことを言うとは思いも寄らぬでしょうな？　政党の政治運動で男がどうなるか、ようわかりますで。そこでマーシャルもじっと黙って、髪と髭を始末してもらって、帰ったですて。ところがマーシャルが家の二階へ上がってく足音を、あのうちの婆さん家政婦が聞きつけて、マーシャルかいな、雇い人の坊主かいな、と思って、自分の部屋のドアからこっそり覗いたところ、見たこともない男が、蠟燭片手に、廊下をずんずん歩いてくもんで、家政婦はぎゃあと叫んで気絶したですと。医者を呼びにやって、ようやっと意識が戻りましたが、それから何日も、マーシャルを見るたんびに、ぶるぶる震えたそうですわい」

ジム船長のところに魚はなかった。その夏、船長は小船で漁に出ることはなく、遠くへ歩くこともなかった。一日の大半を海を見晴らす窓辺にすわり、にわかに白いものの増えた頭を片手に預け、セント・ローレンス湾を眺めていた。その宵もしばらく黙ったまま窓辺に腰かけ、船長は過ぎた昔と邂逅していた。それをアンは妨げはしなかった。

やがて船長は、西空に広がる虹色の輝きを指さして言った。

「きれいなもんですなあ、ブライスの奥さん。だがな、今朝の日の出こそ、ごらんに入れたかったですて。見事なものでした……それは見事でしたて。わしはこの湾に昇るあらゆる日の出を見てきましたわい。それにわしは世界中を旅してきましたでな、ブライスの奥さん、その全部を合わせても、夏の朝、このセント・ローレンス湾に昇ってくる日の出ほど、素晴らしいものはないですて。人は自分の死ぬる時を選べませんわい、ブライスの奥さん……偉大なる船長が、出航を命じたらば、わしらは行かねばなりません。だができることなら、わしは、この海に朝がやって来る時、旅立ちたいですて。わしは、ここの夜明けの一つ一つを見てきて、思ったもんです。あの偉大な白く輝く光を抜けて(14)、そのむこうに待っているとこへ行くということは、どんなものだろう。この世の海図には載ってはおらぬ海の上をゆくんですわい。ブライスの奥さん、そこへ行けば、いなくなったマーガレットが見つかると、わしは思うのですて」

ジム船長は昔の思い出をアンに語ってより、いなくなったマーガレットの話をたびたびしていた。マーガレットを愛する思いが――薄れたことも、忘れたこともない彼女への愛が――船長の言葉の端々に震え、息づいていた。

「ともかく、そのときが来たらば、ころりと楽にいきたいですて。わしは自分を臆病者だとは思いませぬがな、ブライスの奥さん……というのも、むごたらしく死ぬような目に一度ならず遭いましたが、怖くなかったで。ところが、いつまでもぐずぐず死に損なうのは、ぞっとして妙に嫌な気がしますで」

「私たちを残していくお話なんて、なさらないでください、大好きな大好きな、ジム船長」アンは声をつまらせ、日に焼けた老いの手を撫でた。たくましかったその手は、今では弱々しく衰えていた。「船長がおられなくなったら、どうすればいいんでしょう」

ジム船長は美しい微笑を浮かべた。

「ああ、いい具合にやっていかれますて……いい具合にな……だが、この年寄りを丸きり忘れることもありますまい、ブライスの奥さん……そうですとも、すっかり忘れることはありますまいて。ヨセフの一族は、いつまでもお互いのことを憶えとりますでな。それも、人を傷つける思い出ではない……わしの思い出が友人がたを傷つけないといいのですが……ヨセフの一族の思い出は、いつまでも楽しい思い出ですて。わしの思い出もそうあってほしいと願っております、またそうであると信じとります。いなくなったマーガレットが、最後にわしを呼んでくれるのは、もうじきでしょうて。それに応えるる準備は、もう済んでおります。こんな話をしたのは、実は、一つ、お願いがありまして」な。この可哀想な年寄りの一等航海士のことですて」──ジム船長は腕をのばし、長椅子に丸くなっている大きくて暖かいヴェルヴェットのような金色の鞠をついた。一等航海士は丸めた体をばねのようにほどき、ごろごろにゃあと愛らしい声を気持ちよさそうに出すと、宙に足を伸ばして寝返りをうち、また丸くなった。「わしが航海に出たらば、これが寂しがりますでな。この可哀想な子を残してって、飢えさせるなんぞ、考えただけでたまりませんわい。この子は前もそんな目に遭っとりますでな。わしに何ぞあった時は、航海士に食べものと居場所をやってくれませんかの、ブライスの奥さん」

「もちろんですとも」

「それだけが心残りでしたでな。それからジェム坊やには、興味を惹きそうなものを少しばかり選んでおきました……そのように取り分けてありますで。おや、そのきれいな目に涙が浮かぶのは見たくありません、ブライスの奥さん。わしはまだしばらくは頑張りますでな。去年の冬、奥さんが詩を諳誦なすったのを聞きました……テニスンの詩の一つだった。これをまた諳んじてもらえるなら、もういっぺん拝聴したいものですなあ」

優しく冴え冴えとした潮風が二人に吹いていた。その風に吹かれながらアンは、テニスンの美しい辞世の詩――「砂州を越えて」(15)を諳誦した。老船長は筋ばった片手で、そっと拍子をとって聴いた。

「そうですな、そうですとも、ブライスの奥さん」アンが終えると、船長が言った。「ああ、その通りですわい。テニスンは船乗りではなかったと奥さんは言いなさるが……老いぼれ船乗りの気持ちを、よくこんな風に言葉にできましたな。『別れの悲しみ』はないようにと、詩にありました(16)な、わしもまったく同じ気持ちですわい、ブライスの奥さん……というのも、砂州を越えたむこうで、わしは、わしのマーガレットと幸せになりますでな」

第36章　灰に代えて美を（1）

「グリーン・ゲイブルズから、何か報せ（ニュース）があったかい、アン？」

「とくにはなかったわ」マリラから届いた手紙を畳（たた）みながらアンが答えた。「ジェイク・ドネル（2）が、屋根板を葺（ふ）きに（3）来ているんですって。あの子も今では一人前の大工さんなのね。ということは、自分の思い通りに生涯の仕事を選んだのよ。憶えている？　あの子のお母さんは息子を大学教授にしたかったの。お母さんが学校に来て、うちの息子をセント・クレアと呼ばなかった（4）って叱られた日のことは忘れられないわ」

「今でも、そんな名前で呼ぶ人がいるのかい？」

「どうやらなさそうね。本人もすっかり忘れたようだもの。お母さんも根負（こん）けしたのよ。ジェイクみたいなあごと口もとの男の子は、最後には自分の意志を貫（つらぬ）くと前から思っていたの。ダイアナの手紙には、ドーラにボーイフレンドがいると書いてあるわ。考えてもみて……あの子によ！」

「ドーラはもう十七歳だよ」ギルバートが言った。「チャーリーとぼくは、十七歳のきみに夢中だったさ、アン」

「ほんとうに、ギルバート、私たち、年をとっていくのね」アンはいささか悲しげに微笑してみせた。「私たちが大人になったと思っていたころに六つだった子どもが、今ではボーイフレンドがいるお年ごろだなんて。ドーラの彼氏は、ラルフ・アンドリューズ……ジェーンの弟さんよ。ラルフのことは憶えているわ。小さくて丸顔でぽっちゃりして、明るい亜麻色の髪で、いつもクラスのびりだった。でも今は美男子になったでしょうね」

「ドーラは、十中八九、早く結婚するよ。シャーロッタ四世と同じタイプだから……次のチャンスはないかもしれないと思って、最初のチャンスを逃がさないんだ」

「そうね、もしドーラがラルフと結婚するなら、兄さんのビリーよりも、きびきびしているといいわね(5)」アンは思い出した。

「たとえば」ギルバートが笑いながら言った。「ラルフが自分でプロポーズできるように、とか。アン、もしもビリーが、ジェーンに頼まずに、自分できみに求婚していたら、彼と結婚したかい？」

「したかもしれないわ」アンは初めて求婚された時のことをふり返り、急に高い声で笑い出した。「ショックで、催眠術にかかったみたいになって、早まって馬鹿な真似をしたかもしれないわ。ビリーが代理人を立ててくれたことに感謝しましょう」

「昨日、ジョージ・ムーアから手紙が来たのよ」レスリーが本を読んでいた部屋の隅から言った。

「まあ、どんなですって？」アンは興味深げにたずねたが、知らない人物についてきくような現実離れした感覚があった。

「元気だけど、実家や友だちがことごとく変わっていて、慣れるのが大変ですって。春になったら、ジョージはまた航海に出るの。血筋だって書いてるわ。海が恋しくてたまらないんですって。でも可哀想な彼にも、嬉しいことがあったのよ。ジョージは四姉妹号に乗る前に故郷で婚約してたの。相手の娘さんのことは、モントリオールでは何も話してくれなかった。というのも、娘さんはもう自分のことなんか忘れて、とっくに誰かと結婚しただろうと思ってたんですって。それにジョージにとっては、その人と婚約したことも、その人を愛している気持ちも、まだ現在のことだから、たまらなくつらかったのよ。ところが実家に帰ったら、その人は結婚せずに、今も彼を想ってたの。それでこの秋、結婚するんですって。私、その人を連れて、こちらへ旅行にいらっしゃいと誘うつもりよ。ジョージは、何もわからずに何年も暮らした所を見たいと手紙に書いてるもの」

「なんてすてきな、愛らしいロマンスかしら」アンが言った。ロマンチックなものに寄せるアンの愛情は不滅であった。「今思えば」アンは自分を責めるように息をついた。

「もし私が自分の考えを通していたら、ジョージ・ムーアは、今でも彼という人格を葬(ほうむ)った墓場から出られなかったのよ。私ったら、ギルバートの提案にあんなに反対して！　そうね、私は罰(ばち)があたったんだわ。これからは二度とギルバートに反対できないもの！　反対でもしようものなら、ジョージ・ムーアの件を持ち出して、私を黙らせるでしょう！」

「それくらいのことで、女性が黙るとでも言うのかい！」ギルバートがからかった。

「アン、少なくともぼくに従うだけの妻にはならないでおくれ。ちょっとした反対意見は人生の香辛料(スパイス)だ。内海むこうのジョン・マカリスター夫人のような奥さんは、ご免だね。ご主人が何を言っても、『その通りですわ、ジョン、あら、まあ！』って、あの冴(さ)えない気の抜けた小声で、すぐ返すだけなんだよ」

　アンとレスリーが笑った。アンの笑い声は銀、レスリーは金であり、二人の笑い声をあわせると音楽の美しい和音のごとく快く響いた。

　二人の笑い声に続いて入って来たスーザンこそ、辺りに響きわたるような深いため息をついた。

「おや、スーザン、どうしたんです？」ギルバートがたずねた。

「ジェム坊やに何かあったんじゃないでしょうね、スーザン？」アンは案じて立ち上がった。

「いいえ、落ち着いてくださいな、先生奥さんや。もっとも、ある事件が起きましてね。まったく、今週の私は何から何までついてませんよ。パンを駄目にして、奥さんもご存じの通りです……先生の一番上等なシャツの胸に焼け焦げをこさえて……奥さんの大皿を割って。さらに今度は、姉のマチルダが足を折ったんで、しばらく泊まりに来てほしいって報せが来たんです」

「まあ、それは困ったわ……お姉さんがそんな目に遭われてお困りね、という意味ですよ」アンが言った。

「ああ、まったく、人間は嘆くために造られた、ですよ、先生奥さんや。これは聖書にありそうな言葉ですけど、バーンズという人が書いた(6)そうです。でも、人が苦労するために生まれてきたことは、火の粉が上へ飛ぶように確かなこと(7)ですよ。姉のマチルダのことは、どう考えればいいものやら。うちの家族は、誰も足を折ったことがないのに。だけど姉が何をしようと、姉は姉ですから、数週間ほど、お暇を頂けるんなら、看病をしに行くのが、私の務めだと思うんです、先生奥さんや」

「もちろんですとも、スーザン、もちろんですよ。留守中は、別の人を頼みますから」

「頼めないようでしたら、行きませんよ、先生奥さんや、マチルダの足に何が起きようとね。足が何本折れようと、奥さんにご心配をかけたり、可愛い坊っちゃんにご不便をおかけしたりはできませんです」

「まあ、お姉さんの所へすぐに行ってさしあげて、スーザン。入り江の村から娘さんを頼んで、しばらく働いてもらいますから」

「アン、スーザンが留守の間、私を泊まりに来させてちょうだい」レスリーが声を上げた。「お願い！　そうしたいの……あなたにとっては、隣人愛（8）の行いになるわ。私の家はがらんとして、大きくて、とても寂しいの。することもほとんどないし……それに夜になると、寂しいどころじゃないの……扉に鍵をかけても怖くて心配よ。二日前、近くに浮浪者がいたの」

アンは大喜びで承諾した。翌日、レスリーは小さな夢の家の住人として納まり、ミス・コーネリアはこの取り決めに、諸手をあげて賛成した。

「まるで神の思し召しですね」ミス・コーネリアはアンに内緒話をするように言った。「マチルダ・クローには申し訳ないけど、どのみち足を折るなら、こんなに都合のいい時はありませんよ。オーエン・フォードがフォー・ウィンズにいる間、レスリーがこの家にいれば、グレンの意地悪婆さんたちも悪口は言えませんからね。もしレスリーがあの家に一人でいて、オーエンが会いに行ってごらんなさい、あることないこと言いふらしますよ。今だって充分に言ってんだから、レスリーが喪に服さない（9）ってね。だから婆さん連中の一人に言ってやりましたよ。レスリーがジョージ・ムーアの喪中だって言うなら、ジョージは葬式をしたんじゃなくて、復活したんですよ。それに今はディックの喪中だって言うなら、正直に言って、十三年も前に死んで厄介払いをした男のために喪に服すのがしきたりだなんて、あたしは、思いませんよ、とね。それからルイーザ・ボールドウィンの婆さんが、レスリーは、自分の亭主じゃないって疑いもしなかったなんて、まったく奇妙だこと、って言うもんだから、あたしは、言ってやりました。『あんたこそ、ディック・ムーアじゃないって疑いもしなかったくせに。ディックが生まれた時から隣に住んでた上に、生まれつきレスリーの十倍も疑い深いのに、なにさ』ってね。でも、人の口に戸は立てられませんからね、アンや。オーエンがレスリーに求婚する間、あの子をこの家に置いてくれて、ほんとに感謝してますよ」

八月の夕暮れ、オーエン・フォードは小さな家にやって来た。そのとき、レスリーとアンは赤ん坊を褒めそやすのに夢中だった。オーエンは開け放った居間の戸口に立ち、なかの二人からは見られないまま、むさぼるような目でその美しい情景を眺めていた。レスリーは赤ん坊を膝にのせて床に座り、男の子が宙にぱたぱたうち振る丸々とした小さな手を、うっとりと撫でていた。

「まあ、なんて可愛い、きれいな、坊やでしょう、愛さずにはいられないわ」レスリーはつぶやくと、小さな手をつかみ、幾度もキスを浴びせた。

「いちばん、かあいい、赤ちゃんでちゅよ」アンは椅子の肘かけから身を乗りだし、可愛くてたまらぬ顔つきで優しく語りかけた。「かあいい、ちいちゃな、おてては、ひろい世界で、いちばん、かあいい、おてて、でちゅよ、かあいい、ぼくちゃん」

ジェム坊やが生まれる何か月か前、アンは様々な学術書を熱心に読み、わけても『オラクル卿の子どもの養育と躾け』(10)に信頼を置いた。オラクル卿は、子どもに「赤ちゃん言葉」で話さないように、親たちに熱心に要請していた。幼児は、生まれた瞬間から、常に正統な言語で話しかけられるべきである。それでこそ子どもたちは、言葉を話す初期から、きれいな英語を話すようになるというのである。そしてオラクル卿は問い糾していた。「無抵抗の子どもたちが、配慮の足りない母親の世話に日々ゆだねられ、その母親が、われわれの崇高な言語である英語を、馬鹿げた表現や、歪んだ言いまわしにして、感受性の強い子どもの脳に、四六時中、語り聞かせているにもかかわらず、子どもが正しい話し方を学べると、まともに期待できようか。『かあいい、ちっちゃな、いい子の、赤たん』などと、絶えず呼ばれている子どもが、自分の存在と可能性について、また人生について、正しい認識を得られようか」

アンは深い感銘をうけ、いかなる場合も、わが子に「赤ちゃん言葉」は決して使わないと厳しく取り決めようと、ギルバートに申し渡した。彼も同意し、この件に関して、二人は固い盟約を結んだ――にもかかわらず、その盟約は、アンが初めてジェム坊やを腕に抱いた瞬間、恥ずかしげもなく破られたのであった。「まあなんて、かあいい、きれーな、ちいちゃな、赤ちゃんでちょう！」とアンは叫んだのである。以来、彼女は盟約を破り続け、ギルバートがからかうと、アンは笑い、オラクル卿を嘲った。

「オラクル卿はお子さんがいなかったのよ、ギルバート……きっとそうよ。でなければ、あんな馬鹿なことを書くはずがないもの。赤ちゃんには、赤ちゃん言葉で話さずにはいられないわ。自然に出てくるもの……むしろそれが正しいのよ。あんなに小さくて、柔らかで、ヴェルヴェットのような小さな子どもに、大きな男の子や女の子を相手にするように話すなんて思いやりがないわ。赤ちゃんは、精一杯愛されて、抱っこされて、赤ちゃん言葉で話しかけられることを望んでいるの。私は、ジェム坊やには、そうするわ。まあまあ、よちよち、かあいい、ちいちゃな、ぼくちゃん」

「でもきみのは、ひどすぎるよ」ギルバートが反論した。彼は母ではなく父に過ぎず、オラクル卿が間違っているとは、完全には納得していなかった。「きみがあの子に話しかけるような口ぶりは聞いたことがないよ」

「そうでしょうね。もう行って……行ってちょうだい。私は十一歳になる前から、三組の双子を育てたのよ。あなたとオラクル卿は、血も涙もない、ただの理論家よ。ギルバート、ほら、あの子を見てちょうだい！　私にむかって、にこにこしているわ……私たちが何を話しているのか、ちゃんとわかっているのよ。ちょうよね、ぼくちゃんは、お母ちゃんの言うことに、じぇーんぶ、ちゃんちぇい、でちゅね、天使みたいな赤ちゃん」

ギルバートは母と子を抱きよせた。「ああ、きみたち母親は！　母親というものは！母を造りたもうた時、神はご自分が何をなさっているのかご存じだった(11)んだね」

というわけでジェム坊やは、このように話しかけられ、愛され、抱きしめられ、夢の家の子どもとして健やかに育った。レスリーも、アンに負けずジェムに夢中だった。二人は家の用事を終え、邪魔なギルバートがいなくなると、恥知らずなまでに、熱狂的なまでに赤ん坊を可愛がり、われを忘れ、恍惚として褒めそやした。そんな最中にオーエン・フォードがあらわれ、二人を驚かしたのだった。

最初に気づいたのは、レスリーだった。夕暮れのなかでも、レスリーの美しい顔がさっと青ざめ、唇と頬から血の気が引いたのをアンは見た。

オーエンは、その瞬間、アンには目もくれず、がむしゃらに前へ進みでた。

「レスリー！」彼は手をのべた。彼女を名前で呼んだのは初めてだった。だがレスリーが差しだした手は冷たかった。その夕べ、アンとギルバートとオーエンは笑いながら語り合ったが、レスリーは始終言葉少なだった。しかもオーエンが訪問を終える前に、レスリーは失礼しますと二階へ上がってしまった。快活だったオーエンの気勢もくじけ、すぐさま沈んだ様子で帰っていった。

ギルバートはアンを見た。

「アン、何を企んでいるんだい？　どうやら、ぼくの知らないことが進んでいるようだ。

今夜は家中の空気にエネルギーがみなぎっていたよ。レスリーは悲劇の女神みたいに座りこんでいるし、オーエン・フォードはうわべは冗談を飛ばして笑っていたが、思いつめた目でレスリーを見ているし、きみはきみで、ずっと抑えている興奮が今にも爆発しそうだった。さあ、白状したまえ、きみは夫を欺いて、どんな秘密を隠しているんだい？」

「馬鹿なことを言わないで、ギルバート」というのが、夫に対するアンの答えであった。

「それにレスリーったら馬鹿みたいな真似をして。私、二階へ上がって、そう言ってくるわ」

レスリーは、自分の部屋の明かり取りの屋根窓のそばにいた。その小部屋は規則正しい潮騒の轟きが響き、レスリーは霞のような月光を浴びて、両手を組んで座っていた——美しかったが、責めるような態度だった。

「アン」レスリーは、非難めいた低い声で言った。「オーエン・フォードが、フォー・ウィンズに来ることを、知ってたの？」

「そうよ」アンは悪びれずに答えた。

「まあ、アン、話してくれればよかったのに」レスリーは激しく叫んだ。「もし知ってたら、どこかへ行ったのに……ここに泊まって彼に会うなんて、しなかった。私だけが知らないなんて。公平じゃないわ、アン……そうよ、不公平よ！」

レスリーの唇はふるえ、感情の昂ぶりに全身が強ばっていた。だがアンは同情することなく笑いかけた。そしてレスリーにかがみ、咎めるようにこちらを見あげる顔にキスをした。

「レスリーったら、もう、可愛いお馬鹿さんね。オーエン・フォードは、この私に会いたいという燃えるような欲望に駆られて、太平洋岸から大西洋岸へ、馳せ参じたわけじゃないのよ。もちろんミス・コーネリアに対する激しい思いに突き動かされたわけでもないわ。あなたの悲劇的な衣は、もうお脱ぎなさい、私のレスリー。そんなものは畳んで、しまっておくの。これからは必要ないもの。あなたにはできなくても、砥石（12）の穴から向こうを見通せる人がいるの。私は預言者じゃないけど、あえて予言をするわ。あなたのつらい人生はもう終わったのよ。これからあなたは喜びと希望を手にするでしょう……そして悲しみも……けれど幸せな女性として。金星の影の予言があなたには実現したのよ、レスリー。今年のあなたは金星の影を見て、人生最上のプレゼントを贈られたの……オーエン・フォードを愛することよ。さあ、すぐにベッドに入って、よくお休みなさい」

レスリーは寝台に入るところまではアンに従ったが、よく眠ったかどうかは疑わしかった。もっとも起きたままで幸せな夢を見る勇気が彼女にあったとは、私は思わない（13）。というのも憐れなレスリーにとって、これまでの人生は過酷なものだったからだ。

今まで彼女がたどった道はどこまでも一直線に伸び、その先に希望があるかもしれないと自分の胸にそっと囁くことすらできなかった。だが、夏の短い夜を輝かせて回転する巨大な灯台の光を見つめるうちに、レスリーの瞳はまた柔らかに明るく輝き、若さをとり戻した。翌日、オーエン・フォードが訪れ、一緒に海岸へ行こうと誘ったとき、彼女は否とは言わなかった。

第37章　ミス・コーネリア、驚きの発表をする

眠気を誘うような昼さがり、ミス・コーネリアが、曰くありげな物々しいそぶりで小さな家にあらわれた。セント・ローレンス湾は日に晒された薄青色の八月の海が広がり、アンの庭の木戸では、オレンジ・リリーが金を溶かした八月の陽ざしを満たすように見事な花の盃を上へむけていた(1)。だがミス・コーネリアは、海の色にも日光を求める百合にも興味はなかった。彼女はいつものお気に入りの揺り椅子に、だが珍しいことに手持ち無沙汰に腰かけていた。つまり針仕事もせず、紡ぎもせず(2)、であった。さらに男のいかなる点に関しても、こき下ろす言葉を一言も発しなかった。すなわちその日、ミス・コーネリアの話は著しく生彩を欠き、彼女の話を聞きたいと魚釣りをやめて家に残ったギルバートは、困惑した。ミス・コーネリアに、何かあったのだろうか。だが彼女には、気が塞いだ様子も、心配事の気配もない。むしろ歓びに上ずっているようだった。

「レスリーは、どちらです?」ミス・コーネリアはたずねた——今はさほど大事なことではないが、とでもいうように。

「オーエンとラズベリーをつみに行きましたわ、レスリーの農場の裏の森へ」アンが答えた。「夕食どきまで帰って来ないでしょう……もし帰るとしても」

「時計というものがあるとは、あの二人は考えてもいないようです」ギルバートが言った。「二人の関係の真相は、ぼくにはわかりませんが、どうも、あなたがた女性陣が裏で糸を引いているようですね。でも、この不実な妻のアンは話そうとしません。ミス・コーネリア、教えてもらえますか？」

「いいえ、あたしは教えませんよ」ミス・コーネリアは、思い切って事を済ませてしまおうと決意した顔つきになった。「でも、ほかのことなら話しましょう。今日は、それを言いに来たんですから。あたし、結婚するんです」

アンとギルバートは黙っていた。ミス・コーネリアが海峡に身投げするつもりだと発言したら、あるいは信じたかもしれない。だがこれは、そんな話ではない。そこで二人は、次の言葉をじっと待った。きっとミス・コーネリアは言い間違えたのだろう。

「あらっ、二人とも、なんだか面喰らってますね」ミス・コーネリアは面白そうに目を光らせた。話を切り出す気詰まりな瞬間はすぎたので、ミス・コーネリアは平素の自分をとり戻していた。「あたしが結婚するには若すぎて、世間知らずだとでも、お考えで？」

「なにぶん……あまりに、仰天するようなお話でして」ギルバートは、理性を掻き集めようとした。「あたしは世界で一番立派な男とだって結婚しませんよと、何十回も聞かされたものですから」

「あたしは、世界で一番立派な男と結婚するんじゃありません」ミス・コーネリアが言い返した。「マーシャル・エリオットは、一番立派な男とは、かけ離れてますから」

「マーシャル・エリオットと、結婚、するんですか？」アンが叫んだ。二度目のショックを受けて、ようやく話す力をとり戻したのだ。

「そうですよ、この十二年間、あたしが指一本動かすだけで、いつだってあの人と一緒になれたんです。だけど、あんな歩く干し草の山みたいな男と並んで、このあたしが教会に入ってくと思います？」

「とても嬉しいですわ……お幸せをお祈りします」と言いながら、アンはあまりに月並みで、物足りない言葉だと思った。こんな事態にそなえる心の準備はしたことがなかったのだ。よもや、ミス・コーネリアに結婚の祝辞(しゅくじ)を述(の)べることがあろうとは、想像もしていなかった。

「ありがとう。そう言ってくださると思ってました。友人のなかで真っ先に報せたんですよ」

「でも、ミス・コーネリアがいなくなるなんて寂しいですわ」アンは少し悲しく感傷的になった。

「あら、いなくなるわけじゃありません」ミス・コーネリアは感傷抜きで言った。「まさか、このあたしが内海むこうへ行って、マカリスター、エリオット、クローフォードの連中と暮らすと思います？『エリオット家の自惚れ、マカリスター家の高慢ちき、クローフォード家の虚栄心から、神よ、我らを救いたまえ』ですからね。マーシャルが、うちに来て、一緒に暮らすんです。雇い人には、もううんざりしてますから。この夏雇ったジム・ヘイスティングスときたら、雇い人のなかでも最悪ですよ。あんな男にかかっちゃ、誰だって結婚したくなります。どう思います？ジムときたら、昨日、大きな攪乳器（３）を庭でひっくり返して、バターにするクリームを裏庭中にぶちまけたんです。だのに微塵も気にしちゃいない！ ただ馬鹿みたいに笑って、クリームは土地のいい肥やしになるさ、なんて言って。男の言いそうなことですよ！ だからあたしは、うちの裏庭はクリームを肥料にする習わしはないんでね、と言ってやりましたよ」

「とにかく、ぼくも、お幸せをお祈りします、ミス・コーネリア」ギルバートが真面目くさって言った。「さはさりながら」と彼は、アンが目つきで頼みこんだにもかかわらず、ミス・コーネリアをからかう誘惑に抗えず、言葉を続けた。「これであなたの独立独歩の生活は終わりますよ。ご存じのように、マーシャル・エリオットは言い出したら聞かない人です」

「あたしは、一つのことをやり抜く男が好きでしてね」ミス・コーネリアは言い返した。

「ずっと昔、あたしを追いかけまわしたエイモス・グラントは、そうはいきませんでした。あんな風見鶏(かざみどり)はいませんでしたよ。一度、身投げしようと池に飛びこんだのに、途中で気が変わって、泳いで上がって来たんです。男のやりそうなことですよ。マーシャルなら、ちゃんとやり通して溺れましたよ」

「それに、マーシャルは、少々癇癪(かんしゃく)持ちだという話ですが」ギルバートはなおも言った。

「そうでなきゃ、エリオット家の一員じゃありません。あの人が癇癪持ちで、ありがたいですよ。怒らせると面白いでしょうからね。それに癇癪持ちの男は、あとで後悔してる時なら、大概(たいがい)、うまいこと扱(あつか)えるもんです。反対に、いつも癪(しゃく)に触(さわ)るほど冷静な男は、どうしようもありませんから」

「おまけに、マーシャルは自由党員ですよ、ミス・コーネリア」

「たしかに、そ、そうですね」さしものミス・コーネリアもいささか無念そうに認めた。「保守党員にできる見込みは、ありません。でも、少なくとも長老派教会ですから、それで良しとします」

「彼がメソジストだったら、結婚しますか、ミス・コーネリア？」

「いいえ、無理ですね。政治はこの世のことですけど、宗教はこの世とあの世の両方ですから」

「いずれは、あなたも『未亡人』になるかもしれませんよ、ミス・コーネリア」

「いいえ、なりません。マーシャルはあたしより長生きします。エリオット家は長寿の家系ですけど、ブライアント家はそうじゃないんです」

「いつご結婚なさるんです？」アンが尋ねた。

「ひと月くらいのうちに。婚礼衣裳は濃紺(ネイビー・ブルー)の絹（4）でしてね。それで聞きたいんですよ、アンや。濃紺のドレスに、ヴェールをかぶってもいいでしょうかね。いつか結婚するならヴェールをつけたいと、ずっと思ってたんです。マーシャルは、そうしたいなら、そうなさいと言うんだけど、男の言いそうなことじゃありませんか」

「かぶりたいなら、どうしてかぶらないんですか？」アンがきいた。

「だって、人間は、他人とは違ってたくないもんですから」明らかに世界中の誰とも違っているミス・コーネリアが言った。「今言ったように、あたしはヴェールが大好きでしてね。でも白いドレスにしか、かぶっちゃいけないかもしれない。だからアンや、どう思うか教えてもらいたくてね。忠告通りにしますから」

「ふつうは白いドレスにしかかぶらないと思います」アンも認めた。「でもただの習慣ですわ。私はエリオットさんと同じ意見です、ミス・コーネリア。かぶりたいなら、かぶっていけない理由はありませんわ」

だが木綿(キャラコ)の部屋着で訪れたミス・コーネリアは、首をふった。

「ふさわしくないなら、やめます」と言うと、失われた夢を悲しむように息をついた。

「ミス・コーネリア、結婚する決意を固められたのですから」ギルバートが重々しく言った。「とびきりの亭主操縦法（そうじゅうほう）を伝授（でんじゅ）しましょう。ぼくの母が、父と結婚したとき、祖母から教わったものです」

「おや、マーシャル・エリオットなら、操縦できますがね」ミス・コーネリアは落ち着き払って答えた。「でも操縦法とやらを、お聞きしましょうか」

「まず一つに、男をつかまえる」

「はい、つかまりました。それから」

「二つに、うまいものをたらふく食わす」

「パイをたっぷりとね。お次は？」

「三つと四つは……目を離すな」

「ごもっとも」ミス・コーネリアは力をこめて言った。

第38章　赤い薔薇

その八月、小さな家の庭は遅咲きの薔薇が赤々と咲き乱れ、蜜蜂たちが好んで訪れた。小さな家の人々は多くの時間を庭ですごした。小川のむこうの青草しげる一隅でピクニックさながらの夕食をとり、ヴェルヴェットのように深く柔らかな薄暮を大きな夜の蛾が斜めに飛ぶ黄昏どきは、そこにすわった。ある夕暮れのころ、オーエン・フォードが訪れると、レスリーがひとりで庭にいた。アンとギルバートは留守だった。その夜戻る予定のスーザンはまだ帰っていなかった。

もみの森の上に広がる北の空は、琥珀色と淡い緑色に染まっていた。八月から九月へ移ろう空気は涼やかで、レスリーは白いドレスをまとい、真紅のスカーフをかけていた。二人は友のように親しみ深く、花々の咲く庭の小道を、口数も少なくのんびりと歩いた。オーエンは、近々、ここを去らねばならなかった。休暇がほどなく終わるのである。レスリーの胸が激しく高鳴った。レスリーはわかっていた。この愛しい庭は、二人がまだ語ってはいないものの、互いに理解している気持ちを言葉にして、二人を結びつける場所になるであろうと。「この庭は、夕方になると、不思議な香りが漂うことがあるんです、まるで幻の香水のように」オーエンが言った。「どの花から匂ってくるのか、わからないのです。その匂いは、捉えどころがなくて、忘れがたくて、すばらしく甘い芳香です。ぼくはこの香りを、セルウィンの祖母の魂が、昔愛した懐かしい庭をちょっと訪ねて来て、通りすぎて行ったのだと想像するのが、好きなんです。この小さな古い家には、友だちのように親しみやすい幽霊が大勢いるでしょうから」

「私はこの家に暮らして、まだほんのひと月ですけれど」レスリーが言った。「この家が、大好きです。あのむこうの、私が生まれ育った家は、好きではないのです」

「この小さな家は、愛情によって建てられ、愛情によって清められたのです」オーエンが言った。「そうした家は、そこに暮らす人々に、きっと影響をおよぼすのでしょう。そしてこの庭は……六十年以上もたつので、この庭の花には、幾千もの希望と喜びの歴史が書かれているのですよ。実際に、花のいくつかは、学校の先生の花嫁が植えたものです。花嫁は亡くなってもう三十年になりますが、今でも夏が来るたびに、その花たちが咲くのです。この赤い薔薇をごらんなさい、レスリー……まるで女王様のように、ほかの花たちに君臨していますね！」

「私は、赤い薔薇が大好きです」レスリーが言った。「アンはピンクの薔薇が一番好きで、ギルバートは白い薔薇を好んでいます。でも私は、真っ赤な薔薇を求めているのです。赤い薔薇は、ほかの花では満たされない私のなかの熱い願いを満たしてくれるのです」

「この薔薇は、かなり遅咲きですね……ほかの花たちがみんな終わってから、咲いている……赤い薔薇は、夏の暖かさと夏の魂がそなわって、実を結ぶのです」オーエンは、燃えたつような開きかけの紅薔薇のつぼみを手折った。「薔薇は、愛の花です……何世紀にもわたって、世界は薔薇を褒めたたえてきました……ピンクの薔薇は、希望と期待に満ちた愛……白薔薇は失われ、見捨てられた愛……でも、赤い薔薇は……ああ、レスリー、赤い薔薇は何でしょう？」

「勝利を得た愛」レスリーは低い声で答えた。

「そうです……勝利を得た、完璧な愛。レスリー、あなたはもうご存じですね……わかっていらっしゃいますね……ぼくは、初めて会った時からあなたを愛していました。そしてぼくもわかっています、あなたはぼくを愛しています……だからたずねる必要はないのですが、あなたが言ってくださるのを聞きたいのです……愛しい人よ……愛する人よ！」

レスリーは、震える小さな声で、何ごとかを言った。二人の手と唇が重なった。それは二人の生涯における至上の瞬間であった。長い年月の間に、愛と喜び、悲しみと栄光を経験したこの古い庭に、二人は佇んでいた。そしてオーエンは、勝利を得た愛の赤い赤い薔薇を冠にして、レスリーの輝くばかりの金髪に飾った。

やがてアンとギルバートは、ジム船長を伴って帰って来た。アンは小妖精の篝火を好んでおり、暖炉に少しばかり流木をくべた。一同は炉辺に集まり、明るさに満ちた一時間を過ごした。

「流木を燃やす火を眺めていると、若返った気持ちになるのも容易いですわい」ジム船長が言った。

「ジム船長は、炎のなかに、未来が見えますか？」オーエンがたずねた。

船長は慈愛のこもったまなざしで、一人、また一人と見つめ、最後にレスリーの生き生きした顔と喜びに輝く瞳に、まなざしを戻した。

「みなさんがたの未来を見るのに、炎は要りませんわい」船長が言った。「わしには、みなさんがた全員のお幸せが見えます……あなたがた全員のですわい……レスリーとフォードさんのお幸せ……こちらにいらっしゃる先生とブライスの奥さんの……それからジェム坊っちゃんと……まだ生まれてはおらぬが、これから生まれて来るお子さんたちのお幸せ。そうしたみなさんがた全員のお幸せが見えます……だがな、いいですか、みなさんがたには、この先、苦労や、心配ごとや、悲しみもありましょう。それは必ず訪れるものです……宮殿だろうと小さな家だろうと、締め出せる家はありませんでな。だが、愛情と信頼を一緒にもって立ちむかえば、打ち負かされることはないですて。この二つを羅針盤と水先案内人にすれば、どんな人生の嵐も、乗り切ることができますでな」

老人はつと立ちあがり、片手をレスリーの頭に、もう片手をアンの頭に置いた。

「立派な、心優しい二人のご婦人がたよ」彼は言った。「あなたがたは、誠実で、忠実で、頼りになる。あなたがたの夫は、あなたがたゆえに城門で名誉を得るであろう(1)……これから来たる歳月において、あなたがたの子どもらは立ち上がり、あなたがたを祝福された人と呼ぶであろう(2)」

このささやかな情景には不思議な荘厳さがあった。アンとレスリーは祝福を受ける者のごとく頭を垂れた。ギルバートは急に目もとをぬぐった。オーエン・フォードは幻を見るように陶然としていた。誰もが、しばし沈黙していた。小さな夢の家は、その思い出の蔵に、また一つ心揺さぶられる忘れがたいひとときを加えたのである。

「そろそろお暇せねばなりませんて」ついにジム船長がゆっくりと言い、帽子を手にとり、名残惜しげに家のなかを見わたした。

「おやすみ、みなさんがたや」船長は出ていった。

その別れの言葉がいつになく寂しげで、アンは胸をつかれ、彼を追って戸口へ走った。

「またすぐに来てください、ジム船長」呼びかけると、船長は、二本のもみの間にかかる小さな木戸を出ていくところだった。

「はい、はい(3)」彼は陽気に、アンに返した。だが、ジム船長が夢の家の古い炉辺に腰かけたのは、これが最後となった。

アンは重い足どりで一同のもとに戻った。

「なんだかとても……とても可哀想で。船長は一人ぼっちで、あの寂しい岬へ帰っていかれるのよ」アンは言った。「灯台に戻っても、誰も迎えてくれる人がいないんですもの」

「ジム船長はつきあって楽しい人ですから、お一人でも楽しい人だろうと思ってしまうんです」オーエンが言った。「でも色々と寂しいでしょうね。今夜の船長には、どこか予言者めいたところがありました……前に予言を与えられた人が語るようでした。では、ぼくも失礼します」

アンとギルバートは、気を利かせて出ていった。やがてオーエンは帰り、アンが戻ってみると、レスリーは暖炉のそばに立っていた。

「ああ、レスリー……私、わかっていてよ……とても嬉しいわ、愛しい人」アンはレスリーに抱きついた。

「アン、私、幸せで、怖いくらい」レスリーが囁いた。「素晴らしすぎて、本当のこととは思えないの……話すのが怖いくらい……考えることも。これは夢の家にある夢の一つで、私がこの家を出ていくと、消えてしまうようで」

「大丈夫、あなたはここを出ていかないのよ……オーエンがあなたを迎えに来るまで、ずっとここにいるの、その時が来るまで。あの誰もいない寂しい家へ、私があなたを帰すと思って？」

「ありがとう、優しい人ね。ここに置いてもらえるか、聞くつもりだったのよ。あの家に戻りたくなくて……寒々として、わびしい元の生活に戻るようだもの。アン、アン、あなたが私にとってどんなに素晴らしい友だちだったか……『立派な、心優しいご婦人……誠実で、忠実で、頼りになる』……ジム船長はあなたを一言でまとめて、こんなふうにおっしゃったわ」

「『ご婦人』じゃなくて、『ご婦人たち』とおっしゃったのよ」アンは笑みを浮かべた。「たぶんジム船長は、私たちのことを、愛という薔薇色の色眼鏡を通して、見てくださっているのね。でも私たちは、せめて船長の信頼に応えて生きていくように、努めることはできるわ」

「アン、憶えてる？」レスリーがゆっくり切り出した。「前に私が言ったこと……岩場で出逢ったあの晩……私は自分のきれいな顔を憎んでると言ったでしょう？　憎んでたのよ……あのころは。もし不器量だったら、ディックは私を好きにならなかったって、ずっと思ってた。自分の顔が憎かった、そのせいでディックを引き寄せたから。でも今は……嬉しいの。私がオーエンにあげられるものは、これしかない。あの人の芸術家気質が喜んでくれるもの。手ぶらであの人のもとへ行くんじゃないと思えるもの」

「オーエンはもちろんあなたの美しさを愛しているでしょうよ、レスリー。愛さない人なんていないわ。でも彼に与えられるものがそれだけだなんて、言うのも考えるのも愚かなことよ。オーエンがあなたに話すでしょうから……私が言う必要はないわね。さあ、戸締まりをしなくては。スーザンは今夜帰ると思っていたけど、まだね」

「あら、今、戻りましたよ、先生奥さんや」スーザンが思いがけず台所から入って来た。「おまけに横木を引きずってる雌鶏みたいに汗をかいて(4)、息を切らしてね、グレンからここまでずいぶん歩きますから」

「帰って来てくだすって嬉しいわ。お姉さんはいかがですか？」

「おかげさまで起きあがれるようになりましたけど、もちろんまだ歩けやしません。だけど、私が居なくても、どうにかやってけますよ。姉の娘が休暇で戻りましたんでね。私もここに帰って来られて、ほっとしましたよ、先生奥さんや。マチルダの足は確かに折れてましたけど、舌は何ともないもんでね。姉は喋り出したら止まらないんです、そうなんです、先生奥さんや。自分の姉さんをそんな風に言うのは胸が痛みますがね。姉は昔っから大のおしゃべりでしたけど、うちの姉妹で最初に嫁にいったんです。姉は、ジェイムズ・クローと一緒になる気はあんまりなかったですけど、あの人の頼みを断るのは忍びないと言いましてね……なにも、ジェイムズがいい人じゃないって言うんじゃありませんよ……だけど一つ欠点がありまして、食前のお祈りをする前に、決まって薄気味悪いうめき声を上げるんです、先生奥さんや。ぞっとして、食欲どころじゃありませんよ。結婚と言えば、先生奥さんや、コーネリア・ブライアントが、マーシャル・エリオットと一緒になるというのは、本当ですか？」

「ええ、本当よ、スーザン」

「あれまあ、先生奥さんや。不公平ですよ。ここにいる私は、殿方の悪口なんか一言も言わないのに、どうしても結婚できない。かたやコーネリア・ブライアントは、殿方をこき下ろしてばっかりなのに、手を伸ばしてひょいと一人選ぶだけで、ごらんのとおり。まったく、この世はおかしいですよ、先生奥さんや」

「あの世もありますよ、スーザン」

「そうですけど」スーザンは重苦しいため息をついた。「でもね、先生奥さんや、あの世じゃ、娶（めと）ったり嫁（とつ）いだり(5)はありませんよ」

第39章　ジム船長、砂州を越える（1）

九月も終わりの夕方、オーエン・フォードの本がついに届いた。それまでのひと月、ジム船長は毎日のように、今日こそは、と待ちもうけて郵便局へ足繁く通っていた。この日は行かなかったところ、レスリーが、船長の本を、自分とアンの分もあわせて持ち帰った。

「夕方、船長のところへ届けましょうよ」アンは女学生のように興奮して叫んだ。

澄みわたり人を魅了する夕方、二人で岬をさして赤土の内海街道を歩く道ゆきはまことに心楽しかった。やがて陽が沈んだ。西の丘陵のむこうの谷間はさぞや西日の輝きに満たされていただろう。そして日没の瞬間、巨大な光が、岬の白い塔に灯った。

「ジム船長は、一秒たりとも遅れないのね」レスリーが言った。

アンとレスリーは二人とも、ジム船長に本を――船長の本を渡したとき、にわかに表情が変わり神々しく輝いた彼の顔を、決して忘れることはなかった。このところ青白かった老人の頬は、紅顔の少年の血色に燃えたち、瞳は青春の炎に輝いたのだ。だが本を開く船長の手は震えていた。

書名は簡潔に『ジム船長の人生録』とあり、本の扉には、オーエン・フォードとジェイムズ・ボイドの名前が共著者として印刷されていた。口絵には、灯台の扉に立ち、セント・ローレンス湾を見晴らすジム船長の写真が載っていた。オーエン・フォードは、本を執筆中のある日、「スナップ写真」(2)を撮ったのだ。それを船長は憶えていたが、本に掲載されるとは知らなかった。

「考えてもごらんなされ。この老いぼれ船乗りめが、印刷された本物の本に載っておるのですからな。今日はわしの人生で一番晴れがましい日ですて。誇らしさにはち切れそうですわい、お嬢さんがたや。今夜は眠れそうもないで、日の出まで夜っぴて読み終えるつもりですわい」

「私たち、すぐに失礼しますから、お気兼ねなくお読みください」アンが言った。

ジム船長は恭しくも恍惚として本を手にとっていたが、今しもきっぱりと本を閉じ、脇に置いた。

「いや、はや、この年寄りめとお茶を一杯あがる前にお帰りとはな」不満げに言った。「承知できませんな……航海士、おまえさんはどうかね？　『人生録』は逃げやせぬですて。わしはこれを何年も待ち続けたで、ご友人がたと楽しくやる間くらい、もうちっとばかし待てますわい」

ジム船長は歩きまわり、薬缶に湯を沸かし、パンとバターを並べた。喜びに上ずっていたにもかかわらず、動きにかつての颯爽としたところはなく、のろく、手間どっていた。だが娘たちは手伝おうとは言わなかった。船長の気持ちを傷つけるとわかっていたのだ。

「ちょうどいい晩に来られましたで」彼は戸棚からケーキを取りだした。「今日はちびっこジョーの母親が、大きなバスケット一杯にケーキやら、パイやらを、送って寄こしましてな。料理上手の方々はありがたいものですな、とわしは言いましたで。このきれいなケーキをごらんなされ、砂糖がけとナッツで、全体を飾ってありますぞ。わしが、こんなに立派にお客をもてなすことは滅多にありませんでな。さて、おかけなされ、お嬢さんがたや、おかけなされ！『遠い昔のために、友情の盃を交わそうぞ』（3）ですわい」

娘たちは嬉々として席についた。その紅茶は、ジム船長がいれたお茶のなかでも最上の味わいであった。ちびっこジョーの母のケーキは、極上のケーキであった。ジム船長は、礼儀正しい主人役の最たる者であり、緑色と金色の『人生録』には目もくれなかった。だが最後に、アンとレスリーの後ろで灯台の扉が閉まると、船長がまっすぐ本にむかったことを、二人はわかっていた。家路をたどりながら二人は、老人が、自分の人生について、実際にあった事実ならではの魅力と彩りをたたえて描かれた本を、一心に読み耽っている喜びの情景を思い描いた。

「船長は、結末を気に入ってくださるかしら……あの終わり方は私が提案したの」レスリーが言った。

だがその答えをレスリーは知ることはなかった。明くる朝早く、アンが目を覚ますと、すっかり身支度をしたギルバートが、不安げな表情で彼女をのぞきこんでいた。

「往診に呼ばれたの？」アンは眠たげにたずねた。

「いいや。アン、岬で何かあったんじゃないか心配なんだ。陽が昇って一時間になるのに、まだ灯りがついている。きみも知っての通り、ジム船長は、日没に火を灯し、日の出と共に消すのを誇りとしているんだよ」

アンは狼狽えて起きあがった。窓から見ると、夜明けの青い空に、弱々しい灯りが瞬いていた。

「たぶん、『人生録』を読んでおられるうちに、寝てしまわれたんでしょう」アンは案じつつ言った。「あるいは本に夢中になって、消し忘れたのかもしれない」

ギルバートはかぶりを振った。

「ジム船長らしくないよ。とにかく見てくる」

「待って、一緒に行くわ」アンが叫んだ。「ええ、そうよ、私も行ったほうがいいわ……ジェム坊やはあと一時間は寝ているでしょうからね。それからスーザンを起こしましょう。ジム船長が病気なら、女手が要るもの」

その朝は、急に初秋らしい実りと繊細な趣きを帯びて、様々な色あいと音の響きに満ちたすばらしい朝だった。内海はちらちら瞬いて少女のように笑窪を浮かべていた。砂丘の空高くに白い鷗たちが飛び、砂州のむこうの海は不思議なほどに輝いていた。岸辺に長くのびる野原には朝露がおり、その日最初の澄んだ陽ざしを浴びてみずみずしかった。風は踊るように口笛を鳴らすように海峡に吹きすぎ、美しい光景にさらに美しい音楽をおぎなっていた。白い灯台に不吉な光が灯ったままでなければ、この朝の散歩は、アンとギルバートの喜びとなったであろう。だが二人は恐れながら寡黙に歩いていった。

二人のノックに、返事はなかった。ギルバートが扉をあけ、二人はなかに入った。古い部屋は静まり返っていた。食卓に、ゆうべの小宴が残されていた。ランプは隅のスタンドに今も灯り、一等航海士は長椅子のそばの日溜まりに眠っていた。

ジム船長は長椅子に横たわっていた。その胸には『人生録』の最後のページが開かれ、組み合わせた両手を乗せていた。目を瞑った顔は、この上なく安らかで、満ち足りていた――それは、長らく探し求めていたものをついに見つけた者の表情であった。

「寝ておられるのかしら？」アンが震える声で囁いた。

ギルバートは長椅子へ行き、しばし船長にかがんでいたが、やがて身を起こした。

「ああ、眠っておいでだ……ぐっすり」それから静かに言い添えた。「アン、ジム船長は、砂州を越えて行かれたよ」

船長がいつ亡くなったのか、正確にはわからなかった。しかしジム船長は願い通りに、セント・ローレンス湾に朝が訪れた時に旅立ったと、アンはいつまでも信じていた。船長の霊魂は、あのきらめく引き潮に乗って、真珠色と銀色に輝く日の出の海をこえて、いなくなったマーガレットが待つ、嵐も凪（なぎ）もない安息の港へ漂っていったのである。

第40章　さようなら、夢の家

ジム船長は内海のむこうの小さな墓地にて、小さな白いドレスの女の子(レディ)の墓のすぐそばに埋葬された。船長の親族は実に高価で、実に醜い記念碑を建てた——生前の本人が見たら、こっそり苦笑(くしょう)するような代物(しろもの)であった。だがジム船長の本当の記念碑は、彼を知る人々の胸のなかに、そしてこれから幾世代にもわたって生き続ける彼の本のなかにあるのだった。

この本の驚異的な成功を見ずにジム船長が逝(い)ったことを、レスリーは嘆(なげ)いた。

「書評をごらんになったら、どんなに喜ばれたでしょう……ほとんどが好意的よ。しかもベストセラーリストのトップにあるもの……生きているうちにごらんになっていたら、アン！」

アンも悲しみに暮れていたが、より賢かった。

「船長が望んでなさったのは、本にすることだったのよ、レスリー……本がどう言われるかではなかったの……船長はご自分の本を手になさった、そして全部お読みになった。最後の晩は、最高にお幸せな夜だったに違いないわ……しかも願っておられた通り、朝(あさ)

方（がた）に、すんなりと苦しむことなく最期（さいご）を迎えられた。オーエンとあなたのことを思えば、本が大成功して嬉しいわ……でもジム船長は満足なさっていたの……私にはわかるの」

灯台の灯りは、今も夜ごと寝ずの番がついていた。代理の灯台守（とうだいもり）が岬に派遣されたのだ。いずれは何でも知る政府が、大勢の志願者からこの場所に最もふさわしい人物を——または最も強力な縁故（つて）がある者を決めるだろう。一等航海士（ザ・ファースト・メイト）は、小さな夢の家が住み処（か）となり、アンとギルバート、レスリーに可愛がられ、猫をさほど好まないスーザンには黙認された。

「ジム船長のためなら我慢できますよ、先生奥さんや。私はあのご老人が好きでしたからね。えさはやりますし、ねずみ取りにかかったねずみも一匹残らずやります。でも、それ以上のことは望まないでくださいましよ、先生奥さんや。猫は猫ですから、その言葉通りであって、猫以外の何ものでもありませんからね。それに、先生奥さんや、少なくとも可愛い坊っちゃんから、しっかと遠ざけなくてはなりません。猫が可愛い坊っちゃんの息の根を吸ったら、どんな恐ろしいことになるやら」

「まさに、猫惨事（キャット・アストロフィー）(1)だね」ギルバートが言った。

「おや、先生はお笑いかもしれませんが、笑い事じゃありませんよ」

「猫が赤ん坊の息の根を吸うなんてことは、決してないよ」ギルバートが言った。「ただの古い迷信だ、スーザン」

「あら、そうですか。迷信かもしれないけど、そうじゃないかもしれませんよ、先生や。私の知る限りでは、実際にあったんですから。私の姉の亭主の甥っこの奥さんの猫が、その家(うち)の赤ん坊の息の根を吸って、気づいたときは、可哀想に、何の罪もない子が、虫の息だったんです。だから迷信だろうがなかろうが、あの黄色い獣(けだもの)がうちの坊っちゃんにこっそり近づこうものなら、火かき棒で殴ってやりますよ、先生奥さんや」

マーシャル・エリオット夫妻は、あの緑色の家で居心地よく、仲睦(なかむつ)まじく暮らしていた。レスリーは縫い物に精を出していた(2)。オーエンとクリスマスに結婚することになったのだ。レスリーがいなくなったら、自分はどうすればいいだろうとアンは思った。

「変化は必ずやって来るのね。物事がちょうどいい具合になるとすぐに変わってしまう」アンはため息をついた。

「グレンのモーガン家(3)の古い屋敷が、売りに出ているよ」ギルバートが唐突(とうとつ)に言った。

「そうなの?」アンはとくに関心もなくたずねた。

「ああ、モーガン氏が亡くなったので、奥さんはヴァンクーヴァーへ行って、お子さんたちと暮らしたいそうだ。安く売るだろうね、グレンのような小さな村では、大きな屋敷を売り払うのは容易じゃないから」

「でも、きれいなお屋敷ですもの、買い手が見つかるでしょう」アンは上の空で答えた。

ジェム坊やの「短い」ベビー服（ドレス）(4)の裾（すそ）を、ヘムステッチにするか、フェザーステッチにするか(5)、思案していたのだ。来週、わが子は短いベビー服（ドレス）を着るようになる。それを思うと、今から涙が出そうだった。

「ぼくらがあの家を買うのはどうだろう、アン?」ギルバートが穏やかに言った。

アンは縫い物を置き、まじまじと彼を見つめた。

「まさか、本気じゃないでしょうね、ギルバート?」

「本気だよ、可愛い人」

「それでは、この愛しい家（いと）を……私たちの夢の家を、出ていくの?」アンは信じられない顔つきで言った。「ああ、ギルバート、そんな……そんなこと、考えられないわ!」

「静かに聞いておくれ、愛しい人。きみの気持ちはわかるよ。ぼくも同じ気持ちだ。でも、いずれは引っ越さなくてはならないんだ。ぼくらは前からそう考えていたじゃないか」

「ええ、でも、こんなに早くじゃないわ、ギルバート……だめよ、まだ」

「これほどいい機会（チャンス）は、二度とないかもしれないよ。ぼくらが買わなければ、ほかの人がモーガン邸を買うだろう……そうなると、グレンに、ぼくらが住みたい家はないんだ。家を建てるのにふさわしい土地もない。この小さな家は……たしかに、今も、これまでも、ぼくらにとっては、ほかのどんな家もかなわない住まいだった、それは認めるよ。

でもここは医者にとっては人里離れているんだ。なんとかやってきたけど、ずっと不便でね。それに今では手狭になってきた。あと二、三年して、ジェム坊の部屋が要るようになると、狭すぎるだろう」

「ええ、わかっている……わかっているわ」アンの目に涙があふれた。「この家の困ったところは全部わかっているわ。でも私、この家を心から愛しているの……それにここはとても美しいわ」

「レスリーがいなくなれば、ひどく寂しいところになるよ……もうジム船長もおられないんだよ。モーガン邸はきれいだから、そのうち大好きになるよ。きみは前から素晴らしいと言っていたからね、アン」

「ええ、そうよ、でも……でも……あんまり急な話で、ギルバート。頭がくらくらするの。十分ほど前は、この大好きな場所を離れるなんて思いもしなかった。春になったら、家をどんなふうにしようか……庭はどうしようか、考えていたもの。それに私たちが出ていったら誰が住むの？　ここはとても人里離れているもの。貧乏で、不精で、あちこち引っ越しているような一家が借りたら……荒れ果ててしまうわ……この家への冒瀆よ。ひどくつらいわ」

「わかっているよ。でもそんなことを考えて、自分たちの利益を犠牲にはできないよ、アンお嬢さん。モーガン邸は、あらゆる基本的な点で、ぼくらにぴったりだ……実際、こんなチャンスを逃すわけにはいかない。大きな古い木があるあの広い芝生を考えてごらん、それに裏手の素晴らしい広葉樹(6)の森……十二エーカー(7)もある。子どもたちの絶好の遊び場だ！　すてきな果樹園もあるし、きみがいつも感心していた庭は、扉がついた高い煉瓦塀がとり囲んで……まるで物語の本に出てくる庭のようだと、きみは言っていたね。しかもモーガン邸から見晴らす景色は、内海も、砂丘も、ことと同じくらいきれいだよ」

「灯台の灯りは、見えないわ」

「それが見えるんだよ、屋根裏の窓から。屋根裏部屋が、もう一つのいい所だよ、アンお嬢さん……きみは広い屋根裏部屋が、大好きだろう」

「小川が、庭に流れていないわ」

「そうだね、ないね。でも、楓の森から、グレンの池へ流れていく小川があるよ。その池は遠くないんだ。きみの《輝く湖水》がまたあると想像できるよ」

「わかったわ、もう何も言わないで、ギルバート。考える時間がほしいの……引っ越すという考えに慣れたいの」

「いいとも。もちろん、急ぐことはないんだ。ただ……買うと決めたら、冬が来る前に引っ越して、落ち着いたほうがいいね」

ギルバートが出ていくと、アンは震える手で、ジェム坊やの短いドレスを片づけた。

こんな日に、もう縫い物は無理だった。アンは泣き濡れた目で、幸福な女王として君臨したささやかな領土を歩いてまわった。モーガン邸は、何もかもギルバートの言う通りだった。土地は美しく、屋敷は古めかしく、威厳と静けさと伝統をそなえ、だが最新式の設備で快適であり現代的だった。アンはモーガン邸をかねてより感嘆の目で見ていた。だが感嘆することとは、愛することではないのだ。アンは、この夢の家を深く愛していた。家の一つ一つを愛していた——アンが手入れをした庭、それはアンの前にも女性たちが手間暇をかけた庭であった——庭の片隅を悪戯っぽく秘やかに流れる小川のきらめきと輝き——みしみし鳴る二本のもみの間の木戸——赤い砂石の古びた上がり段（8）——堂々たるロンバルディ・ポプラ——居間の炉棚の上に二つある小さくて風変わりなガラスの食器棚——台所の配膳室の歪んだドア——二階に二つある不思議な屋根窓——階段の小さなでこぼこ——ああ、これらのすべてがアンの一部であった！　それをどうして残して行けようか。

かつて愛と喜びによって清められたこの家は、アンの幸福と悲しみによって、さらに清められたのだ！　ここでアンは新婚の日々をすごした。ここで小さなジョイスは一日の短い命を生きた。ここで母親の甘やかかな幸せが、ジェム坊やとともに訪れた。ここでわが子が喉を鳴らして喜ぶ、えも言われぬ笑い声を聞いた。ここで愛する友がアンの炉辺に腰をおろした。喜びと悲しみ、誕生と死が、この小さな夢の家を永遠に神聖なるものにした。

その家を、去らねばならないのだ。先ほどギルバートに反対した時から、アンはわかっていた。小さな家は狭くなった。またギルバートの仕事を思えば転居する必要があった。ギルバートの仕事は成功していたが、この立地が妨げになっているのだ。アンは、愛しいこの家での暮らしが終わりに近づいていること、その事実に勇敢にむきあわなければならないと悟った。だが、なんと胸痛むことだろう！

「私の人生から、何かが、もぎ取られるようだわ」アンはすすり泣いた。「ああ、私たちの後に、いい人が来てくれたらいいけれど……いっそ空き家のほうがいいわ。夢の国の地理も知らず、この家に、魂と個性をもたらした歴史も知らない放浪の大家族に荒されるくらいなら。そんな一家が来たら、すぐに荒れてしまう……古い家は気をつけて手入れをしないと、あっという間に傷むもの。私の庭は根こそぎに掘り返されて……ロンバルディ・ポプラの梢（こずえ）は伸び放題に……柵は半分歯が抜けた口みたいになって……屋根は漏（も）り……壁の塗装ははがれ落ちて……ガラス窓は割れて枕とぼろきれを詰められて……いたる所がみすぼらしくなるでしょう」

アンの想像力は、愛しい小さな家に来るかもしれない荒廃をありありと描き出し、既成の事実のように胸が苦しくなった。アンは階段に座り、長い間、泣きじゃくった。そんな彼女をスーザンは見つけ、何ごとかと案じてたずねた。

「とうとう先生と喧嘩をなすったんじゃないでしょうね、先生奥さんや？　もしそうでも、気にすることはありませんよ。夫婦にはよくあることだって聞いてます。もっとも私に経験はありませんけどね。先生が謝ってくだすって、じきに仲直りですよ」

「いいえ、違うの、スーザン、喧嘩をしたんじゃないの。ただ……ギルバートが、モーガン邸を買うことになって、グレンへ引っ越さなくてはならないの。それで胸が張り裂けそうなのよ」

　スーザンはアンの心境にはなれなかった。実のところ、グレンで暮らせる展望が開けて、大いに喜んでいた。小さな家に住まう唯一の不満は、人気のないこの場所だったのだ。

「まあ、先生奥さんや、すばらしいですね。モーガン邸はそれはご立派で大きなお屋敷ですから」

「大きな家なんて嫌いよ」アンはむせび泣いた。

「おや、でも半ダースも子どもができれば、大きな家が嫌だなんてことは、ありませんよ」スーザンはけろりと言った。「この家は、今だって狭すぎるんです。ムーアさんが来られてからは客用寝室がないし、配膳室ときたら、こんなにいらいらする所で働いたことはありませんよ。どっちを向いても角が出てるんですから。その上、ここは世界の外れみたいな所で、景色のほかは何もないんですからね」

「あなたには世界の外れかもしれないわね、スーザン……でも私には、世界の外れではないのよ」アンはようやくかすかな笑みを浮かべた。

「何をおっしゃってるのか、私にはわかりませんね、先生奥さん。私は学がありませんですから。でも先生がモーガン邸を買われるなら、間違いありません。あてになすっていいですよ。あそこは家の中に水道がある(9)んです。配膳室とクローゼットはきれいだし、あんな地下室(10)はプリンス・エドワード島にまたとないと聞いてます。ところがここの地下室ときたら、悩みの種ですよ、先生奥さんもご承知の通りです」

「もういいわ、行ってちょうだい、スーザン、行ってちょうだい」アンは絶望して言った。「地下室や配膳室やクローゼットが、わが家を作るんじゃないのよ。どうして泣く人と共に泣いてくれないの?(11)」

「あいにく、泣くのは不得手でしてね、先生奥さんや。私は一緒に泣くより、人を励ますほうなんです。さあ、泣くのはおやめなさいまし、きれいなおめめが台なしになりますよ。この家はなかなかいいし、当座の役には立ったけど、もっといい家を手に入れる潮時ですよ」

スーザンの見解は、大方の人々と同じらしかった。アンの心情を理解し、寄りそってくれた人物はレスリーだけだった。この話を聞くと、レスリーもさめざめと泣いた。それから二人は涙をふき、引っ越しの準備にかかった。

「行かなくてはならないなら、早くやって終わらせましょう」可哀想に、アンはつらい諦めの境地で語った。

「グレンのきれいな古いお屋敷も、長く暮らして、そこにまつわる大切な思い出ができれば、きっと好きになるわよ」レスリーが言った。「友だちも訪（たず）ねて来るわ、この家に集まったように……幸せが、新しい家を輝かしい所にしてくれるのよ。今のあなたには、モーガン邸は、ただの家（ハウス）かもしれない……でも歳月が、家（ハウス）をわが家（ホーム）に変えてくれるのよ」

翌週、ジェム坊やに短いベビー服（ドレス）を着せると、アンとレスリーは再び泣いた。悲劇的な気分だったが、夕方、丈の長い寝間着を着せると、わが子はまた小さな赤ん坊に戻って見えた。

「でも、次はロンパース[12]を着るのよ……それからズボンをはいて……あっという間に大人になってしまうのね」アンは吐息をもらした。

「あれあれ、坊っちゃんに、ずっと赤ん坊のままでいてほしいんですか、先生奥さんや？」スーザンが言った。「なんと、あどけない赤ちゃんでしょうね。短いドレスから小さなあんよを突き出して、まあ可愛いこと。それにアイロンの手間も省けますよ、先生奥さんや」

「アン、たった今、オーエンから手紙が届いたの」レスリーが顔を輝かせて入ってきた。

「それでね、ああ！　素晴らしい報せよ。オーエンはこの家を、教会の管財人から買いとって、夏の休暇をすごす家にするんですって。アン、嬉しいでしょう？」

「まあ、レスリー、『嬉しい』なんて言葉じゃ足りないわ！　素晴らしすぎて信じられないくらい。この愛しい家を、野蛮(ヴァンダル)な人たち(13)が汚して荒らさないとわかったから、つらさも半分になるわ。まあ、すてき！　すてきね！」

　十月の朝、アンは目をさますと、小さな家の屋根の下で眠ったのは、これが最後だったと気づいた。その日は忙しく、悲しみに耽(ふけ)る暇もなかったが、夕方には家からものが運び出され、がらんどうになった。アンとギルバートは二人きりで残り、この家に別れを告げた。レスリー、スーザン、ジェム坊やは、家具の最後の積み荷と一緒に先にグレンへ行っていた。カーテンをはずした窓から、西日が射していた。

「この部屋は、悲しみに暮れて、こちらを咎(とが)めるような顔をしているわね」アンが言った。「ああ、今夜はグレンでひどいホームシックになりそう！」

「ぼくたち、ここでとても幸せだったね、アンお嬢さん」ギルバートの声には感無量(かんむりょう)の響きがあった。

　アンは胸がつまり、何も言えなかった。ギルバートは、もみの木戸のところでアンを待っていた。その間、彼女は家中を歩いてまわり、一つ一つの部屋に別れの挨拶(あいさつ)をした。自分はここを去っていくのだ。だが古い家は今まで通りにここにあり、風変わりな窓から海を見つめているであろう。これから秋の風がわびしげに家のまわりを吹くであろう。灰色の雨が家を打ち鳴らし、白い霧が海から這いあがり家を包むであろう。月明かりはこの家に降りそそぎ、学校の先生と花嫁が歩いた庭の古い小道を照らすであろう。懐かしいこの内海の岸辺では、物語に伝えられた魅力がいつまでも漂い残るであろう。風はこれからも、人を誘うような口笛を鳴らし銀の砂丘の上を吹きわたるであろう。波もやはり、赤い岩場の入り江から呼び続けるであろう。

「でも、私たちは、もういないのね」アンは涙ながらにつぶやいた。

アンは外へ出て、扉を閉め、鍵をかけた。ギルバートはほほえんで待っていた。灯台の光は北の空に輝いていた。秋の小さな庭はマリーゴールドだけが咲き残り、すでに夕影に覆われていた。

アンはひざまずき、花嫁として踏んだ、すり減った古い上がり段に口づけをした。

「さようなら、愛しい小さな夢の家よ」アンは言った。

訳者によるノート――『アンの夢の家』の謎とき――

エピグラフ（題辞）と献辞

（1）**われらの親しい者たちは／神殿を建てた、そこで／われらの知る神々に祈り／小さな愛しい家に住まう……**英国詩人ルパート・ブルック（一八八七〜一九一五）の詩「旅人の歌」（一九〇七）第三連より。詩の副題は「夜、月が沈んでから火のまわりに休み、木の下でこの詩を唄う」。ブルックは第一次世界大戦（一九一四〜一八）に出征、二十七歳でギリシアで病没。その美貌と夭折、戦争の犠牲者というイメージから死後に一躍知られた。ブルックの死の翌年、モンゴメリは本作を書き始め、一九一六年八月一日の日記でこの詩を絶賛、若い死を悼んだ。

（2）**ローラへ／懐かしいあの頃の思い出に……**ローラは、十五歳のモンゴメリが一八九〇年からカナダ中西部サスカチュワン州プリンス・アルバートで暮らした時の親友ローラ・プリチャード（一八七六〜一九三二）。翌年、モンゴメリがプリンス・エドワード島州に帰った後も文通を続けた。ローラは一八九六年に結婚する時、モンゴメリに花嫁の付き添い（ブライズメイド）を手紙で頼んだが、モンゴメリは四千キロ離れたプリンス・エドワード島（以下、島と表記）で教師をしていたため叶わなかった。二人の親交は生涯続き、後にサスカチュワン州で再会した。

第1章　グリーン・ゲイブルズの屋根裏で　In the Garret of Green Gables

（1）**木箱（チェスト）**……上に開閉のできる蓋がついた木製の大型収納箱。

（2）**ダイアナ・ライト**……ダイアナ・バリーの結婚後の名前。夫のライトはイングランド、スコットランド、北アイルランド人の名字。ダイアナはアイルランド系。

（3）**セント・ローレンス湾**……北米の五大湖の一つオンタリオ湖から北上して大西洋に注ぐセント・ローレンス川の河口湾。この湾内に島がある。

（4）**アベグウェイト**……Abegweit 島の先住民族ミクマク族が呼ぶ島名。彼らは独自の文字を持たないため、英語風の発音に変えてアルファベットで表記したもの。

（5）**プリンス・エドワード島という散文的な名称に代わってすでに久しかった**……島名はアベグウェイトから、島がフランス領になるとフランス語でイル・サン・ジャン（聖ヨハネ島）へ、イギリス領となった後、一七六三年に当時の英国のエドワード王子にちなんで命名。

（6）**ダイアナ・ライトは、私たちが最後に彼女を見てより三年の歳月（としつき）が流れ**……本作の前に書かれた第三巻『愛情』の結末でアンは二十二歳、本作第五巻『夢の家』の冒頭で二十五歳のため、本作の発行当時は、ダイアナの登場は三年ぶりだった。しかし本作から十九年後に刊行された第四巻『風柳荘』二年目第6章に、アンがダイアナの子どもを見に行く描写があるため、現在のシリーズではダイアナの登場は二年ぶり。

(7) **アン・コーデリアがどのようにその名を授かったか**……アンはダイアナの親友アン、コーデリアはアンが子どもの頃に憧れていた名前にちなむ。『アン』第3章（1）。

(8) **ハーモン・アンドリューズ夫人がおっしゃったの。教師生活に比べると、結婚生活はあんたが思うほどいいもんじゃない**……アンドリューズ夫人は、アンの同級生ジェーン・アンドリューズの母。夫人は、ジェーンより人気者のアンに対抗心を抱き、『愛情』第39章でもアンに当てこすりを語る。夫人は夫のハーモンと不仲であると『アン』に書かれている。

(9) **我々の知らない困難に飛びこむよりは、今ある苦難に耐える方がまし**……シェイクスピア劇『ハムレット』第三幕一場、王子ハムレットが「このままでいいのか、いけないのか、それが問題だ」と語る名場面の台詞「我々の知らない苦難に飛びこむよりは、今ある苦難に耐えるよう我々を仕向けるのだ」より。

(10) **青いプラムの砂糖煮**（プリザーヴ）……赤と黄色の実のプラムはスモモだが、青いプラムはスモモ、またプルーンとも呼ばれる。砂糖煮はジャムのような保存食。

(11) **ギルバート・ブライス**……ブライスはスコットランドとイングランドの国境地帯の人々に由来する名字。

（12）**青い公会堂や、ジャドソン・パーカーが塀に薬の広告をペンキで塗って出そうとしたこと**……公会堂は『青春』第9章、薬の広告は『同』第14章。

（13）**ろうそくの灯りをちかちかさせて合図したやり方**……『アン』第19章。

（14）**『近代の不便』**……米国の作家マーク・トウェイン（一八三五～一九一〇）がJ・Y・M・マカリスターに宛てた一九〇〇年九月の書簡「すべて近代の不便は、必要なものが揃っていることだ」より。［In］

（15）**電話を盗み聞きしている**……当時は一本の電話線に複数の家がつながり、ベルの音で、かかった家を区別した。受話器を上げると他家の通話を聞くことができた。［AHD］

（16）**『彼らは、過去に常にパイ家であり、未来に常にパイ家であり、世に果てしなくかくあり、アーメン』**……英国国教会『祈禱書』の「グロリア（頌栄）」の「始めにあり、今にあり、未来にあり、世に果てなくあり、アーメン」のもじり。

（17）**フォー・ウィンズの内海**……Four Winds Harbour 現在のプリンス・エドワード島にフォー・ウィンズの地名はないが、十九世紀の島の古地図を見たところ、現在のニュー・ロンドン湾 Bay がフォー・ウィンズ湾 Bay と書かれていた。この湾の奥はモンゴメリ生誕地のクリフトン（現ニュー・ロンドン）。モンゴメリは、亡き両親が新婚時代を送り、また二十代で他界した母が自分を生んでくれた土地を、アンとギルバートの新婚時代の土地に定めたことがわかった。またハーバー Harbour の訳語は「湾、港」だが、フォー・ウィンズ・ハーバーはセント・ローレンス湾 Gulf に面しているため、フォー・ウィンズ湾と訳すと、「湾」が「湾」に面していることになり地理的な混乱が生じること（地図）、またフォー・ウィンズ・ハーバーは島の内側に深く入り組んだ湖のような内海で、森や草原や砂浜の長い岸辺が続き、日本語の「港」から連想される港湾ともかけ離れているため「内海」と訳した。キャベンディッシュからフォー・ウィンズの距離は六十マイル（約九十六キロ）とアンはダイアナに話しているが、実際は二十キロ程度。モンゴメリは地理は少し変えたと日記に書いている。

(18) **グレン・セント・メアリ**……Glen St. Mary モンゴメリの作った地名で「聖マリアの谷」。グレンはケルト族のゲール語で「谷」。アン・シリーズの特徴であるケルト族の世界（グレン）とキリスト教（聖母マリア）の融合。現実にはモンゴメリが生まれた村クリフトンの辺り。モンゴメリはケルト的な地名に変えている。

(19) **夢のお城のような家**……a castle in Spain「空中楼閣、想像のきらびやかな豪邸」。シリーズでアンの空想によく使われる言葉。本書タイトルの「夢の家」は a House of Dreams。

(20) **新婚『りょこう（タワー）』**……wedding 'towers' アンドリューズ夫人は、ツアー（旅行）を間違えてタワー（塔）と語る。新婚旅行は、カナダの大陸横断鉄道と大西洋の蒸気船の航路が整備された十九世紀後半から広まり、当時は新しい習慣。モンゴメリは一九一一年に新婚旅行で夫婦の家系の祖国スコットランドから、イングランドへ旅した。

カナダ人にとって欧州への新婚旅行は贅沢だった。

(21) **ヴァンクーヴァー**……カナダ西海岸ブリティッシュ・コロンビア州の港町。東海岸の島からは大陸の反対側で五千キロ以上ある。カナダ大陸間横断鉄道は開通しているが移動には何日もかかり、花嫁の付き添いをするために女性が一人旅をするにはやや困難な距離。献辞（2）。

(22) **『魂の同類』**……kindred soul シリーズで「心の同類」kindred spirit は出てきたが、「魂の同類」は初登場。またダイアナは「腹心の友」bosom friend と書かれてきた。

(23) **プリシラが結婚した海外宣教師**……プリシラ・グラントは海外宣教師の夫と日本にいる。『風柳荘』一年目第4章（3）。

(24) **予定説**……キリスト教で、この世の一切はあらかじめ神が予定しているとする考え。本作の主な人物が信仰する長老派教会の教義。第22章（1）。

(25) **「茶色のグロリア地で、マシューが学校の演芸会（コンサート）のために贈ってくれたの。……（略）…」／「あれは、ギルバートが『ライン河畔のビンゲン』を諳誦（あんしょう）した晩だったわね」**……茶色のパフスリーブのドレスは、学校主催のクリスマス演芸会にむけてマシューが贈った。『アン』第25章。一方、ギルバートが詩「ライン河畔のビンゲン」を諳誦したのは、アヴォンリー村の討論クラブが開いた別の演芸会で、この時はアンはまだ茶色のドレスは持っていない。『アン』第19章。本章では二つの演芸会の混同が見られる。

(26)『もう一人あり、それは妹にあらず』……詩「ライン河畔のビンゲン」の一節。恋人について語る一節で、これを諳誦しながらアンを見つめたギルバートが、少年時代にアンに愛を告白したことを意味する。『アン』第19章（15）。

(27) **ギルバートが、あんたのピンクのちり紙の薔薇を自分の胸ポケットにさしたんで、アンはかんかんに怒ったわね**……これもギルバートの愛情表現。『アン』第25章ではギルバートは、アンの髪から落ちた薔薇を一輪、自分の胸ポケットにしまったと書かれている。一方、ピンクのちり紙で作った薔薇は『アン』第24章で公会堂を飾りつけるために作ったもの。ここでもモンゴメリによる混同が見られる。

第2章　夢の家 The House of Dreams

（1）**死せる過去に、その死者を葬らせる**……米国の詩人ヘンリー・ワズワース・ロングフェロー（一八〇七〜八二）の詩「人生の賛美歌」の「未来を信じるべからず、だが愉しめ／死せる過去に、その死者を葬らせよ！／行動せよ！……生ける今に行動せよ！」より。

（2）**木綿糸で編んだベッドカバー**……手織りの縦糸に使う太い白木綿糸を棒針でモチーフ編みにして、つないだベッドカバー。『アン』第1章（4）。

（3）**林檎の葉模様の…（略）…たいそう流行ってるそうな**……林檎の葉模様のベッドカバーも太い木綿糸を棒針で編み、中央に林檎の葉が四枚、放射状に並ぶ。モンゴメリも同じものを編んでいる。米国マサチューセッツ州のL・M・オルコットの屋敷、コネティカット州の作家マーク・トウェインの大邸宅でも寝室のベッドに同じカバーがかかっていたことから十九世紀の北米東部で流行していたことがわかる。

(4) **木綿の袋に入れて口を縫っといた**……ベッドカバーを収納した木綿袋の口を細かな針目で縫い閉じることで、虫食いの虫、ねずみ、埃が入らないようにする。

(5) **夜露にあてると見違えるほどきれいになるよ**……漂白剤がない時代は草の上に広げ、夜露にさらして白くした。日本でも縮(ちぢみ)の反物を雪上に広げて白くする。

(6) **三編みの敷物**……ウールなどの古布を細く切った紐を三編みにして、中央から円形や楕円形に渦巻状に縫い止めたもの。『アン』第3章（6）、『愛情』第10章（2）。

(7) **引き抜きの敷物(フックド・マット)**……目の粗い黄麻布などの表から裏にかぎ針を刺し、太い毛糸や古布を裂いた紐を表側に引き出して並べた敷物。フックド・ラグ、フックラグとも言う。現在のグリーン・ゲイブルズの客間や寝室などにある。『青春』第20章（8）、『風柳荘』三年目第9章（7）。

(8) **そうした類いの**……of that ilk スコットランド語。モンゴメリはスコットランド系。

(9) **若葉のころ**……in his salad days イギリスの劇作家シェイクスピア（一五六四～一六一六）の『アントニーとクレオパトラ』第一幕五場「私の若葉のころ、判断が未熟で、血も冷たかった」より。[Ge]

(10) **人の心を和ます優しさは…（略）…損なわれることなく**……人の心を和ます優しさ

the milk of human kindness は、直訳すると「人情という甘い乳」。シェイクスピア劇『マクベス』第一幕五場のマクベス夫人の台詞より。モンゴメリは、「乳 milk」に合わせて、「損なわれることなく」の動詞「損なう」に、チーズなどを作る時に乳が「凝固する」という意味の curdle を使っている。curdle には「損なう、駄目にする」という意味もある。

(11) **懐かしい四人娘**……the old quartette『アン』のアヴォンリー校の同級生アン、ダイアナ、ジェーン、ルビー。quartette は、四人組 quartet の女性形のため四人娘。

(12) **長らく婚約していると往々にしてうまくいきませんから。でもあなたがたの場合は仕方がなかった**……『愛情』第41章でアンはギルバートと婚約し、ギルバートが医学部を終えるまで三年間、結婚を待った。

(13) **ジム船長**……ジムはジェイムズの愛称。ジェイムズはスコットランド王家スチュアート家の歴代王の名でスコットランド人男性に多い。またジェイムズはキリスト教では、イエスの弟子などのヤコブの英語名。島はカナダ東海岸にあり、飛行機が普及する前の船舶の時代は、大西洋を横断して宗主国イギリスへむかう交通の要衝で、海運業と造船業で栄え、海運に従事する男性が多かった。

(14) **フォー・ウィンズ灯台**……フォー・ウィンズの内海がセント・ローレンス湾に出るところの崖に立つケイプ・トライオン灯台がモデルと思われる。今の灯台の建物に住居はないが、以前は灯台守の住居が併設された。モンゴメリが暮らしたキャベンディッシュ（アヴォンリーのモデル）から灯台の光が見えたことを彼女は日記に書いている。現在は船舶機器の発達により灯台としては使用されていない。（口絵）

（15）**木の精**（ドライアド）……ギリシア神話に由来する精霊で、乙女の姿をして木に棲むとされる。アンはグリーン・ゲイブルズの下の森の泉を「木の精（ドライアド）の泉」と名づけて好む。『アン』第12章（7）。

（16）**小径**（こみち）……lane 表の道路から家の敷地を通って母屋の玄関まで続く道。

（17）**ロンバルディ・ポプラ**……欧州原産のセイヨウハコヤナギの一種、または改良種と思われる。英語ではポプラとヤナギの混同が見られる。ロンバルディはイタリア北西部の地名。『アン』ではグリーン・ゲイブルズにもこの木がある。

第3章　分かち合う夢の国　The Land of Dreams Among

（1）**ヘムステッチ**……ナプキンの縁、服の裾を飾る縫い方。布の横糸を何本か抜き、残った縦糸を数本ずつ、抜いた横糸で束ねてレース風の模様を作る。第40章（5）。

（2）**お式をいちばんに見てもらいたい人だけよ**……前作の『風柳荘』のケイトおばさん、チャティおばさん、レベッカ・デュー、小さなエリザベス、キャサリン・ブルックも招待されるところだが、第四巻は本作よりも十九年後に書かれたため登場しない。

（3）**「時のたつのはなんと速いことか！」というのがリンド夫人の才気あふれる独創的な返事だった**……これは普通の言い回しで、モンゴメリ流の皮肉。

（4）**遠い昔、結婚式に出たよしみ**……at a wedding long syne スコットランドの詩人ロバート・バーンズの詩「蛍の光」Auld Lang Syne「遠い昔」にちなむ。syne はスコットランド語で、英語では since。『青春』で、アン（スコットランド系）とシャーロッタ四世は、ミス・ラヴェンダーとアーヴィング氏（スコットランド系）の結婚式の準備を二人で行い、列席した。

（5）**「ジョー牧師も来るのよ……」／「牧師さんをそんなふうに呼ぶなんて、聞き苦しいですよ」**……聖職者の正式な言い方は、牧師を示す the Reverend + Mr + 名字。アンの言い方は、the Reverend + ファーストネームのニックネームのジョー（本名はジョナサン）だけで、名字もつけていないためリンド夫人は「聞き苦しい」と語る。第28章（8）。

（6）**ステラはヴァンクーヴァー**……献辞、第1章（21）。

（7）**プリスは日本**……プリスはアンの友プリシラの愛称。恋人の宣教師は先に日本に行った。

（8）**社交欄の記者風に言うと**……モンゴメリは二十代にノヴァ・スコシア州ハリファクスの「デイリー・エコー」紙で社交欄を書く記者、校正の仕事についていた。

（9）**客間で結婚式をするのかい**……当時の結婚式は、花嫁の実家の客間で行われた。モンゴメリは、結婚した一九一一年には両親とも他界していたため、叔母（母の妹）の嫁ぎ先キャンベル家の客間で式を挙げた。

（10）**法にかなっているとも思えない**……法的な婚姻は、式を挙げる資格をもつ聖職者や役場の係などが執り行い、かつ証人が必要だった。アンとギルバートの二人だけで式をすると聖職者や証人が不在のため、法的な婚姻に該当しないとリンド夫人は語る。

（11）**それが問題なのよ**……シェイクスピア劇『ハムレット』第三幕一場のハムレットの名台詞「このままでいいのか、いけないのか、それが問題だ」より。［Re］

（12）**『それは本当であり残念、残念であり本当』**……シェイクスピア劇『ハムレット』第二幕二場のポローニアスの台詞「王子様（ハムレット）は狂気。それは本当であり残念、残念であり本当」より。［RW／In］

（13）**雑誌の編集者たちは時として鑑識眼がないと思われるが**……モンゴメリは『アン』が出る前から小説と詩を北米の雑誌に投稿。多くが掲載されたが、不掲載もあった。

（14）**ヤンキー**……米国北東部の人々、または広く米国人。一八一二年の英米戦争で、米軍が国境を越えてカナダ（当時はイギリス領）に侵入。カナダ人はヤンキーに警戒感があった。一方で島からは多くの島民が米国に働きに行った。

（15）**クイーン・アン**……フィルがアンを呼んだニックネーム。十八世紀英国のアン女王を意識した呼び名。アン女王はスコットランド王家のスチュアート家の出身。アンもフィルもスコットランド系カナダ人。『愛情』第5章（7）。

（16）**すべてのことが、善となるように共に働く**……新約聖書「ローマの信徒への手紙」第八章二十八節「われわれは知っている。神を愛する者たち、神の意図によって呼び

だされた者たちにとっては、すべてのことが、善となるように共に働く」より。[RW]

(17) **瀬戸物の犬**……ゴグとマゴグ。炉棚に飾る一対の犬の置物。『愛情』口絵と第10章(1)。

(18) **『死者は、我々が忘れるまで決して死なない』**……イギリスの女性作家ジョージ・エリオット(本名メアリ・アン・エヴァンズ)(一八一九〜八〇)の小説『アダム・ビード』(一八五九)の引用。アダム・ビードは主人公の大工の名。[AHD/In]

(19) **さば雲**……さばの背の模様の巻積雲(けんせきうん)。いわし雲に同じ。第24章(15)。[Re]

(20) **歴史はくり返す**……英語の諺。『アン』第38章でアンがマシューの墓参りの後でアヴォンリー墓地から丘を下っていくと、ブライス家の木戸から出てきたギルバートに会い、二人が仲直りをしたことを意味する。

(21) **天がぼくの前に開かれたんだ**……旧約聖書「エゼキエル書」第一章一節「天が開かれ、私は神の顕現(けんげん)を見た」より。[In]

第4章　グリーン・ゲイブルズ初の花嫁　The First Bride of Green Gables

(1) **バリーさんはこの先もずっと畑を借りる気はないんで**……マシュー亡き後、グリーン・ゲイブルズの畑はダイアナの父バリー氏に貸して耕作してもらった。『アン』第38章。

(2) **イートン百貨店**……スコットランド系の北アイルランド人ティモシー・イートン

（一八三四〜一九〇七）がカナダに移住し、一八六九年にオンタリオ州で創業。支店を広げてカナダ最大の百貨店となり、通販カタログが多くの家庭にあった。モンゴメリは結婚後はオンタリオ州に暮らし、本作執筆中はトロントのイートンで買い物をした。一九九九年に破綻、経営者が代わったが、トロント中心部で営業。[Re／In]

（3）**エデンの園**……旧約聖書「創世記」第二章八節〜二十五節で、神が創った人アダムと妻イヴが住んだ楽園。

（4）**米と古靴を用意した。それを投げるにあたっては、シャーロッタ四世とハリソン氏が英雄的な活躍をした**……米は多産の祈願、古靴を投げる音は魔除けを意味した。シャーロッタ四世は、ミス・ラヴェンダーの結婚式で古靴を投げたところ、アラン牧師の頭に命中した。『青春』第30章（9）。

第5章　わが家へ　The Home Coming

（1）**砂州**……川が下流へ運んだ砂が、海で堆積し細長く延びたもの。フォー・ウィンズのモデルの内海の入口には砂州が長く伸びる。（地図）、第30章（5）、第34章（1）。

（2）**フォー・ウィンズの内海が薔薇色と銀色に輝く大きな鏡のように横たわっていたのだ。遠くには内海の入口の海峡が見え、その片側は砂州と砂丘が続き、もう片側は赤い砂石が高く切り立つ嶮しい崖だった。砂州のむこうには、穏やかで重々しい海が夕映えのなかで夢を見ていた。砂州が内海の岸辺に突き当たるところに抱かれた入り江**

に、**小さな漁村があり、夕靄（ゆうもや）にかすんで大きなオパールのように見えた**……この風景描写は、実際の地形をほぼ忠実にスケッチしている。アンとギルバートは、フォー・ウィンズ内海の西側の岸辺から、この風景を見ている。内海がセント・ローレンス湾に出る海峡は、東側に長く砂州が伸び、西側は赤い崖が続き、大きな灯台（口絵）がある。内海の対岸（東側）には小さな村がある。（地図）

（3）**鐘の音色（チャイム）**……美しい調べを奏でるように調律した複数の鐘の音色。

（4）**良き希望の星が震え、揺れているようだった**……『アン』第2章でアンが初めてアヴォンリーに着いた時、南西の空に大きな星が未来の幸福を約束するように瞬く。これに呼応するように、この地に初めて来たアンを迎える灯台の光が輝くが、良き希望の星は震えて揺れ、アンの希望が危うさをはらんでいることを暗示する。

（5）**トーリー街道のコップのおばあさんたち**……『青春』第18章。

（6）**『金色（こんじき）の紐』と『豪華な蛇』**……金髪の豊かな三編み。英国詩人ロバート・ブラウニング（一八一二〜八九）の詩「ゴンドラで」の「……豊かにして艶（つや）やかなる金色（こんじき）の紐／きみが頭に巻きつけし髪がほどけ／落ちるさまは豪華な蛇のごとし」より。ブラウニングは、ゴンドラで知られるイタリアの水の都ヴェニスにも暮らした。『アン』最後の詩「ピッパが通る」はヴェニスに近くブラウニングが暮らしたアゾーロが舞台。『アン』第38章（5）。［AHD／In］

（7）**砂石の上がり段**……島の土壌は赤土で、海岸にはその砂が固まった砂石が積み重なる。古い民家はその大岩を玄関前に一つ置き、家への上がり段にする。第40章（8）。

第6章　ジム船長　Captain Jim

（1）**「デイヴ老先生」と「デイヴ先生の奥さん」**……デイヴは本名デイヴィッドの愛称。モンゴメリは「　」付きで書いているため村人からこのように親しみをこめて呼ばれていたことを示す。

（2）**屋根窓**……dormer 屋根から突き出ている明かり取りの窓。

（3）**「寂しき妖精の国にて、危険な海の／その泡の上に、魔法の窓が開いていく」**……英国詩人ジョン・キーツ（一七九五～一八二一）の詩「ナイチンゲールに寄せる抒情詩」（一八二〇）より。「寂しき妖精の国」は、『愛情』と『風柳荘』にも引用される。フォー・ウィンズ灯台のモデルのケイプ・トライオン灯台の光を、モンゴメリが暮らしていたキャベンディッシュ（アヴォンリーのモデル）から見て「寂しき妖精の国」のようだと日記に書いている。

（4）**ボイド**……Boyd スコットランド人の古い名字で、スコットランド系とアイルランド系に多い。ジム船長はスコットランド系と思われる。

（5）**ブライスの奥さん**……Mistress Blythe の Mistress は、英語では「女主人、愛人」、スコットランド語では「～嬢」Miss と「～夫人」Mrs に相当。Mistress Blythe はスコットランド語で「ブライス夫人」。この呼び方からも船長がスコットランド系とわかる。

（6）**あんまし正しく**……jest exactly right モンゴメリはジム船長の台詞を、just は jest、certain は sartain、sort of は sorter、pretty は purty、maybe は mebbe、at any rate は tennyrate、again は agin など、訛った英語で書くことで、船乗りとして海に生きて来た船長の人柄を表す。船長らしい気骨はありつつも素朴な田舎風の口調で訳した。

（7）**鉄灰色**（アイアングレイ）**の長い髪が肩にかかり**……マシュー・カスバートも鉄灰色の長い髪が肩にかかっている。『アン』第2章。

（8）**捜し求める**……「捜し求める」seek がこの章では繰り返される。夢の家に最も近い灰色の家の窓は捜し求める目のようで夕闇をのぞきこみ、ジム船長は失われた大切な何かを捜し求めるような目で海を見ている。彼らが何を捜し求めているのか、今後の謎めいた展開を期待させる小説の導入部分をモンゴメリは巧みに創り出している。

（9）**芋ばかりの粗末な食事**……potatoes and point 島の方言で、豪華な料理は「指さしてpoint」見るだけの貧しい食事という意味。［AHD］

（10）**一等航海士**（ザ・ファースト・メイト）……the First Mate ジム船長が飼っているおす猫の名。船員の順位は船長、次は一等航海士。海の安全を守る灯台に、ジム船長と猫の一等航海士が暮らす名づけが楽しい。ジム船長はこの章では、猫を一等航海士（ザ・ファースト・メイト）とフルネームで呼ぶが、縮めて航海士（メイティ）と呼ぶ章もある。

（11）**ムーア**……アイルランド人とイングランド人に多い名字。

(12)　**明らかに第二のレイチェル・リンド夫人であろう**……リンド夫人の夫トーマスは、レイチェル・リンドのご亭主とよばれていた。『アン』第1章。

(13)　**マカリスター**……MacAllister　スコットランド人の名字。

(14)　**ブラキエール**……Blacquiere　フランス人の名字、港の労働者。この男が話す英語は、they are が Dey're、There is は Dare's と書かれ、モンゴメリは彼を、英語の th の発音ができないフランス語を母国語とする人物として描く。昔はフランス系は、島では土地の所有ができず、漁業や港湾労働者、英国系の農場で雇い人として働いた。

(15)　**エリオット**……Elliott　スコットランド人の名字。

(16)　**クローフォード**……Crawford　スコットランド人の名字。

(17)　**『エリオット家の自惚れ、マカリスター家の高慢ちき、クローフォード家の虚栄心から、神よ、われらを救いたまえ』**……祈禱書にある「自惚れ、高慢、虚栄心から、神よ、われらを救い給え」のもじり。

(18)　**ブライアント**……ブライアントは古くはウェールズ人の名字、対岸のアイルランドにも見られる。ミス・コーネリア・ブライアントはスコットランドに始まった長老派教会の熱烈な信徒であるため、親族は長老派が多い北アイルランド系とスコットランド系と推測。

(19)　**長老派教会**……スコットランドの神学者ジョン・ノックス（一五一四頃〜七二）が、スイスで宗教改革者カルヴァンの改革派を学んだのち、帰国してエジンバラで開いた新教プロテスタントの一派、十六世紀にはスコットランド国教。カナダではスコットランド系と北アイルランド系が主に信仰。モンゴメリは長老派の家庭に生まれ、長老派の牧師と結婚して本作を執筆。

(20) **メソジスト**……イングランドの神学者ジョン・ウェスレーらが英国オックスフォードで起したプロテスタントの一派。長老派教会の予定説とは異なり、人間の自由意志を認める。二十世紀初めのカナダでは、長老派教会とメソジスト教会の合同が計画され、モンゴメリは教義の違いからメソジストを敬遠、合同に反対した。

第7章 学校の先生の花嫁 The Schoolmaster's Bride

(1) **セルウィン**……Selwyn イングランド人の名字。

(2) **本国イギリス**……この小説の時代は十九世紀末で、ジム船長が語る六十年前は一八三〇年代。当時はカナダは建国前でイギリスの植民地だったため、本国はイギリス。

(3) **蒸気船なんてものはなかった**……蒸気で船を走らせる前は、動力を風に頼る帆船。

(4) **六月二十日に、ロイヤル・ウィリアム号でイギリスを発つから、七月半ばには着くだろう**……船名のロイヤルは「国王の」、ウィリアムは歴代イングランド王で、イングランド王国的な船名。十七世紀と十九世紀にロイヤル・ウィリアム号という英国海軍の船が実在するが、本文の船は民間船。六月二十日に英国を発ち、七月半ばにカナダに着くため、一八三〇年代の帆船は大西洋を四週間で横断したことがわかる。八十年後の一九一一年にモンゴメリが蒸気船で英国へ行ったときは二週間だった。

（5）**魔女だといって焼き殺された**……十三世紀から十七世紀の欧州では、薬草や医術の知識をもつ女や優れた才能を持つ女を、国と教会が「人間ではない」として糾弾する魔女裁判を開き、火あぶりにした。ジョン・セルウィンのひいひいおばあさん（本文は a great-great-grandmother）は十七世紀末から十八世紀初頭のイギリス人。新大陸でも一六九二年に米国マサチューセッツ州で二百人が魔女として告発、十九人が処刑された。

（6）**忘我の状態**（トランス）……催眠術、宗教儀式、呪術、舞踏などで一時的に通常の意識が失われて忘我の状態（トランス状態）になること。カナダにいるジョンはトランス状態になって遠い英国にいる恋人を見る。

（7）**心霊研究につながる問題**……心霊研究 psychical research は、現在はオカルト的な領域とされるが、十九世紀半ばから二十世紀前半にかけては学問として研究され、トランス状態の霊媒によって、死者の魂と交流して死後の世界を明らかにしようと試みられた。特に本作が執筆された第一次世界大戦中は、欧米とカナダの兵士が多数戦死したために降霊術が求められ、霊媒師が活躍。ちなみに英国の推理小説作家コナン・ドイル（一八五九〜一九三〇）は晩年に心霊研究に没頭し、多数の著作がある。

（8）**ベッドカバー**……quilts キルトは編み物とパッチワークキルトも含めたベッドカバー全般をさす。

（9）**あの世からの来訪者たち**……visitants 霊界からの訪問者たち。ジム船長はかつてこの家に暮らした亡き人々を思い起こしている。これも心霊術の降霊を連想させる。

（10）**イースト岬を回って来るところが見えた**……島の東端の岬。欧州からの船はこの岬の沖を通り、島の北海岸に向かう。本作舞台の内海海岸から岬までは百キロ以上離れ、肉眼で見ることは不可能。ジョンは透視している。

（11）**エリザベス・ラッセルは、アレックの妹**……エリザベス・ラッセルは、ネッド・ラッセルと同じ名字のため、「アレックの妹」は誤記で、正しくは「ネッド・ラッセルの妹」ではないかと思われる。アレック・ラッセルという人物は本作に登場しない。

（12）**ヨセフを知る一族**……聖書にヨセフという人物は多いが、このヨセフは旧約聖書「創世記」に描かれるイスラエル十二部族の父ヤコブと母ラケル（英語名レイチェル）の息子ヨセフをさす。ヨセフは父に可愛がられ、兄たちの嫉妬を買って奴隷として売られてエジプトに行き、のちにエジプトの宰相となる。大飢饉になると、父と兄たちを呼び寄せて食糧を贈って助け、兄と和解した後にエジプトで死去。彼の遺体は四百年後の出エジプトの際、モーセによって運び出された。「ヨセフを知る一族」は、旧約聖書「出エジプト記」第一章八節「そのころエジプトに新しい王があらわれた、それはヨセフを知らない者だった」のもじり。ヨセフの生涯は様々な絵画に描かれる。

（13）**地の塩**……新約聖書「マタイによる福音書」第五章十三節「あなたがたは地の塩で『愛情』第16章（11）、『同』第18章（2）。

ある」とイエスが「山上の説教」で語った言葉にある。イエスの説く教えに従う人々は「地の塩」。一般には社会のためになる健全な人、世人の鏡となる者。［Re］

（14）**口を閉じて……**take in the slack of my jaw「わしの口のたるみを取る」、そこから「口を閉じる」。もともと take in the slack は「船の帆のたるみを取りぴんと張る」という意味で、モンゴメリはジム船長の台詞や彼を描写する文章に、船舶と海事の用語を使い、船乗りの雰囲気を醸し出している。

第8章　ミス・コーネリア・ブライアント、訪ねて来る　Miss Cornelia Bryant Comes to Call

（1）**アヴォンリーでも海の見える土地に暮らしたが、その生活に海が親しく入りこむことはなかった……**アヴォンリーのモデル、キャベンディッシュは海沿いだが、海と村の間に林が続き、人里は海に接していない。砂浜が多く船が出る港もない農業の村。一方、フォー・ウィンズのモデルの内海は漁港や波止場、今は牡蠣の養殖場もあり漁業と海運の土地。

（2）**『船を進めよう、夕陽のむこうへ』……**英国詩人アルフレッド・テニスンの詩「ユリシーズ」（一八四二）の「船を進めよう、夕陽のむこうへ／西方の星影を浴びるその果てへ、私の命が尽きるまで」より。ユリシーズは、ギリシア神話の英雄オデュッセウスの英語名で、ギリシアのイタカ島（イタケー島）に帰郷した後は、遠い航海に憧れた。その心情を表す一節。

（3）**『飛び去って、ねぐらへ行く』鳩**……旧約聖書「詩編」第五十五章六節「そして私は言った。ああ、わたしに鳩の翼があれば、そうすれば飛び去って、ねぐらへ行くのに」より。新共同訳聖書では第五十五章七節。

（4）**風と波という吟遊詩人の囁きのくり返し**……吟遊詩人は各地を旅して自作の詩を吟じる者。リフレーンは詩歌の一節を繰り返すこと。モンゴメリは船が航行する内海の風と波のささやかな音色の絶えず響くことを詩的に表現している。

（5）**キングスポートの病院で初めて試された新しい療法**……キングスポートのモデルはカナダ東海岸ノヴァ・スコシア州の州都ハリファクスで、最先端の医学研究で知られるダルハウジー大学医学部と病院がある。『愛情』ではレッドモンド大学という名称で、ギルバートが医学を学んだ大学。『愛情』口絵、第1章（9）（10）。

（6）**人生で何をしたいか、ずっと前に二人で話しあった時**……『青春』第7章。

（7）**部屋着**……wrapper 体に巻きつけるように着る部屋着やゆったりした普段着。当時の女性の外出着はウェストを締めつける形で、ぶかぶかの服で人を訪問することはなく、ミス・コーネリアの個性的で喜劇的な人柄が伝わる。

（8）**お針の会**……thimble party「指貫の集まり」。女性が集まり縫い物をしながら語らう。当時は既製服が少なく、家で服を縫った。

（9）**『イエスの御腕に安らけく』**……"Safe in the Arms of Jesus" 米国の女性宣教師・作詞家・作曲家ファニー・クロズビー（一八二〇〜一九一五）の賛美歌（一八六八）。イ

エスに守られる死後の平安を歌う葬送歌で、美しい歌詞とメロディで知られる。［In］

（10）**メソジストの牧師なんて、ユダヤ人みたいにさすらい歩いてる**……メソジスト教会の宣教師は北米各地の開拓地を馬や馬車で伝道してまわった。一方のユダヤ人はユダヤ教徒であるためにキリスト教徒から迫害を受け、世界中に離散した。

（11）**花笠菊**（ゴールデン・グロウ）……キク科オオハンゴンソウ属。鮮やかな黄色の八重の花が丈の高い細い茎にたくさん咲く。『風柳荘』三年目第2章（6）。

（12）**信仰によって家族になった人々**……新約聖書「ガラテアの信徒への手紙」第六章十節「ですから、今、時のある間に、すべての人に対して、特に信仰によって家族になった人々に対して、善を行いましょう」（新共同訳）より。アンとミス・コーネリアは同じ長老派教会の信仰によって家族になったという意味。［In］

第9章　フォー・ウィンズ岬の夕べ　An Evening at Four Winds Point

（1）**神さまはご自分がなさってることをご承知だった**……新約聖書「ヨハネによる福音書」第六章六節「こう言われたのは、フィリポを試る（こころみ）ためであって、神はご自分がなさることをご承知だったのである」より。

（2）**家の窓は、静まり返った灰色の家から輝きを放ち、さながら陰鬱（いんうつ）な暮らしという殻に閉じこめられた生き生きした魂に流れる鮮血のごとき熱い思いが、ずきずき疼（うず）いているようだった**……夕陽を浴びた古い家の窓の赤い輝きは、この家に閉じこもるように暮らす住人の自由を求める切実な魂の叫びを伝える。

(3) **ローマ鼻**……わし鼻ほどではないが鼻梁(びりょう)が高く段がある。ちなみにギリシア鼻は、額から鼻先まで一直線の鼻。

(4) **『スコット法を少し』**……「お酒を少し」。スコット法は、一八七八年にカナダ議会で成立した法律で、各自治体が郡制をとるか市制をとるか地方の選択を認めた。この法律は、自治体が住民投票で禁酒法を制定することも許可したことから「スコット法」は「アルコール」という意味で使われた。禁酒法の実施も州によって異なり、本作の十九世紀末にカナダ全土の禁酒法はなく、島でも施行されていない。[In]

(5) **大天使**……天使の九階級中の第八階級の天使。神の戦士で武装の天使ミカエル、マリアに受胎告知をするガブリエルなど。

(6) **帆船(スクーナー)**……二本マストの縦帆式の帆船。

(7) **甥の息子のジョー**……ジョー Joe はヨセフ Joseph の愛称。

(8) **売ることも、買うことも、儲けることも**……新約聖書「ヤコブの手紙」第四章十三節「さあ、聞きなさい。『今日か明日、そうした町へ行き、一年間滞在して、売り、買い、儲けよう』というあなたがた」より。続く十四節は「あなたがたは、明日どうなるのか、それはわからないのです。あなたがたの命は何のためにあるのでしょう？それはつかのまに現れ、やがて消えていくかすみ vapor に過ぎないのです」とある。灯台に暮らすジム船長は、「売ることも、買うことも、儲けること」もなく暮らす。

またジム船長の灯台から見える空にはかすみ vapor がかかっているとモンゴメリはこの場面で描写する。かすみは十四節には、人の命の儚さとして描かれ、ジム船長の命の終わりも示唆する。

（9）**『金もなく、値段もない』**……旧約聖書「イザヤ書」第五十五章一節「やれ、喉の渇いた者はみな、水のところへ来たれ。そして金を持たない者も来て、買い、食べるのだ。さよう、金もなく、値段もないまま、ぶどう酒と乳を買うのだ」より。

（10）**オリバー・ウェンデル・ホームズ**……ホームズ（一八〇九～九四）は米国の医学者・詩人・作家。『アン』第23章（4）。

（11）**「偉大な人物は、小さなクリーム入れを好まなかった」**……ホームズの小説『エルシー・ヴェナー、運命のロマンス』（一八六一）第二十一章「ローウィンズ未亡人、お茶会を開く」に同じ文章がある。［In］

（12）**ナジル人（びと）**……聖書に書かれる古代の苦行者。ナジル人（びと）は誓いを立てると禁酒、頭髪を刈らないなどの戒律を守った。旧約聖書「士師記」第十三章五節「……その子の頭にかみそりをあててはならない。胎にあるときからナジル人として神に捧げられているためである」。マーシャルは自由党が政権をとるまで髭と髪を切らない。

（13）**古代ヘブライの預言者**……旧約聖書に書かれるヘブライの預言者はモーセ、ヨセフ、エリヤ、エリシャなどがあり、宗教画では髭の長い男の姿に描かれる。

（14）**自由党員か保守党員**……カナダの二大政党、ほぼ交互に政権を取った。『アン』第

18章（1）。『アン』ではアンとカスバート家は保守党、ダイアナとギルバートは自由党。

（15）**自由党が政権をとるまで**……本作の一八九〇年代前半は、保守党政権で、自由党は野党。

（16）**ところが、自由党は政権をとらなかった……しかも、あれから一度もとってない**……十九世紀に自由党は二度、政権を取っている。一八七三年〜七八年と、十八年後の一八九六年〜一九一一年。よって本作の時代は、自由党が野党だった十八年の間とわかる。総選挙はほぼ四年ごとに行われる。

（17）**ガブリエルのラッパが吹き鳴らされるとき、あの犬は、おれたちと一緒に起きあがるぞ**……最後の審判のときに、大天使ガブリエルがラッパを鳴らすという伝承がある（聖書には、ラッパを鳴らす者の名前は書かれていない）。最後の審判とは、世の終りに神が人を裁き、死後に、善人は永遠の祝福を、悪人は永久の刑罰を受ける。新約聖書「コリント人への手紙一」第十五章五十二節「最後のラッパが鳴るとともに、たちまち、一瞬のうちにです。ラッパが鳴ると、死者は復活して朽ちない者とされ、私たちは変えられます」（新共同訳）。アレグザンダーは、自分の死んだ犬は、人間と同じように最後の審判で善きものとされて復活すると話している。

（18）**モーセみたいに控えめでした**……旧約聖書「民数記」第十二章三節「さて、モーセという男は、地上のすべての者にもまさって、実に控えめだった」より。第7章

（19）ジム船長には生まれながらに語り部の才能があり、それによって「不幸な、遠い昔のできごと」が、当時のままの痛ましさで聞き手の前に鮮やかにもたらされたのだ……英国詩人ウィリアム・ワーズワース（一七七〇～一八五〇）の詩「孤独な刈りと り人」第三連「生まれながらの語り部の才能があり、それによって『不幸な、遠い昔のできごと』が、聞き手の前に鮮やかにもたらされた」より。［RW／In］

（20）ユリシーズ……第8章（2）。

（21）『船を進めよう、夕陽のむこうへ、／西方の星影を浴びるその果てへ、あなたの命が尽きるまで』……テニスンの詩「ユリシーズ」（一八四二）六十行～六十一行より。詩では「私の命が尽きるまで」だが、アンは「あなたの命が尽きるまで」と変えて船長に話している。

（22）ゴーティエ……フランス人の名字。第6章（14）。

第10章

（1）外海の海岸……the outside shore　セント・ローレンス湾に面した北海岸。（地図）レスリー・ムーア　Leslie Moore

（2）アンの人生に新しく虹をかけ始めた胸躍る甘やかな夢……初めての子どもを身ごもった喜びを婉曲的に表したもの。当時は直接的な表現は避けられた。

（3）ブラウニングの「豪華な蛇」……第5章（6）。

（4）**八部屋くらいの家**……例えばニュー・ロンドンにあるモンゴメリの生家は約八部屋。グリーン・ゲイブルズの母屋（モンゴメリの親戚マクニール家の農場）はおよそ十二部屋。一階に客間と客用食堂、マシューの部屋、居間、配膳室、食料庫など。二階にアンの部屋、マリラの部屋、客用寝室、裁縫室、繁忙期の雇い人の部屋、地下に食料貯蔵庫など。

第11章　レスリー・ムーアの物語　The Story of Leslie Moore

（1）**水が硬い**……硬水。カルシウム塩やマグネシウム塩を含む水で、洗濯にも適さない。
（2）**ヨブの七面鳥みたいに貧乏で**……英語の言い回しで極貧。ヨブは旧約聖書「ヨブ記」に描かれ、貧困など試練に耐えて信仰を守る。第15章（14）、『アン』第1章（21）。
（3）**ケネス**……Kenneth アイルランド人男性の名前で、意味は「美男子」。姉レスリーの名はスコットランド語で「西洋柊の庭」。ケネスとレスリーはケルト族。
（4）**大天使ガブリエルのラッパ**……第9章（17）。
（5）**クィーン学院へ行って、二年の課程を一年で修めて、教員の一級免許をとりましたよ**……アンはレスリーと同じ課程を卒業。『アン』第34章（1）。
（6）**暴君ネロ**……古代ローマの皇帝（三七～六八）。母と妻を殺害し、奴隷たちを処刑し、キリスト教徒を迫害したことから暴君の代名詞とされる。

（7）**ハバナ**……キューバ共和国（一九〇二年にスペインから独立）の首都。十九世紀の島は、キューバがある中部アメリカと島と欧州を結ぶ三角貿易を行い、中部アメリカ最大の島キューバと船舶の往来があった。

（8）**寝てる犬は寝たままにしとけばよかった**……英語の諺「寝ている犬はそのままにしておけ」。不要なことをしてかえって悪い結果になることを戒(いまし)める。第30章（1）。

第12章　レスリー、来たる　Leslie Comes Over

（1）**ファッジ**……チョコレート風味の柔らかなキャラメル。砂糖、バター、ミルク、チョコレートで作り、ときに刻んだナッツを入れる。

（2）**安楽いす(イージーチエア)**……背もたれが後ろに傾いたひじ掛け椅子。普通の椅子よりやや大きい。アンはレスリーのために座り心地のいい椅子を暖かい炉の前に置く。

（3）**脂(あぶら)に富む御馳走(ごちそう)**……旧約聖書「イザヤ書」第二十五章六節「そしてこの山で、主はすべての人々を脂(あぶら)に富む御馳走(ごちそう)でもてなされるであろう」より。主が人々を御馳走でもてなしたように、アンはレスリーを面白そうな本の蔵書でも、もてなす。

（4）**金髪はきみには似合わないよ、クィーン・アン**……アン女王は十八世紀の英国の女王で、スコットランドのスチュアート家出身。肖像画のアン女王の髪は焦げ茶色。第3章（15）。

第13章　幽霊の夜　The Ghostly Evening

（1）**あまり気持ちがよくない**……not exactly canny　canny は英語では「用心深い」だが、スコットランド語では「気持ちがいい」。語り手のアンはスコットランド系。

（2）**《お化けの森》**……『アン』第20章（8）。

（3）**ルフォース岬**……Cape Leforce 島の北岸キャベンディッシュ付近の岬。フォー・ウィンズからは内海を回った東にあり、かなり遠い。モンゴメリは自叙伝に、島がフランス領だった十八世紀に、フランス船ルフォース号の船長と船員が上陸して決闘をした場所と書いている。この伝説を、サスカチュワン州に住んでいた十代のモンゴメリは詩に書いてプリンス・エドワード島の新聞に投稿、活字になり歓喜した。

第14章　十一月の日々　November Days

（1）**間切って進む**……帆船が風を斜めに受けてZ字形に風上へ向かって進むこと。

（2）**マストの帆を畳**（たた）**んでいた**……under bare poles 船舶用語で「マストの帆をすべて巻き上げて畳む」。直訳すると「むき出しの棒のもとで」。ここでは晩秋のポプラと白樺の葉が落ちたむき出しの幹を、ジム船長が、マストに見立てて船乗り風に語ったもの。

（3）**猫と王様**……身分の低い者と高い者。マザーグース由来の諺「たとえ猫でも、王様を見ることはできる」（下々にもそれなりの権利がある）にちなむ。

（4）**陸と海の物語を／忘れ去られた外の偉大な世界で／たとえ何が起きようとも**……米

国詩人ロングフェローの詩「鍋かけを下げる」（一八七四初出）第二部三連より。詩の内容は新婚の二人が新居で、暖炉に鍋ややかんをかける金具を下げ、暖かく火を燃やし、鍋をかけ、心地良く過ごす夜に来客は要らない、「陸と海の物語を語り、忘れ去られた外の偉大な世界で、たとえ何が起きようとも」、来客は要らない、二人は互いに最上の仲間であるという場面。本文ではジム船長が、アンとギルバートとレスリーに「陸と海の物語を」語り、さらにレスリーは「外の忘れ去られた偉大な世界で／たとえ何が起きようとも」（家に帰ると夫の面倒を見る希望のない未来が待っていようとも）灯台ではこの集いを大いに楽しんでいた、と続く。［AHD／In］

（5）**小生**（わたしめ）……yours truly 直訳すると「真実にあなたのもの」。手紙の結句では「敬具」だが、会話で使う場合はおどけて「きみの下僕、小生」の意。

（6）**えらく意地の悪いこと**……pisen mean pisen（パイズン）は毒 poison（ポイズン）の田舎訛りで「ひどく、えらく」。アンは「ミス・コーネリアが言うように」と話しているが、本作でミス・コーネリアがこの言葉を語る場面はなく、ジム船長が語る。いずれにしろ田舎訛りで、モンゴメリは船長とコーネリアの素朴な人となりを表す。

（7）**『災いある世界』**……シェイクスピア劇『ヴェニスの商人』第五幕一場のポーシャの台詞「あの小さなろうそくが、あんなに遠くまで光を投げかけるとは！／善い行いもそんなふうに、災いある世界を輝かせるのね」より。シェイクスピア劇のこの台詞は、新約聖書「マタイによる福音書」第五章十五～十六節「蠟燭に火をともして、升（ます）

の下に置く者はいない。燭台に置くのだ。そうすれば家中を照らす。／あなたがたの光も、人々の前に輝かしなさい。そうすれば人々があなたの善い行いを見て、天の父をあがめるようになるだろう」に基づいて書かれたとされる。アンとギルバートの夢の家の灯りと二人の善い行いが、災いある世界と苦しむ人々を照らす光となり幸福へ導く灯台となるという意味で、本作後半の重要な展開を伝える引用。

第15章 フォー・ウィンズのクリスマス Christmas at Four Winds

（1）**クリスマス・ディナー**……クリスマスの昼に食べる正餐。親族が集まりローストした七面鳥や鵞鳥などを食べる。『アン』第25章（8）。

（2）**クリスマス・プディング**……クリスマス正餐に出すプラム・プディング。干しブドウ、スグリ、柑橘類の皮、ケンネ脂、香辛料などを入れて蒸した英国式プディング。

（3）**「二つの太陽が一つの空間でそれぞれの軌道を回ることはない」**……シェイクスピア劇『ヘンリー四世』第五幕四場「二つの星が一つの軌道を運行することはない、同じように／二人の王がイングランドを治めることもできぬ」より。

（4）**アミーリア・バクスター**……アミーリア Amelia は「勤勉な」。バクスター Baxter はスコットランド語で「女のパン屋」。アミーリア・バクスターは毎年大勢のクリスマス正餐を料理した主婦で、ふさわしい名づけ。

（5）**喪服の黒い服に、ぴしっと糊づけした襟をかけて**……ホーラス・バクスターは妻の喪中（配偶者の死後は二年間）なので、黒い服を着るが、女性に会いに行くので糊をきかせた襟をつけてめかしているという意味で、ジム船長はからかっている。

（6）**一人の男の言うことを信用して、別の男の言い訳に使う**……ほら吹きのロバート・バクスターの言葉を証拠にして、妻の死亡保険金が入って祈りが通じたと罰当たりなことを言ったホーラス・バクスターを許すこと。

（7）**『見よ、花婿来たる』**……ジェラルド・モールトリー（一八二九～八五）作の賛美歌。新約聖書「マタイによる福音書」第二十五章六節「見よ、花婿が真夜中にやって来る」より。［AHD／In］

（8）**実際よりも大物**……much bigger potatoes… 直訳すると「…よりもずっと立派な芋」。芋の部分が、漁師なら魚になったり、適宜、変わる。じゃが芋が特産品の島の農村らしい言い方で、これを語るミス・コーネリアの滑稽な口ぶりが伝わる。

（9）**ライフ**……Life 男子名 Eliphalet エリファレットの愛称。

（10）**わしの神学が錨を揚げることはなかろうて**……船が錨を揚げて港から離れるように、ジム船長の神学が長老派から離れることはないという意。

（11）**夜鳴き鶯**……ヒタキ科コマドリ属の小鳥で日本のウグイスより大型。春の繁殖期にオスが夕方から夜に響き渡る美声でさえずる。

（12）**メソジストは、女にも説教をさせる**……『アン』第31章（3）。

（13）**婦人の投票権**……本作背景の十九世紀末から二十世紀初頭のカナダは女性に投票権

はなかった。『アン』第18章（５）。ただし本作執筆の第一次大戦中は、息子や夫が出征した女性に投票権が与えられ、この不公平な参政権が政治の問題になっていた。

（14）**ヨブは、どうですね**……ヨブは旧約聖書「ヨブ記」の主人公。神が与える貧困や病気などの試練に耐えて信仰を守り通した我慢強い男性。第11章（２）。

（15）**まちげーなく**……nae doot スコットランド語風の訛り。英語では no doubt「疑いはない」。この言葉を話すマカリスターMacAllisterはスコットランド系。

（16）**あの男の意に染まないことまでさせた**……She made him walk Spanish. walk Spanishはスペインの海賊船で板の上を無理矢理歩かせたことから「人がしたがらないことをさせる」。ミス・コーネリアはジム船長相手に話すので船乗りの言い回しを使用。

（17）**豚がクリームをもらって、子どもはその脱脂乳**……通常は牛乳を子どもに与え、バターにする乳脂肪分をとった残りの脱脂乳を豚のえさにする。『アン』ではアンが脱脂乳を豚にやるつもりが間違えて毛糸のかごに注ぐ。

（18）**君が幾何で苦労していたころ、先生がアルファベットを変えた**……フィリップス先生が図形上のアルファベットを変えてアンが混乱した。『アン』第18章。

（19）**デイヴィ坊ちゃま**……デイヴィは『青春』でグリーン・ゲイブルズに来たときは六歳、この場面では十五歳。

（20）**石の神さまたち**……ジム船長が世界を航海中に求めた多神教（インドのヒンズー教など）の石像と思われる。キリスト教は一神教、また神を絵画や彫刻で表すことを禁じている（イエスは神ではなく神の子）ため異教的なイメージ。

第16章　灯台の大晦日（おおみそか）　New Year's Eve at the Light

（1）**姉妹の地球に近づいた金星**……太陽系で金星の軌道は地球の隣に位置する。英語では、地球や金星などの天体は擬人化では女性とみなし、きょうだいは姉妹と表す。

（2）**宵の明星の光が投げかける影**……宵の明星は、夕空に輝く金星のこと。島の北海岸は人家もまばらで夜は暗いため、金星の弱い光が作る影を見る。

（3）**スコットランド民謡（バラッド）**……スコットランド語の古謡。これを歌うマーシャル・エリオットはスコットランド系。『アン』第33章でも、スコットランド系の女性ブレアがスコットランド民謡を披露。

（4）**フィドル**……バイオリンと同じ楽器。バイオリンはクラシック音楽に、フィドルはケルトや北欧の民謡やアメリカのカントリー音楽等の演奏に用いられる。フィドルがスコットランド民謡を奏で、レスリーとマーシャルが暖炉の灯りで踊るケルト的な場面。モンゴメリもスコットランド民謡を聴いて育った。

（5）**長老**……長老派教会で、信徒から選ばれた指導的な立場の人物。信心深い老人がなることが多く、その長老がオルガンを聞いて猛スピードで走り出す姿は笑いを誘う。

（6）**ヴァイキング**……八世紀末から十一世紀にかけて北欧から船で欧州各地へ渡り、略奪と交易を行ったスカンジナビア人。島に近いカナダ東海岸ニュー・ファンドランド島にはヴァイキングが大西洋を渡って到来、滞在した遺跡がある。

（7）**金髪碧眼の北欧の乙女**……北欧人は長身で皮膚の色が白く、金髪、青い目が多い。

（8）**昔のプリンス・エドワード島銀行が発行した紙幣**……カナダの通貨は、十九世紀前半のイギリス植民地時代はイギリス・ポンド。一八五〇年代からは植民地カナダ・ポンド。一八六七年に植民地から独立して自治領カナダができるとカナダ・ドルに変わったが、島はカナダ連邦に入らず植民地として残ったため、一八七一年にプリンス・エドワード島銀行が島独自のドル紙幣とコインを発行。ジム船長はこの紙幣を持っている。だが一八七三年に島は連邦に加わり、通貨は島のドルからカナダ・ドルになった。プリンス・エドワード島銀行は一八五六年に島で初めての銀行として法人化されたが、多額の不正融資が発覚して一八八二年に破産が決定。同年から一八八七年にかけて清算され倒産した。地方銀行の倒産は『アン』第37章に書かれる。当時の女性教師の年収が約百七十五ドルだったことから考えると、ジム船長が壁に飾る十ドル札二十枚は高額。

（9）**テニスン**……英国の桂冠詩人アルフレッド・テニスン。モンゴメリの少女時代はまだ存命で、ジム船長にとっては、ほぼ同世代の詩人。本作の時代は一八九〇年代末でテニスンの死後間もない頃で名声が高かった。

（10）**涙の谷間**……つらい浮世を意味する。

（11）**正規の看護婦**……当時は看護学校を出ずに病人の世話をする看護婦がいたため、区別するために看護学校で学んだ正規の看護婦と書かれている。

第17章　フォー・ウィンズの冬　A Four Winds Winter

（1）**安全な道筋にそって氷に「枝をさし」**……氷が厚い道筋に松の枝をさした標識。［AHD］

（2）**馬橇（ばそり）の鈴の音（ね）**……冬、馬車の代わりに使用する馬橇は通常の道ではなく雪原や凍った氷上を走るため、衝突防止のため鈴を鳴らした。

（3）**氷上ボート**……帆を立てたヨットの船体の左右に、細長い車軸が伸び、両端に小さな車輪がある。帆が風を受けると車輪がまわって氷上を進む。氷が割れても、ボートとして水に浮き、馬橇のように氷の下に沈む危険がないため、比較的自由に氷の上を移動できる。

（4）**かんじき（スノーシュー）**……楕円形の木の枠に網を張ったもの。靴の下につけると、足が雪に埋もれるのを防ぎ、歩きやすい。

（5）**小さな白い服（ドレス）**……ベビードレス。当時は男女を問わず乳児に丈の長い白いドレスを着せた。第40章（4）。

（6）**レースは本物のヴァランシエンヌ**……ヴァランシエンヌはフランス北部の地名。この地では白い亜麻糸を多くのボビンに巻き、それを交差させて編むボビンレースが作られ、贅沢品として名高かった。この地域を流れる川の下流はベルギーで、ベルギー・レースも意味する。モンゴメリはボビンレース作りを好み、精密な作品が、島のキャンベル家とオンタリオ州グエルフ大学などに保管されている。

（7）**機械（ミシン）で神聖を汚（けが）す**……ミシンは十九世紀後半から普及。『アン』第12章（6）。当時は服を仕立て直ししたため、ほどきやすい手縫いが便利だった。現在でも洗い張りや仕立て直しをする和服は手で縫われる。

（8）**人の心を和ます優しさ**……第2章（10）。

（9）**蛇の智恵**……新約聖書「マタイによる福音書」第十章「蛇のように賢く、鳩のように素直になりなさい」。『アン』第21章（17）。

（10）**ノーラや金色お姫さま（ゴールデン・レディ）や双子の船乗り**……アンの教え子ポールが想像した人々。『青春』第11章。

第18章　春の日々　Spring Days

（1）**万人復活**……キリスト教の最後の審判で、すべての死者が復活すること。復活した死者は裁かれ、善人は永遠の生命を授かり、悪人は地獄に落ちる。第9章（17）。

（2）**スイート・グラス**……ドジョウツナギ、砂地のコウボウなど。『青春』第19章（1）。

（3）**二枚貝（ホンビノスガイ）**……quahog 食用の二枚貝で、北米の大西洋岸に産する。殻が厚く丈夫なため、貝殻をジム船長のように庭の装飾に用いることもある。

（4）**ハマクリ**……cowhawk 前述の二枚貝 quahog クウォホーグが cowhawk カウホークと

訛った田舎風の言い方のためハマクリと訳した。

（5）**今の庭は信仰のようですわ……望んでいることの中身**……新約聖書「ヘブライ人への手紙」第十一章第一節「信仰とは望んでいる事の中身を確信し、見えない事実を確認すること」より。『青春』第16章（1）。

（6）**ほんの少し**……a wee スコットランド語。アンの語る「ほんの少し待つ」は、庭に蒔いた種が育ち花咲くまで待つ、そしてほんの少し待てば出産の日を迎える期待も含まれる。ジム船長が語る種と命の不思議も、出産が近づきお腹の大きなアンを前に命の不思議を語ったもの。

（7）**ロザリオの銀の珠を繰るように一日一日を指折り数えるようになり**……ロザリオは、キリスト教のカトリックで用いる数珠。数珠の珠を数えてお祈りの回数を数える。

（8）**メイフラワー**……mayflower トレイリング・アービュタス。地面に茎を伸ばして広がり、早春に小さな白や桃色の芳香ある花が咲く。愛情と好意を伝える花。『アン』第20章（2）、『愛情』口絵、第20章（4）。

（9）**神は善**……長老派教会の小教理問答集「神は、無限にして永続不変の魂なり。神は知と力、聖と正義、善と真実の存在なり」より。『アン』第7章（1）。

（10）『**宗教世界における自然の法則**』……スコットランドの福音伝道者、生物学者ヘンリー・ドラモンド（一八五一〜九七）の著作で、一八八三年に発行、話題を呼んだ。キリスト教では旧約聖書に神が天地を創造し、すべての生きものを創ったとするが、一八五九年にダーウィンが『種の起源』で、生物は原始的な形から進化したと発表。キリスト教の天地創造とダーウィンの進化論の対立が論争となった。生物学者ドラモンドは、神による創造と進化論を融合させた「有神論的進化論」の立場から、この本を書いた。[In]

(11) **この本は、ある意味では、異端だと思われています**……「有神論的進化論」は、神がすべてを創造したとするキリスト教の教義に反するため、教会からは異端視された。

(12) **自然の法則について語るのはこれが最後**……この自然の法則は、進化論をさす。ミス・コーネリアは進化論を認めない立場で、これ以上は語ろうとしない。現在も北米では進化論の授業を行わないキリスト教系の学校が一部にはある。

(13) **ジョーディ**……男性の名前。

(14) **サタン**……原文では the Old Scratch「ジ・オールド・スクラッチ」、悪魔の別名。この別名は日本では知られていないため、日本人も知る別名「サタン」と意訳した。

(15) **広幅服地**（ブロードクロス）……綿と絹の混紡でつやのある広幅生地。またはウールの平織りや綾織りの広幅生地。

(16) **スーザン・ベイカー**……スーザンはスザンナの異形。スザンナは旧約聖書外典に描かれるヨアキムの妻の貞女。ベイカーは「パン焼き職人」。スーザンはケーキやパイ、パン作りなどが得意。アンに忠実で、料理上手な家政婦にふさわしい名づけ。

第19章　夜明け、そして黄昏　Dawn and Dusk

（1）**夜明け、そして黄昏**……アンの子が夜明けに生まれ、黄昏にこの世を去って行く。モンゴメリの次男が生まれた日に亡くなった悲嘆の経験からこの章は書かれる。

（2）**黒い馬毛織り地**……馬の尻尾やたてがみの長い毛を織った光沢のある昔の高級生地。グリーン・ゲイブルズの客間の長椅子は馬毛織りの生地。『青春』第17章（4）。

（3）**「若い先生奥さん」**……Young Mrs. Doctor スーザンは前任のデイヴ老医師夫人と区別して「若い young」をつけている。

（4）**子羊**……キリスト教では子羊は神の子イエスを指すことが多いが、ここでは子羊のように無垢な保護すべき若者を意味する。中年のスーザンにとって、二十代のアンは子羊のように若く、愛しい存在。

（5）**ジョイス**……Joyce 女子名、または男子名。短くした名前の Joy は「喜び」。

（6）**「主（しゅ）は与え、主は召（め）し給（たま）う、ですよ、アンや」ミス・コーネリアは涙ながらに語りかけた。「主の御名（みな）を褒めたたえよ」**……旧約聖書「ヨブ記」第一章二十一節「そして言った。私は裸で母の胎から出てきた。また裸であちらへ帰ろう。主は与え、主は召し給う。主の御名を褒めたたえよ」。ミス・コーネリアは聖書の句でアンを慰める。

（7）**死の影の谷間**……旧約聖書「詩篇」第二十三章四節「はい、私は死の影の谷間を歩くが、災いを恐れることはない。なぜならあなたが私とともにいてくださる。あなたの鞭、あなたの杖、それらが私を慰めてくれる」より。

（8）マリラもアンの気持ちに寄り添って苦しんでいたが、その思いやりを伝えるすべを学んでおらず、言い古された決まり文句を語ることしかできなかった……マリラはアンを深く愛していながら、なかなか言葉や態度で表せない人柄をモンゴメリは描く。『アン』第30章、第37章。

（9）神の意志が、『悪の力』で妨（さまた）げられたのかもしれない……前の第18章で、悪魔の存在についてジム船長とミス・コーネリアが議論したことが伏線となっている。キリスト教は善悪の二元論で、神に対して悪が存在するとされる。

第20章

（1）いなくなったマーガレット……Lost Margaret　いなくなった、行方不明の、死んだ、喪われたマーガレットなどの意味。ジム船長は、わが子を亡くしたアンを慰めるために、自分も最愛の人を亡くして墓すらないことを語る。モンゴメリが二十代に二度暮らしたノヴァ・スコシア州ハリファクスの近くに、セント・マーガレット湾と「ペギーズ・コーブ」（意味はペギーの入り江。ペギーはマーガレットの愛称）という美しい観光地の漁村がある。近くの沖で船が沈没、唯一の生存者が幼い少女でペギーと呼ばれ、一八〇〇年にこの村で結婚したという伝承がある。モンゴメリはここから命名した可能性もある。［In］

いなくなったマーガレット　Lost Margaret

（2）ロングフェローの詩にあるように、『天国の優雅さを身にまとった、美しい乙女』

……アメリカの詩人ロングフェローが愛娘の死を悲しんだ詩「諦念」（一八四八）の「だが美しい乙女は、父の屋敷にて／天国の優雅さを身にまとい」より。

（3）**平底舟**……北米東海岸で鱈漁（たらりょう）に使われるボート。

第21章　壁（バリア）、消え去る　Barriers Swept Away

（1）**庭石菖**（にわぜきしょう）……blue-eyed grass 小さな青い花をたくさん付ける。日本には北米から入ってきた帰化植物として自生。アヤメ科だが、花の形はアヤメともハナショウブとも異なり、五、六枚の丸い花びらからなる可憐な花。（カバーイラスト）

（2）**私たちの間の越えられない溝**……新約聖書「ルカによる福音書」第十六章二十六節「これに加えてさらに、私たちとあなたの間には大きな越えられない溝があり、こちらからあなたの方へ渡ることも、そこから私たちの方に渡って来ることもできない」より。［In］

第22章　ミス・コーネリア、手配する　Miss Cornelia Arranges Matters

（1）**予定説**……第1章（24）。

（2）**『どんな平凡な鵞鳥**（がちょう）**でも、遅かれ早かれ／正直者のおすの鵞鳥があらわれて、つれあいにしたものだ！』**……イギリスの詩人ジェフリー・チョーサー（一三四〇頃～一四〇〇）の未完の物語詩『カンタベリー物語』（一三八七？～一四〇〇）の十四世紀の英語を、十八世紀の英国詩人アレグザンダー・ポープが現代的な英語に訳した作品に「どんな平凡な鵞鳥でも泳いでおれば、遅かれ早かれ／正直なおすの鵞鳥を見つけて、つれあいにする」がある。ポープの詩は以下にも登場。『アン』第31章（7）、『青春』第20章（12）。［AHD／In］

（3）**チェシャ猫みたいに、にやにやして**……ルイス・キャロル著『不思議の国のアリス』（一八六五）に出てくるにやにや笑う猫。

（4）**オーエン**……Owen 男子名、ウェールズ語で「若人、若き武人」。ブリテン島西部ウェールズ地方はケルト族ブリトン人の土地。オーエンもケルト族と思われる。

（5）**腸チフス**……チフス菌による感染病。症状は高熱、発疹など。日本では昭和初期から昭和二十年代前半までは年間五万人が罹患。本作の時代の十九世紀末にカナダの宗主国イギリスとオランダ系が南アフリカで起こしたボーア戦争（一八九九〜一九〇二）では五万人以上の英国兵士（カナダ兵を含む）が罹患、八千人が死亡、当時の新聞を賑わしていた。

（6）**女性海外伝道協会**……長老派教会の女性海外伝道協会は一八七六年にトロントで設立。長老派教会が行う異国の女性と子どもへの布教のための募金活動と集めた資金の分配などを行った。長老派教会は日本にフェリス女学院、東北学院、金城学院などの学校を創立。アン・シリーズでは『アン』でリンド夫人が海外伝道後援会の顔役、本作ではアンの同級生プリシラは海外宣教師の妻となり日本にいる。モンゴメリは牧師夫人で、海外布教活動にも関わっていた。

（7）**キングスポート**……『愛情』の舞台の港町。意味は（イギリス）国王の港。ノヴァ・スコシア州の州都ハリファクスがモデル。

（8）**夜中の**……in the wee sma's スコットランド語風の言い方。英語では in the small hours。数字が小さな午前一時から四時ごろ。語り手のアンはスコットランド系。

（9）**死人も生き返らせる**……新約聖書「使徒行伝」第二十六章八節「神が死者を生き返らせることを、どうしてあなたは信じられないこととお考えでしょうか」より。

（10）**小さな家の掛け金のひもは、ヨセフの一族には、いつも外に出してある**……掛け金のひも latchstring は、戸の外に出ていて、これを引くと扉が開く。鍵をかける時は戸の内側にひもを入れる。本文のように、掛け金のひもが外に出してあるということは、ヨセフの一族にはいつも開かれた家庭という意味。

第23章　オーエン・フォード、来たる　Owen Ford Comes

（1）**封筒の折り返しみたいな耳**……ears like flaps アンの同級生ムーディー・スパージョンが封筒の折り返しのように突き出した耳なので、『愛情』でジェイムジーナおばさんがゴムバンドを頭にまいて寝なさいと言う。欧米では外に突き出した耳は、絵画に描かれる悪魔や怪物や獣の耳に似てあまり美しくないとされる。

（2）**ミス・コーネリアの言う通り、オーエン・フォードはどこに出しても引けを取らな**

い男ぶりであった……オーエンの外見について、ミス・コーネリアは、「あたしが連れてった時にごらんなさい」と本章の冒頭で語ったのみで、実際には何も言っていない。

（3）**『あらゆるものがいつまでも変わらぬと思われる国』**……ホメロスの「オデュッセイア」（ユリシーズ）に材をとったテニスンの詩「逸楽の民」（一八三二）より。ただし詩は厭世的で、アンが語る台詞「あらゆるものがいつまでも同じように思われる国」の良い意味とは一致しない。ただ詩のタイトル「逸楽の民」The Lotus-Eater は、「蓮を食べる人」で、ギリシア神話で蓮の実を食べて一切を忘れて至福の境地で暮らす人をさすため、詩のタイトルはアンが語る夢のような台詞にふさわしい。

（4）**あなたのお祖父さまが花嫁さんのために植えた薔薇**……正しくは祖父のジョン・セルウィンの教え子の女の子たちが花嫁のために植えた薔薇。第7章。

（5）**ボイル地**……強い撚りをかけた糸で織った、軽く薄い半透明の服地。

（6）**海の女王**……紫の衣で髪に紫水晶を飾った海の女王はローマやギリシアの神話の女神のイメージ。

第24章　ジム船長の人生録（ライフ・ブック）　The Life-Book of Captain Jim

（1）**蛾**……西洋文学では蛾は、蝶と同様に恋焦がれる思い、死と再生などの解釈がある。

（2）**庭で日の沈むころを過ごし**……島は高緯度に位置し、夏の日没は遅く、夕暮れは涼しく、光が明るくて爽やかな気持ちのよいひとときが長く続く。

（3）**ショートケーキ**……英国と米国では異なる焼き菓子をさす。米国では日本と同じ薄く切ったスポンジケーキの間にジャム、フルーツ、クリームなどを挟む生菓子。『アン』第21章ではレイヤーケーキ（層のあるケーキ）と書かれる。英国のショートケーキは、ショートブレッドというバター分の多いビスケットにクリームやフルーツを挟む。カナダは英連邦の一国で紅茶文化など英国の影響が強いため、英国式と思われる。

（4）**チニキー老神父**……フランス系カトリックの住民が暮らすカナダ東部ケベック州のカトリック教会のチャールズ・チニキー神父（一八〇九～九九）。旧教カトリックから新教プロテスタントの長老派教会に改宗した。神父の話を、モンゴメリは母方の祖父から聞いたと一九〇九年七月二十一日の日記に書いている。モンゴメリはこの場面でチニキー神父が語る英語の this を dis と書き、英語の th を発音できないフランス系としている。［AHD／In］

（5）**福音書（ふくいんしょ）と同じように真実ですわい**……新約聖書「マタイによる福音書」「マルコによる福音書」などの福音書に、イエスが二匹の魚を五千人の人々が食べられるように増やしたこと、「ヨハネによる福音書」にはイエスが漁をする弟子に指示をして小舟に百五十三匹の魚がとれたことが書かれる。

（6）**『あの老いぼれの極悪人（デヴィル）め、まだ祝福はできると見える』**……I t'ink de old devil has got a blessing left yet. これを語るのは、フランス系のアンドリュー・ピーターズ。彼も英語のthの発音ができず、think を t'ink と、the を de とモンゴメリは書いている。彼はカトリックのため、長老派に改宗したチニキー神父を極悪人と悪く言っている。

（7）**さまよえるオランダ幽霊船の船長**……このオランダ船籍の幽霊船は、嵐の日にアフリカ最南端の喜望峰沖に出没し、それを見た船乗りに不幸をもたらすと信じられ、恐れられた。またこの幽霊船の船長は、神罰により最後の審判の日まで荒れ狂う海を航海する運命にあるとされた。モンゴメリはこうした古い航海伝説を母方の祖父から聞いた。喜望峰のある南アフリカは一六五二年にオランダが入植、喜望峰沖にオランダ船の幽霊船伝説が生まれた。第22章（5）。

（8）**マレー人の海賊たち**……マレー人は、マレー半島とインドネシア、フィリピンなどに広く分布してマレー語を話す人々。古くから航海術に優れ、東南アジアからアフリカ東海岸まで航行した。本作の背景となる十九世紀後半のマレー半島は、カナダの宗主国イギリスの植民地で、カナダ船籍は自由に航行、入港した。

（9）**南アフリカ共和国から逃亡した政治犯**……ここで書かれる共和国はイギリス保護領時代の南アフリカ。南アフリカは一六五二年にオランダ人が入植。ダイアモンド鉱脈が発見されると、一八一四年にイギリスが占領、一九一〇年イギリス自治領の南ア連邦が作られ、一九六一年に南ア共和国ができた。ジム船長が船乗りだった時期は、一八三〇年代ごろから十九世紀後半で、この時期の南アフリカは、オランダ系のボーア人とイギリス人の抗争が続き、この政治犯は、オランダ系と対立したイギリス系と思われる。

（10）**マドレーヌ諸島**……the Magdalens セント・ローレンス湾内で島のすぐ北にあり、およそ十の島々からなる。フランス系住民が多いケベック州に属するため、一般にフランス語で「マドレーヌ Madeleine」諸島と呼ばれる。この周辺海域は航行の難所で難破船が多かった。

（11）**虎**（とら）……アジア産のため、十九世紀のカナダでは珍しい異国的な動物。

（12）**人生録**（ライフ・ブック）……モンゴメリは『ジェシー船長の人生録』という短編小説を雑誌「家庭の主婦」に投稿、一九〇九年八月に掲載された。ジム船長の原型。［AHD］

（13）**甥のジョー**……正しくは甥の息子のジョー。英語の日常会話では続柄を簡単に言う。

（14）**受け台**……海から引き揚げた船の下に並べる木材。風が出たために船長は船の転覆をさけて船を陸に引き揚げ、受け台に載せる。

（15）**さば雲空**（ぐもぞら）**と馬尾雲**（うまのおぐも）**は／高い船に短い帆をかけさせる**……さば雲は第3章（19）。馬尾雲は細くたなびく巻雲（けんうん）で、雨の前兆とされる。これらの雲が空にでると雨風となり、大船でも短い帆だけで風を受けて進むという意味。天気予報がない時代は、空と雲を見て、風や天気を予測した。

（16）**昔ながらの船長の最後のお一人**……ジム船長が航海をした歳月は、風を動力とする大航海時代の帆船から、船にマストと帆があるが動力として蒸気を併用する汽船が普及し、さらにマストがない完全な汽船へ移行した時期。また木造船に石の碇（いかり）から、鉄船に鉄の錨(いかり)への変化もあった。ジム船長は木造の帆船時代の航海術を知る最後の一人。

第25章　本の執筆　The Writing of the Book

（1）**灯台の住まい**……灯台守が暮らす住居。モデルのケイプ・トライオン灯台は現在の建物に住居はないが、以前は併設されていた。

（2）**この役目を果たすために運命が定まっていた**……長老派教会の予定説。

（3）**砂州で蛤(はまぐり)を焼き、岩場でムール貝を焼いてピクニック**……海岸で熱く熱した焼き石の上で、貝類を焼いて楽しむピクニック。島は魚介類が特産品。

（4）**砂丘で苺をつみ**……島の浜の砂丘は、草、野薔薇、低い藪に覆われている所が多い。

（5）**千鳥(ちどり)**……チドリ科の鳥の総称、小型のチドリだけでなく大型のチドリ科ケリも含まれる。北米産フタオビチドリなど。

（6）**雪花石膏(アラバスター)の完璧な壺(つぼ)から薔薇色の灯(あか)りが透けてこぼれる**……雪花石膏(アラバスター)は乳白色や淡紅色の石材で、やや透明感があるため、口広の壺に蠟燭をいれると、薔薇色の灯りが内側から輝く。『アン』第2章（15）。

（7）**「失われたアトランティスの眠る地に横たわって」**……アトランティスは、スペイン南端ジブラルタル海峡の伝説の楽土で、神罰により一日一夜のうちに海底に没したとされる。「失われたアトランティスの眠る地に」は、米国詩人ガイ・ウェットモア・キャリー（一八七三〜一九〇四）の詩「アトランティス」にある。［In］

第26章　オーエン・フォードの告白　Owen Ford's Confession

（1）**黄肌樺**……黄肌樺は北米産の樺の木。白樺と異なり、木肌が黄褐色から茶色。床板、家具などに使われる。

（2）**丸ぽちゃで気だてのいい**……sonsy　スコットランドとアイルランドのゲール語由来。これを話すオーエンの名字フォードはイングランド系とアイルランド系の名字。オーエンはアイルランド系、又はウェールズ系のケルトと推測される。

（3）**真っ赤に焼けた鋤の刃の上を歩く**……中世の欧州の裁判では、赤く焼けた鋤の上を裸足で歩かせ、火傷をしなかったら無罪とする理不尽なものもあった。オーエンは叶わぬ恋の苦しさは、この拷問よりもつらいと語る。

（4）**「あの人が髪を垂らしたところを見たことがありますか、ブライス夫人？」／「いいえ」／「ぼくはあります……一度だけ」**……当時の成人女性は人前では髪を結い上げ、髪をおろした姿は夫と家族にしか見せなかった。オーエンはレスリーのプライベートな姿を見て胸打たれる。

（5）**風が吹いて、あの人のまわりで金髪が渦を巻いたのです……まるで雲のなかのダナエでした**……ダナエはギリシア神話のアルゴス王の美しい娘。ダナエは父に幽閉されたため、最高神ゼウスが金色の雨に姿を変えて彼女の部屋を訪れ、ダナエは息子ペルセウスを生む。ダナエを描いた絵画は、イタリア・ルネサンスのヴェネツィア派のテイツィアーノの作品が有名で、寝台に横たわる金髪の裸女ダナエの上に金色の雲が広がる。二十世紀ではクリムトの絵画「ダナエ」が知られる。オーエンがダナエを語るこの台詞は、幽閉された髪を垂らした美女と密通、という官能的なイメージを想起させる。

（6）**昔**（いにしえ）**の神秘の詩歌**……old rune ルーン rune には複数の意味があり、一つは古代ゲルマン人が用いたルーン文字。『青春』第13章（13）。もう一つは古代の神秘の呪文や謎めいた詩歌。ここではその意。

（7）**ポプラ**（アスペン）……数行前のポプラは poplars だが、モンゴメリはここは aspen を用いる。aspen はポプラ、ハコヤナギ、ヤマナラシなどポプラ属。aspen はイエスがかけられた十字架の木材で、花言葉は悲嘆。オーエンとレスリーの悲嘆を暗示。

（8）**獣脂**……tallow 牛、羊などの脂肪を煮溶かし、線維などを取り除いて冷やし固めたもので、ろうそくや石鹸作りに用いた。恋の苦悩を語るオーエンに、獣脂を鼻にすりこめと語るミス・コーネリアの滑稽なイメージと農場の女経営者らしさが伝わる。

第27章　砂州にて　On the Sand Bar

（1）**じゃが芋を積んでブルーノーズの港へむかう**……じゃが芋は島の特産品。ブルーノーズは対岸のノヴァ・スコシア州。『愛情』第4章（15）。

（2）**心臓の神経**……heartstrings 昔は心臓を支えていると思われていた。深い情愛の意味もある。

第28章　種々様々（しゅじゅさまざま）　Odds and Ends

（1）**スティムソン**……Stimson 北イングランドからスコットランド由来の人々の名字。

（2）**『死亡記事』とは、恐ろしくみっともない言葉じゃありませんか**……死亡記事 obituary は、ラテン語の「死」obitus に由来する言葉で、英語としては堅苦しい表現。

（3）**もっと嫌な言葉があって、未亡人ですよ**……未亡人は一般的に widow だが、ここでは relict と書かれ、意味は「生き残り」。夫が死んだのにまだ生き残っている人という意味のためミス・コーネリアとアンは嫌だと話す。日本語の未亡人も、未（いま）だに亡くならない人という同じ意味だが、本来は自称する際の謙遜語だった。

（4）**死体を『遺体』と呼ぶ習慣もやめてもらいたいわ**……この遺体は the remains で、後に残った物。アンは人喰い族の宴会（の食べ残し）が目に浮かぶと話す。

（5）**大嫌い**……scunner スコットランド語。語り手はミス・コーネリア。

（6）**巡回の伝道師**……キリスト教の復興運動の活動で、地方を説教して回った人物。牧師だけでなく一般信徒も伝道師となった。本章の訳註（11）。

（7）**長老多教会**……長老派教会の英語プレスビテリアン Presbyterian を、間違えてプレスビタリアン Presbyterian と言っているため長老多教会と訳した。

（8）**フィスクさん**……Mr. Fiske 牧師への呼びかけにつける敬称は、Mr に聖職者を表す

the Rev. もつけて、the Rev. Mr Fiske とするのが正しい。しかしモンゴメリは、ミス・コーネリアがフィスクを呼ぶときに、フィスクさんの「さん Mr」のみ語らせ、しかも Mr. を斜体文字にして、牧師につける the Rev. をつけていないことを強調。ミス・コーネリアが彼に敬意を示していないこと、彼が牧師ではないことを表す。フィスクはアングロサクソン人の名字で、アン・シリーズの主流を占めるケルト（スコットランド、アイルランド、ウェールズ）ではない。

（9）**冬中、カリフォルニアへ行って**……北国の島は冬が六か月続き、三か月間は平均気温が氷点下となるため、冬期は温暖な米国南部や西海岸に避寒する富裕層もいる。

（10）**信仰上の憂鬱ですよ…（略）…奥さんの父親は、自分は赦されざる罪をおかしてると思いこんだ挙げ句、精神病院で死んだんです**……自分が心の中では宗教上の罪や道徳的な罪をおかして天国に行けないと自分を責める神経不安症。モンゴメリの夫の牧師ユーアン・マクドナルドも、この不安神経症から鬱病となり、米国ボストンの精神科医にかかった。

（11）**信仰復興運動**……キリスト教の信仰や教会活動が形骸化し、習慣や行事になりがちなことから、本来の信仰を復興させようとする運動。伝道師が地方を回り、集会を開いて、この章に書かれるような情熱的な説教を大衆にした。アメリカとカナダで長老派教会やバプテストなどの新教プロテスタントの宗派で行われた。牧師ではない信徒も伝道師として活躍したため、教会と牧師の権威が損なわれるとして反対する教会関係者もいた。牧師夫人として教会の制度の中にいたモンゴメリは、伝道師フィスクの語り口を大げさに描き、またミス・コーネリアには、伝道師にも立派な人はいると語らせつつも、どちらかと言えば否定的な立場を取らせている。［He］

(12)　**「世に悪しきことありしも／やがて解決されるであろう」**……英国詩人テニスンの詩「粉屋の娘」（一八三三）第三連より。モンゴメリはテニスン詩集を見ずに引用したようで、原典と比較すると三つの単語が異なっている。［In］

(13)　**林檎を食べたのは、イヴ**……イヴは、キリスト教で神が作った最初の人アダムの妻。旧約聖書『創世記』第三章六節に、イヴは蛇にそそのかされて神が禁じた知恵の木の実を食べ、イヴの勧めでアダムも食べ、二人は楽園を追放される。聖書には果実の名前は書かれていないが、伝承として林檎とされる。

(14)　**イヴを誘惑したのは、男として創られたもの**……旧約聖書「創世記」には蛇がイヴを誘惑したと書かれる。キリスト教では、この蛇は堕天使（悪魔サタン）、つまり男とされる。

(15)　**ゴードン・セッター**……スコットランド原産で中型から大型の鳥猟犬。スコットランドの四代目アレグザンダー・ゴードン公爵が一八六五年に改良飼育したことからゴードンの名がつく。セッターの名称は、猟犬が止まって獲物がいる方角を示す動作（セット）による。セッターには、イングリッシュ・セッター、アイリッシュ・セッターと合わせて三種類があるが、スコットランド系のアンは、スコットランド産のセツターを夫に贈る。

(16) **神と富の神の両方に仕えることはできない**……新約聖書「マタイによる福音書」第六章二十四節と「ルカによる福音書」第十六章十三節に「誰も二人の主人に仕えることはできない。……あなたがたは、神と富の神の両方に仕えることはできない」より。富の神は悪の源となる金銭の神。

第29章　ギルバートとアン、意見の不一致　Gilbert and Anne Disagree

(1) **黒いけれども愛らしい**……旧約聖書「雅歌」第一章五節おとめの歌「エルサレムのおとめたちよ／わたしは黒いけれども愛らしい」(新共同訳)より。[RW]

(2) **独り旅する者が最も速く旅する**……英国詩人ラディヤード・キプリング(一八六五〜一九三六)の詩「勝者たち」第一連から第四連の各最終行にある。本章では、警句として知られ、何かをする時に家族や友人があると妨げになるという意。ディックは手術をすべきだというギルバートの判断が妻や隣人に妨げられることも意味する。[In]

(3) **窓辺の花園**……窓枠の台に鉢植えを並べたもの。島では黄水仙は六月に咲くが、この場面は雪の降る三月のため、黄水仙の鉢植えは窓の外ではなく窓の内側と思われる。

(4) **無気味な形をした不安が夜も昼もアンにつきまとい、未来の情景に暗い影を落としていた**……アンが再び身ごもったものの、今度もわが子が生まれてすぐ死ぬのではないかという無気味な不安に取りつかれ、未来を暗く案じていたことを意味する。

(5) **耳を貸してもらいたい**……シェイクスピア劇『ジュリアス・シーザー』(初演一五九九、出版一六二三) 第三幕二場、ブルータスらに殺害されたシーザーの偉大さを、アントニーがローマ市民にむけて語り、情勢を一変させる名演説の最初の台詞「友よ、ローマ市民よ、田舎から来た人々よ、耳を貸してもらいたい」より。劇的な印象があり、ギルバートがこれから驚くべきことを切り出すと伝える効果がある。[RW／In]

(6) **癰**……carbuncles 皮下組織の炎症で、化膿して疼痛、悪寒、発熱がある。中年男性の項背部にできることが多い。ディックの治療を頼んだミス・コーネリアは「おでき」と普通の言葉で言っているが、医師のギルバートは「癰」と医学用語で話す。

(7) **開頭術**……trephining 頭蓋骨に丸い穴を開けて行う手術。

(8) **開頭の手術をして、頭蓋骨内を何か所か治療したら、記憶と知能が回復するかもしれない**……頭部の外傷によって頭蓋骨内にできた血腫などを手術で取り除いて、脳の機能を正常にもどすこと。ギルバートは、ディックの頭の傷を、幾つかの傷跡 the scars on his head と複数形で語り、また頭蓋骨内の何か所か several places in his skull を手術で治療したらと、こちらも複数形で話しているため、ディックが頭部の色々な場所を殴られ、頭蓋骨内に複数の血腫ができていると推測していることがわかる。

(9) **きれーいに**……bee-*yew*-ti-fully 副詞「きれいに」beautifully を、アンはスコットランド訛りで間延びして話している。

（10）「なぜなら正義は正義であり、正義を追い求めることは、／その結果よりも賢明なり」……英国詩人テニスンの詩「イノーニ」（一八三三）第二連一四七〜一四八行。

（11）詩の二行連句……先ほどギルバートが語ったような詩の二行。イノーニはギリシア神話の山のニンフ。『風柳荘』一年目第1章（24）。

（12）『あなたがたは真実を知るであろう、さすれば、真実があなたがたを自由にするであろう』……新約聖書「ヨハネによる福音書」第八章第三十二節より。

第30章　レスリー、決意する　Leslie Decides

（1）寝ている犬は起こすな……第11章（8）。

（2）地面が茶色に乾いて暖かく……島の赤土は、雨や雪で濡れると濃い赤色だが、春に雪がとけ、晴れて地面が乾くと赤みがかった茶色になる。

（3）キュウリウオ……キュウリウオ科。北国の低温水域に棲息する銀色の小魚でシシャモに似る。

（4）表と裏の二つはない……英語の諺「どんな問題にも表と裏がある」を念頭に置いた台詞。ジム船長は、レスリーに知らせるか、知らせないかの二つはない、知らせるのみと答えている。［Re］

（5）ジム船長が『海へ船出』をされたら……英国詩人テニスンの詩「砂州を越えて」第一連「私が海へ船出するとき」より。意味はジム船長が「あの世へ旅立たれたら」。

「砂州を越えて」は、「この世の境界を越える、死ぬ」の意味がある。第39章（1）。モンゴメリは引用符をつけて sets out to sea と書いているが、詩では put out to sea。［RW］

（6）**骰は投げられた**……博打の骰子が投げられた以上、後戻りはできず断行するしかないという意味。古代ローマの将軍ジュリアス・シーザーが、敵のポンペイウスを討つため、禁を犯してルビコン川を渡った時に語ったとされる。ギルバートは、手術でディックが治る可能性があるとレスリーに伝えたものの、成功すればディックが健康にはなるが、反面、不道徳な男にもどる可能性があり、失敗すればレスリーの借金だけが残るという、一か八かの窮地に立たされている。

（7）**モントリオール**……ケベック州にあるカナダ最大の商業都市。セント・ローレンス川の中流にモントリオール、下流の湾に島があるため、船で往来できた。

（8）**憐れみの情け**……新約聖書「ヨハネの手紙一」第三章十七節「世の富を持っているにもかかわらず、兄弟に不足があるのを見ても、憐れみの情けを心から閉め出す者は、どうして神の愛が、その者にとどまるでしょう」より。ミス・コーネリアは、アンに憐れみの情けがあれば、こんな真似はしないと、聖書の言葉を使って説得する。［RW］

（9）**吠えさせたり、むさぼり喰わせたり**……roar and devour 新約聖書「ペテロの手紙一」第五章八節「……なぜならあなたがたの敵である悪魔が、吠える roaring 獅子のようにうろつきまわり、むさぼり喰う devour 相手を探し回っているのです」の引喩。

ここでもミス・コーネリアは聖書の句を使ってアンを説得。また昔のディックの振舞いを悪魔に喩（たと）えている。［RW］

（10）**豚も口笛を吹くだろうが、うまく吹ける口がない**……スコットランドの諺。無器用な者が何かをしようとしても、その能力がないという意味。諺は、親や祖父母から自分の民族の諺を教わるため、ミス・コーネリアはスコットランド系と推測される。［In］

第31章　真実は自由にする　The Truth Makes Free

（1）**真実は自由にする**……第29章（12）。

（2）**黄熱病（おうねつびょう）**……アフリカ、中南米などの熱帯、亜熱帯性の伝染病。黄熱ウイルスが蚊などに媒介されて感染。症状は黄疸、高熱、嘔吐などで死亡率が高い。十八世紀以降、新大陸では度々流行。野口英世はアフリカでこの病気研究中に感染、一九二八年に他界。

（3）**キューバ**……スペインの植民地時代からは欧州と新大陸の交易の中継地として、十九世紀半ば以降は世界最大の砂糖生産地として栄える。一九五九年にカストロらのキューバ革命により社会主義国となる。第11章（7）。

第32章　ミス・コーネリア、仰天事（ぎょうてんじ）を話し合う　Miss Cornelia Discusses the Affair

第33章　レスリー、帰る　Leslie Returns

第34章　夢の船、内海に入る　The Ship O'Dreams Comes to Harbour

（1）**こうのとりが、疲れた羽で、フォー・ウィンズ内海の砂州の上を飛び越えた**……砂州の上を飛び越えた flew over the bar 砂州を越えて赤ん坊がこの世にやって来る。ジム船長が砂州の向こうへ越えて死の世界へ行く描写と対比されている。第39章（1）。

（2）**棟木**（むなぎ）……屋根の天辺に水平に渡した横木。

（3）**この子の目は、はしばみ色に**……ギルバートの瞳ははしばみ色と『アン』にある。長男は瞳と額をギルバートから、赤毛をアンから受けつぐ。

（4）**遥かな昔、東方の賢者たちがベツレヘムの飼い葉桶**（かいばおけ）**に横たわる貴い**（とうとい）**乳飲み子に**……（略）……**腰を屈めるようであった**……ベツレヘムは古代のパレスチナの村で、イエスの生誕地とされ、現在はヨルダン国内にある。キリスト教では、神の子を身ごもった聖母マリアは、旅先のベツレヘムの厩（うまや）でイエスを生み、布にくるんで飼い葉桶に寝かせた。そこへ東方から来た賢者たちが訪れ、ひれ伏して幼な子を崇める。新約聖書「マタイによる福音書」第二章一節から十三節。「賢者たち」は新共同訳聖書では「占星術の学者たち」と邦訳されるが、モンゴメリが読んだ欽定聖書では「賢者たち」wise men と英訳され、この章の英文と同じ。

（5）**イスラエルのどの母親よりも**……このイスラエルは国名ではなく、ヤコブに始まるユダヤ民族の総称。イエスはユダヤの民として生まれ、のちにユダヤ教から離れ、神の愛と隣人愛を説く。

（6）**ジェイムズ・マシュー**……ジェイムズはジム船長の本名ジェイムズ・ボイド、マシューはグリーン・ゲイブルズのマシュー・カスバートからとられている。ジェイムズは、ヤコブ（元はヘブライ語）の英語名、マシューはイエスの弟子マタイ（元はギリシア語）の英語名で、どちらも古くからあるキリスト教の信心深い名前のため、ミス・コーネリアは長持ちして色がさめない名前と語る。またジェイムズは歴代スコットランド国王の名で、スコットランド人男性に多い。スコットランド系のアンは、スコットランド的かつ信心深い名前をつける。

（7）**神が土から創られた人間**……モンゴメリは、土を clay と表記。旧約聖書「ヨブ記」第三十三章六節に「わたしもあなたと同じように土 clay から創られた」とある。旧約聖書「創世記」第二章七節の「主なる神は、土の塵で人アダムを形作り……」の土は the ground。

（8）**バーティ・シェイクスピアって名づけたんです。大した取り合わせじゃありませんか？**……バーティは男子名アルバート、バートラム、ギルバートなどの愛称。ミドル・ネームのシェイクスピアは英国の劇作家。○○ちゃんという愛称バーティと、大文豪の名前シェイクスピアの組み合わせは珍妙なため、ミス・コーネリアは大した取り合わせと言う。

（9）**スコットランド高地地方**（ハイランド）……スコットランドの北西部。モンゴメリの父方は北西部のスカイ島出身。

（10）**ヴァンクーヴァー**……西海岸にあり、東海岸の島からは最も遠い場所。レスリーの夫は既に死んでいたと知らされたオーエンは、五千キロ離れた遠くから大陸横断鉄道と船でレスリーの元に駆けつけるドラマチックかつロマンチックな設定。第1章（21）。

第35章　フォー・ウィンズの政治運動　Politics at Four Winds

（1）**アンが再び一階におりるようになったころ**……産後の体調が回復して二階の寝室から下りて暮らす日常生活に戻ったことを意味する。

（2）**ギルバートは熱烈な保守党員**……『アン』ではギルバートは自由党を支持。しかし『アン』第18章に男性が女性に求婚するときは、政党は女性の父親に従うと書かれている。アンが育ったカスバート家では、養父にあたるマシューは保守党支持者。

（3）**旗色が悪くなっても、まだ言い張った**……marching off with the honors of war 負けて降服した軍隊が、それでも軍旗、武器、軍楽などをもって行進を続ける、という意味。

（4）**選挙に出て、年に半分はオタワへ**……オタワは首都で上院下院の議会がある。モンゴメリの父方の祖父ドナルド・モンゴメリは島選出の保守党の上院議員で、オタワにいた。

（5）**心配事をよそから借りて来るのはやめましょう**……取り越し苦労をすることを、英語では「苦労を借りる」と言う。そこでアンは次の台詞で「利子が高すぎる」と話す。

（6）**ジェム坊やを見てくださいな。Gの字をつけて宝石(ジェム)と綴(つづ)りたいくらい**……ジェム Jem は、アンの長男ジェイムズの愛称。Gのジェム gem は「宝石」で、ジェム Jem と同じ発音。

（7）**自由党が、圧倒的多数で、政権をとりましたぞ**……一八九六年六月にカナダの国政選挙で自由党が勝利、十八年ぶりに政権をとり、大ニュースとなった。以後、自由党政権が十五年続き、一九一一年にモンゴメリが支持する保守党が政権を奪回する。

（8）**「ウワウーガ」**……"wow-ga"

（9）**スーザンはその政党に投票するでしょうよ**……カナダの女性参政権は、本作の十九世紀末から二十世紀初頭はなかった。第15章（13）、『アン』第18章（5）。

（10）**ひまし油(ゆ)**……ヒマ（トウゴマ）の実を圧搾(あっさく)した油。当時は下剤などに用いられた。

（11）**保守党の奴らは、一人残らずレイモンド・ラッセルの店に**……ラッセルは保守党支持者が多いスコットランド系の名前。自由党支持者が集まる店フラッグ Flagg は自由党支持者が多いアイルランド系の名前。それぞれが別の店に集まり、選挙結果を待つ。

（12）**ガス**……床屋の名前オーガスタスの愛称。

（13）**尻叩き(スパンク)**……尻を平手やスリッパなどで叩くこと。体罰として子どもに行い、大人にはしない。マーシャルが床屋のガスを子ども扱いしていることがわかる。『風柳荘』二年目第4章（6）、三年目第10章（5）。

（14）**あの偉大な白く輝く光を抜けて**……この光は、湾に昇る朝日の光と同時に、この世から死後の世界へ行く時に通る光の中という宗教的な連想も含まれる。

（15）**テニスンの美しい辞世の詩**――「砂州を越えて」……この詩はテニスン辞世の詩と言われてきたが、実際は死去の三年前の一八八九年に書かれた。

（16）**『別れの悲しみ』はないようにと、詩にありました**……「砂州を越えて」第三連「別れの悲しみのなからんことを／わが旅立ちのときに」より。

第36章　灰に代えて美を　Beauty for Ashes

（1）**灰に代えて美を**……旧約聖書「イザヤ書」第六十一章三節「シオンで嘆いている人々にむけて、灰に代えて美を、嘆きに代えて喜びの香油を、重い心に代えて賛美の衣を約束なさった」より。神は燃え残った灰の代わりに美しいものを与えるという意味。

（2）**ジェイク・ドネル**……アンの教え子ジェイコブ・ドネル。ジェイクは、ジェイコブの愛称。『青春』第5章。アンが教えたのは約十一年前。

（3）**屋根板を葺きに**……shingling。屋根板 shingle を少しずつ重ねて屋根に並べること。『アン』第2章で、アンは駅のホームに積んだ屋根板に腰かけてマシューを待つ。

（4）**うちの息子をセント・クレアと呼ばなかった**……『青春』第5章（6）（7）。

（5）**兄さんのビリーよりも、きびきびしているといいわね**……『アン』第33章でビリーはアンと会話ができず、『愛情』第8章では自分の代わりに妹に求婚してもらった。

（6）**人間は嘆くために造られた、ですよ、先生奥さんや。これは聖書にありそうな言葉ですけど、バーンズという人が書いた**……スコットランドの詩人ロバート・バーンズ（一七五九〜九六）の詩集『挽歌』（一七八四）より。モンゴメリは一九一一年の新婚旅行でスコットランドに渡り、バーンズの生家、亡くなった家、彼の詩にゆかりの土地を旅した。

（7）**人が苦労するために生まれてきたことは、火の粉が上へ飛ぶように確かなこと**……旧約聖書「ヨブ記」第五章七節「人が生まれ苦難に遭うは、火の粉が上へ飛ぶがごとし」。『風柳荘』一年目第14章（3）。

（8）**隣人愛**……隣人愛 charity はキリスト教の根本原理。

（9）**レスリーが喪に服さない**……家族の死後は黒または地味な色の装いで喪に服し、配偶者の亡き後は三年とされた。『アン』第37章（6）、『青春』第27章（2）。

（10）**『オラクル卿の子どもの養育と躾け』**……カナダの作家ヘレン・マクマーチー『赤ん坊に関する小講義』（一九一四）がモデルとされる。母子の衛生と健康、母乳などに関する書物。［AHD］

（11）**神はご自分が何をなさっているのかご存じだった**……第9章（1）。

（12）**砥石**……西洋の砥石は、円盤形の砥石を垂直に立て、中央に開けた小さな穴に軸を通して回転させ、そこに刃をあてて研磨する。

（13）**起きたままで幸せな夢を見る勇気が彼女にあったとは、私は思わない**……本作の地の文章の「私 I」は著者モンゴメリをさす。これまでのレスリーは、つらい生活がこの先も続くと考えていたため、自由になった今も、目ざめている時、自分から最高に幸福な未来図を想像しても、それが叶わないことを恐れて、将来の夢を思い描く勇気が出なかったという意味。

第37章　ミス・コーネリア、驚きの発表をする　Miss Cornelia Makes a Startling Announcement

（1）**オレンジ・リリーが金を溶かした八月の陽ざしを満たすように見事な花の盃を上へむけていた**……オレンジ・リリー orange lily はヨーロッパ原産で、オレンジ色の花が上を向き、深紅の斑点がある。上向きのため、本文に「上へ向けていた」とある。似た花に、『アン』第12章の鬼百合 tiger lily がある。こちらは東洋原産で、オレンジ色の花が下を向き、花弁に黒い斑点がある。

（2）**針仕事もせず、紡ぎもせず**……新約聖書「マタイによる福音書」第六章第二十八節「なぜ衣服のことで思い悩むのか。野の百合がどう育つのか、考えてみなさい。働きもせず、紡ぎもしない」のもじり。本章の冒頭に、百合の描写がある。

（3）**攪乳器**……バター製造に使う大型の容器で、中に生クリームを入れ、棒で突いて乳脂肪分を固める。

（4）**婚礼衣裳は濃紺の絹**（ネイビー・ブルー）……総シルクのドレスは高価な贅沢品のため、白地の絹ではなく結婚後も長く着られる紺色などの婚礼衣装もあった。

第38章　赤い薔薇　Red Roses

（1）**あなたがたの夫は、あなたがたゆえに城門で名誉を得るであろう**……旧約聖書「箴言」第三十一章第二十三節「彼女の夫は、その土地の長老たちと城門で座について、名を知られている」のもじり。優れた妻について語られた部分。

（2）**あなたがたの子どもらは立ち上がり、あなたがたを祝福された人と呼ぶであろう**……旧約聖書「箴言」第三十一章第二十八節「彼女の子どもらは立ち上がり、彼女を祝福された人と呼ぶ。夫も立ち上がり、妻を褒めたたえる」より。

（3）**「はい（アイ）、はい（アイ）」**……aye, aye 船乗りが上官に言う返事「アイ、アイ、サー」のこと。ジム船長がアンに語る生前最後の台詞は船員の挨拶。船乗り人生を全（まっと）うした船長らしい泣かせる一言。

（4）**横木を引きずってる雌鶏（めんどり）みたいに汗をかいて**……本来は、柵に使う横木を引きずって運ぶのは馬だが、小さな雌鶏が重い横木をふんばって引きずろうとして大汗をかいている、という滑稽な英語の言い回し。田舎育ちのスーザンらしさが伝わる。

（5）**娶（めと）ったり嫁（とつ）いだり**……新約聖書「マタイによる福音書」第二十四章第三十八節「洪

水がくる前の日々、ノアが箱船に入るまで、人々は食べたり飲んだり、娶ったり嫁いだりしていた」(新共同訳) より。[RW／In]

第39章　ジム船長、砂州を越える　Captain Jim Crosses the Bar

(1) **砂州を越える**……英詩の表現でこの世とあの世の境を越えること。英国詩人テニスンの詩「砂州を越えて」(一八八九年) がある。第30章 (5)。

(2) **「スナップ写真」**……カメラは普及しつつあったが高価で、現像と焼付にも費用がかかったため、人々は写真館へ行き、正装してポーズをとって撮影した。これに対してスナップ写真は、ポーズをつけずに気軽にパチパチ (この音を英語でスナップという) 撮影したもの。モンゴメリは銀板写真の頃から写真撮影を趣味とした。

(3) **『遠い昔のために、友情の盃を交わそうぞ』**……スコットランドの詩人ロバート・バーンズの詩「蛍の光」の一節。詩の内容は、旧友との再会を喜び、昔を懐かしみ、さらなる末永い友情を誓って、酒杯を交わそうというもの。スコットランド民謡のメロディに、バーンズがスコットランド語をまじえた歌詞を書き、英米では大晦日に唄われる。原題はスコットランド語で「遠い昔」Auld lang syne (英語 old long since)。邦題「蛍の光」は、中国の「蛍雪」の故事にちなみ、歌詞も原詩とは異なる。

第40章　さようなら、夢の家　Farewell to the House of Dreams

（1）**猫惨事**（キャット・アストロフィー）……cat-astrophe 大惨事（カタストロフィー） catastrophe と同じ綴りだが、途中にハイフンを入れて、猫 cat が際だつようにした語。

（2）**レスリーは縫い物に精を出していた**……この最終章は秋。年内のクリスマスに結婚するため嫁入り仕度の服や日用品を手作りしている。

（3）**モーガン家**……アイルランドとウェールズの名字。アンとギルバートの次なる家庭がやはりケルト族の伝説の上に築かれることを意味する。

（4）**「短い」ベビー服（ドレス）**……"short" dresses 乳児は足より丈の長い白いドレスを男女を問わず着て、半年くらいたつと足が自由に動くように足首が出る「短い」ドレスを着せる。本文では、短く切った裾のくけ方を、アンはヘムステッチにするかフェザーステッチにするか考えている。当時は乳児の死亡率が高く、半年まで育ち、長い服から「短い」服になるまで無事に育てば、まずはひと安心という安堵があった。そのためアンは涙が出るような気持ちでいると書かれている。第17章（5）。

（5）**ヘムステッチにするか、フェザー（フェザー）ステッチにするか**……ヘムステッチは第3章（1）。フェザーステッチは、直線のステッチの左右に羽根のような形を刺繍する。

（6）**広葉樹（ハードウッド）**……hardwood「硬木」。樫、桜、楓などの広葉樹で硬い材木になる。これに対して軟木は、松、もみ、えぞ松などの針葉樹が多い。

（7）**エーカー**……ヤード法の面積の単位。一エーカーはおよそ四〇四七平米。裏手に十二エーカーの森があるモーガン家は、広大な敷地を持つことを意味する。

（8）**赤い砂石の古びた上がり段**……第5章（7）。グリーン・ゲイブルズにも赤い砂岩の上がり段がある。『アン』第37章。

（9）**水道がある**……当時の農村は井戸水を屋外でくみ上げた。モーガン邸は、上水道はないが、外の井戸水を屋内で使える便利な設備がある。

（10）**地下室**……電気冷蔵庫がない時代は、冷暗所の地下室を食料庫として使用した。

（11）**どうして泣く人と共に泣いてくれないの？**……新約聖書「ローマの信徒への手紙」第十二章第十五節「喜ぶ人と共に喜び、泣く人と共に泣きなさい」（新共同訳）より。

（12）**ロンパース**……胴衣とズボンが一続きになった幼児服で、一、二歳の遊び着。ドレス型のベビー服を着ていた赤ん坊は、歩くようになると、ロンパースを着る。

（13）**野蛮**（ヴァンダル）**な人々**……Vandal tribe「ヴァンダル人の部族」。ヴァンダル人は、ヨーロッパのゲルマン人の一部族で、五世紀初めに西方大移動でフランスとスペインに入り、五世紀半ばにローマを略奪。そのためヴァンダル人には、文化と芸術を破壊する野蛮な人々という意味がある。アン・シリーズは各巻ともスコットランド系とアイルランド系などのケルトの物語。五、六世紀に、ゲルマン人が西方大移動で古代ブリテン島に侵入したため、島に暮らすケルトは北のスコットランドと西のアイルランドへ逃れた史実がある。ケルト系のアンにとってゲルマンは敵方の異なる部族であり、それもあって野蛮な人々と書いている。

・シリーズ各巻の書名は、第一巻『赤毛のアン』は『アン』、第二巻『アンの青春』は『青春』、第三巻『アンの愛情』は『愛情』、第四巻『風柳荘のアン』は『風柳荘』と表記した。

・日本語訳の聖書は、モンゴメリが日々愛読した欽定版英訳聖書と必ずしも一致しないため、引用の意味を明確にするために、聖書からの引用は、欽定版聖書の英文から訳者が邦訳した。「新共同訳」と記載したものは「新共同訳聖書」の訳文を使用した。

・各項文末の記号は、［RW］は、L. M. Montgomery's use of quotations and allusions in the "ANNE" books、［AHD］はロックス・ミル・プレス刊の本作原書の脚注で、それぞれに記載の出典を確認して誤記を訂正、また訳者が引用の意味を追加した。［He］は平凡社『世界大百科事典』、［Ge］は『ジーニアス英和大辞典』、［Re］は研究社『リーダーズ＋プラス』、［In］はインターネットで本作の英文を検索、一致した英文学作品を調査して、邦訳して訳註に入れた。

・本作の原書はパフィンブックスのペイパーバックとロックス・ミル・プレスのAnne's House of Dreamsを底本とした。原書でモンゴメリが用いた記号ダッシュ（—）は、地の文章にある場合は「——」と、台詞中の場合は「……」と表記した。モンゴメリがアルファベットを斜体文字にして強調した語句は、その訳語に傍点をふった。

訳者あとがき

一、モンゴメリの初期から中期の作品

本作『アンの夢の家』（文春文庫、二〇二〇年）は、Ｌ・Ｍ・モンゴメリ著『赤毛のアン』シリーズ第五巻 *Anne's House of Dreams*（一九一七年）の全文訳です。モンゴメリにとっては九冊目の著作にあたり、これを書いた時点の日記で、著者本人が最高傑作と自負する小説です。

彼女の初期から中期の書籍は、①『赤毛のアン』（一九〇八）、②『アンの青春』（一九〇九）、そして『赤毛のアン』が発行される前に雑誌に書いた小説を単行本化した『果樹園のセレナーデ』（一九一〇）、語り上手な少女セーラとその仲間たちを描いた名作『ストーリー・ガール』（一九一一）、雑誌に発表した短編をまとめた『アヴォンリー物語』（『アンの友だち』一九一二）、『ストーリー・ガール』の続編『黄金の道』（一九一三）、③『アンの愛情』（一九一五）、詩集『夜警』（一九一六）、そして本作⑤『アンの夢の家』（一九一七）と続きます。

シリーズ前作の④『風柳荘（ウインディ・ウイローズ）のアン』（一九三六）はモンゴメリ晩年の後期に書かれ、プリンス・エドワード島（以下、島と表記）南海岸の港町サマーサイドで、アンが高校

の学校長をつとめる婚約時代の三年間の小説でした。

そして⑤『アンの夢の家』は、アンがギルバートと結婚し、島の北海岸で新婚生活を送る二十五歳から二年間です。アンは新しい住まいを「夢の家」House of Dreams と名づけます。「夢」が複数形になっている通り、愛する人と結ばれて家庭をもつ夢、小川と木々のある美しい家に暮らす夢、わが子を産み育てる夢など、大人になったアンが様々な夢をかなえていく希望の家です。愛らしい書名ですが、誰の人生にも訪れる悲しみと涙をアンも経験します。

二、小説の舞台フォー・ウィンズ Four Winds

島に、フォー・ウィンズ（四つの風）という地名はありません。モンゴメリはこれまでにも実在しない地名を創っています。たとえばアンの生誕地ボーリングブルック、トーマス家と暮らしたメアリーズヴィル、孤児院のあるホープタウン、グリーン・ゲイブルズのあるアヴォンリーなど、架空の地名で、それぞれに意味があります。

そこでフォー・ウィンズは東西南北の風だろうか、春夏秋冬の四季の風だろうかと、以前から本作を読んでは、地名に隠された意味を考えていました。そして二〇一三年、カナダで十九世紀の島の古地図を見たところ、現在のニュー・ロンドン湾（ベイ）がフォー・ウィンズ湾（ベイ）と書かれていたのです。そのときの驚きと感動は、今も忘れられません。

なぜならモンゴメリが生まれた家は、この湾に面しているからです。つまりモンゴメリは、両親が新婚時代をすごした土地を、アンとギルバートの新婚の地にしたのです。父ヒュー・ジョン・モンゴメリと母クレアラ・ウルナー・マクニールは、一八七四年三月四日に結婚、フォー・ウィンズの内海の奥にある村クリフトン（現ニュー・ロンドン）で暮らし、十一月三十日にモンゴメリが誕生します。しかし母は肺結核になり、乳飲み子の娘をつれて、キャベンディッシュにある実家マクニール家に帰って療養しますが、一八七六年九月十四日、二十三歳で他界します。モンゴメリは一歳と十か月でした。

このようにフォー・ウィンズは、モンゴメリの亡き父母が、およそ二年の短い新婚時代を送り、約八部屋の小さな家で幸せな日々を送り、さらに若くして世を去った母がモンゴメリを身ごもり、出産した土地なのです。その後、カナダで発行されているモンゴメリ日記を読んだところ、ニュー・ロンドンの一帯をフォー・ウィンズにして、少し地理を変えたという記述を確認できました。

三、『アンの夢の家』は海辺の物語

本作の特色の一つは、海辺の小説であることです。十九世紀にフォー・ウィンズと呼ばれた土地は、島の北海岸が大きく陸地に入りこんだ内海の一帯です（地図）。結婚式を挙げたギルバートとアンが馬車で新居へむかうとき、アンの目の前には、夕空を映して薔薇色と銀色に輝く鏡のようなフォー・ウィンズの内海が広がります。そこに帆舟が浮かび、遠くにセント・ローレンス湾(ガルフ)が見え、海峡の片側は砂州がのび、もう片側の険しい崖では白い灯台が光を放っています。

岸辺の夢の家に暮らすアンの耳もとには潮騒が響き、大波が打ちよせる岩場の海岸へ散歩にでかけ、内海に舟を浮かべ、またときにもやに包まれた幻想的な砂州を歩きます。

フォー・ウィンズとアヴォンリー（モンゴメリが育ったキャベンディッシュ）は、共に島の北海岸にあり、セント・ローレンス湾(ガルフ)に面していますが、土地柄が異なります。アヴォンリーは、スコットランド系と北アイルランド系の長老派教会の信徒が暮らす農村です。海に面していますが、街道に沿った村の中心から、海岸まで歩くと距離があり、海岸に家はありません。砂浜が多く、港もありません。モンゴメリの時代は、浜で魚釣りや海藻拾いをしましたが、基本は畑作と酪農の農業の土地です。

これに対してフォー・ウィンズは、半農半漁の海辺です。内海の奥にはグレン・セント・メアリという村と港（モデルはニュー・ロンドンの村と港、口絵）があり、船が行き来したのです。内海に暮らす住民は、本作に描かれるように、スコットランド系とアイルランド系の長老派教会の信徒のほかに、どちらかというとイングランド系に多いメソジスト教会の信徒、フランス系カトリックの漁師です。

内海は湖のように穏やかで、現在は牡蠣(かき)の養殖も盛んです。風光明媚な岸辺に別荘も点在しています。その先のセント・ローレンス湾(ガルフ)は、幅の広いところでは七百キロもあり、濃紺の海が広がっています（口絵）。

現在の島はカナダ東部の外れにありますが、鉄道と飛行機がない船の時代は、交通の要衝(ようしょう)でした。島と、都会のトロントやモントリオールは同じセント・ローレンス川の下流と上流にあり、船で往来できたのです。またカナダと本国イギリスへの船旅にも、島は、大西洋へ出る前に食糧と水を補給する拠点でした。本作には、海辺に暮らす人々と、海運に従事する人々が描かれます。

四、登場人物は大人——ジム船長、ミス・コーネリア、レスリー・ムーア、スーザン

特色の二つめは、登場人物が大人ばかりであることです。シリーズにおいて、①『アン』では主人公アンが子どもです。②『青春』と③『愛情』では双子のデイヴィとドーラ、④『風柳荘』では小さなエリザベス、後半の⑥『炉辺荘のアン』、⑦『虹の谷のアン』、⑧『アンの娘リラ』ではアンの子どもたちが描かれます。しかし本作では、ジム船長の親戚の男の子が一人出てくるものの、この子がこんな話をした、とジム船長が間接話法で語るのみで、子ども自身が語る台詞はありません。つまり本作はシリーズ中で唯一、台詞を語る登場人物が大人だけなのです。

1、ジム船長、昔の航海術を知る最後の一人アンが「夢の家」に着いた夕方、新郎新婦を迎えた人々の一人が、七十代の灯台守、ジム船長です。彼は十代で船乗りになり、大航海時代と同じ帆船で風をうけて進む昔ながらの航海術を知る最後の一人です。船乗り時代は、苦難の船旅や冒険に勇敢に立ちむかい、船をおりた今は、海の安全を守るために日没と同時に灯台に火をともし、徹夜で火を守り、日の出と同時に消すことを誇りとする責任感の強い男です。

老いても日に焼けて、たくましい体つきですが、自分のために買った上等な肉を飢えた迷い犬に食べさせ、置き去りにされて痩せ細った子猫を泣きながら保護する優しい心の持ち主です。訛りの多い英語を話すものの、少年のころより名詩を吟じるロマンチックな文学趣味、昔話を生き生きと物語る才能、若き日の恋人を思い続ける一途さ、女性への侮蔑を許さない正義感、自分の飼い猫を船長の次位の「一等航海士」と名づける水夫らしいユーモアを兼ね備えた、味わい深い男性です。

モンゴメリ文学では、人生の達人たる年輩女性が生き生きと描かれますが、ジム船長は、アン・シリーズ中、マシュー・カスバートに匹敵する存在感がある男性です。彼は、内気な農夫マシューとは対照的ですが、アンを隣人愛で見守り、アンの悲しみを慰め、励まし、愛を伝える花メイフラワーを早春の野につんでアンに捧げます。

ジム船長が船乗り時代を回想して書いた帳面『人生録』は、英語では「ライフ・ブック Life Book」です。その内容は、船長が炉辺で語る物語から推測できます。つまり海図と羅針盤、夜空の星と昼の雲を読んで大海原に舵をとった航海の日々、南アフリカの喜望峰に出没する幽霊船伝説、南アフリカの政治犯の救出、船に乗りこんできたマレー人の海賊、虎の脱走、水夫の叛乱、無人島に置き去りにされた恐怖、難所として知られるマドレーヌ諸島での難破、氷の海に閉ざされて冬を船上ですごしたこと、石の神々を祭る多神教の異国の地……。それはスティーヴンスンの『宝島』といった海洋小説さながらの冒険の物語です（実際にジム船長は作中で海洋小説を読んでいる）。この手書きの帳面をもとにして、新聞記者オーエンが一冊の本にまとめるときは、ジム船長が愛した娘マーガレットとの恋物語も織りこまれ、まさにジム船長の人生録となるのです。「いなくなったマーガレット」は、太古に一昼夜にして海底に没した伝説のアトランティス大陸の眠る地に横たわっていると、モンゴメリは書いています。優雅な幻想のなかにマーガレットの行方と可憐な姿をとどめるあたり、モンゴメリの浪漫が漂います。

2、ミス・コーネリア、シェイクスピア劇の道化

次にアンの新居を訪れるミス・コーネリアは強烈な個性をそなえた中年女性です。彼女は、引っ越して来たアンを礼儀として訪ねるのではなく、部屋着にエプロン姿の普段着で、しかも手仕事をもって来て、貧しい家庭に生まれる望まれない八人目の赤ん坊のために優美な服を縫いながら話をします。この初登場から、ミス・コーネリアの世話好きで親切な人柄、訪問の儀礼や形式にこだわらないざっくばらんな人となりが伝わりま

す。無礼な男たちを毒舌でこきおろす一方、長老派教会の敬虔な信徒であり、神への信仰と隣人愛を実践する善女であります。

ミス・コーネリアの話し言葉にも、ジム船長ほどではないにしろ、訛った英語があり、田舎婦人らしさが伝わりますが、彼女の台詞の滑稽さは特筆すべきものです。

彼女は、家族の事故死、自殺といった不幸、その悲しみに翻弄される人間の弱さと愚かしさをアンに語って聞かせる役回りですが、ミス・コーネリアが語る英語には、そうした悲痛さを吹き飛ばすおかしさがあります。

そもそも彼女は、初登場の身なりからして、おかしいのです。当時の女性は、ウェストをコルセットでしめつけた窮屈で装飾的な服で外出しましたが、ミス・コーネリアは茶色の地に大きな薔薇が飛んだ派手な模様のゆったりした部屋着に、青と白の縞という、どう考えても色があわないエプロンをかけて現れ、帽子どめは、淑女が使う帽子ピンではなく、ゴム紐です。まるで喜劇役者が珍妙な扮装で舞台に現れたような滑稽さを、モンゴメリはわざと作り出しているのです。本文には「ミス・コーネリアは、人生の悲劇においても、その片隅にいつなんどきも顔をのぞかせる喜劇を演ずる役回りだった（直訳・喜劇が人の形として現れたものだった）」（第26章）と書いています。

そこでミス・コーネリアの台詞は、一人称を「あたし」として、少々開けっぴろげな、建前ではなく本音をずばずば語る痛快さが伝わる口調で訳しました。

ミス・コーネリアは、シェイクスピア劇における道化です。モンゴメリはシェイクスピア劇を愛読し、本作には『ハムレット』『アントニーとクレオパトラ』『ジュリアス・シーザー』『ヴェニスの商人』などを、引用、引喩として使っています。

シェイクスピア劇には様々な道化が登場します。宮廷お抱えの道化や、道化の服を着ていなくとも、くだけた恰好で舞台に出てきて、冗談や洒落を語ると、どっと笑いが起こり、たとえ悲劇の重苦しい場面であっても、芝居の空気が一変します。そうした道化は、一見すると馬鹿馬鹿しいことを語りつつも、実は芝居の本質を浮かびあがらせる重要な働きがあるのです。

ミス・コーネリアも、第11章でレスリーの生い立ちをアンに語ることで、読者にレスリーの悲惨な人生を伝える役割を果たしています。中盤の第22章では、後半の劇的な展開をもたらす重要なきっかけを作ります。彼女は、男たちを雇って農場を経営する独立した女性です。そんな彼女自身の人生も、後半の総選挙を発端に、驚きの変化が訪れます。

3、レスリー・ムーア、悲劇が次々とふりかかる怪奇小説の美女

アンは、初めてフォー・ウィンズに来る道中、絵画から抜け出したような金髪碧眼(へきがん)の美女に出逢います。しかしその女(ひと)は、怒りを含んだ目でアンを見つめるのです。そのレスリーについて、また暮らす家について、モンゴメリは、謎めいた陰鬱な描写をくり返します。十九世紀の北米で発展した怪奇小説では、美貌の女が次々と悲劇にみまわれま

す。レスリーの悲劇的な人生は、それに倣ったものと思われます。

レスリーには女の歓びも、妻の幸せも、母になる希望もなく、そのすべてをもっているアンへの羨ましさが憎しみに変わりますが、本来のレスリーは聡明な女性であり、彼女の内面には、アンを憎む醜い自分に対する葛藤があります。

アン・シリーズは、女の友情も主題の一つです。①『アン』と②『青春』では、優しく懐深い黒髪のダイアナが、空想癖が強く、奇矯な一面もあったアンを受け入れ、「腹心の友」となり、二人の友愛が、アンを幸福で満たします。③『愛情』では、天真爛漫な富豪の令嬢フィリッパが、島から来たアンを助ける一方、世俗的だったフィリッパがアンの清らかな生き方に感化され、また貧しい牧師ジョウナスの説教に心をゆさぶられ、魂の満たされる真実の生き甲斐を見つけます。④『風柳荘』では、辛辣な副校長、黒髪のキャサリンが、アンの思いやり、グリーン・ゲイブルズの聖なる魅力、そこに暮らす人々の慈愛によって生まれ変わります。そして本作では、悲愁の美女レスリーとアンは、どちらも大人の既婚女性であり、二人は取り返しのつかない悲しみを経験することで絆が深まっていきます。レスリーが自分の醜い心を告白して懺悔する台詞の迫力、それをアンが寛容の心で許し、むしろ励まし、二人が涙ながらに手をつなぐ場面は忘れがたいものです。

シリーズに、男性から見た女性美の描写は稀です。③『愛情』第41章「愛は砂時計を持ちあげる」で、二十四歳のギルバートが、夏のドレスを着るアンのむき出しの腕と喉が娘らしい曲線を描くさまを想像して息づまる心地になる場面があります。本作では、新聞記者オーエンが初めてレスリーを見た衝撃をモンゴメリは官能的に表現しています。夕まぐれの薄闇に立つレスリーが家からこぼれる暖炉の灯りを浴びて、女性の「体つきのえも言われぬ曲線」が浮かびあがり、短い袖からのびるむき出しの両腕は「大理石のようにほんのり光って」います。またオーエンが、レスリーを、ギリシア神話の最高神ゼウスが密通に訪れる美女ダナエになぞらえる台詞も、彼の秘かな欲望を告げています。しかしレスリーには夫があるのです。禁じられた恋の苦悩も、大人の小説ならではの醍醐味です。

夫と心の通い合わない結婚の虚無に打ちひしがれるレスリー・ムーアのイニシャルが、夫を「愛したことはこれまで一度もない……彼のことは好きではあるが」と日記（一九一七年一月五日）に書いているモンゴメリと同じL・Mである点は暗示的です。レスリーの孤独な魂の救済を思うと、やはりアン・シリーズは、モンゴメリが生きなかったもう一つの夢の人生を綴（つづ）った大河小説と言えるかもしれません。小説世界に自分のかなわなかった理想を描くことは、むしろモンゴメリの救いだったのではないでしょうか。

4、スーザン・ベイカー、アンを崇拝する料理上手な家政婦

彼女は、臨月（りんげつ）を迎えたアンの家事を手伝うために来た四十代の家政婦です。

パン焼き職人(ベイカー)という名字の通り、パン、チェリー・パイ、ストロベリー・パイなど料理の達人です。美男子を愛(め)でるのが好きで、男の耳の形をよく見ている、結婚への憧れがあり、顔つきはいかめしくとも、心は乙女のように純情で、ミス・コーネリアとは対照的な女性です。これからのシリーズ後半でアンの人生に伴走する好人物の登場です。

ほかにオーエン・フォード、ディック・ムーアも行間に生きて呼吸をしているような存在感があり、モンゴメリの人物造形の巧みさが発揮されています。またアンを嫁がせたマリラの寂寥と変わらぬ愛、林檎の葉模様のベッドカバーを結婚祝いに贈るリンド夫人、結婚式に出席する二児の母ダイアナ、同じく母となったフィリッパ、結婚したシャーロッタ四世、長身の美青年に育ったポールといった懐かしい人々も登場して、読者は懐かしい喜びに満たされます。

五、構成――シェイクスピア劇の影響、五つの物語の同時進行、詩的な散文

本作は前半と後半に分かれます。前半はアンとギルバートの新婚生活の合間に、新しい人物の来歴が披露され、さほど物語は動きません。また前半は不穏な気配が続きますが、この暗さは、後半の弾むような命の輝きと幸福をより強く訴えるための創作上のテクニックです。しかし中盤から後半にかけて、一気呵成(いっきかせい)に劇的で明るい展開が続きます。そこでここでは粗筋(あらすじ)を書かないことにします。

『アンの夢の家』はシェイクスピア劇を踏まえていると思われます。本作後半の鍵は、二人の船乗りの入れ替わりです。シェイクスピア劇『十二夜』では、船で難破した双子の入れ替わりが、芝居を思いがけない方向へ進めます。また本作の結末は、三組のめでたい祝婚が示唆されます。シェイクスピアの喜劇『夏の夜の夢』でも三組が幸福に結ばれます。このように『アンの夢の家』は、モンゴメリが『十二夜』の入れ替わりと『夏の夜の夢』の祝婚劇を意識して書いたと推測しています。さらに本作は、生と死、老いて死にゆく命と生まれくる命、愚かな男と賢い男、善と悪、悲劇と喜劇、聖人と俗人、憎悪と愛、頑固さと寛容、神と悪魔といった相反するモチーフが重なり合うところもシェイクスピア劇を思わせます。

また本作は五つの物語が同時進行します。一つはアンとギルバートの喜びと悲しみ、二つにレスリーの救いのない結婚の行く末、三つにジム船長の老境と最後の野心、四つには男嫌いのミス・コーネリアの意外な変化、五つには島に来た新聞記者オーエンの出世作となる本の執筆と恋。三つのプロットが同時展開する長編小説はありますが、五つまで広げると結末の回収が難しいものです。その意味でもよく考えられた複雑な構成です。

本作は文章も凝っています。これを書いた四十代のモンゴメリは、晩年に比べると気力体力ともに充実していました。本作を英文学を専攻した二人の英米人に読んでもらったところ、英文の語彙は、英米の大学生以上の大人むけ、ただし古い小説は現代文学よりも難解な言葉で書かれているため（日本文学も同様のことが言える）、二十世紀初頭は十五歳くらいから読んだだろうが、当時も今も子どもむけの本ではないという意見でした。

モンゴメリは教師だったため、文法には厳格なまでに忠実ですが、本作では詩的な散文を重視した一面もあり、風景や心理の凝った描写は読みごたえがあります。ジム船長が出産間近のアンにメイフラワーを持ってきた春の夕暮れの甘やかさなど、モンゴメリの繊細な美文を堪能して頂けましたら幸いです。

六、モンゴメリの怪奇趣味

『アンの夢の家』には怪奇小説（ゴシック・ロマンス）の趣きもあります。前半の無気味な気配、たとえばテレパシー、透視、心霊術のトランス状態といった超常現象、欧州の魔女裁判と火あぶりの刑の暗黒史、記憶をなくした男、灰色の霧に包まれた夜の亡霊の気配、美しいレスリーにふりかかる数々の悲劇。またアンの近くの家の窓は何かを捜し求めている目で夕闇をのぞき、海は啜（すす）り泣いているように唸（うな）る……。モンゴメリはミステリアスな表現を駆使しています。

これは十八世紀後半のイギリスに起こり、十九世紀のアメリカで発展した怪奇小説（ゴシック・ロマンス）の影響です。またモンゴメリが読んだ米国の詩人・小説家エドガー・アラン・ポーの怪奇小説、エミリ・ブロンテ『嵐が丘』の幽霊との交流、シャーロット・ブロンテ『ジェーン・エア』の精神を病んだ妻も彷彿(ほうふつ)とさせます。

もともとモンゴメリ文学には日なたの匂いだけでなく怪奇趣味があるのです。初期の『果樹園のセレナーデ』の主人公キルメニーは、呪いによって口がきけなくなったと家族が信じています。中期の『新月(ニュー・ムーン)のエミリー』(『可愛いエミリー』一九二三)は、農場の名前が暗黒夜の「新月」で、やはり透視術が描かれます。後期の④『風柳荘のアン』のトムギャロン邸では、階段から落ちて首の骨を折って死んだ男、蠟燭の火が髪に燃えうつり顔を火傷(やけど)した美女、妻を亡くした男が再婚したところ嫉妬深い先妻の亡霊がとり憑いた話などが語られます。

ただし、怪奇や超自然現象の恐怖のなかに、悲劇ならではの美意識、ロマンチックな謎、幻想というファンタジーが広がる点が、モンゴメリの特徴です。

七、本作のキリスト教——長老派とメソジスト、天地創造と進化論、信仰復興運動

長老派教会の牧師夫人モンゴメリは、本作にキリスト教の対話を書いています。ミス・コーネリアは、メソジストを毛嫌いしています。背景には、彼女が信じる長老派の「予定説」(すべての運命は神によって定められている)と、メソジストの人間の自由意志の対立があります。アンも長老派の信者であり、自分がやせていること、ギルバートと結婚することは予定説だと、ダイアナに冗談めかして語ります。

キリスト教の魂の不滅については、ジム船長が、たとえ肉体は死んでも魂は不滅であり、あの世で死者と再会できるとアンを励まします。本作で何度か語られる最後の審判も、世の終わりに神が死者も含めて全人類を裁き、善人と悪人に選別されるという教えであり、これも魂は永遠だという考えに基づいています。

ジム船長とミス・コーネリアは悪魔の有無、無神論者と異端者の定義の問答もします。

さらにギルバートとミス・コーネリアは、実在の書『宗教世界における自然の法則』（一八八三）について短い対話をします。これはスコットランドの伝道者・生物学者のドラモンドが、キリスト教の「神による天地創造」と、ダーウィンの「進化論」を融合させた本で、「神が生物を進化によって創造した」とする有神論的進化論です。現在ではカトリックの教皇も受け入れているようですが、十九世紀は論争を巻き起こした話題の書物でした。それを医師ギルバートは読みますが、ミス・コーネリアは、聖書にのみ信仰の基本を置く長老派の立場から相手にもしません。

形骸化した信仰や礼拝を、信仰心の原点に戻そうと、聖職者だけでなく一般人も熱狂的な説教をした信仰復興運動、心に罪深い考えがあるために天国に行けないのではないかと悩み鬱病になる宗教的憂鬱など、牧師夫人モンゴメリの周辺で語られたであろう多くのキリスト教に関する話題が登場します。しかしモンゴメリは、一神教のキリスト教が認めない、多くの神々が登場するギリシア神話の精霊や、ケルト的な妖精を愛好し、その矛盾が興味深いのです。

八、スコットランド系・アイルランド系・ウェールズ系のケルト、野蛮なゲルマン人

アン・シリーズ各巻にはキリスト教とケルトの融合が見られます。本作では、夢の家の最寄りの村の名はグレン・セント・メアリ。これはモンゴメリが創った架空の地名で、グレンはケルトの言葉で「谷」、セント・メアリは「聖母マリア」で、やはりケルトとキリスト教の融合です。

登場人物もケルト（スコットランド系、アイルランド系、ウェールズ系）の人々です。アンとマリラ、双子のデイヴィとドーラがスコットランド系、ダイアナとリンド夫人がアイルランド系。新しい人物ではジム船長、ミス・コーネリア、マーシャル・エリオットがスコットランド系で、本作はスコットランド語が多く出てきます。レスリーは弟のケネスがアイルランドの男子名のためアイルランド系と思われます。オーエンは、ウェールズ人の男子名であり、やはりケルトです。

ことに大晦日（おおみそか）の年越しの晩、金星が作る影が白雪に映る神秘的な夜にくり広げられる饗宴は、ケルトの気配が濃厚です。ジム船長がスコットランド民謡の伴奏に使われるフ

イドルで激しく甘美な音楽を弾き、マーシャル・エリオットがスコットランド民謡をスコットランド語で歌い、レスリーと二人して燃える暖炉の光を浴びて回転しながら踊ります。私はかつてダブリンで見たアイリッシュ・ダンス、カナダで見たスコティッシュ・ダンスの激しい動き、熱気と興奮のかけ声を思いました。

さらに結末は、古代ケルト族をスコットランドやアイルランドへ追いやったゲルマン人の一部族ヴァンダル人を、アンが野蛮人と語って終わるのですから、モンゴメリのケルトへの愛は徹底しています。

九、カナダ二大政党（保守党と自由党）の対立、総選挙で十八年ぶりに自由党が勝利

ミス・コーネリアの変化の発端となるのは、一八九六年に実際にあったカナダ自由党の十八年ぶりの政権奪回です。カナダの二大政党である保守党と自由党の対立は、『アン』と『青春』にも描かれます。スコットランド系のカスバート家とアンは保守党、アイルランド系のリンド夫人とダイアナは自由党の支持者です。ギルバートは、『アン』では自由党ですが、本作では保守党に変わり、選挙演説までしています。『アン』第18章に、男性が求婚するときは、支持政党は女性の父親に従うと書かれていますから、アンの養家（ようか）カスバート家が支持する保守党になったのでしょう。

本作では、総選挙をめぐる保守党と自由党それぞれの支持者の激しい対抗心が書かれています。そこで十九世紀カナダの歴史と二つの政党の違いを、簡単にまとめます。
十九世紀前半のカナダはイギリスの植民地でしたが、一八六四年、島の州都シャーロットタウンで会議が開かれ、一八六七年に、植民地から自治領カナダとなります。その時の与党は保守党で、初代首相は、保守党の党首ジョン・アレグザンダー・マクドナルドでした。マクドナルドは、『アン』第18章「アン、救援に行く」で島に遊説に来た首相です。

当時のカナダは完全な独立国ではなく、外交権は本国のイギリスに属していました。そこで保守党は、大英帝国の傘下（さんか）にあるカナダという国家観をもち、イギリスのヴィクトリア女王に忠誠をよせる英国王党派でした。

これに対して自由党は、大英帝国の支配から離れて、独立したカナダをめざしていました。そのため自由党の支持者は、同じように大英帝国の支配下にあってイギリスからの独立を求めていたアイルランドから移民した人々とその子孫、また歴史的に英国と対立してきたフランス系の人々が、当初は多かったのです。

初期のカナダは、広大な国土に、先住民、フランス系カトリック、イギリス系プロテスタントなど異なる民族がそれぞれの言葉で暮らし、産業は発展途上であり、政治、経済、教育制度などの重要課題が山積していました。そうした政策決定を、保守党はどちらかというと国家が決める立場を、自由党は地方の自治を認める立場をとりました。

経済政策も異なり、保守党は、隣国のアメリカ製品に高い関税をかけてカナダ産業を守る保護貿易、自由党は、アメリカに関税をもうけない自由貿易をかかげました。

このように保守党は、大英帝国寄りで、イギリスと戦争をして独立したアメリカとは距離を置き、中央集権的で、まさしく保守です。一方の自由党は、新大陸カナダの自由と独立、アメリカとの自由貿易、地方分権を理想とするリベラルな政党でした。

カナダ建国から初代首相をつとめた保守党のマクドナルドは、英国スコットランドに生まれ、カナダに移民したスコットランド系です。演説の名手、大きな鼻の美男子、酒好きといった人間的な魅力と、保護貿易、大陸横断鉄道の敷設など、建国初期の大胆な政策で人気を集めますが、一八七三年に贈収賄(ぞうしゅうわい)事件で彼の内閣は総辞職。同じ年の選挙では、自由党が初めて勝利して、政権の座につきます。

しかし当時の不況に加えて、自由党の自由貿易によってカナダ経済はますます後退。次の一八七八年の選挙では自由党は敗れ、アメリカに高い関税をかける保守党が、また政権をとったのです。

そこで自由党は選挙で勝つために、一八九三年の党大会で、自由貿易主義という党是をはずします。その結果、本作に書かれる一八九六年の選挙で、自由党は十八年ぶりに政権を奪回したのです。これは新しい時代の幕開けを予感させる大ニュースでした。

勝因には、自由貿易の撤廃のほかに、自由党の党首にもあります。党首ウィルフレッド・ローリエはフランス系で、フランス系が支持しましたが、彼は子どものころからスコットランド系の長老派教会の村に暮らしたため、本作に出てくるフランス系カナダ人のような間違った発音の片言の英語ではなく正しい英語を話し、英国系の人々の文化と宗教と価値観を理解していました。彼はイギリス系とフランス系の調和、広いカナダの地方分権をかかげ、本作に書かれる総選挙の勝利により、カナダ史上初のフランス系首相となります。ちなみに二十世紀と二十一世紀のカナダで首相をつとめるトルドー父子も、フランス系であり自由党です。

本作には、二大政党の支持者の競争心、総選挙、勝利の熱狂、女性の投票権が書かれ、そうした小説が今の日本にないことを思えば、実にユニークな文学なのです。

十、執筆時のモンゴメリ――四十代の牧師夫人、出産と死産、第一次大戦の後方支援

モンゴメリは一九一一年に、島で、牧師のユーアン・マクドナルドと結婚すると、カナダ本土オンタリオ州の小さな村リースクデイルの牧師館に移り、牧師夫人となります。一九一二年に長男チェスターが生まれ、一四年八月上旬、イギリスはドイツに宣戦布告して第一次世界大戦に参戦、自治領カナダも戦争に突入します。その直後の八月十三日、モンゴメリは二人めの息子を出産しますが、へその緒が結び目になっていて亡くなります。

日記には、すみれのように青い目をした可愛いわが子を喪った慟哭のような悲しみが綴られています。第19章のわが子を亡くした母の悲痛な叫びは、元々はモンゴメリの言葉として日記に書かれたのです。

「赤ちゃんが望まれていない所には生まれて、生きているのに……その家では面倒も見てもらえず……何の機会も与えられないのに。私ならあの子を心から愛して……可愛がって世話をして……わが子のためにあらゆる機会を与えたでしょう。それなのに私は、わが子を手許に置くことを許されなかった」（一九一四年八月三十日付）

また子どもが死んだのは神の御心だ、そのほうが赤ん坊にとって幸せだったのだという慰めにも、本作と同様、モンゴメリは激しく反発しています。

「もし死んだほうが幸せなら……なぜあの子は生まれなくてはならなかったの？……そもそもなぜ人は、生まれなくてはならないの？　人生を全うして、愛して、愛されて、喜びと苦しみを知り、良い仕事をして、与えられた性格を永遠の人格へ形作って行くよりも、生まれた日に死ぬほうが幸せだなんて、私は絶対に信じない！　それにこれが「神の御心」だとも信じない」（一九一四年九月四日付）

モンゴメリは愛する遺児を、亡き父にちなんでヒュー・ジョンと名づけ、村から離れた墓地の小さな墓に埋葬しました（口絵）。モンゴメリは自分の悲しみを小説に昇華させ、愛しいわが子がたとえ一日でも生きていた証を物語に書いて残したのです。

回復すると、モンゴメリは、③『アンの愛情』（一九一五）を執筆します。四十代になった彼女はもう妊娠できないかもしれないと案じていましたが、幸い、すぐに身ごもり、一九一五年十月に出産。赤ちゃんは、十ポンド（約四千五百グラム）もある丸々とした元気な男の子でした。死産の後の安産とわが子誕生の喜び、母の幸せも、本作に書かれています。

この年の冬から翌一九一六年の春にかけて、モンゴメリは二人の男の子を育てながら、本作の構想を練り、一九一六年六月から十月の四か月で書き上げます。牧師館一階の客間で、椅子に腰かけ、膝の上で書いたのです（口絵）。

しかし当時の彼女はストレスを抱えていました。一つは世界大戦が思ったよりも長引き、大勢のカナダ人が英国兵として欧州へ行き、戦死者が増加していたことです。モンゴメリは自分の村から出征した兵士の無事を教会で祈禱し、地元の赤十字で後方支援活動をしていました。二つには、本作の版元を、『赤毛のアン』『アンの青春』『アンの愛情』を発行した米国のペイジ社からカナダのマクレランド・グッドチャイルド・アンド・スチュアート社へ変えるにあたり、ペイジ社から訴訟をほのめかす強硬な手紙が届いたのです。三つには夫のユーアンが、憂鬱、不眠、神経痛などを訴え、健康状態が思わしくなかったことです。

日記から本作に関する部分の一部を抜粋します。

一九一六年六月十七日　土曜日

金曜日から新しい本を書き始めた——『アンの夢の家』。冬から春にかけて素材を集めて構想を練っていたのだ。ペイジ社の脅しが頭にあるため、この執筆はあまり楽しめそうもない。ああ、ペイジ社の件で意気消沈している。

一九一六年八月十三日　日曜日　リースクデイル、牧師館

今週は多忙な一週間だった——月曜日は赤十字の講演、水曜日はアクスブリッジ（註・近在の町）へ遠出と宣教協会、木曜日は赤十字、昨日は宣教師団——そして毎朝二時間、『アンの夢の家』の執筆。でも不平は言わない。涼しいからだ。

一九一六年十月五日　木曜日

今日、『アンの夢の家』が終わった。こんなに短期間で、しかも心身ともに過労の状態で本を書いたことはなかった。でも執筆はかなり楽しかった。結構いい作品だと思う。とにかく書き上って嬉しい。とても疲れた（註・長編小説の執筆は健康な人でも疲れる）。

一九一六年十一月二十四日　金曜日
今日は荒れ模様の陰気な一日で、風が強く、雪が吹き荒れた。『夢の家』の推敲四部が終わった、ありがたい。戦況ニュースはあまりない。ただロシアの援軍がルーマニアに到着、少しは楽観的に感じられる。

一九一六年十二月十六日　土曜日
今日、マクレランド（註・カナダの版元）から手紙があり、ザ・フレデリック・ストークス社（註・本作の米国の版元となる）が私の本を獲得したという。それは結構だが、アップルトン社との取引が失敗したことは少々残念だ。……（略）……ストークス社は、アップルトン社と同じ契約条件だ……価格の二十パーセントの印税と、五千ドルの前払い金。すばらしい契約で、少し不安になった。それに見合うように私は書き続けられるだろうか？　いつか「書き尽くして種切れになる」のではないかという不安に常に取り憑かれている。

モンゴメリは、年が明けた一九一七年の二月に校正刷りを書き直し、四月にはカバーの打合せで、版元があるオンタリオ州トロントへ。そして同年夏、カナダ、アメリカ、英国で発行されます。

原書のカバーは、若い女性の顔だけが描かれていたペイジ社のデザインを一新。美しい田園の白樺ともみの木の前に立つ赤毛の女性が描かれています。女性の装いは、当時流行のウェーブをつけた短いモダンな髪型に、ほっそりしたデイドレスです。

一九一七年七月二十一日　土曜日　オンタリオ州リースクデイル
今日、『アンの夢の家』の著者見本を受け取った。…（略）…『アンの夢の家』は美しいカバーのデザインで、きれいに「仕上がって」いる。もっとも絵は辻褄があわない。二十五歳のアンが十七歳に見えるからだ。でもとても優雅で「商機をつかむ」だろう。成功しますように。…（略）…私自身は、今までに書いた本の最高傑作だと思う、『赤毛のアン』と『ストーリー・ガール』を含めても。だが愛する世間もそう思ってくれるだろうか。カナダの前売り注文は一万二千部…（略）…物語の舞台は主にフォー・ウィンズの内海……私の心のなかのニュー・ロンドンの内海だ。でも地理は必要に応じて変えた。

カナダ本国での売れ行きがよく、イギリスの雑誌「週刊ブリティッシュ」にも高く評価する書評が出て、モンゴメリは安堵します。書き始めは、楽しめそうもないと不安を感じていますが、作家が長編を書く前は、大概、不安はあるものです。実際、モンゴメリは、完成すると執筆は楽しかったと書いています。

モンゴメリが本作を書いたオンタリオ州リースクデイルは、ゆるやかな起伏のある農村で、どことなくアヴォンリーと似ていますが、内陸のため海から遠く離れています。モンゴメリは島の内海とセント・ローレンス湾の海を、郷愁とともに思い返しながら執筆したことでしょう。

本作の結末で、アンは「夢の家」を去ります。モンゴメリも教会付属の牧師館に暮らしていたため、夫が転勤になれば、牧師館を離れることを予測していました。アンが家を出ていく結末には、牧師館で新婚の日々を送り、可愛いわが子を産み、わずか一日で亡くした母モンゴメリの哀切と感慨がこめられ、ひときわ胸を打ちます。

十一、夢の家は「災いある世界」を照らし、人々を導く灯台

本作で忘れがたい心理描写の一つは、ギルバートの苦悩です。彼は、医者は患者の肉体と精神の尊厳を一番に考える義務がある、もし少しでも望みがあるなら、健康と正気（しょうき）を回復させるために努力するのが医師の義務だと語り、回復は不可能だと思われてきた男に、新しい手術をするべきだと考えます。

しかしアンは、その男が回復して、もとの不埒（ふらち）な人物に戻れば、家族が迷惑すると危ぶみ、反対します。夫婦となった二人は、初めて意見が対立するのです。

それでもギルバートは、アンと不仲になる恐れをおぼえながらも、自分の良心と義務

感に従い、回復の可能性があることを、患者の家族に伝えます。最終的にはアンも、ギルバートに従い、むしろ夫を非難する人から、彼を守り通します。

一方、患者の家族は、ギルバートから回復の可能性を聞かされると、男が正気を取り戻してまた迷惑をかけられたくないと、手術をうけさせまいとします。しかし自分を慕(した)って子どものように無邪気な笑顔で走ってきた男を見て、良心のとがめをおぼえ、自分の不利益になることも恐れず、勇気をもって、男に手術をうけさせます。その結果、真実が人々を自由にするのです。

モンゴメリは、アン・シリーズにおいて、常に人間の生き方を描いています。これまでは、未来に夢を思い描き、前向きな心で進んでいく若いアンの姿が書かれてきましたが、本作では、相反(あいはん)する利害関係のある問題に直面したとき、人はどうするべきかという、大人の現実を描いています。ギルバートは、医師としての義務感と倫理観、一人の人間としての良心、そして人生の航路は「何をすることが正しいのか」で決めるというジム船長の忠告に従って方針を決め、その難局から逃げず、勇気を出して行動します。

そのギルバートは、第14章で、夜、遠くから「夢の家」に輝く灯りを見て、あの光は「『災いある世界』を照らす、ぼくたちの灯台だ」とアンに語ります。

この「災いある世界」は、シェイクスピア劇『ヴェニスの商人』の女性ポーシャの台詞「善い行いもそんなふうに、災いある世界を輝かせるのね」からとられています。

つまりアンとギルバートの夢の家は、「『災いある世界』を照らす灯台」であり、そこに暮らす二人の存在は光なのです。ジム船長の灯台が、荒れる海に一筋の光を投げかけ、迷える船を安全な港に導く頼もしい存在であるように、二人の善い行いという明るい光によって、暗い心を抱えた迷える人々を導いていくのです。アンとギルバートは、最愛のわが子を亡くすという癒やしがたい哀しみを、心の底に秘めています。それでも人々の幸せを願い、そのために力を尽くし、自分たちも前をむいて生きていく……。そんな大人の夫婦になったアンとギルバートの生き方は、私たちの心にも明るい光を灯します。

次の第六巻『炉辺荘のアン』（一九三九）は、この七年後から始まります。ブライス一家は、グレン・セント・メアリ（聖母マリアの谷）に移り、「炉辺荘（イングルサイド）」と名づけた家に暮らします。一九四二年に他界するモンゴメリにとって、生前の最後に刊行された記念すべき本です。三十代から四十代の父母となるアンとギルバート、六人の子どもたち、実直な家政婦スーザン……、それぞれに個性的な性格と多彩な魅力が綾なす心豊かな小説の全文訳と巻末訳註を、どうぞご期待ください。

二〇二〇年夏

松本侑子

謝辞

Acknowledgments; This translation and annotations could not have been finished without the intellectual guidance of my English teacher, Mr. Rick Marsh from the U.S.A., who kindly answered my many questions on the details of Montgomery's style. I deeply appreciate his appropriate researches and wonderful suggestions.

　本書の編集と発行にあたりましては、文藝春秋、文春文庫編集部の池延朋子様、文春文庫の花田朋子局長、第二文藝部の武田昇部長、翻訳出版部の永嶋俊一郎部長、書籍営業部の伊藤健治部長に、大変にお世話になりました。

　カバーの絵は、引きつづき勝田文先生に描いて頂きました。暗い夜の海と人々の心を照らすジム船長の灯台の光、フォー・ウィンズの内海に飛ぶ鷗（かもめ）、レスリーの勝利を得た愛の赤い薔薇、アンの好きなピンクの薔薇、ギルバートの好む白薔薇。これは「学校の先生の花嫁さん」のために植えられた三色の薔薇でもあります。水色の小花は、第21章冒頭に咲く庭石菖（にわぜきしょう）。アンとレスリーはこの可憐な花に囲まれて涙ながらに真実の友となります。そして人々の思いのこもったベビードレス……。原題のリボンは、ジム船長の愛猫、一等航海士（ザ・ファースト・メイト）のオレンジ色をイメージしました。カバー、扉、口絵、エピグラフ、目次のデザインは長谷川有香先生にご担当頂きました。みなさまのすばらしいお仕事に御礼を申し上げます。

最後に、本作をお読みくださった心の同類のみなさまに、愛と感謝をお贈りします。

主な参考文献

英米文学など

"The Macmillan Book of Proverbs, Maxims, and Famous Phrases" Burton Stevenson, Macmillan Publishing Company, New York, 1987

'L.M.Montgomery's use of quotations and allusions in the "ANNE" books' Rea Wilmshurst, Canadian Children's Literature, 56, 1989

"Anne's House of Dreams : Annotated Edition" written by L.M.Montgomery, edited and with an introduction and Notes by Jen Rubio, Rock's Mills Press, 2016

『対訳　テニスン詩集』西前美巳編、岩波文庫、二〇〇三年

『ハムレット』シェイクスピア、小田島雄志訳、白水社、一九八三年

『アントニーとクレオパトラ』シェイクスピア、小田島雄志訳、白水社、一九八三年

『マクベス』シェイクスピア、小田島雄志訳、白水社、一九八三年

『十二夜』シェイクスピア、小田島雄志訳、白水社、一九八三年

『ジュリアス・シーザー』シェイクスピア、小田島雄志訳、白水社、一九八三年

『夏の夜の夢・あらし』シェイクスピア、福田恆存訳、新潮文庫、一九七一年

『ヴェニスの商人』シェイクスピア、松岡和子訳、ちくま文庫、二〇〇二年

『英米文学辞典』研究社、一九八五年

CD―ROM版『世界大百科事典』平凡社、一九九二年

政治

『世界現代史31　カナダ現代史』大原祐子著、山川出版社、一九八一年

『カナダの歴史を知るための50章』細川道久編著、明石書店、二〇一七年

キリスト教と聖書

『聖書』新共同訳、日本聖書協会、一九九八年

"The Holy Bible : King James Version" American Bible Society, New York, 1991

『聖書人名事典』ピーター・カルヴォコレッシ著、佐柳文男訳、教文館、一九九八年

『聖書百科全書』ジョン・ボウカー編著、荒井献・池田裕・井谷嘉男監訳、三省堂、二〇〇〇年

『キリスト教大事典』教文館、一九六八年改訂新版

"Records of the Women's Foreign Missionary Society (Western Division), 1877-1914" Presbyterian Church in Canada Archives, 1988

モンゴメリ関連

"Lucy Maud Montgomery : The Gift of Wings" Mary Henley Rubio, Doubleday Canada, 2008

"The Complete Journals of L.M.Montgomery, The Ontario Years, 1911-1917" Edited by Jen Rubio, Rock's Mills Press, Ontario, Canada, 2016

"The Selected Journals of L.M.Montgomery" Volume II : 1910-1921, Edited by Mary Rubio & Elizabeth Waterston, Oxford University Press, Ontario, Canada, 1987

『「赤毛のアン」を書きたくなかったモンゴメリ』梶原由佳著、青山出版社、二〇〇〇年

英米文学、英語聖書

本作中に引用される英米詩、英語聖書の一節は、その英文を元にインターネット検索し、該当するページの英文原典や原書を参照、邦訳して訳註に入れました。

Anne's House of Dreams
(1917)

by

L. M. Montgomery
(1874〜1942)

本作品は訳し下ろしです。

デザイン　長谷川有香
（ムシカゴグラフィクス）

イラスト　勝田文

ANNE'S HOUSE OF DREAMS (1917)
by L.M. Montgomery (1874-1942)

文春文庫

アンの夢の家

定価はカバーに表示してあります

2020年11月10日　第1刷
2023年11月25日　第3刷

著　者　L・M・モンゴメリ
訳　者　松本侑子
発行者　大沼貴之
発行所　株式会社　文藝春秋

東京都千代田区紀尾井町 3-23　〒102-8008
TEL　03・3265・1211(代)
文藝春秋ホームページ　http://www.bunshun.co.jp

落丁、乱丁本は、お手数ですが小社製作部宛お送り下さい。送料小社負担でお取替致します。

印刷製本・大日本印刷
Printed in Japan

ISBN978-4-16-791600-8